Alle Rechte liegen bei der Autorin
©Susanne Hottendorff 2010 – Erste Auflage

www.susanne-hottendorff.com

Ähnlichkeiten mit lebenden oder verstorbenen Personen sind rein zufällig und nicht beabsichtigt.

Bibliografische Information der Deutschen Nationalbibliothek. Die Deutsche Nationalbibliothek verzeichnet diese Publikation in der Deutschen Nationalbibliografie; detaillierte bibliografische Daten sind im Internet über http://dnb.d-nb.de abrufbar.

Herstellung und Verlag:
BoD - Books on Demand, Norderstedt
Printed in Germany

ISBN: 978-3-741224-14-0

Susanne Hottendorff

Tödlicher Sherry

Kommissarin Juana

ermittelt

in Andalusien

3. Fall

Kapitel 1 * in Chiclana

Blauweiß, groß und mächtig parkt der leere Bus am Rande der Hotelanlage. Auf seinen Flanken kann man die Werbeaufschrift des Reiseveranstalters ablesen, für den er fast täglich Touristen befördert. Noch steht er dort, unbeobachtet, verlassen und einsam.
Langsam wird es hell, auf der Straße ist nur ab und zu ein Auto zu erkennen. Die Tagschicht im Hotel hat ihren Dienst schon vor einer Stunde begonnen. Die meisten Gäste im Hotel schlafen noch und es weiß keiner, was der neue Tag bringen wird.
Raffa Aragon besteigt seinen kleinen und klapprigen Wagen um zur Arbeit zu fahren. Braungebrannt, schlank und unverhältnismäßig groß, 55 Jahre alt, immer ledig geblieben, wohnt Raffa so lange er denken kann in San Fernando. Früher war er Werftarbeiter. Den Arbeitsplatz in Puerto Real verlor er zusammen mit allen seinen Kollegen. Heute kutschiert er in einem Reisebus Touristen durch Andalusien. Nicht gerade sein Traumberuf, aber immer noch besser als die körperlich so schwere Arbeit im Schiffsbau. Seine Knochen haben gelitten und die Ärzte genug an ihm verdient, hörte man ihn immer wieder sagen.
Raffa fährt nach La Barrosa, wo sein ganzer Stolz steht: sein Bus. Die erste Tour geht heute Morgen nach Jerez de la Frontera zum Flughafen. Es ist Montag, der Ab- und Anreisetag seiner Reisegesellschaft.
Raffa parkt seinen Wagen gleich hinter dem Bus, steigt aus und geht ins Hotel, um mit der Reiseleiterin Kontakt aufzunehmen. Es ist noch relativ ruhig in der Empfangshalle. Gina ist noch nicht zu sehen. Gina Pauli, die Reiselei-

terin, die für die Gäste die Betreuung im Hotel übernommen hat, kommt aus Hamburg. Sie hat eine Lehre als Reisekauffrau gemacht, einige Zeit im Reisebüro gearbeitet, dann aber Lust am Reisen verspürt und sich bei einem großen Reiseveranstalter beworben. Schlank, blond, immer ein Lächeln auf den Lippen, so war es für die Dreiundzwanzigjährige nicht schwer, den Job zu bekommen. In der Schule hatte sie als Fremdsprache Spanisch gewählt, daher kam sie sofort in die engere Auswahl der Bewerberinnen. Zwei Jahre arbeitet sie nun schon an der Costa de la Luz, möchte gar nicht zurück ins kalte und regenreiche Hamburg.

Raffa besorgt sich im Restaurant eine Tasse Kaffee, seine erste am heutigen Morgen. Einige Gäste sind schon am Buffet und füllen ihre Teller mit lauter köstlichen Delikatessen, die dem bevorstehenden Tag die nötige Grundlage bieten.

Kurze Zeit später erscheint Gina, unter dem Arm einen Ordner, über die Schulter eine große, dunkelbraune Ledertasche gehängt. Zielstrebig geht sie an die Rezeption, um den jungen Mann zu begrüßen. Manuel Rivera hat heute Morgen Dienst. Er ist ein Rezeptionist, den jede Touristin gerne mit nach Hause nehmen würde, sei es als Schwiegersohn, als Sohn oder als Liebhaber! Mit seinen zweiundzwanzig Jahren besitzt er schon sehr viel Lebenserfahrung, zeigt sich freundlich, allezeit strahlend, ist immer gut angezogen und verrichtet seinen Dienst in dem neuen Hotel mit stets den passenden Worten auf den Lippen. Seit der Eröffnung des Hotels ist er dabei und man merkt ihm den Spaß an, den ihm sein Job bereitet. Auch Gina mag

Manuel, aber Manuel hat nur Augen für ein Mädchen aus der Stadt.

Ein großer Fahrstuhl, es gibt drei nebeneinander liegende, öffnet sich und die ersten Koffer werden an den Empfang gebracht. Nun muss sich Gina von Manuel lösen, denn ihre Arbeit beginnt. Sie winkt Raffa herbei. Der Bus soll zur Hoteleinfahrt kommen. Die Koffer werden verladen, später folgen die Gäste, die noch etwas müde und lustlos den weiten Weg nach Hause antreten werden.

Um die gleiche Zeit beginnt auch die Putzkolonne mit ihrer Arbeit. Wie Ameisen verteilen sich die Frauen im Haus, jede an den ihr fest zugeteilten Arbeitsplatz. Im hinteren Teil des Hotels gibt es extra für das Personal einen eigenen Aufzug, der die fleißigen Frauen auf die Etagen befördert. Lisa und Julia fahren gemeinsam in den Keller, in dem sich neben der Sauna, dem Fitnessbereich, einem Frisiersalon auch ein großes Schwimmbad befindet. Der Salon hat um dieses Zeit noch geschlossen. Lisa betritt den Saunaraum, Julia kümmert sich um die Folterkammer, wie die beiden den Fitnessraum immer nennen.

Oben hat inzwischen das Leben eingesetzt, zahlreiche Hotelgäste frühstücken, andere haben das Frühstück bereits beendet und kehren auf ihre Zimmer zurück, um sich für den anstrengenden Tag am Strand umzuziehen!

Raffa hat die Ladeklappen des Busses geöffnet, die ersten Koffer sind eingeladen. Gina kontrolliert anhand ihrer Unterlagen, dass auch kein Koffer zu viel oder zu wenig in den Bus gelangt. Sicherheit ist auch hier ein großes Thema, die Angst vor Anschlägen hat vor in Südspanien nicht halt gemacht.

Sechsunddreißig Gäste werden heute das Hotel verlassen, dafür zweiundvierzig neue einchecken. Sechzehn Paare und vier Alleinreisende stehen auf Ginas Liste, die sie akribisch führt, damit auch kein Gast vergessen wird.

„Bist du gleich fertig in der Sauna? Ich geh schon rüber ins Schwimmbad, kommst du nach?", fragt Julia ihre Kollegin Lisa, die in einer Saunakabine unter den Bänken verschwunden ist.

„Ich komme gleich, geh ruhig schon rüber", antwortet sie, während sie mit ihrem linken Arm winkt.

Julia öffnet die große Glastür zur Schwimmhalle, eine feuchte Wärme steigt ihr ins Gesicht und unter die Kleidung. Den schweren Wagen mit den Putzutensilien zieht sie hinter sich her, dann schließt sich die Tür automatisch wieder. Mit dem Rücken zum Becken stellt Julia alle Liegen zusammen, um ein dahinter gefallenes Handtuch aufzuheben. Sie legt das weiße Handtuch auf den Wagen, dreht sich langsam um, dann folgt ein Schrei, der durch die Glastür bis zu ihrer Kollegin im Saunaraum dringt. Lisa bekommt eine Gänsehaut, sie steht wie erstarrt in der Tür des Saunaraums, kann sich nicht bewegen, obwohl sie den Schrei erkannt hat: es war eindeutig die Stimme ihrer Kollegin Julia. Ein zweiter Schrei folgt, noch schriller, noch intensiver und nicht enden wollend. Julia lässt alles stehen und fallen und rennt aus der Sauna, über den kleinen Flur zum Schwimmbad. Dort sieht sie ihre Kollegin durch die Glastür am Beckenrand stehen. Die Hände vor dem Gesicht steht sie regungslos und schreit.

Julia öffnet die Glastür und legt den Arm um ihre Kollegin. Ihr Blick fällt in das Becken. Ein nackter Frauenkörper, auf dem Bauch liegend, schwimmt in der Mitte. Lange braune Haare umspielen den Kopf wie ein Heiligenschein. Ein Anblick, den die beiden lange nicht vergessen werden. Julia versucht ihre Kollegin vom Beckenrand wegzuziehen, was nicht einfach ist. Dann erwacht Lisa aus dem Albtraum und beginnt zu weinen.

Gina, die mit ihrer Liste am Bus steht, hat von diesen Schreien nichts mitbekommen. Sie wartet noch immer auf zwei Einzelreisende, die mit nach Deutschland fliegen. Es wird langsam Zeit, das Flugzeug wartet nicht, denkt Gina. Sie macht sich auf den Weg zur Rezeption, um Manuel zu bitten, in den Zimmern der beiden fehlenden Gäste anzurufen. Mit feuchten Haaren und hängender Zunge verlässt gerade eine dieser gesuchten Personen den Fahrstuhl.

„Gina, ich habe verschlafen!", ruft sie, während sie ihren Koffer hinter sich herzieht.

„Ist ja noch rechtzeitig, steige in den Bus, den Koffer nimm bitte mit, Raffa wird ihn dir abnehmen, vorne am Bus."

Nun fehlt nur noch ein Haken auf der Liste, dann könnte die Reise zum Flughafen beginnen. Manuel hat keinen Erfolg bei seinem Telefonversuch gehabt, deshalb geht er nun, zusammen mit Gina zum Zimmer des fehlenden Gastes. Es ist die Zimmernummer 111 und gehörte in den letzten beiden Wochen Jutta Nieber. Manuel klopft, es antwortet niemand. Er öffnet die Tür mit einem Generalschlüssel. Vorsichtig, während Gina Juttas Namen ruft, öffnen sie die Tür. Ihr Blick fällt auf das Bett, es ist unbenutzt!

Einzelne Kleidungsstücke liegen verteilt im Raum. Auf dem Tisch liegt eine deutsche Zeitung, daneben ein Fotoappa-

rat. Gina geht in das angrenzende Bad, alle Utensilien liegen noch verteilt auf dem Tisch und dem Waschbecken. Im Flur befindet sich ein Einbauschrank mit einem Extrafach für den Koffer, auch er liegt noch dort, wartet darauf, wieder gepackt zu werden.
Manuel und Gina verlassen das Zimmer wieder und gehen an die Rezeption. Noch immer ist aus dem Keller kein Laut nach oben gedrungen. Noch immer hat keine Seele erfahren, welch grausige Entdeckung im Keller gemacht wurde. Von draußen dringt das Hupen des Busses, Raffa deutet an, er wird nun allerhöchste Zeit, um den Flughafen noch rechtzeitig zu erreichen! Es kommt nur ganz selten vor, dass mal ein Hotelgast den Bus zum Flughafen verpasst. Gina informiert Manuel: sollte sich die junge Frau noch melden, muss sie auf dem schnellsten Weg mit einem Taxi dem Bus folgen. Dann schließen sich die Automatiktüren des Busses, er verlässt die Einfahrt des Hotels und begibt sich auf die circa einstündige Fahrt nach Jerez.
Lisa und Julia haben die Schwimmhalle verlassen, sie sitzen im Ruhebereich der Sauna und haben sich umarmt. Lisa weint noch immer, sie zittert und klammert sich an ihrer Kollegin fest.
„Wir müssen Hilfe holen, die Polizei benachrichtigen, Lisa. Lass mich los", fordert Julia ihre Kollegin auf.
Lisa hat Angst, sie will nicht, dass die Polizei kommt, hat Angst selber in Verdacht zu geraten!
Ganz leise spricht Julia auf Lisa ein. Endlich löst dies die bereits verkrampften Arme von ihrer Kollegin. Im Flur befindet sich ein Telefon, über die Null ist Julia mit der Rezeption verbunden. Manuel versteht nicht, was Julia ihm sagen will, sie ist sehr aufgeregt, schafft es nicht, einen

vollständigen Satz zu formulieren. Angst liegt in ihrer Stimme, das kann Manuel erkennen, deshalb bittet er einen Kollegen, ihn kurz abzulösen und fährt selbst in den Keller, um nachzuschauen.
Im Ruheraum trifft er auf die beiden. Lisa weint und zittert am ganzen Körper, Julia versucht immer noch ihre Kollegin zu beruhigen.
„Was ist passiert?", fragt Manuel.
Julia zeigt mit der Hand auf die Tür zum Schwimmbad und deutet mit dem Kopf an, Manuel solle dorthin gehen. Nichts ahnend öffnet er die Tür und schaut in das Schwimmbad, in dessen Mitte noch immer die Tote treibt! Auch Manuel wird von einem Schreck erfasst, kann sich aber schnell wieder besinnen. Er nimmt die nächste Treppe, in einem kleinen angrenzenden Treppenhaus, nach oben und stolpert hinter die Rezeption. Der erste Anruf geht an den Manager des Hotels, der zweite an die Polizei.

Mit eingeschalteter Sirene fahren drei Fahrzeuge der Guardia Civil vor, direkt in die Einfahrt zum Hotel. Gäste bleiben stehen, schauen erwartungsvoll auf die Polizisten, die ihre Fahrzeuge verlassen, um in die Hotelhalle zu gehen. Manuel spricht mit dem leitenden Beamten, der als erster an der Rezeption erscheint. Ein Kollege bleibt vor der Hotelhalle stehen, ein weiterer am Empfang, die anderen Beamten begeben sich gemeinsam mit Manuel und dem inzwischen dazugekommenen Manager in den Keller zur Schwimmhalle. Lisa und Julia sitzen noch immer im Ruheraum, die Gesichter in die Hände gedrückt um die

Tränen zu verstecken. Einer der Polizisten bleibt bei den Frauen, die verbleibenden zwei, darunter auch der leitende Beamte, betreten nun die Schwimmhalle. Zwei Schritte bis ans Becken, dann bleibt der Polizist stehen, greift in seine Tasche und ein Móviltelefon kommt zum Vorschein. Zuständig für derartige Todesfälle sind die Kollegen der Policia National, die er soeben angefordert hat. Juana Gadi, die Leiterin des Kommissariats, und ihr langjähriger Kollege Pedro Clares erhalten die Nachricht über eine gefundene Frauenleiche im Hotel Rio in La Barrosa. Etwa zwanzig Minuten später hält auch ihr Dienstwagen mit heulenden Sirenen vor der Hoteleinfahrt. Ein Mann der Guardia Civil informiert über den Fundort, so dass sich die beiden unverzüglich in den Keller des Hotels begeben können. Die Kommissare gehen zu Fuß, Juana etwas langsamer als ihr Kollege, es wiederholt sich, bei jedem Einsatz, bei dem es um Menschenleben geht! Juana hat Respekt - nicht nur vor den Toten, sondern immer wieder auch vor den Tätern. Das macht sie zu einer so guten Polizistin. Aufklärung, Bestrafung der Täter und Vereitelung neuer Taten sind die größten Ziele für Juana bei ihrer Arbeit für die spanische Polizei.

„Hallo, Kollegen!", begrüßt der Beamte der Guardia Civil die Kommissare.

„Wir haben im Becken eine Frauenleiche, unbekleidet. Die Putzfrau hat sie gefunden. Mehr wissen wir noch nicht. Die Kollegen der Spurensicherung sind auf dem Weg, werden wohl gleich eintreffen."

Juana bedankt sich, schaut sich im Schwimmbad um, wirft einen ersten Blick auf die Tote im Becken. Die Schwüle ist unerträglich, Schweißperlen bilden sich auf Juanas Stirn.

Sie wischt sich mit dem Handrücken über die Stirn um sie zu trocknen. Der Hotelmanager, Señor Luis de Cava, ist außer sich vor Aufregung. Eine Tote! Vielleicht sogar ein Mord! In seinem Hotel! Nicht auszudenken, welche Folgen es haben wird! Er möchte sich unbedingt selbst ansehen, was im Keller seines Hotels passiert ist. Die Beamten der Guardia Civil verweigern ihm allerdings den Weg ins Schwimmbad.

„Erzählen Sie bitte der Reihe nach, was passiert ist! Sie haben die Tote gefunden?", will Juana von den beiden Frauen wissen.

Lisa weint, sie kann nicht sprechen, daher beginnt Julia zu berichten.

„Wir haben hier unten geputzt. Plötzlich hat Lisa geschrien. Immer wieder. Ich bin rüber zu ihr, sie war im Schwimmbad. Ich hatte schreckliche Angst es wäre ihr etwas zugestoßen. Sie stand am Becken und starrte ins Wasser. Zuerst habe ich versucht sie zu beruhigen, dann sah ich, warum sie so schrie."

„War die Frau schon tot, ihrer Meinung nach? Hat sie sich bewegt, oder versucht zu schwimmen?", fragt Juana weiter.

Lisa schüttelt den Kopf. Sie kann noch immer nicht sprechen.

Zwischenzeitlich sind die Kollegen der Spurensicherung eingetroffen und haben mit ihrer Arbeit begonnen. Sie tragen weiße Plastikoveralls und -schuhe, damit keine Spuren verwischt werden. Erste Fotos sind gemacht, mit einer Stange ziehen die Kollegen die Tote an den Beckenrand, um sie dann aus dem Wasser heben zu können. Sie liegt nun auf dem Rücken neben dem Becken. Der Polizeiarzt untersucht die Tote, schaut sich den Körper genau an, sucht nach Spuren und nach der Todesursache. Juana, die bisher aus sicherer Entfernung zugeschaut hat, nähert sich der Toten.

„Gibt es Hinweise, Doc?", fragt sie den Polizeiarzt.

Sie kennen sich lange Jahre, sind beide seit Urzeiten in Chiclana tätig.

„Es schaut so aus, als wäre sie ertrunken. Ich kann keine anderen Verletzungen erkennen. Vermutlich liegt sie schon einige Stunden im Wasser. Ob das Ertrinken die wirkliche Todesursache war, kann ich aber erst nach der Obduktion feststellen."

„Sie sieht aus, wie eine Touristin aus dem Norden - Deutschland oder England? Nicht wie eine Spanierin, habe ich Recht Doc?", fragt Juana, wartet jedoch seine Antwort nicht ab und fährt fort: „Na ja, wir sind ja auch im Hotel, ist nahe liegend. Danke, Doc. Ich höre also von dir."

Dann dreht sie sich um und sucht ihren Kollegen Pedro, der sich noch mit den beiden Putzfrauen unterhält, um weitere Einzelheiten zu erfahren. Leider ohne Erfolg.

Auf dem Weg nach oben hören sie den aufgebrachten Hotelmanager schimpfen. Pedro deutet seiner Kollegin an, er werde sich um den Herrn kümmern. Juana geht an dem schimpfenden Mann vorbei an die Rezeption, an der immer noch ein Beamter der Guardia Civil steht. Sie begrüßen sich mit einem Kopfnicken, Juana schaut sich nach dem im Dienst befindlichen Rezeptionisten um. Manuel ist am Telefon mit einem Gast beschäftigt. Juana kann mithören, es geht um die Bestellung eines Autos für den nächsten Tag. Nach Beendigung wendet sich Manuel Juana zu und fragt, womit er ihr helfen könne.

„Mein Name ist Juana Gadi, Policia National, ich leite die Ermittlungen. Wird ein Gast vermisst? Kennen Sie die Frau? Sie waren doch auch im Keller, konnten Sie ein Blick auf die Tote werfen, bevor wir eingetroffen sind?"
„Ich habe nur den Körper im Wasser gesehen, erkennen konnte ich nichts. Aber heute Morgen haben wir einen Gast gesucht. Eigentlich sollte eine Deutsche abreisen. Der Bus ist dann ohne sie gefahren. Sie hat sich auch noch nicht gemeldet. Im Zimmer ist sie nicht gewesen, da haben wir nachgeschaut."
„Wie? Wer ist denn wir?", will Juana von dem jungen Mann wissen.
„Nun, ich bin mit Gina Pauli, der Reiseleiterin, oben gewesen. Sie hat ja lange genug auf den Gast gewartet. Es kommt schon mal vor, das ein Gast verschläft oder nicht auf die Uhr achtet. Wir sind dann nach oben, weil sie auch nicht ans Telefon ging. Aber das Zimmer war leer. Sie war nicht da. Gina ist mit dem Bus ohne den Gast zum Flughafen gefahren. Was sollte sie auch machen, der Flieger wartet ja nicht!"
„Können Sie mir bitte die Personalien der Frau geben, die Sie gesucht haben?"
Manuel geht zum Computer und veranlasst einen Ausdruck mit den Daten des vermissten Gastes aus Zimmer 111, den er Juana gibt. Die Kriminalkommissarin bedankt sich und verlässt den Empfangsbereich des Hotels. Vor der Tür erwartet sie schon ihr Kollege Pedro winkend mit dem Autoschlüssel.

☼

Gina Pauli hat ihre Gäste im Bus am Flughafen abgesetzt. Die Maschine nach Hamburg, ein Direktflug der Hapag Lloyd Fluggesellschaft, startete pünktlich, wie geplant. Ein Fluggast fehlte allerdings, die junge Frau, die nicht in ihrem Zimmer 111 zu finden war. Gina meldet, ein Passagier fehlt, kann sich jedoch nicht weiter darum kümmern, da die neuen Gäste nun ihre volle Aufmerksamkeit fordern. Der Bus ist wieder voll und fährt zurück ins Hotel Rio nach La Barrosa. Raffa, der Fahrer, wundert sich über die vielen Polizeifahrzeuge in der Auffahrt des Hotels. Gina, in einer Unterhaltung mit einem schon jetzt unzufriedenen Gast, bemerkt das hohe Polizeiaufgebot zuerst gar nicht. Erst als der Bus, abseits auf einem Parkplatz hält, weil ihm die Zufahrt auf die Rampe durch die Polizei verweigert wurde, bemerkt sie, hier muss etwas passiert sein. Eine Verbindung zu ihrem fehlenden Gast knüpft sie allerdings nicht.

Die Kollegen der Spurensicherung haben inzwischen die Arbeit in der Schwimmhalle abgeschlossen, die Leiche wurde in einem Sarg durch den Hinterausgang, so diskret wie möglich, abtransportiert. Jede Menge Polizeifahrzeuge stehen weiterhin vor dem Eingang, Fragen werden gestellt, ob mit oder ohne Diskretion!

Da ein Zusammenhang zwischen der Vermissten aus Zimmer 111 und der Toten für wahrscheinlich ist, setzten die Kollegen im Hotelzimmer ihre Arbeit fort. Die neu eingetroffenen Gäste blicken neugierig auf die Polizei im Hotel. Der Manager wird alles daran setzten, die Tat zu verheimlichen, damit seinem Hotel kein Schaden daraus entsteht.

☼

Juana und Pedro sind im Kommissariat angekommen. In ihrem Büro erwartet sie jede Menge Arbeit. Die letzten Tage waren anstrengend. Ein Kind wurde vermisst, Tage lang wurde gesucht, doch die Ermittlungen liefen ins Leere - dann kam das Kind von alleine zurück! Die Nacharbeit dauert allerdings noch an, denn es gibt keinerlei Erklärung für die vorübergehende Abwesenheit.
„Pedro, für einen Mord haben wir eigentlich keine Zeit. Außerdem will ich nicht schon wieder einen Mörder suchen, muss es denn immer hier passieren? Immer dort, wo wir zuständig sind?"
„Ich möchte mich auch lieber mit anderen Dingen beschäftigen. Mit dir zum Beispiel!", erwidert Pedro, der es nicht aufgibt seiner großen Liebe den Hof zu machen. Obwohl er genau weiß, dass diese Versuche ohne Erfolg bleiben werden. Juana hat ihm klipp und klar erklärt, sie liebe ihn nicht. Dennoch gibt Pedro nicht auf. Gefühle können sich ändern!
„Eine tote Ausländerin, das bedeutet noch mehr Arbeit als wir sowieso mit einer Toten haben! Ich brauche das nicht, wirklich nicht", Juana meckert leise vor sich hin.
Sie ist schon so viele Jahre bei der Polizei in Chiclana, hat sich zur Leiterin des Kommissariats hochgearbeitet. Sie ist erfolgreich aber hat natürlich auch Feinde durch ihre Position und durch ihren Erfolg. Als Frau hat man es nie leicht in gehobener Position, hört man sie oft sagen. Wie Recht sie hat. Ihr Kollege Pedro wollte nie ganz nach oben, er ist zufrieden, mit dem was er hat, Hauptsache er kann mit Juana zusammen arbeiten.
Die Tür öffnet sich und ein Beamter der Spurensicherung betritt das Büro.

„Ich habe euch die Sachen aus dem Hotelzimmer mitgebracht. Personalausweis, Flugticket und ein Tagebuch!"
Die Unterlagen, in einer Plastiktüte verpackt, legt er Juana auf den Schreibtisch, danach verschwindet er winkend wieder aus dem Büro. Juana schüttelt den Kopf und wundert sich über diesen Mitarbeiter. Der Inhalt der Tüte ist ihr aber dann doch wichtiger, die Neugier größer.
„Die Tote heißt Jutta Nieber, ist zweiunddreißig Jahre alt und kommt aus Hamburg. Sie hätte heute Morgen zurückfliegen sollen, hier ist das Flugticket. Die Maschine müsste doch schon in Hamburg gelandet sein? Kannst du das bitte mal erfragen, Pedro? Ich mache inzwischen die Meldung an das Konsulat, die können dann die deutschen Kollegen informieren."
Pedro versucht die erforderliche Information über das Telefon durch einen Anruf am Flughafen in Jerez zu erhalten.
„Du hast Recht, Juana, die Maschine ist vor einer halben Stunde in Hamburg gelandet, planmäßig. Sicherlich wird man die Tote nun dort vergeblich erwarten."
„Pedro, sag nicht immer die Tote. Sie hat einen Namen. Sie heißt Jutta!"
Juana mag es nicht, wenn über Opfer so gesprochen wird. Die Persönlichkeit sollte gewahrt werden. Immer wieder gerät sie in Rage, wenn Kollegen so taktlos über die Toten sprechen. Pedro nickt nur. Er hat wieder nicht daran gedacht und dabei meckert Juana deswegen oft genug mit ihm.

☼

Im Hotel beschweren sich an diesem Abend einige der Hotelgäste, da das Schwimmbad geschlossen bleibt. Reparaturarbeiten an der Heizung, gibt das Hotel als Ursache an - sind abgeschlossen, kann das Bad wieder benutzt werden. Auch das Zimmer 111 bleibt unbewohnt, warum ist aber weder dem Personal noch den Gästen bekannt. Die persönlichen Gegenstände der Toten befinden sich noch im Zimmer und es weiß niemand, was damit passieren wird. Ein Anruf des Hotelmanagers klärt dann, dass die Sachen am nächsten Tag durch einen Beamten der Guardia Civil abgeholt werden. Anschließend kann das Zimmer wieder vermietet werden, die letzten Spuren der Toten werden beseitigt sein.

Juana bekommt noch spät am Abend den ersten Bericht der Spurensicherung, sie liest Pedro Teile des Inhaltes vor: „Jutta Nieber wurde mit einem Beruhigungsmittel betäubt und in das Becken des Schwimmbades geworfen. Dort ist sie dann ertrunken. Vermutlich hat sie das Diazepam, eine sehr starke Dosis, mit einem Getränk zu sich genommen. Der Magen war leer, bis auf Reste eines Sherrys vermengt mit dem Beruhigungsmittel. Die Tote hatte keine äußeren Verletzungen, es scheint also kein Kampf stattgefunden zu haben. Im Schwimmbad wurden natürlich endlos viele Spuren gesichert. Abgesehen von unseren, die Spuren der Putzfrauen und des jungen Mannes, der am Empfang arbeitet. Aber natürlich gehen dort zahlreiche Gäste schwimmen und hinterlassen Spuren. Es sollte ja auch gerade gereinigt werden."

Juana macht eine kurze Pause, um das soeben Gelesene zu durchdenken. Pedro meldet sich zu Wort:
„Sag mal, wissen wir eigentlich von wann bis wann das Bad immer geöffnet ist? Und wann ist der Tod eingetreten, laut Obduktionsbericht?"
„Der Tod ist, plus minus der üblichen Abweichungen, gegen vier Uhr eingetreten. Also in der Nacht von Donnerstag auf Freitag. So viel ich erinnere, ist da kein Schild mit Öffnungszeiten am Bad gewesen. Ruf doch bitte an im Hotel. Erkundige dich am besten jetzt gleich, Pedro."
Juana liest weiter in dem Bericht der Spurensicherung, Pedro telefoniert mit dem Hotelmanager. Er teilt seiner Kollegin mit, das Bad würde normalerweise gegen zwei Uhr in der Nacht geschlossen, wenn keine Gäste mehr im Bad sind. Die Damen der Putzkolonne öffnen es dann wieder für die Gäste, nachdem sie mit der Reinigung fertig sind.
„Danke Pedro, wissen wir, ob das Bad verschlossen war? Nein. Außerdem, es könnte theoretisch auch sein, das Jutta Nieber alleine schwimmen wollte, dabei das Gleichgewicht verlor und in das Becken stürzte. Es sind keine Kampfspuren gefunden worden, weder im Schwimmbad, noch weist der Körper der Toten irgendwelche Hinweise auf. Vielleicht war es ein Unfall?"
„Glaubst du, diese Jutta nimmt Diazepam ein, um besser zu schlafen, geht dann in den Keller, zieht sich nackt aus und geht schwimmen? Das ist für mich ziemlich unwahrscheinlich."
„Klar, Pedro. Aber wir wissen noch zu wenig über diese Jutta Nieber. Vielleicht wollte sie sich vom Bad verabschieden? Sie sollte doch am nächsten Tag nach Hause fliegen!"

„Eine junge Frau, nach zwei Wochen Urlaub in Spanien, benötigt doch keine so starke Dosis Diazepam, um die letzte Nacht im Hotel zu verbringen! Außerdem wurden keine Medikamente in ihrem Zimmer gefunden. Auch keine leere Packung, kein Glas, aus dem sie getrunken hat. Nichts, keine Hinweise, weder auf Mord noch auf einen Unfall. Hast du dich mit dem Tagebuch beschäftigt, was auf ihrem Zimmer gefunden wurde, Juana?"
Sie schüttelt den Kopf und nimmt das Beweisstück aus der Plastiktüte, die auf ihrem Schreibtisch liegt. Es ist ein kleines schwarzes Heft, so eines, in das die Erstklässler ihre Mitteilungen an die Eltern notieren. Kein richtiges Tagebuch, vielleicht wollte sie es in Deutschland übertragen, in ihr richtiges Tagebuch. Juana beginnt darin zu lesen. Relativ schnell wird klar: es handelt sich um einen kleinen Reisebericht.
„Die Deutsche ist in Chiclana in der Markthalle gewesen, in Conil mit einer Unbekannten zum Essen, hat eine Rundfahrt mit der Reiseleitung gemacht. Und so weiter. Keine intimen Erlebnisse, keine Liebesgeschichten oder Ähnliches. Nur nackte Beschreibungen aus unserer schönen Gegend, die sie anscheinend gar nicht so schön fand!"
„Wieso, schreibt sie es?", will Pedro wissen.
„Nun, sie schreibt, die Menschenmassen in der Markthalle nehmen einem die Lust am Schauen! Endlose Warteschlangen, wohin man kommt, auch auf der Post! Sie meckert über den Verkehr in der Stadt, über fehlende Parkplätze, über achtlos weggeworfenen Müll, übertuerte Speisen und Getränke, unfreundliches Personal im Hotel. Hoffentlich arbeitet sie nicht für ein Reiseunternehmen, das gibt sonst Ärger!"

„Sie liefert uns selbst jede Menge Motive für einen Mord! Aber wenn das der Grund wäre, würden wir kaum dieses Heft in der Hand halten. Oder glaubst du der Täter bringt Jutta um, aber die Beweise lässt er liegen? Sehr unwahrscheinlich."

Juana bekommt eine E-Mail, in der ihr die genauen Personalien der Verstorbenen mitgeteilt werden.

„Jutta Nieber war Angestellte in der Verwaltung eines Kaufhauses in Hamburg. Sie hatte nichts mit einem Reiseveranstalter zu tun. Sie ist ledig, hat keine Kinder, wohnt alleine in einer Mietwohnung in Hamburg – Bramfeld, was auch immer das bedeutet. Ihre Mutter lebt noch, auch in Hamburg, der Vater ist vor drei Jahren verstorben. Sie hat einen Bruder, der in Lübeck wohnt. Habe ich schon mal gehört, den Namen Lübeck, aber ich weiß nicht mehr in welchen Zusammenhang", berichtet Juana ihrem Kollegen Pedro.

„Sicherlich wird sie am Flughafen gar nicht vermisst worden sein. Es ist ein schrecklicher Gedanke, aus dem Urlaub anzukommen und dich erwartet keine Menschenseele."

Die beiden Kommissare bekommen keine weiteren Informationen mehr an diesem Abend. Es ist kurz nach Mitternacht als sie das Büro verlassen.

Am nächsten Morgen fahren sie als erstes in das Hotel Rio nach La Barrosa. Mit dem jungen Mann, der heute auch wieder Dienst an der Rezeption hat, wollen sie noch einmal

in den Keller zum Schwimmbad gehen. Juana befragt Manuel, während sie die Treppe nach unten hinunter gehen.
„Das Bad soll in der Nacht abgeschlossen werden, ist das richtig?"
„Ja, der Nachtportier veranlasst es, immer so gegen zwei Uhr. Mal etwas früher, mal etwas später, wie er gerade weg kommt. Wenn viele Gäste dann noch Wünsche haben, was schon mal vorkommt, wird es eben etwas später. Manchmal befinden sich um diese Zeit auch noch Gäste im Bad. Sie dürfen bleiben, wenn sie sich ruhig verhalten. Der Portier kommt dann später noch einmal wieder", erklärt Manuel freundlich.
Sie sind unten angekommen. Noch ist keine Putzkolonne zu sehen. Juana geht zur Tür des Bades, sie ist verschlossen. Manuel hat den Schlüssel mitgebracht, Juana und Pedro betreten das Bad. Sie wollen sich hier noch einmal umsehen, obwohl natürlich alle Spuren beseitigt sind.
„Wo ziehen sich die Gäste um, wenn sie schwimmen wollen?"
Manuel führt die Kommissare in die Umkleidekabinen, die sich außerhalb des Schwimmbades befinden, in der Nähe der Sauna. Es wurden hier keine Bekleidungsstücke von Jutta Nieber gefunden. Fraglich bleibt, wo sie sich ihrer Kleider entledigt hat.
„Sagen sie, Manuel, kommt es vor, dass Gäste sich Getränke ins Bad servieren lassen?"
Manuel lacht, winkt ab und antwortet:
„Nein. Es ist verboten ins Schwimmbad Flaschen und Gläser mitzunehmen. Aus Sicherheitsgründen. Es kommt schon mal vor, aber wir machen immer wieder Kontrollen

und übersehen höchstens mal eine Wasserflasche aus Plastik."

„Es kann also nicht sein, dass in der Tatnacht hier unten Getränke serviert wurden?"

„Nein, das ist ganz ausgeschlossen. Aber Sie können natürlich gerne mit dem Nachtportier sprechen, er ist heute Abend auch wieder da."

„Vielen Dank, Manuel. Ich habe jetzt keine weiteren Fragen mehr. Sie dürfen gehen."

Das inzwischen eingetroffene Putzteam, Jutta und Lisa, die gestern die Tote im Wasser gefunden haben, erscheinen im Fitnessbereich des Kellers. Juana möchte auf jeden Fall noch mit den beiden Frauen sprechen. Am gestrigen Tag sind noch einige Fragen unbeantwortet geblieben.

„Schön, dass ich sie hier treffe. Ich möchte Ihnen gerne noch einige Fragen stellen. Vielleicht können wir uns in den Ruheraum setzen? Ich gehe schon mal vor. Bitte!"

Juana bittet die beiden Frauen, Platz zu nehmen und beginnt mit der Befragung.

„Lisa, Sie haben doch die Tote zuerst entdeckt? Erzählen Sie mir bitte noch einmal, wie es abgelaufen ist."

Heute ist Lisa wieder ganz normal, sie weint nicht mehr, hat sich in der Gewalt. Langsam beginnt sie aus der Erinnerung des gestrigen Tages zu berichten.

„Wir haben geputzt. Ich war schneller fertig. Das Bad machen wir immer zusammen, weil es so groß ist. Ich bin schon mal rüber gegangen. Jutta war noch im Saunaraum beschäftigt, sie wollte gleich nachkommen. Ich bin rein, habe meinen Wagen hinter mir her gezogen. Hinter den aufgereihten Liegen, dort an der Spiegelwand, lag ein Handtuch. Ich habe einige Liegen zusammen geschoben, das Handtuch aufgehoben, es auf den Putzwagen gelegt und mich dann umgedreht. Da habe ich das erste Mal in das Becken geschaut. Sie trieb mitten im Becken, mit dem Gesicht nach unten. Die Haare waren um den Kopf herum, wie ein Fächer! Dann habe ich erst wieder eine Erinnerung, als mich Jutta geschüttelt hat."

„Danke, Lisa. Ich weiß, es muss Ihnen sehr schwer fallen, darüber noch einmal zu sprechen. Können Sie sich noch erinnern, ob die Tür zum Bad abgeschlossen war?"

Lisa überlegt einen Moment, dann antwortet sie:

„Nein, die Tür war offen. Ich weiß es genau, ich hatte den Schlüssel gar nicht aus meiner Tasche geholt. Ich bin mir ganz sicher."

„Ist denn sonst die Tür regelmäßig verschlossen?"

„Na ja, eigentlich schon. Es ist auch schon mal vorgekommen, dass die Tür offen stand. Aber eher selten. Wenn Toni Dienst hat, ist sie immer abgeschlossen."

„Toni? Wer ist denn Toni?"

„Toni Fondo, er ist unser Nachtportier. Seit Anfang an dabei, genau wie wir. Bei ihm klappt es, er ist sehr zuverlässig."

„Gut, Lisa. Kannten Sie die Tote?", will Juana nun wissen.

„Nein, ich habe sie noch nie vorher gesehen. Wenn wir hier putzen, sind keine Gäste im Keller. Und auf dem Flur oder im Etagenbereich achte ich nicht auf Gesichter. Sie wechseln zu häufig, wozu sollte ich sie mir merken?"

„Vielen Dank, Lisa. Ich habe keine weiteren Fragen. Julia, gibt es noch etwas, was Sie uns sagen können? Etwas, was Ihnen aufgefallen ist? Wir sind für jede Information dankbar!"

Julia verneint, sie kann den Kommissaren keine Information geben, die ihnen bei der Aufklärung helfen könnte.
Juana und Pedro begeben sich zum Empfang des Hotels, um dort noch einmal mit Manuel Rivera zu sprechen. Immerhin hat der junge Mann als Rezeptionist immer Kontakt zu den Gästen. Er kann vielleicht Informationen über die Verstorbene haben, die bei dem Fall helfen.
„Manuel, können wir uns hier ungestört unterhalten? Wir haben noch einige Fragen an Sie."
Manuel bittet erneut seinen Kollegen um eine Ablösung, dann führt er die beiden Kommissare in einen angrenzenden Raum, der dem Personal vorbehalten ist.
„Sie kannten Jutta Nieber? Was können Sie uns über sie erzählen? Es ist wirklich alles wichtig."
„Ich kann ihnen da nicht helfen. Sie gab den Schlüssel ab, verließ das Hotel, kam wieder, holte den Schlüssel ab. Mehr weiß ich nicht. Leider."
„Haben Sie Jutta Nieber denn nie in Begleitung gesehen? Hat sie Post bekommen? Hat sie telefoniert? Es gibt doch bestimmt Nachweise über geführte Gespräche?"
„Ich muss nachsehen, ob die noch gespeichert sind. Wenn die Gäste abreisen und bezahlen, werden die Listen gelöscht."
„Manuel, der Gast ist nicht abgereist und hat auch nicht bezahlt! Oder wurde für das Zimmer eine Abrechnung veranlasst? Bitte prüfen Sie es. Wir warten hier auf Sie."
Manuel verlässt den kleinen Raum. Ein kleiner Tisch, einige Stühle, eine Miniküche mit einer Kaffeemaschine, mehr ist nicht vorhanden. Vermutlich handelt es sich um einen kleinen Raum, für das Personal, welches an der Rezeption

arbeitet. Nach einigen Minuten erscheint Manuel, in der Hand ein Blatt Papier.

„Bitte, das ist die Telefonliste. Es sind nur sehr wenige Gespräche, außerdem keine kostenpflichtigen Anrufe. Sie hat mit der Rezeption gesprochen, mehrmals, außerdem sind drei Anrufe innerhalb des Hotels mit einem anderen Zimmer aufgeführt."

„Nun, haben Sie mit Jutta gesprochen? Wenn ja, was wollte sie? Und wer ist der Gast des anderen Zimmers? Bitte, Manuel, lassen sie sich doch nicht jede Information aus der Nase ziehen! Wir brauchen Ihre Hilfe."

„Ich habe auch einmal mit ihr gesprochen, sie wollte geweckt werden, an dem Tag, an dem sie an dieser Rundfahrt teilgenommen hat. Sie musste sehr früh aufstehen, der Bus fährt bereits um 8.30 Uhr ab. Der letzte Anruf, daran kann ich mich erinnern, kam am Tag vor dem Abreisetermin. Sie hat sich nach der Reiseleiterin erkundigt. Sie wollte wissen, wann Gina im Hotel zu erreichen ist. Mehr weiß ich nicht. So, nun schaue ich nach, welcher Gast im angerufenen Zimmer gewohnt hat."

Manuel verlässt erneut den Raum. Juana ist sauer, weil der junge Mann so wenig kooperativ ist! Er hat doch nun wirklich nichts zu befürchten. Manchmal kann Juana nicht folgen.

„Es tut mir leid, der Gast aus dem Zimmer, das Jutta Nieber angerufen hat, ist bereits abgereist. Nicht gestern, schon am Montag davor. Es war eine junge Frau, sie heißt Gaby Jenkel. Die beiden werden sich sicherlich hier kennen gelernt haben. Sie kommt aus Hannover und hatte nur eine Woche Urlaub bei uns gebucht. Mehr weiß ich nicht."

Den Zettel mit den Daten des abgereisten Gastes nimmt Juana mit. Vielleicht kann eine Anfrage in Deutschland weiterhelfen.

„Nun möchte ich noch mit dem Ober sprechen, der im Restaurant für den Tisch zuständig war, an dem Jutta Nieber gesessen hat. Würden Sie uns bitte dort hinführen?"
Pedro hält sich im Hintergrund, er überlässt es seiner Chefin die Vernehmungen zu führen - heute jedenfalls.
Der Ober, der an dem Tisch serviert hat, kann leider nicht helfen. In dem Restaurant wird das Essen vom Buffet gereicht, jeder Gast nimmt sich, was er möchte. Die Ober sind nur dafür zuständig, das schmutzige Geschirr nach jedem Gang zu entfernen, eventuelle Fragen zu beantworten und, sofern ein Gast einen anderen Wunsch hat, diesen zu erfüllen. Auch hier bekommen Juana und Pedro keine Hilfe.
Juana geht erneut an die Rezeption zu Manuel, der schon ziemlich genervt dreinschaut.
„Ich habe noch eine abschließende Bitte an Sie. Ich möchte gerne eine Liste mit allen Personen, die zusammen mit Jutta angekommen sind. Außerdem eine Liste mit den Namen der Gäste, die vorher angekommen oder vorher abgereist sind, auch ohne Reisegruppe. Alle Gäste eben, die mit Jutta innerhalb dieser zwei Wochen im Hotel gebucht waren. Haben Sie das verstanden?"
Manuel nickt, teilt Juana mit, dass es aber einige Zeit dauern würde, solche Listen zu erstellen. Pedro überreicht Manuel eine Visitenkarte mit den Worten:
„Wir haben ein Fax und eine E-Mail – Adresse. Aber bitte nicht erst nächste Woche! Vielen Dank für ihre Mithilfe. Bis bald."

Mit diesen Worten verabschieden sich die beiden Kommissare und fahren zurück in ihr Büro.

Auf dem Schreibtisch der Ermittler liegt der abschließende Bericht der Spurensicherung. Aufgrund der zahlreichen Spuren im Schwimmbad, ist eine personenbezogene Zuordnung nicht möglich. Sollte es einen Verdächtigen geben - vorausgesetzt, es handelt sich um einen Mordfall - dann könne man die Spuren hinzuziehen, eventuelle DNA vergleichen. Das in der Toten festgestellte Diazepam, ein ganz normales handelsübliches Präparat, ist in jeder Apotheke frei zu erwerben. Im Zimmer der Toten sind außer den eigenen, nur noch die Spuren der Putzfrau gefunden worden. Es war keine weitere Person im Zimmer, die Spuren hinterlassen hat. Bei der Toten hat es keine Besonderheiten gegeben, keine Erkrankungen, die eventuell zu einem vorzeitigen Tod hätten führen können.
„Wir tappen hier im Dunkeln. Keine Hinweise, die uns weiterbringen. Wir müssen jetzt in jedem Fall die Namen der anderen Hotelgäste abwarten, vielleicht bekommen wir dort einen hilfreichen Hinweis. Aber heute wird die Liste nicht mehr bei uns eintreffen. Da bin ich mir ganz sicher, Pedro, was sagst du dazu?"
Pedro stimmt seiner Kollegin zu. Die beiden Kommissare nutzen den Tag, um in dem alten Fall des mysteriösen Verschwindens des kleinen Kindes den Abschlussbericht zu verfassen.

Kapitel 2 * in Hamburg

Per E-Mail erhalten die Kommissare des Polizeipräsidiums in Hamburg die Nachricht über den noch ungeklärten Tod der Hamburgerin Jutta Nieber. Ein Zweierteam wird die erforderlichen Ermittlungen in diesem Fall übernehmen. Die Kommissare Hans Windisch und Petra Mister arbeiten schon seit einigen Jahren zusammen, sie leisten hier Amtshilfe. Das können Mordfälle genauso wie Eigentumsdelikte sein. Petra Mister spricht fließend Spanisch und Hans Meister könnte in England als Einheimischer untertauchen, so gut beherrscht er die Sprache. Den ersten Kontakt nehmen die beiden Ermittler mit der Mutter der Verstorbenen auf. Sie müssen die schlimme Nachricht über den Tod der Tochter überbringen, eine Aufgabe, die kein Polizist gerne übernimmt. Sie fahren zur Mutter, ohne sich telefonisch anzumelden. Sie bewohnt eine sehr schöne Villa in Volksdorf, einem Stadtteil am Rande Hamburgs, der sich durch seine Stille als sehr gute Wohngegend auszeichnet. Die beiden Kommissare fahren einen Zivilwagen, so dass nicht jeder in der Nachbarschaft gleich über das Eintreffen der Polizei informiert ist. Das Grundstück ist durch einen hohen Zaun gesichert, eine Gegensprechanlage befindet sich am Eingang. Petra klingelt, ein Gong ertönt und man kann das Surren der kleinen Überwachungskamera über dem Eingang vernehmen.

Nachdem die Kommissare sich vorgestellt und ausgewiesen haben springt das Tor auf, die Haustür wird einen Spalt geöffnet und eine Frau erscheint.

„Guten Tag. Entschuldigen Sie bitte, dass wir unangemeldet bei Ihnen erscheinen. Mein Name ist Petra Mister, mein Kollege Hans Windisch, wir sind von der Kripo. Dürfen wir eintreten?"

Die Frau in der Haustür tritt einige Schritte zur Seite und gibt so den Zugang ins Haus frei. Sie schaut etwas unsicher, ängstlich. Anscheinend hatte sie nicht mit Besuch gerechnet, den Hausanzug den sie trägt, hätte sie sonst sicherlich gegen etwas Anderes getauscht.

„Bitte kommen Sie durch. Nehmen Sie im Wohnzimmer Platz. Einen Moment bitte, ich möchte mir kurz etwas anderes anziehen."

Sie öffnet die Tür zu einem großen Zimmer, das bestimmt 50 m² hat, edel eingerichtet, dicke Teppiche, anscheinend echte Bilder bekannter und unbekannter Maler an der Wand. Petra und Hans schauen sich im Zimmer um und entdecken auf einem Flügel Bilder, die sicher die Familie der Hauseigentümerin zeigen.

„Schau mal, Hans, ihre Tochter!", meint Petra, während sie einen Bilderrahmen mit dem Foto einer jungen Frau mit langen dunklen Haaren in der Hand hält.

Hans nickt und im gleichen Augenblick erscheint die Hausherrin im Salon zurück.

„Also, nochmals, bitte entschuldigen Sie unseren Überfall. Eine Frage bitte. Sind Sie Frau Gerda Nieber? Die Mutter von Jutta Nieber?"

Die Frau, die nun auf dem Sofa Platz genommen hat, wirkt erschrocken. Sie nickt mit dem Kopf und zuckt fragend die Schultern. Die Kommissarin wiederholt die Frage und erbittet eine Antwort, kein Kopfnicken.

„Frau Nieber, ist das dort auf dem Foto Ihre Tochter Jutta?"

„Ja, das ist meine Tochter. Aber, warum wollen Sie das denn wissen? Ist etwas passiert?"
„Frau Nieber, wir haben eine schlechte Nachricht für Sie. Es tut uns wirklich sehr leid. Wir müssen Sie darüber informieren, dass Ihre Tochter Jutta in der Nacht zu gestern verstorben ist."
Die Mutter der Toten wird blass. Sie versucht eine Frage zu formulieren, es gelingt ihr nicht. Sie steht auf, geht durch den Salon, immer wieder hin und her, dann beginnt sie zu schreien. Petra nimmt die Mutter in den Arm und geleitet sie zum Sofa zurück. Hans informiert über Funk den zuständigen Polizeiarzt, denn die Frau benötigt dringend Hilfe. Nach seinem Eintreffen verabschieden sich die Polizisten. Sie haben die Mutter für den kommenden Tag ins Präsidium bestellt.

Juana und Pedro in Chiclana haben alle bisherigen Informationen an die Kollegen in Hamburg weitergeleitet, doch es ist nicht gerade viel. Die Mutter erscheint am nächsten Vormittag, tiefschwarz gekleidet, im Büro der Beamten. Sie kommt nicht alleine, ein junger Mann begleitet sie.
„Ich habe meinen Sohn Jochen mitgebracht. Sie haben sicherlich nichts dagegen.", erklärt Gerda Nieber.
Petra Mister spricht den Hinterbliebenen ihr Mitgefühl aus, beginnt dann aber unverzüglich mit der Befragung.
„Wir benötigen Ihre Hilfe, Frau Nieber. Die Kollegen in Spanien haben bisher keinen Hinweis. Erzählen Sie uns doch mal, wie war Ihre Tochter? Hatte sie Freunde oder

Feinde? Haben Sie eine Vermutung, was in Spanien passiert sein könnte? Hatten Sie Kontakt mit Ihrer Tochter?"
Gerda Nieber schluckt, dann spricht sie ganz leise.
„Jutta hat noch bei mir gewohnt. Mein Mann ist vor drei Jahren verstorben, sie hat sich um mich gekümmert. Jochen wohnt schon im Lübeck, er studiert dort, kommt selten zu uns, er hat so wenig Zeit. Jutta hat in Hamburg gearbeitet, sie gab ihre kleine Wohnung auf, ich habe doch Platz genug. Feinde? Nein, warum sollte Jutta Feinde haben? Ich weiß keinen Grund. Sie war so gut."
Die Kommissarin fragt nach:
„Und Freunde, hatte Jutta Freunde? Einen festen Freund? Eine gute Freundin?"
„Sie hatte einen Freund. Aber das ist aus. Ihre Freundin kommt selten, sie telefonieren aber regelmäßig."
„Warum ist es aus? Wer war der Freund?", hakt Petra Mister nach.
„Ich weiß es eigentlich nicht so genau. Jutta war lange mit Jürgen zusammen. Plötzlich hat sie dann Schluss gemacht, ich kenne den Grund nicht. Es ging ihr auch nicht gut dabei. Sie hat oft geweint, wenn sie alleine auf ihrem Zimmer war. Ich habe sie gefragt, habe aber keine Antwort bekommen."
Petra wendet sich dem Bruder zu, der relativ unbeteiligt neben seiner Mutter sitzt.
„Wissen Sie darüber mehr?"
„Ich? Nein. Ich bin doch nie da, Sie haben doch meine Mutter gehört. Ich lebe in Lübeck, in einer kleinen Einzimmerwohnung. Es hat mir immer gereicht, wenn ich zu den Feiertagen nach Hamburg kommen musste."

Jochen Nieber wirkt arrogant, eiskalt und unnahbar. Entweder der Tod seiner Schwester geht ihm so nah, dass er sich hinter einer Maske versteckt, oder es interessiert ihn tatsächlich nicht. Petra versucht den jungen Mann weiter in die Enge zu treiben um es herauszufinden.
„Haben Sie denn eine Idee was in Spanien passiert sein könnte?"
„Nein. Ich habe lange nicht mehr mit meiner Schwester gesprochen. Wir hatten uns nicht gerade viel zu sagen. Fragen Sie doch ihren Freund, der war doch ganz schön sauer auf sie. Vielleicht kann der Ihnen sagen, wer Jutta umgebracht hat."
„Herr Nieber, ob Ihre Schwester umgebracht wurde, ist noch nicht sicher. Es könnte auch ein Unfall gewesen sein. Wir ermitteln noch. Oder wissen Sie mehr?"
Jochen Nieber antwortet nicht. Er blickt total genervt auf die Kommissarin, die sich wieder der Mutter zuwendet.
„Ist Ihre Tochter alleine nach Spanien geflogen?"
„Ja, ganz alleine. Sie wollte Abstand von Jürgen bekommen, so hat sie noch kurz vor ihrem Abflug erzählt. Es war ein ganz spontaner Urlaub, er war nicht geplant. Sie hat in der Firma wohl gleich frei bekommen, ist ins Reisebüro und zwei Tage später geflogen."
„Frau Nieber, war ihre Tochter früher schon mal in diesem Hotel? Oder in der Gegend, dort an der Costa de la Luz? Es soll ja eine sehr schöne Ecke sein.
„Sie ist jeden Sommer in den Urlaub geflogen, aber ob sie schon mal in dem Hotel war, weiß ich nicht."
Kommissarin Mister bittet die Angehörigen, die Namen und Adressen der Freundin und des Exfreundes aufzuschreiben. Außerdem kündigen sie einen Besuch am Nachmittag

an, sie wollen das Zimmer der Verstorbenen in Augenschein nehmen. Die Mutter ist nicht erfreut darüber, muss aber zustimmen, da sie natürlich auch an der Aufklärung des Falles interessiert ist.

Die Kommissare suchen in der Wohnung nach Spuren, die mehr über die verstorbene Jutta Nieber verraten. Vielleicht ein Tagebuch - die Kollegen aus Spanien hatten ihnen einen Hinweis gegeben. Sie suchen auch nach Rauschmitteln und nach Diazepam, werden aber nicht fündig. Lediglich ein handgeschriebenes Buch, mit Eindrücken aus den letzten Urlauben, fällt ihnen in die Hände. Jedoch kein Tagebuch, das über Freunde, Gefühle oder über die letzte Zeit vor dem Urlaub Aufschluss geben könnte.

„Ein sehr einfaches Zimmer, findest du nicht? Immerhin besitzt die Familie eine Villa! Das Zimmer hat gerade mal zwanzig Quadratmeter. Komisch, wenn man hinter die Kulissen schaut, ist es oft ganz anders, als man es sich vorgestellt hat."

„Du bist schon so lange bei der Polizei, dennoch bringen dich die einfachsten Dinge immer noch zum Staunen. Das fällt mir auf!"

„Ja, Hans. Wie Recht du hast. Lass uns ins Präsidium fahren. Es gibt hier keine Geheimnisse zu entdecken."

In ihrem Büro überprüfen die Kommissare die Daten der Hinterbliebenen und der Freundin. Aber es gibt keine Einträge im Polizeicomputer. Auch nicht über den ehemaligen Freund der Toten. Petra Mister mailt eine Information an ihre Kollegin Juana in Chiclana. Sie schließt den Brief mit den Worten: „Mehr können wir zum jetzigen Zeitpunkt nicht für euch tun. Haltet uns auf dem Laufenden."

Es gibt noch andere Fälle, an denen die beiden Kommissare arbeiten. Vielleicht haben sie Glück und es war nur ein Unfall.

Kapitel 3 * in Chiclana

Juana und Pedro sitzen über den Listen, die ihnen Manuel aus dem Hotel Rio gefaxt hat. Zahllose Namen sind aufgereiht, die teilweise unaussprechlich für die Kommissare sind, was die Arbeit nicht gerade erleichtert. Daneben den Daten der Ankunft, des Reiseveranstalters und des Abreisedatums. Immer wieder überfliegt Juana die Namen, aber es erscheint ihr keiner verdächtig zu sein. Überprüfen sollen die Kollegen in Deutschland die allein stehende Frau, mit der die Tote telefoniert hat. Außerdem gibt es einen jungen Mann, auch alleinreisend, der aus Hamburg gekommen ist. Zwei Männer, deren Namen auf der Liste ohne einen Zusatz eines Reiseveranstalters stehen, fallen Juana auch noch auf. Auch sie sollen überprüft werden.
„Pedro, schade, dass die Kollegen in Hamburg nichts Verdächtiges im Elternhaus gefunden haben. Sie hat wohl dann doch nur im Urlaub eine Art Tagebuch geschrieben. Da kann man nichts machen. Auf der Liste habe ich ein Ehepaar gefunden, sie sind noch im Hotel, als einzige Gäste, die mit Jutta zusammen aus Hamburg angekommen sind. Ich werde im Hotel anrufen, vielleicht sind sie im Haus."
Der Anruf war erfolgreich, die Gäste haben es sich heute am Pool bequem gemacht. Juana, begleitet von ihrem Lieblingskollegen Pedro, macht sich auf den Weg nach La

Barrosa. An der Rezeption steht wieder Manuel, heute etwas freundlicher als er die Kommissare entdeckt.
„Hallo, Frau Kommissarin, soll ich die Gäste holen, oder wollen Sie an den Pool gehen?"
Juana bittet Manuel, das Paar in dem Empfangsbereich des Hotels zu bitten. In der Sonne ist es den Kommissaren zu heiß, um eine Vernehmung zu führen. Es dauert gut zehn Minuten, dann erschienen die beiden, an der Rezeption. Über die Badesachen haben sie sich ihre Badelaken gebunden. Manuel informiert Juana, die sofort zu den beiden Urlaubern geht.
„Entschuldigen Sie, nun stören wir Sie beim Sonnenbaden. Wir möchten Ihnen gerne einige Fragen stellen. Nehmen Sie doch hier bei uns am Tisch Platz. Vielen Dank."
Juana stellt sich und ihren Kollegen vor, fragt die beiden nach ihren Namen, erst dann beginnt sie ihre Fragen zu formulieren.
„Sie sind vor gut zwei Wochen mit dem Flieger aus Hamburg gekommen. In Ihrer Maschine war diese junge Frau."
Juana zeigt ein aktuelles Foto, das ihr die Kollegen aus Hamburg per E-Mail geschickt haben.
„Kennen Sie die junge Frau? Können Sie sich an sie erinnern? Sie heißt Jutta Nieber."
Die Urlauber, ein Ehepaar so um die Vierzig, betrachtet das Foto. Der Mann schüttelt den Kopf und hebt die Schultern, als wolle er andeuten, keine Ahnung! Die Frau betrachtet das Foto etwas länger, dann sagt sie:
„Ich kann nicht sagen, ob sie im Flieger war. Wenn Sie es sagen, wird es wohl so gewesen sein. Im Hotel habe ich die junge Frau mal gesehen, beim Essen, sie saß am Neben-

tisch. Ich habe sie nicht beobachtet, aber sie fiel auf, weil sie sehr laut gesprochen haben."
Juana unterbricht die Frau und will wissen:
„Sie sagten eben, weil *sie* sehr laut gesprochen haben? War die junge Frau nicht alleine? Konnten Sie verstehen, worum es in dem Gespräch ging?"
„Ja, aber, warum fragen Sie denn das? Hat die junge Frau etwas angestellt?"
„Nein, sie hat nichts angestellt. Wir ermitteln in einem Fall und benötigen diese Angaben dafür", antwortet Juana kurz.
„Sie hat sich mit einer jungen Frau gestritten. Ich hatte die andere Frau noch nie hier gesehen, vielleicht war sie gerade erst angekommen. Diese Frau hier auf dem Bild, wollte in eine bestimmt Bar am Abend, die andere nicht. Darum ging es. Mehr weiß ich nicht. Reicht Ihnen das?"
„Sie können sich an keine weiteren Einzelheiten des Gesprächs erinnern? Es ist wirklich sehr wichtig für uns. Um welche Bar ging es denn in dem Gespräch?"
„Ich glaube, der Name war so ähnlich wie Torre irgendwas. Vielleicht können Sie damit etwas anfangen."
„Hieß sie vielleicht Torre de Oro?", fragt Pedro, der plötzlich wie aufgeweckt ist.
Die Frau bestätigt, so könne sie geheißen haben. An Juana gerichtet erklärt Pedro, es sei eine edle Bar in der Nähe der Strandpromenade in La Barrosa. Weitere Details können die Urlauber nicht berichten, die beiden Kommissare verabschieden sich und fahren in ihr Büro zurück. Sie beschließen auf der Fahrt an einem der nächsten Abende dieser Bar einen Besuch abzustatten, in der Hoffnung weitere Informationen zu erfahren.

☼

In der Nacht erhält Juana per Telefon, obwohl sie keine Bereitschaft hat, einen Anruf. In einem Hotel in La Barrosa soll es zu einem tätlichen Angriff auf eine Frau gekommen sein. Es sei ihr nichts passiert, da ein zufälliger Gast den Überfall gestört hätte. Dennoch hielten es die Kollegen der Guardia Civil für wichtig und informierten die Kommissarin. Juana schaut auf die Uhr, kurz nach Drei.
„Tut mir leid, aber ich möchte in der Nacht nicht so gerne alleine unterwegs sein. Ich hole dich ab, in zehn Minuten. Meckere nicht, ich bin auch geweckt worden, oder glaubst du, ich sitze nachts im Wohnzimmer und warte auf einen Anruf der Zentrale?"
Pedro ist nicht gerade erfreut, er muss sein warmes Bett verlassen. Es gibt keine Ausrede. Dann klingelt Juana an der Haustür. Pedro steht noch nicht auf der Straße, er braucht immer etwas länger, das kennt Juana schon. Die Tür öffnet sich und Pedro versucht im Gehen, eine Jacke anzuziehen.
„Morgen. Was gibt es denn, was so wichtig ist, mich aus dem Bett zu holen?", fragt Pedro seine Kollegin, es klingt etwas mürrisch.
„Im Hotel in La Barrosa ist eine junge Frau überfallen worden. Die Kollegen der Guardia haben mich eben informiert. Vielleicht gibt es einen Zusammenhang mit dem Tod an Jutta Nieber. Das gibt es! Bist du nun zufrieden?"
Pedro brummt etwas in seinen nicht vorhandenen Bart, Juana kann es nicht verstehen. Es ist alltags um diese Zeit sehr wenig Verkehr auf der Straße, daher sind die Kommissare nach einem kurzen Moment am Hotel Playa. Ein

Einsatzwagen der Guardia Civil steht bereits vor dem Portal. Juana und Pedro betreten das Hotel. Sie sind bekannt und werden von ihren Kollegen sofort per Handschlag begrüßt.

„Hallo, Juana. Ich denke, die Sache könnte mit eurer Toten zusammenhängen."

Juana erkundigt sich bei den Kollegen nach dem Geschehenen. Eine junge Frau war nach Hause gekommen. Auf dem Weg in ihr Zimmer soll sie von einem Mann mit Gewalt in den Keller gezogen worden sein. Er hat versucht sie mit einer Flüssigkeit zu betäuben. Die junge Frau hat sich sehr gewehrt, daher ist es ihm nicht ganz gelungen. Im Keller wollte er sich wohl an ihr vergehen, ist aber durch einen zufällig dazu kommenden anderen Mann gestört worden. Ansonsten hat es im Hotel keine weitere Person mitbekommen. Der Täter hat die Hintertreppe benutzt, die normalerweise dem Personal vorbehalten ist. Juana will wissen:

„Ist die junge Frau ansprechbar? Wo ist sie?"

Der Kollege der Guardia Civil begleitet Juana und Pedro in einen abgeteilten Trakt des Hotels, der für Großveranstaltungen vorgesehen ist. Hier sitzt die junge Frau auf einem Sofa und trinkt einen Brandy. Juana und Pedro stellen sich vor und fragen, ob es recht ist, wenn sie sofort mit der Befragung beginnen. Die Frau nickt. Sie ist blass, der Schreck sitzt ihr noch in den Knochen. Der Brandy wird sicherlich helfen, denkt Juana.

„Wie heißen Sie, bitte?"

„Mein Name ist Sarah Matz. Ich komme aus München."

„Sarah, ich darf doch Sarah sagen? Bitte erzählen Sie mir doch mal, was passiert ist."

Ich war zum Tanzen in der Stadt. Das Taxi hat mich bis vor das Hotel gebracht. Dann bin ich auf mein Zimmer, aber auf dem Flur stand ein Mann, hinter einer Pflanze versteckt. Ich habe ihn erst gesehen, als er direkt neben mir stand."

Das junge Mädchen unterbricht, sie holt tief Luft, man merkt ihr den Schrecken an, den sie in dieser Sekunde gespürt hat. Langsam spricht sie weiter.

„Er hatte etwas in der Hand, es sah aus wie ein kleines Handtuch, so ein Gästehandtuch, wie es auf den Zimmern ist. Es roch ganz eklig, so nach Krankenhaus. Der Mann hat es mir auf mein Gesicht gedrückt. Mir wurde schlagartig übel. Ich habe mich gewehrt, er hielt meine Arme auf dem Rücken zusammen fest, wie, weiß ich nicht. Gleich neben dem Pflanzenkübel, hinter dem er sich versteckt hat, ist ein Treppenhaus. Dort hinein hat er mich gezerrt. Dann ging es eine Etage nach unten. Dort unten sind die Sauna und das Schwimmbad. Ich habe mich immer noch gewehrt, dabei muss ich ihn auch gebissen haben. Plötzlich hat er mich losgelassen und ist weggerannt und ich bin hingefallen."

Sarah unterbricht erneut, aber es scheint, als würde sie überlegen, wie es weiterging. Juana hilft ihr, indem sie sagt: „Lassen Sie sich ruhig Zeit, Sarah. Wenn Sie meinen, Sie können wieder sprechen, machen Sie einfach weiter."

„Ich lag am Boden, als ein anderer Mann plötzlich über mir war. Er fragte mich, ob er mir helfen könne. Ich weiß nicht, woher er so plötzlich kam."

„Sind Sie sicher, dass es ein anderer Mann war, der plötzlich bei Ihnen war? Sarah, denken Sie ganz in Ruhe nach. Könnte es nicht derselbe Mann gewesen sein?"

„Nein, es ist ganz ausgeschlossen. Er roch anders."
„Gut, Sarah. Sie sollten jetzt besser auf Ihr Zimmer gehen. Wir sprechen morgen weiter. Schlafen Sie gut, ein Arzt wird Ihnen ein Mittel geben. Wir haben es schon veranlasst. Bis morgen, Sarah."
Juana und Pedro wenden sich wieder den Kollegen der Guardia Civil zu und wollen wissen, wo der vermeintliche Zeuge der Tat ist. Er hat es vorgezogen, in seinem Zimmer zu warten, erfahren die Kommissare und machen sich sofort auf den Weg zu ihm. Er bewohnt ein Einzelzimmer auf dem gleichen Stockwerk wie Sarah. Der Zeuge öffnet, nachdem Juana leise an die Tür geklopft hat, um keine anderen Hotelgäste aufzuwecken.
„Bitte kommen Sie doch herein, Sie sind von der Polizei?", fragt der Mann.
Juana stellt sich und ihren Kollegen vor. Der Mann ist Deutscher, Mitte dreißig und wirkt ein wenig wie ein verweichlichter, korpulenter Pommes - Verkäufer. Die Haare sind fettig, die Kleidung etwas aus der Mode, die Hose ist zu kurz, dafür das Hemd zu eng. Juana bittet den Mann um seine Ausweispapiere. Pedro übernimmt es, die Daten zu notieren, dann beginnt Juana mit der Befragung.
„Was ist passiert, Herr Ziller?"
„Ich bin nach Hause gekommen, also ins Hotel. Ich mache hier ja nur Urlaub", beginnt er, total aufgeregt und er stottert ein wenig, was das Bild seiner Erscheinung nur noch abrundet.
„Ich wollte auf mein Zimmer, bin aber wohl im falschen Flur gewesen. Dann habe ich den Mann gesehen, er hatte die junge Frau an den Händen festgehalten, wollte sich gerade an sie ran machen."

Juana unterbricht, sie fragt den Mann, dem der Schweiß in Strömen das Gesicht herunter läuft:
„Woher wissen Sie denn, dass sich der Mann an die junge Frau ran machen wollten, wie Sie es nennen?"
„Das war doch ganz klar. Die Frau hat sich schließlich gewehrt. Warum hätte der Mann sie denn sonst losgelassen, wenn es ein Spiel gewesen wäre?"
„Und warum waren Sie im Keller?"
„Ich sagte doch schon, ich wollte auf mein Zimmer."
Juana lässt nicht locker, sie fragt:
„Ja, Sie wollten auf Ihr Zimmer. Es liegt im Erdgeschoss, Sie sind durch die Tür, haben Ihren Schlüssel am Empfang abgeholt, dann sind Sie in den Keller, obwohl ihr Zimmer auf derselben Etage, wie der Empfang liegt? Können Sie mir das bitte mal erklären."
Detlef Ziller schaut auf den Boden, er redet wirres Zeug, was Juana nicht verstehen kann. Sie spricht sehr gut Deutsch, aber sie kann ihn nicht verstehen. Erneut fragt sie den Mann, der vor ihr auf einem Stuhl in seinem Hotelzimmer sitzt.
„Na ja, also, ich wollte sehen, ob es, Sie verstehen schon."
„Nein, ich verstehe nicht. Was wollten Sie sehen? Wussten Sie von dem Überfall auf die junge Frau?"
„Nein, natürlich nicht. Aber, es sind öfter Paare im Keller."
„Was soll das heißen, es sind Paare im Keller? Ich verstehe Sie nicht."
„Wenn man kein Einzelzimmer hat, wo soll man denn hin gehen? Paare lernen sich kennen und wollen Liebe machen. Dann gehen sie in den Keller. So, nun wissen Sie es!"

Juana und Pedro schauen sich an, so recht können sie das eben Gehörte nicht verstehen. Juana fragt nach:
„Nur, damit ich Sie auch richtig verstanden haben. Wenn sich hier zwei Urlauber kennen lernen, die kein eigenes Zimmer haben, vielleicht weil der Ehemann dort schläft, oder der Freund, dann gehen sie mit ihrem neuen Partner für eine schnelle Nummer, so nennen sie es doch, in den Keller? Und Sie, Herr Ziller, haben es gewusst, sind also auch in den Keller gegangen, um diese Paare zu beobachten? Richtig?"
Detlef Ziller nickt, er ist ganz rot geworden. Die Lippen öffnen sich, er versucht etwas zu sagen, schweigt aber weiterhin. Juana schüttelt sich, so abgrundtief kann man gar nicht denken, steht in ihrem Gesicht geschrieben, Pedro kann es lesen, er kennt Juana nur zu gut.
„Egal. Weiter. Herr Ziller, Sie sind also die Treppe nach unten gegangen und dann?"
„Ich bin mit dem Fahrstuhl auf der anderen Seite des Traktes gefahren, dann durch diese Glastür gegangen, die neben dem Schwimmbad ist, dort steht ein großer Blumenkübel und habe gewartet. Plötzlich ging die Tür auf, dort ist auch noch ein Treppenhaus. Der Mann kam mit dem Mädchen raus, ich dachte noch, jetzt geht's los. Aber ich erkannte, das Mädchen war nicht freiwillig hier unten. Sie wehrte sich und schrie. Ich habe mich bewegt, die Zweige des Baumes haben sich bewegt, der Mann hat mich gesehen, dann ist er weggelaufen. So war das."
„Können Sie den Mann beschreiben?"
„Er war größer und schlanker als ich, er trug eine helle Sporthose, ein helles Hemd. Dunkle Haare, er sah aus wie ein Ausländer."

„Was für ein Ausländer?", will Juana wissen.
„Wie ein Spanier!", kommt die Antwort, dabei sieht er in Juanas Gesicht und erschrickt sich, so böse schaut sie ihn an.
„War er maskiert? Hatte er einen Bart? Trug er eine Brille? Ist Ihnen sonst etwas Besonderes an ihm aufgefallen?"
„Keine Brille, kein Bart. Volle dunkle Haare. Es sah aus, als wäre er geschminkt. Die Augen waren sehr dunkel, die Haut ganz blass."
„Wie lange bleiben Sie noch in diesem Hotel?"
„Noch zwei Wochen, ich bin ja gerade erst angekommen."
„Danke, Sie hören noch von uns."
Juana verlässt das Hotelzimmer, Pedro folgt ihr. Erst als die beiden an der Rezeption sind, beginnt sie zu lachen.
„Ich glaube, die sollten hier im Hotel mal etwas ändern, das kann es doch gar nicht geben. Hört sich an, als würde hier wilder Sex gemacht. Ich werde die Kollegen informieren, das Hotel muss die Räume in der Nacht wohl abschließen!"
Juana fährt ihren Kollegen nach Hause, macht sich dann selbst auf den Weg, um noch einige Stunden im Bett zu verbringen. An Schlaf ist dabei aber nicht mehr zu denken.

Am nächsten Mittag fahren die beiden Kommissare erneut in das Hotel Playa, um ein weiteres Mal mit Sarah zu sprechen. Sie treffen sie in ihrem Hotelzimmer an, sie hat es nur zum Frühstück verlassen, berichtet sie.
„Sarah, ich möchte wissen, ob sie den Mann, der Ihnen etwas antun wollte, wieder erkennen würden?"

„Ich habe mich das heute Morgen auch schon gefragt. Auf dem Weg zum Speisesaal. Jeder Mann, der dort ging, hat mich erschreckt. Er trug eine Maske, ich konnte sein Gesicht nicht erkennen."
„Sarah, was sagten Sie gerade? Der Mann trug eine Maske?"
„Ja, aus Kunststoff. Hat er wohl im Karneval getragen, eine Hasenmaske. Er sah aus, wie ein Hase. Ich kann mich nur an den Geruch erinnern. Es roch, wie im Krankenhaus."
„Sarah, das ist sicherlich das Mittel gewesen, mit dem der Mann Sie betäuben wollte."
Sarah schaut hoch, man merkt, dass sie nachdenkt. Sie nickt. Juana versucht es erneut.
„Der Mann, der dann hinzukam, hatte der eine andere Statur? War er größer, oder kleiner? Dicker, oder dünner?"
„Das kann ich nicht sagen, ich lag am Boden, der Mann stand über mir. Ich habe mich dann auf den Boden gesetzt, er lief an die Rezeption und rief die Polizei. Der andere Mann stand eigentlich hinter mir, ich habe die Maske nur kurz gesehen, als er hinter diesem Blumenkübel raus kam, auf dem Flur."
„Sarah, bitte denken Sie genau nach. Kann es derselbe Mann gewesen sein?"
„Also, ich kann es nicht sagen. Theoretisch ja. Wir kamen aus dieser Tür vom Treppenhaus, daneben ist die Tür zum Bad, daneben der Blumenkübel. Der Mann ist an dem Bad vorbei, ich habe aber nicht gesehen, wo er geblieben ist."
Juana versucht, das soeben Gesagte, zu wiederholen.
„Sie lagen am Boden und konnten nicht sehen, wohin der Mann verschwunden ist? Er hätte also hinter dem Blumentopf seine Maske abnehmen können und zu Ihnen zurückkommen können?"

Sarah wird erneut blass, Tränen laufen an ihren Wangen hinab. Sie nickt, immer wieder.

„Sarah, vielen Dank. Es ist schwer für Sie. Ich weiß es, aber wir brauchen Ihre Hilfe, Sie wollen doch auch, dass dieser Mann, der Ihnen das antun wollte, gefasst wird?"
„Ja, er soll bestraft werden."

Die Kommissare verlassen das junge Mädchen. Auf dem Flur beschließen sie, dem Herrn Ziller einen weiteren Besuch abzustatten. Diesmal allerdings sollen die Kollegen der Spurensicherung dabei sein. Sie suchen eine Hasenmaske und eine Flasche mit Diazepam, außerdem nach einem Handtuch mit Äther. Der Einsatz wird beschlossen, die Kollegen der Spurensicherung angefordert. Ein Beamter der Guardia Civil muss auf dem Flur das Zimmer des Herrn Ziller beobachten, er darf es nicht verlassen.

Sechzig Minuten später treffen die Kollegen der Spurensicherung im Hotel ein. Detlef Ziller hat nicht versucht, sein Zimmer zu verlassen, man hört Geräusche, der Fernseher läuft. Juana klopft und öffnet im gleichen Moment die Tür. Detlef liegt auf seinem Bett, er trägt nur einen schwarzen Slip, der einige Nummern zu klein gekauft wurde, der Fernseher zeigt ein eindeutiges Bild, anscheinend Pay – TV. Neben Juana und Pedro betreten die Kollegen mit ihren Koffern, die die Utensilien beinhalten, die sie bei ihrer Arbeit benötigen, das Zimmer. Detlef scheint nicht sonderlich erschrocken, er bleibt auf dem Bett liegen, lediglich den Ton des Fernsehers schaltet er aus. Pedro klärt den Mann auf, die Kollegen beginnen mit ihrer Untersuchung. Einer der Beamten beginnt im Badezimmer, die anderen Zwei durchsuchen die Schränke im Flur und im Zimmer. Detlef Ziller muss das Bett verlassen und es wird in seine einzelnen Bestandteile zerlegt. Aus dem Bad wird ein Erfolg gemeldet, Juana wird eine Flasche mit einer sonderbaren Flüssigkeit gezeigt, ein Etikett fehlt leider.

„Was befindet sich in der Flasche, Herr Ziller?", fragt Juana den Mann, der immer noch nur in der zu engen Unterhose in Raum steht.

Die Schultern werden angehoben, wieder fallen gelassen, keine Antwort. Juana versucht es erneut:

„Herr Ziller, was ist in der Flasche?"

Nach einem weiteren Moment, der Befragte hat wieder nicht geantwortet, reicht Juana die Flasche zurück an die Kollegen mit den Worten:

„Ab ins Labor, wir finden es heraus, Herr Ziller."

„Juana, schau mal hier! Es ist zwar keine Hasenmaske, aber eine Schweinemaske! Auch nicht schlecht. Sie lag unter dem doppelten Boden des Koffers."

„So Herr Ziller, dann erklären Sie uns mal, warum sie diese Maske im Koffer versteckt haben?"

„Ich kenne diese Maske nicht. Sie gehört mir nicht. Was sollte ich denn auch mit einer solchen Maske?"

Juana und Pedro schauen sich an, sie nicken, dann kommt kurz der Befehl an den Kollegen der Guardia Civil, der noch immer vor der Tür des Hotelzimmers steht.

„Festnehmen und abführen."

☼

Gemeinsam besuchen Juana und ihr Kollege Pedro an diesem Abend die Bar „Torre de Oro", die etwas versteckt am Ende der kleinen Promenade in La Barrosa liegt. Die

Gäste, alle ausnahmslos gut angezogen, sitzen an kleinen Tischen, unterhalten sich leise. Eine ungewöhnliche Atmosphäre für einen spanischen Treffpunkt. An der Bar fallen Juana einige allein stehende Damen auf, die anderen Gäste sind überwiegend Paare. Vielleicht fünfzig Gäste insgesamt halten sich in der kleinen Bar auf. Das Licht kommt aus kleinen, auf den Tischen befindlichen Laternen, die alle einen samtroten Lampenschirm haben. An der Decke hängt eine sich drehende Kugel aus irisierendem Glas. Musik aus in den Ecken angebrachten Lautsprechern plätschert durch den Raum.
„Woher bitte kennst du diese Bar?", will Juana von ihrem Kollegen Pedro wissen.
„Einmal bin ich mit ein paar Freunden hier gewesen, aber, wirklich, nur einmal. So gut verdiene ich doch nicht, du weißt es doch!", erwidert Pedro, ganz leise in Juanas Ohr. Die beiden begeben sich an die Bar, bestellen sich ein Softgetränk und beobachten das Treiben. Ein neuer Gast, der die Bar betritt, gesellt sich zu den Solodamen an der Bar, Juana fällt auf, dass sich der Mann, scheinbar ein Endvierziger, auffällig großzügig zeigt. Alle Damen bekommen einen Pony Sekt, er selbst trinkt einen Whisky. Relativ schnell trinkt er sein Glas leer, bezahlt mit einem 100 Euro Schein und verlässt mit einer der Damen das Lokal.
„Nun wissen wir jedenfalls, was hier abgeht. Pedro, du wirst hier nicht wieder alleine hingehen!", scherzt Juana mit ihren Kollegen.
Der Ober an der Bar, ein gut aussehender Jüngling hat auf seine Gäste immer ein Auge. So spricht er dann auch Juana an:

„Kann ich Ihnen helfen? Sie schauen sich hier im Lokal um, suchen Sie eventuell etwas?"
„Vielleicht! Eine gute Idee."
Juana zieht aus Ihrer Tasche das Foto der verstorbenen Jutta, reicht es an den Barkeeper. Sie beobachtet ihn dabei genau, dann fragt sie:
„Haben Sie diese junge Frau hier schon einmal gesehen?"
Der Keeper kratzt sich am Kopf, überlegt einen Moment und beginnt dann leise zu sprechen.
„Sie sind von der Polizei? Ich habe es mir gleich gedacht. Warum wollen Sie das wissen?"
„Das geht Sie nichts an. Kennen Sie die Frau? War Sie hier Gast?"
„Keine Ahnung. Hier kommen jede Nacht so viele Gäste, ich kann mir nicht jedes Gesicht merken."
„Wenn Sie sich nicht gleich erinnern, können Sie auch mitnehmen aufs Kommissariat. Dann haben Sie Zeit genug, darüber nachzudenken. Ganz wie Sie wollen."
Pedro reicht einen Geldschein über den Tresen und möchte bezahlen. Juana greift, wie angesprochen in die Tasche und zieht ihr Mobiltelefon hervor. An Pedro gerichtet sagt sie:
„Ich rufe schon mal die Kollegen der Guardia an, die können ihn mitnehmen."
Plötzlich, mit einigen roten Flecken im Gesicht, beginnt der Barkeeper wieder zu reden.
„Ja, ich kenne sie. Letzte Woche war sie hier, aber nicht alleine."
„Wer war dabei?"
„Eine andere junge Frau. Sie wollten wohl einen Mann kennen lernen oder zwei. Keine Ahnung. Waren zwei oder drei Abende hier, aber immer ohne Erfolg."

„Können Sie sich erinnern, an welchem Tag es war?"
„Nein, nicht wirklich. Aber am Montag haben wir geschlossen, bleiben Dienstag, Mittwoch und Donnerstag. Am Freitag hatte ich keinen Dienst, da war meine Kollegin hier."
„Das reicht uns schon. Hatten die Frauen hier Kontakt zu anderen Gästen? Ist Ihnen etwas aufgefallen?"
„Sie saßen hier an der Bar, am Ende des Tresens, aber, so wie ich mich erinnern kann, haben die beiden mit keinem anderen Gast gesprochen."
Juana bedankt sich bei dem Barkeeper, danach verlassen die beiden Kommissare die Bar wieder. Jeder steigt in seinen Wagen und fährt nach Hause.

„Hier ist das Ergebnis der Befragung aus Hannover. Die Kollegen in Deutschland haben die junge Frau gestern Abend erreicht. Sie gibt an, Jutta hier im Hotel kennen gelernt zu haben. Da beide Frauen alleine gereist sind, haben sie hier und da etwas zusammen unternommen. Einen Ausflug nach Cádiz, an den Strand und auch ein Barbesuch wird erwähnt. Zurück ging es in unterschiedlichen Maschinen, es muss in Hannover wohl auch einen Flughafen geben", bemerkt Pedro, an seine Kollegin Juana gerichtet.
„Also hilft uns die junge Frau nicht weiter. Aber warten wir die anderen Ergebnisse ab, vielleicht kommt da ein rettender Hinweis aus Hamburg."
Juana erhält einen Anruf, ihr Vorgesetzter möchte sie sprechen.

„Was wohl nun schon wieder los ist? Hat er nichts zu tun, dass er mich von meiner Arbeit abhalten muss?"
Juana ist genervt, ihr Chef erwartet schnelle Ergebnisse, schnelle Erfolge. Unter Druck kann Juana aber nicht arbeiten, das hat sie schon so oft erklärt, doch der Chef kümmert sich nicht darum.

Kapitel 4 * in Hamburg

Kommissarin Petra Mister und ihr Kollege Hans Windisch haben sich zur Wohnung des ehemaligen Freundes Jürgen Ex aufgemacht. Sie haben sich telefonisch angekündigt, jedoch den eigentlichen Grund ihres Besuches noch verschwiegen. Herr Ex bewohnt eine kleine Wohnung im Stadtteil Bramfeld.
„Guten Tag, wir haben uns angemeldet, wir sind von der Kripo Hamburg. Dürfen wir reinkommen?"
„Ja, bitte. Was wollen Sie eigentlich von mir? Ich bin mir gar keiner Schuld bewusst. Bitte nehmen Sie Platz."
Herr Ex bittet die Kommissare ins Wohnzimmer, sie nehmen auf der Couch Platz. Petra beginnt:
„Herr Ex, es geht um Ihre ehemalige Freundin Jutta Nieber. Wann haben Sie Frau Nieber das letzte Mal gesehen oder gesprochen?"
„Da muss ich überlegen. Genau kann ich es gar nicht mehr sagen. Wir haben uns in der letzten Zeit nicht mehr so oft getroffen, leider. Dann rief sie an, ob ich Zeit hätte, sie wolle mich besuchen. Es war komisch, sie hatte einen Wohnungsschlüssel und konnte kommen und gehen, wann sie wollte. Vorher hatte sie noch nie angerufen. Wir vereinbarten einen Zeitpunkt, sie kam und teilte mir mit,

die Beziehung sei beendet. Den Schlüssel hat sie hier auf den Tisch gelegt, ihre paar Sachen genommen und ist gegangen."
Die Kommissarin fragt nach.
„Hat Jutta Ihnen keinen Grund genannt, warum sie die Beziehung beendet hat?"
„Nein. Ich habe nachgefragt, habe versucht, sie zu halten. Sogar am Arm habe ich sie gepackt, ich konnte sie doch nicht einfach so gehen lassen. Wir waren so lange zusammen, haben uns immer gut verstanden, es gab fast keinen Streit. Ich verstehe es immer noch nicht."
„Hat sie an diesem Tag einen geplanten Urlaub erwähnt?"
„Nein, von einem Urlaub weiß ich nichts. Ich habe versucht, Jutta telefonisch zu erreichen. Immer wieder. Das Handy war abgestellt, zu Hause ging nur die Mutter an den Apparat. Mehrmals bin ich zur Familie nach Volksdorf gefahren, um Jutta zu besuchen. Aber, entweder sie war nicht da, oder sie hat sich verleugnen lassen."
„Herr Ex, wie kommt es, dass Jutta noch immer in der Wohnung in Bramfeld gemeldet ist?"
„Ganz einfach. Eine Freundin hat die Wohnung übernommen. Im Mietvertrag stand, ein Nachmieter dürfe nicht gestellt werden. Darauf haben sich die Freundinnen so geeinigt, es merkt ja keiner."
„Doch, wir haben uns schon gewundert. Wie heißt die Freundin, die jetzt in der Wohnung lebt?"
Jürgen Ex gibt den Namen an die Beamten. Sie werden sich später darum kümmern.
„Ich möchte aber nun doch wissen, was ist eigentlich los? Sie fragen und fragen? Was ist denn mit Jutta?"
„Herr Ex, Jutta ist tot. Sie ist in Spanien verstorben."

Diese Meldung wollen sie nun wirken lassen, schauen, wie der ehemalige Freund auf die Nachricht reagiert. Sprachlos und unbewegt schaut er die Kommissare an. Die Augen füllen sich mit Tränen, er schluckt, um sie zurückzuhalten.
„Wie ist das passiert?"
„Wir wissen es noch nicht genau. Es könnte sein, dass Ihre Freundin Opfer eines Verbrechens wurde, es könnte auch sein, sie verstarb durch einen Unfall. Die Kollegen in Spanien ermitteln noch.
„In Spanien? Ist Jutta an die Costa de la Luz geflogen?", will Jürgen wissen.
Hans Windisch fragt nach:
„Ja. Warum fragen Sie? Gibt es einen besonderen Grund?"
„Nun, wir sind zusammen immer nach Spanien geflogen, die letzten Male immer an die Costa de la Luz. Es hat uns so gut dort gefallen. Die langen Strände, das schöne Essen, die Sonne, die Luft, einfach alles. Aber warum sie dann ohne mich dort hinfliegt, kann ich nicht verstehen. Bitte erzählen Sie mir, was genau passiert ist", bittet Jürgen Ex. Die Kommissare berichten, im Rahmen der Möglichkeiten, über den Tathergang. Jürgen Ex ist erschüttert, kann es nicht fassen, Jutta konnte gut schwimmen, es muss ein Verbrechen gewesen sein, erklärt er. Die Kommissare zeigen ihm die Liste mit den Namen der Gäste, die mit seiner Freundin zusammen im Flugzeug waren. Sie wollen wissen, ob es einen bekannten Namen gibt, der in Verbindung mit Jutta stehen könnte. Aber Jürgen kennt keine dieser Personen Auf die Frage nach anderen wichtigen Informationen, erwähnt Jürgen die Probleme zwischen den Geschwistern Jutta und Jochen.

„Sie hatten immer Streit, seit einigen Monaten hat sich Jutta dann gar nicht mehr mit ihrem Bruder getroffen."
„Worum ging es in dem Streit?"
Jürgen berichtet, es gäbe keinen Grund. Die Geschwister konnten sich einfach nicht vertragen.
„Auf Geburtstagen bei der Mutter kam es immer wieder zu heftigen Auseinandersetzungen. Die Blumen waren nicht frisch, oder das Kleid war zu kurz, die Frisur war zu modern. Jutta sollte sich noch mehr um ihre Mutter kümmern. Das war auch ein Grund, warum sie die Wohnung aufgab und zu ihrer Mutter nach Volksdorf zog. Der Bruder lebt ja in Lübeck, er kam nur, wenn es einen besonderen Anlass gab. Ich glaube, er hat Geldsorgen. Ich habe gehört, wie er mit seiner Mutter stritt, es ging um irgendeine Geldanlage bei seiner Bank."
„Hat Jutta mal darüber gesprochen? Wusste sie davon?"
„Jutta sagte immer, sie glaube, Jochen sei gar nicht ihr Bruder! Sie wollte damit zum Ausdruck bringen, dass Jochen so ganz anders war, als der Rest der Familie."
„Herr Ex, kennen Sie weitere Freunde oder Freundinnen, die mit Jutta Kontakt hatten?"
„Nun, die Freundin, die in der Wohnung wohnt. Sie hat sich aber auch manchmal mit einer Kollegin aus dem Kaufhaus getroffen, in der Stadt. Den Namen kenne ich leider nicht. Sie haben in einem Büro gesessen. Es dürfte also nicht schwer sein, den Namen herauszufinden."
„Vielen Dank, Herr Ex. Sie haben uns wirklich sehr geholfen. Vielleicht melden wir uns noch mal bei Ihnen. Bis dahin, alles Gute."
Die Kommissare verabschieden sich und verlassen die Wohnung.

„Ein netter junger Mann, lass uns gleich noch mal bei der Freundin rein schauen, vielleicht ist sie ja zu Hause. Es ist ganz in der Nähe."
Die Freundin, Sabine Hansen, soll als Kindergärtnerin in Bramfeld arbeiten. Die Mutter der verstorbenen Jutta Nieber hatte ihren Namen, neben dem Namen des Ex-Freundes, aufgeschrieben. Es war der Polizei nur nicht bekannt, dass diese Freundin in der Wohnung lebt, in der die Verstorbene gemeldet war. Die Kommissare haben Glück, Sabine Hansen ist in ihrer Wohnung. Die Kommissare stellen sich vor und bitten einen Moment in die Wohnung kommen zu dürfen.
„Was kann ich für Sie tun? Die Polizei hatte ich noch nie zu Hause, es ist ganz schön aufregend."
„Es tut uns leid, dass wir Ihnen Unannehmlichkeiten bereiten. Es geht um Ihre Freundin Jutta Nieber."
Sabine wird rot, sie beginnt sofort aufgeregt zu sprechen.
„Kommen Sie etwa wegen der Wohnung?"
„Nein, machen Sie sich darum keine Sorgen, es ist uns egal, wir möchten nur mit Ihnen über Jutta sprechen. Wann haben Sie Jutta zum letzten Mal gesehen oder gesprochen?"
„Ich habe sie zum Flughafen gebracht, am Freitag. Sie ist nach Spanien in die Sonne geflogen, die Glückliche."
„War sie wirklich glücklich, als sie flog? Oder hatte es einen anderen Grund, warum sie in den Urlaub ist?"
„Ach, sie meinen die Trennung. Jürgen hat Schluss gemacht, sie war sehr traurig. Das war auch der Grund, warum sie weg wollte. Etwas Abstand gewinnen, wieder zu sich selbst finden. Das geht im Urlaub, in einer anderen Umgebung natürlich besser, als zu Hause."

„Hat Jürgen sich getrennt, oder hat Jutta Schluss gemacht?" fragt Petra Mister Sabine, die noch immer nicht weiß, dass ihre Freundin nicht mehr lebt.
„Nein, Jürgen hat sich getrennt, ganz plötzlich. Jutta hat es nicht verstanden, er hatte keinen Grund. Sie haben so gut zusammen gepasst, sie waren immer glücklich zusammen. Vielleicht hat er eine Neue?"
„Woher wissen Sie, dass Jürgen Schluss gemacht hat?"
Sabine antwortet, man merkt sie ist aufgeregt, über dieses Thema zu sprechen.
„Jutta hat mich am gleichen Tag besucht. Sie ist bei Jürgen weg, er wohnt hier nur einige Straßen weiter, dann kam sie zu mir und hat sich ausgeweint. Wir haben fast die ganze Nacht geredet, aber, verstanden haben wir es beide nicht", berichtet Sabine Hansen.
Die Kommissarin berichtet nun vom Tod der Freundin in Spanien. Sabine weint, sie ist sprachlos, genau wie vor wenigen Minuten noch Jürgen Ex. Eine Erklärung für den Tod hat keiner der Freunde oder Angehörigen. Sabine kann sich gar nicht beruhigen, die Kommissare haben aber noch weitere Fragen an die Freundin.
„Was wissen Sie über die Familie? Kennen Sie die Mutter, den Bruder?"
Sabine nickt, schluchzt, verlässt das Zimmer, um einen Moment später mit nassem Gesicht, sie war im Bad und hat sich frisch gemacht, wieder zu erscheinen. Dann beginnt sie:
„Entschuldigen Sie bitte, ich bin doch ziemlich erschrocken. Jutta ist meine beste Freundin, seit der Grundschule sind wir befreundet. Ja, ich kenne die Familie, schon von klein auf."

„Was können Sie uns berichten? Vielleicht erscheint es für Sie nicht wichtig, aber für uns ja, wir kennen Jutta nicht, müssen uns ein Bild über ihre Freundin machen, um den Kollegen in Spanien zu helfen."

„Juttas Vater ist vor, ich glaube vier Jahren, verstorben. Er war der ruhende Pol in der Familie. Die Mutter war ziemlich fertig, nach dem Tod ihres Mannes. Der Sohn ist fortgezogen, er konnte damit nicht klar werden, glaube ich. Es schien wie eine Flucht. Er studiert in Lübeck. Ein komischer Geselle, wenn sie mich fragen. Ich mag ihn nicht, er ist arrogant und extrovertiert. Er hatte nur sich selbst im Kopf, seine Probleme, sein Geld, seine Freunde. Was mit seiner Mutter war, hat ihn nicht interessiert. Jutta hat gelitten, unter dem Tod ihres Vaters, aber auch über die Art, mit der ihr Bruder damit umging. Dann hat sie irgendwann ihre Wohnung aufgegeben und ist zu ihrer Mutter gezogen. Ich glaube, der Bruder war danach erst richtig sauer. Sie solle nicht so „einschleimen", hat er gesagt. Jutta und Jochen hatte danach keinen Kontakt mehr, außer zu Weihnachten oder auf dem Geburtstag ihrer Mutter. Sie war froh darüber."

Die beiden Kommissare bedanken sich bei der jungen Frau und wünschen auch ihr alles Gute. Dann verlassen sie die Wohnung und fahren in die Stadt aufs Präsidium zurück.

„Wir haben jetzt mehrere Aussagen, die alle betätigen, dass sich die beiden getrennt haben. Aber, wer nun von wem? Jürgen sagt, Jutta hat sich getrennt. Sabine sagt, Jürgen hat sich von Jutta getrennt. Da stimmt doch etwas nicht. Ich werde jetzt mal im Kaufhaus anrufen, in dem Jutta gearbeitet hat. Die Kollegin werden wir befragen. Vielleicht weiß sie etwas darüber."

Petra erreicht die Kollegin, sie heißt Hannelore Habermann, wohnt in Hamburg und wird zur Befragung ins Präsidium vorgeladen.
Am gleichen Nachmittag erscheint sie etwas verängstigt im Büro der Kommissare.
„Bitte nehmen Sie doch Platz, Frau Habermann. Danke, dass Sie so schnell kommen konnten."
„Na ja, wenn die Polizei schon in der Firma anruft, musste ich sofort kommen. Die Kollegen wollten wissen, was los ist. Mein Chef erst recht!"
„Keine Angst, Sie sollen uns nur helfen. Wir möchten Sie gerne als Zeugin vernehmen. Sie brauchen keine Angst zu haben. Es geht um ihre Kollegin Jutta Nieber."
„Jutta? Die ist doch im Urlaub."
„Wann haben Sie mit Ihrer Kollegin Jutta zuletzt gesprochen?", will die Kommissarin wissen.
Dann erzählt Hannelore Habermann von dem plötzlichen Urlaub. Jutta sei ziemlich verstört gewesen, unkonzentriert bei der Arbeit, aber sie hätte keine Erklärung dazu abgegeben. Immer wieder wollte Hannelore in einem Gespräch helfen, Jutta aber hätte abgeblockt, sie müsse alleine damit fertig werden.
„Es war eigentlich nicht Juttas Art, sie hat sonst immer mit mir über alles gesprochen. Dann hat sie sich zum Feierabend mit den Worten verabschiedet: ich fliege jetzt in Urlaub, nach Spanien. Macht es gut. Das war das letzte, was ich von ihr gehört habe. Was ist denn mit Jutta?", will nun die Kollegin wissen.
Auch Hannelore ist ziemlich erschüttert, über die Todesnachricht ihrer Kollegin. Sie könne es sich nicht erklären,

wisse keinen Grund. Auch von der Trennung der beiden jungen Leute wüsste sie nichts.

Petra Mister verfasst einen Bericht in Spanisch, den sie per Fax an ihre Kollegen in Chiclana sendet.

„Eine Hilfe wird es nicht sein. Erfahren haben wir nicht wirklich ein Motiv, der einen Mord erklären würde. Aber, es gibt noch viele andere Namen auf der Passagierliste, um die wir uns kümmern müssen. Außerdem möchte ich erneut mit der Mutter der Verstorbenen sprechen. Sie soll uns aufklären, wie es zwischen den Geschwistern so lief, was meinst du, Hans?"

Hans nickt, er ist einverstanden, die Mutter wird angerufen, ein Termin am nächsten Morgen vereinbart.

Gerda Nieber, die Mutter der verstorbenen Jutta, erwartet die Kommissare schon vor ihrem Haus. Heute wirkt sie etwas gefasster, Petra bemerkt die normale bunte Kleidung, also keine Trauerkleidung. Gemeinsam betreten sie das Haus und begeben sich in das große Wohnzimmer, dessen Fenster zum Garten hinaus führt. Petra Mister beginnt die Unterhaltung:

„Vielen Dank, Frau Nieber, dass wir heute noch mal zu Ihnen kommen durften. Ich weiß, wie schwer das alles für Sie sein muss. Wenn ich das so sagen darf, Sie haben ein wunderschönes Haus, der Ausblick hier ist traumhaft."

Frau Nieber bedankt sich und fragt im gleichen Zuge, ob sie den Kommissaren eine Erfrischung reichen darf. Sie verneinen, da sie der Mutter keine Umstände bereiten wollen.

„Frau Nieber, ich möchte heute noch einige Fragen klären, die uns und den Kollegen in Spanien helfen können, die Umstände am Tod Ihrer Tochter aufzuklären. Was können

Sie uns über die Trennung Ihrer Tochter von Jürgen Ex sagen?"

„Jürgen? Ich habe es bis heute nicht verstanden. Jutta kam eines Abends nach Hause, total aufgelöst, sie hatte geweint. Die Spuren waren deutlich in ihrem Gesicht zu sehen. Sie berichtete, Jürgen hätte sich, ohne Nennung eines Grundes, von ihr getrennt. Sie waren schon so lange befreundet, ich dachte immer, sie würden irgendwann heiraten."

„Hat Jürgen versucht, ich meine, nach der Trennung, mit Ihrer Tochter Kontakt aufzunehmen?"

„Ja, er hat ein paar Mal hier angerufen. Jutta wollte ihn aber nicht mehr sprechen, ich hatte den Auftrag Jürgen abzuwimmeln. Leider! Er tat mir leid."

„Wussten Sie, dass Ihre Tochter Ihre ehemalige Wohnung an die Freundin Sabine Hansen weiter vermietet hatte?"

„Ja, es ging nicht anders. Sabine suchte dringend eine Wohnung, Jutta wollte lieber wieder zu Hause bei mir wohnen. Im Mietvertrag gab es eine Klausel, dass Wohnungen nur vom Eigentümer weiter vermietet werden dürfen. Aber ich habe mich nicht darum gekümmert. Sabine ist Juttas beste Freundin, sie sind schon zusammen zur Schule gegangen. Sie kam schon als ganz kleines Kind zu uns, sie gehört fast zur Familie."

„Was ist denn mit Ihrem Sohn, Frau Nieber? Er lebt in Lübeck? Hatten ihre Kinder einen guten Kontakt?", will Petra Mister nun von der Mutter wissen.

Sie schluckt ehe sie antwortet:

„Also, das ist so eine Sache. Jochen und Jutta haben sich schon als kleine Kinder nicht gut verstanden. Mit zunehmendem Alter wurde es immer schlimmer. Kein Fest verging ohne einen Riesenkrach. Nachdem mein Mann dann

verstarb, wurde es noch ärger. Jochen ist dann nach Lübeck gezogen, er hat dort einen Studienplatz an der Uniklinik bekommen. Danach kam er leider kaum noch nach Hamburg. Nur zum Geburtstag und zu Weihnachten."
„Frau Nieber, Ihre Tochter soll sich einmal geäußert haben, Jochen wäre gar nicht ihr richtiger Bruder! Was kann sie denn damit gemeint haben?"
Gerda Nieber lächelt, sie schaut zur Kommissarin hoch und beginnt ganz leise, fast könnte man sagen, zart zu sprechen.
„Frau Kommissarin, Jochen war genauso mein Kind wie Jutta. Es hat nie einen anderen Mann für mich gegeben. Mein Mann war meine große Liebe, er ist es noch heute."
„Vielleicht hat Jutta es anders gemeint, als es sich heute anhört. Ich wollte Ihnen auf keinen Fall zu nahe treten, entschuldigen Sie bitte, Frau Nieber."
„Ich bin ihnen nicht böse, Sie haben meinen Mann ja schließlich nicht gekannt. Sonst wären Sie nicht auf die Idee gekommen, diese Frage zu stellen."
„Können Sie sich einen Grund vorstellen, warum Ihr Sohn und Jutta sich so schlecht verstanden haben?"
„Nein, wirklich nicht. Manchmal habe ich schon gedacht, es muss etwas geben, was ich nicht weiß. Jutta habe ich danach gefragt, sie hat mir keine Antwort geben können. Jochen habe ich nicht gewagt zu fragen."
Es klopft an der Tür des Wohnzimmers, eine ältere Dame schaut zur Tür hinein.
„Entschuldigung, ich wusste nicht, dass Sie Besuch haben. Ich wollte Ihnen nur schnell die Post bringen. Ich lege sie hier auf den Tisch", dann ist die Frau auch schon wieder verschwunden.

Frau Nieber steht auf, geht zum Tisch und nimmt den Stapel Post mit zu ihrem Platz.

„Es ist meine Haushälterin, sie kommt dreimal in der Woche und erledigt die wichtigsten Dinge für mich. Entschuldigen Sie bitte."

Nachdem Frau Nieber wieder Platz genommen hat, liegt der Stapel Post auf dem Tisch. Zufällig fällt Petras Blick auf den Stapel, sie entdeckt eine spanische Briefmarke auf einem der Poststücke.

„Frau Nieber gestatten Sie, dass ich diese Karte ansehe? Sie kommt aus Spanien!"

Ohne eine erkennbare Reaktion reicht die Mutter die Ansichtskarte an die Kommissarin, die sofort einen Blick auf den Text wirft.

„Sie ist von Ihrer Tochter Jutta!"

Gerda Nieber blickt ins Leere, sie deutet mit einer Geste an, Petra möchte die Karte vorlesen, sie scheint nicht dazu in der Lage zu sein. Die Kommissarin beginnt:

„Liebe Mutter, ich sende dir herzliche Grüße aus Spanien. Es ist wieder sehr schön hier, ich bin froh, geflogen zu sein. Habe eine sehr nette Bekanntschaft gemacht, mal sehen! Auf bald, in Liebe, deine Jutta"

Die Kommissarin schaut hoch und reicht die Urlaubskarte an Frau Nieber, die sie nun zärtlich an ihr Herz drückt. Dann beginnt sie zu weinen. Kurz darauf verabschieden sich die Kommissare und fahren zurück ins Büro in der Stadt.

„Hans, kannst du bitte die Rufnummern, Festnetz und auch Handy, von Jochen Nieber, Jürgen Ex und Sabine Hansen erforschen. Ich möchte gerne wissen, mit wem sie so gesprochen haben. Den Beschluss kannst du gleich beim Staatsanwalt besorgen. Ich telefoniere in der Zeit, unsere Passagierliste weiter ab, vielleicht haben wir Erfolg damit."

Kapitel 5 * in Chiclana

Pedro erwartet seine Kollegin vor dem Hotel Playa bereits, als sie ihren Wagen in der Nähe des Hoteleingangs parkt. Zärtlich legt er seinen Arm um ihre Schulter uns begrüßt sie an diesem sonnigen Morgen. Die Kollegen der Guardia Civil haben den verdächtigen Detlef Ziller ins Hotel gebracht. Am Originalschauplatz des Überfalls soll eine Gegenüberstellung stattfinden. Sarah Matz war nicht sofort damit einverstanden, es hat schon etwas Überzeugungskraft gekostet, nun aber soll der Versuch gestartet werden.
Detlef Ziller hat die im Koffer gefundene Schweinemaske aufsetzen müssen, er sieht komisch aus, die Kommissare können kaum ernst bleiben, als sie ihn das erste Mal sehen. Dann gehen die Ermittler zusammen mit dem Tatverdächtigen und Sarah die Treppe hinunter in den Keller. Vor der Tür bleiben sie stehen.
„Sarah, bis jetzt ist alles genauso wie in der Nacht? Lassen Sie sich Zeit, denken Sie ganz in Ruhe nach."
Sarah dreht sich um, mit dem Rücken zur Tür, dann nickt sie, es kann weiter gehen.
„Herr Ziller, Sie sind dran. Was haben Sie dann gemacht?"
„Ich stand da hinter dem Blumentopf. Aber ohne diese Maske, ich trug keine Maske!", sein Ton überschlägt sich, er ist total außer sich.

Juana erwidert ganz ruhig:
„Gut, gehen Sie hinter den Blumentopf."
Ein Polizist der Guardia Civil begleitet den Verdächtigen, eine Flucht ist ausgeschlossen. Sarah geht rückwärts durch die Tür auf den Flur. Erneut bleibt sie stehen.
„Hier hat er versucht meine Bluse zu öffnen, dann ist er weggerannt. Ich konnte ihn bis zu der Schwimmbadtür sehen, danach nicht mehr, ich lag am Boden."
„Bitte, Sarah, legen Sie sich genauso auf den Boden, wie in der Nacht. Und dann? Dann kam schon der Retter?"
„Ja, es dauerte einen Moment, vielleicht eine Minute. Dann stand dieser Mann über mir, ich lag noch am Boden."
„Herr Ziller, stellen Sie sich über Sarah, genauso, wie in der Nacht."
Das war zu viel, Sarah beginnt an zu schreien und zu weinen. Die Kommissare führen Detlef Ziller ab, der Versuch ist beendet. Alle kommen zu der Erkenntnis, es hätte sein können. Der Mann hatte eine Minute Zeit, vom Opfer hinter die Pflanze zu gelangen, die Maske abzunehmen und dann zurück zu gehen. Es bleibt nur die Frage, wo er die Maske versteckt hat!
Juana und ihr Kollege Pedro fahren aufs Kommissariat nach Chiclana zurück. Der Untersuchungsbericht der Spurensicherung ist eingetroffen. In der Flasche, die man im Badezimmer des verdächtigen Detlef Ziller sichergestellt hat, wurde Äther gefunden.
„Nun haben wir den Beweis, unser Mann heißt Detlef Ziller. Was für ein Kerl, beobachtet die Paare im Keller und sucht sich ein so junges Mädchen als Opfer aus, da er bei Frauen selbst keinen Erfolg hat. Wenn ich etwas zu

sagen hätte, ich wüsste, was ich mit dem Kerl machen würde!"
Pedro schaut auf zu seiner Kollegin, ein Lächeln huscht über sein Gesicht, dann sagt er zu ihr:
„Dich möchte ich auch nicht zum Feind haben."
Juana ignoriert die Bemerkung ihres Kollegen und fährt fort:
„Wir haben nun einen Fall gelöst, der Chef wird sicher sehr erfreut sein, aber wir haben bei Detlef Ziller kein Diazepam gefunden, daher dürfen wir davon ausgehen, dass er für den Mord an Jutta Nieber nicht verantwortlich ist. Ich glaube es auch nicht! Es ist ein anderes Hotel - wie sollte er gerade ins Rio gelangt sein? Die beiden Hotels liegen nicht nebeneinander. Nein, er ist nicht der Mörder! Haben wir eigentlich aus Hamburg schon Neuigkeiten erhalten?"
„Liebe Juana, schau doch mal auf deinen Schreibtisch, dort liegt ein Fax. Es ist aus Hamburg. Leider kann ich es nicht lesen, die Kollegin hat wohl aus Versehen in Deutsch geschrieben!"
Juana überfliegt die Zeilen, teilt Ihrem Kollegen mit, der Text in Spanisch stehe in einer E-Mail, aber es gibt keine brauchbaren Hinweise, die auf einen Mordfall hindeuten. Sie schreibt aber, Jutta Nieber soll eine hervorragende Schwimmerin gewesen sein!"
„Zu klären wären die Fragen: Reichte die Menge Diazepam aus, um Jutta in einen Tiefschlaf zu versetzen? Und der Zeitfaktor natürlich, wie viel Zeit lag zwischen der Einnahme und dem Ertrinken?"
„Im Obduktionsbericht stand, es soll eine sehr große Menge Diazepam gewesen sein! Also kannst du davon ausgehen, es war ein Tiefschlaf."

„Wenn aber die Menge noch nicht voll gewirkt hatte, wäre es doch möglich, dass Jutta wieder zu sich gekommen wäre, als sie unter Wasser gelangte und keine Luft mehr bekam."
Pedro ist mit den Ausführungen seiner Kollegin nicht einverstanden und erwidert:
„Juana, ich kann mich nur wiederholen. Jutta wird kaum eine so starke Menge Diazepam zu sich genommen haben, dann in den Keller gefahren oder gegangen sein um schwimmen zu gehen. Ich glaube, es war Mord. Wir müssen nur nach dem Motiv suchen, dann werden wir auch den Täter finden."
„Zu dumm, dass die anderen Touristen schon alle abgeflogen sind. Wir haben hier keine Möglichkeit zu ermitteln."
Juana zieht sich die Liste mit den Hotelgästen aus der Akte. Erneut studiert sie die Namen und die Informationen, die sich neben den Reisedaten befinden. An Pedro gerichtet bemerkt sie:
„Zwei dieser Gäste hatten nicht über einen deutschen Reiseveranstalter gebucht. Um die beiden Gäste, es waren Männer, müssen wir uns noch kümmern. In der Liste sind keine Adressen angegeben worden."
„Ich vermute mal, Juana, du willst jetzt noch einmal mit dem so sympathischen jungen Mann im Hotel sprechen, habe ich recht?"
„Nein, nicht unbedingt. Du kannst es auch gerne machen, ich möchte wissen, welche Nationalität die Gäste hatten, wobei der eine Name klar Deutsch, der andere eher Spanisch klingt, die Adressen und vielleicht kannst du auch noch einen Grund der Reise erfahren. Danke, Pedro."
Damit lässt Juana ihren Kollegen alleine im Büro. Er schaut ihr etwas entsetzt hinterher, so kennt er Juana gar

nicht, macht aber den Druck dafür verantwortlich, dem Juana durch ihren Vorgesetzten immer wieder ausgesetzt ist. Per Telefon versucht er, die gewünschten Informationen aus dem Hotel Rio zu erhalten. Der Rezeptionist ist hilfsbereit, kann aber nicht alle Fragen beantworten, was normal ist. Die Polizei will immer sehr viel wissen, antwortet er im Gespräch, wir sind hier aber nicht so neugierig. Der Anruf hat ergeben, dass einer der Gäste tatsächlich ein Deutscher war, er heißt Frank Lau und soll in Lübeck gemeldet sein. Der Spanier, angeblich ein Geschäftsmann aus Sevilla heißt Jan Pensar, er hat nur drei Tage im Hotel gewohnt. Die Anschrift des Spaniers lässt sich leicht feststellen, aber die Anschrift des deutschen Gastes hat das Hotel versehentlich nicht notiert. Pedro startet eine Anfrage bei der Kollegin Petra Mister in Hamburg, sie wird sicherlich schneller helfen können, da sie bereits mit dem Fall vertraut ist. Eine knappe halbe Stunde später erscheint Juana im Büro zurück.

„Ich habe uns einen Kaffee mitgebracht, ich hoffe, du freust dich?", sagt Juana, während sie die Tür wieder schließt.

„Hast du schon was erfahren? Ich meine, wegen der beiden Gäste?"

„Ja, Juana. Ich habe dir hier die Namen und Adressen aufgeschrieben. Die Adresse des Deutschen habe ich aus Hamburg angefordert, im Hotel hatten sie vergessen, sie zu notieren."

Juana fragt weiter:

„Was ist denn mit diesem Jan? Geschäftsmann aus Sevilla? Hast du noch weitere Informationen?"

„Er soll nur kurz im Hotel geblieben sein, für einen Geschäftstermin. Er kam einen Tag vor und fuhr einen Tag nach dem Unglück wieder ab."
„Du solltest ihn anrufen, fragen, warum er hier war, er soll Zeugen nennen. Vielleicht klärt es sich. Wenn nicht, laden wir ihn vor."
Während Pedro versucht diesen Jan Pensar in Sevilla zu erreichen, erhält Juana einen Anruf aus Hamburg. Die Kollegin Petra Mister berichtet, dass der Deutsche gar nicht in Lübeck gemeldet ist. Eine Anfrage beim Einwohnermeldeamt hat ergeben, er sei mit dem Hauptwohnsitz in Hannover gemeldet. Die beiden Kolleginnen diskutieren diese neue Meldung, Petra Mister schlägt vor, die zuständigen Kollegen in Hannover mit in den Fall einzubeziehen. Juana ist dankbar.
So unkomplizierte Hilfe aus Deutschland ist nicht immer die Regel.
Pedro kann über einen schnellen Erfolg berichten, gleich beim ersten Anlauf hat er Jan Pensar erreicht. Ihm gehört ein Lokal in Sevilla, er beabsichtigt mit einem Reiseveranstalter einen Vertrag abzuschließen, dass regelmäßig Touristen von La Barrosa in sein Lokal gebracht und dort beköstigt werden. Verbunden mit einer Stadtführung wäre das ein neues Angebot im Katalog des Hotels. Die Aussagen wurde nachgeprüft und seitens des Reiseveranstalters bestätigt, auch im Hotel konnte sich der Manager daran erinnern. Als Verdächtiger scheidet Jan Pensar aus.
Gegen Mittag erscheint Gina Pauli im Kommissariat, Juana hatte die Reiseleiterin aus dem Hotel Rio vorgeladen. Natürlich hat sie von dem schrecklichen Vorfall im Hotel erfahren, sie ist sofort erschienen. Nicht nur um zu helfen,

sondern auch um ihre Neugier zu befriedigen. Es passieren nicht so viele spannende Dinge, da muss man auskosten, was einem geboten wird!
„Was können Sie uns über die tote Jutta Nieber berichten?" will Juana von der Reiseleiterin wissen.
„Sie ist mit den anderen Gästen aus Hamburg angekommen. Ich habe es nachgesehen, sie hat eine Ausfahrt mit uns gebucht, sie saß mit einer anderen Frau zusammen, die aber nicht aus Hamburg kam. Sie haben sich etwas angefreundet, auf der Fahrt, mehr weiß ich nicht."
„Können Sie sich denn an den Namen dieser anderen Frau erinnern?"
„Nein, ich konnte mich nicht erinnern, aber ich wusste, Sie würden mich das fragen, also habe ich in den Buchungsunterlagen nachgesehen. Ihr Name ist Gaby Jenkel."
Während sie diese Erklärung abgibt, hebt Gina Pauli ganz stolz den Kopf in die Höhe, sie sieht aus wie ein Hahn, der gleich anfängt zu krähen! Juana kennt diese Art von Menschen. Die Deutschen, sind immer stolz, den Ermittlern helfen zu können, ganz anders als ihre Landsleute, die lieber keinen Kontakt mit der Polizei haben.
„Ja, das wissen wir schon. Gibt es andere Gäste, die in Juttas Begleitung gesehen wurden?", fragt Juana nach, damit zieht Gina ihren Kopf wieder auf den Hals zurück und schaut etwas enttäuscht.
„Nein, leider kann ich Ihnen da nicht mehr sagen. Jutta Nieber hat auch keine andere Ausfahrt mit mir gebucht, ich habe sie nur auf der Fahrt nach Cádiz mit dieser Frau aus Hannover zusammen gesehen."

Juana bedankt sich bei der Reiseleiterin, sie darf das Büro wieder verlassen, dabei ist sie sichtlich traurig, keine neuen Einzelheiten erfahren zu haben.
„Was sagst du dazu, Pedro? Jutta Nieber hat keine Spuren hinterlassen. Vielleicht war sie immer nur am Strand, dazu noch alleine. Was ist das bloß für ein Mensch gewesen, der Jutta dieses Diazepam gegeben hat? Wo hat sie es zu sich genommen? Im Hotel? In einer Bar?"
„Hoffentlich bekommen wir aus Deutschland einen Hinweis, sonst sehe ich schwarz für die Aufklärung dieses Falles!"

Kapitel 6 * in Hamburg

Hans Windisch hat per Post die angeforderten Gesprächsnachweise der drei zu überprüfenden Personen erhalten. Sabine Hansen hat regelmäßig Kontakt zur verstorbenen Jutta Nieber gehabt, sowohl zu Hause als auch auf dem Mobiltelefon. Am Tag des Abflugs hören auch die Gespräche auf. Weitere Telefonate wurden überprüft - ihre Bank, ihr Arbeitgeber – aber keine auffälligen Verbindungen. Bei Jürgen Ex findet man häufig dieselbe Handynummer. Es stellt sich heraus, es ist der Anschluss der Verstorbenen. Da das Telefon abgestellt war, kam keine Verbindung zustande, das zeigt ein Abgleich mit der Liste von Juttas Telefon. Aber es gibt noch mehrere Nummern, die Kommissar Windisch nicht ohne weitere Prüfung zuordnen kann. Petra Mister betritt das gemeinsame Büro in Hamburg.

„Na, hast du die Telefonlisten? Gibt es Neuigkeiten?", fragt sie ihren Kollegen, der nicht bemerkte, dass sie den Raum betrat, da er sehr in seine Arbeit vertieft ist.

Sie nimmt sich die noch nicht bearbeitete Liste, die zu den Nummern des Bruders in Lübeck gehört. Einen Anschluss mit drei Nummern in der Wohnung, außerdem ist ein Handy auf seinen Namen registriert. Der Kommissarin fällt ein eingehender Anruf eines Handys auf, den sie markiert. Des Weiteren gibt es jede Menge Anrufe zu einer Nummer in Lübeck, es stellt sich heraus, es ist die Hansa-Bank im Zentrum der Stadt. Eine Handynummer die fast täglich gewählt wurde, streicht Petra auch noch an. Die Teilnehmer müssen nachträglich festgestellt werden. Die etwas langweilige Ermittlungsarbeit wird unterbrochen durch einen Telefonanruf, den Petra Mister entgegennimmt. Es ist Sabine Hansen, die der Polizei den Erhalt einer Urlaubskarte aus Spanien meldet. Ihre Freundin Jutta hat sie wohl am Tag vor ihrem Tod noch geschrieben und auf die Reise geschickt. Sabine Hansen liest vor, dass Jutta eine nette Bekanntschaft gemacht hat. Aber sie erwähnt keinen Namen. Kommissar Windisch hat die unbekannte Handynummer angewählt, leider ohne Erfolg. Das Telefon ist abgestellt, eine Mailbox scheint nicht aktiviert zu sein. Eine Anfrage bei dem Netzbetreiber ergibt, es sei ein sogenannten CallYa - Anschluss ohne Vertag. Ein Teilnehmer ist nicht festzustellen.

„Diese Telefone sollten verboten werden!", schimpft Hans, der sich über die moderne Technik immer wieder aufregt.

„Ich rufe jetzt den Bruder an, mal sehen, was er uns zu der Nummer sagen kann", erklärt er seiner Kollegin und schon kommt klingelt es, da er den Lautsprecher aktiviert hat.

Jochen Nieber ist erstaunt, man kann es an der Stimme erkennen, dass die Polizei ihn nach Teilnehmern befragt, mit denen er telefoniert hat. Die Nummer der Bank bestätigt Jochen, die zweite häufig gewählte Nummer gehört seinem Freund und Studienkollegen in Lübeck, dessen Namen er angibt für eine spätere Überprüfung der Polizei. Auf die Frage, wer der einmalige Anrufer der unbekannten Handynummer sei, reagiert Jochen gereizt.

„Ich weiß von keinem unbekannten Anruf. Was soll das?"

„Herr Nieber, die Nummer ist auf Ihrem Telefon aufgelaufen, Sie haben doch mit dem Teilnehmer gesprochen. Ich kann Ihnen sogar sagen, wann und wie lange. Also, wer ist der Teilnehmer, mit wem haben Sie gesprochen?"

„Ach, jetzt fällt es mir wieder ein ... der Anruf. Ja, also, es war gar nicht für mich bestimmt. Der Anrufer hatte sich verwählt, es war glaube ich, ein Nummerndreher. Ich kannte den Teilnehmer gar nicht."

„Sagen Sie, Herr Nieber, war es ein Mann oder eine Frau?"

„Ich glaube, es war ein Mann", kommt es, wie geschossen, aus dem Hörer.

„Wie, Sie glauben? War es nun ein Mann, oder nicht?", fragt Kommissar Windisch nach.

Jochen bestätigt, es war ein Mann. Danach beendet der Kommissar das Gespräch und legt auf.

„Komische Reaktion. Aber gut, wir werden weiter versuchen den Teilnehmer zu ermitteln."

Es wird nun eine über den Netzbetreiber gesteuerte Überwachung des Anschlusses veranlasst. Die Staatsanwalt-

schaft gibt außerdem grünes Licht für eine Überprüfung der finanziellen Situation des Bruders.
Am nächsten Morgen fahren die Kommissare nach Lübeck, um mit dem Filialleiter der Hansa-Bank zu sprechen.
„Wir haben hier einen Beschluss, der uns das Recht zum Einblick in einen aktuellen Finanzstatus gibt. Darum möchten wir Sie heute bitten."
Kommissarin Mister reicht das Schriftstück an den Filialleiter weiter. Zornesfalten auf der Stirn, zusammengedrückte Lippen und ein Grunzen sind die Reaktion auf das Anliegen der Kommissare. Verstehen kann Petra es nicht, aber sie kennt die Banker, sie mögen sich nicht gerne in ihre Unterlagen schauen lassen. Das ist nichts Neues! Der Chef der kleinen Bankfiliale entschuldigt sich für einen kurzen Moment, er verlässt sein Büro, die Tür bleibt offen. Petra kann erkennen, er spricht mit seiner Sekretärin, die im angrenzenden Vorraum ihren Schreibtisch hat.
„Meine Angestellte wird es für Sie erledigen. Kann ich noch etwas für Sie tun?"
„Sagen Sie bitte, kennen Sie Jochen Nieber?"
„Nein, wir haben hier mehr als nur einen Kunden, ich kann schließlich nicht jeden kennen!", kommt die kurze und schnippische Antwort des Bankers.
Petra Mister nickt, steht wortlos auf und verlässt mit ihrem Kollegen das Büro des Filialleiters. Vor der Tür sagt sie, einen Tick zu laut, an ihren Kollegen gerichtet:
„Hier würde ich kein Konto eröffnen!"
Die Sekretärin schaut auf und lächelt die beiden Kommissare an. Sie bittet sie auf den Stühlen vor ihrem Schreibtisch Platz zu nehmen.

„Ich drucke noch einige Seiten aus, dann können wir uns die Unterlagen gerne zusammen ansehen. Darf ich Ihnen einen Kaffee anbieten?"
Petra und Hans lehnen dankend ab, sie möchten nicht länger als unbedingt nötig in dieser Bank bleiben. Jochen Nieber hat einen überzogenen Dispositionskredit in Höhe von 10.000 Euro, ein relativ frisch genehmigtes Privatdarlehen über 18.000 Euro. Das Depot, überwiegend spekulative Aktien des neuen Marktes, zeigt heute einen Wert von 8.200 Euro, die Sekretärin weist darauf hin, der ursprüngliche Wert lag um ein Vielfaches höher. Spareinlagen bestehen nicht, nur eine relativ neu abgeschlossene Risikoversicherung, als Sicherheit für den Kredit.
„Sagen Sie bitte, wovon lebt Herr Nieber? Hat er regelmäßige monatliche Einkünfte? Soweit wir wissen, studiert er und hat keinen festen Job."
Nach kurzem Blättern in den Kontoauszügen, die sich die Sekretärin auf den Bildschirm geladen hat, erklärt sie den Kommissaren die monatlichen Umsätze.
„Herr Nieber erhält eine monatliche Summe von 1.000 Euro, als Dauerauftrag von seiner Mutter aus Hamburg. Des Weiteren gehen regelmäßig Beträge in unterschiedlicher Höhe ein. Auftraggeber ist ein Herr Peter Zilies, ihm gehört, das weiß ich, das Restaurant am Marktplatz. Herr Nieber arbeitet dort als Kellner. Es sind mal 200 Euro, mal 300 Euro, selten mehr."
„Entschuldigen Sie bitte die Frage, aber wieso hat Herr Nieber dann so viele Schulden bei Ihnen machen können?"
„Ich denke, es hängt mit dem Wertpapierdepot zusammen. Die Aktien waren sehr viel mehr wert, sie sind gesperrt, als Sicherheit."

Die Kommissare verabschieden sich und wünschen der jungen Frau eine gute Zusammenarbeit mit ihren Vorgesetzten. Sie fahren zurück nach Hamburg.
Auf dem Schreibtisch findet Petra Mister eine Nachricht der Kollegen aus Hannover. Es geht um den Alleinreisenden, Frank Lau, der ursprünglich in Lübeck, dann aber doch in Hannover gemeldete ist. Die Kollegen haben mit dem Urlauber Kontakt aufgenommen. Sie schreiben:
Frank Lau, 33 Jahre alt, Angestellter bei einem Wach.- u. Sicherheitsunternehmen, lebt in einer sehr kleinen Einzimmerwohnung im Randgebiet Hannovers. Zuständig ist er für die Gebäudeüberwachung im Nachtdienst, zurzeit bei einer großen Firma die Elektronikteile herstellt. Er soll zuverlässig sein, laut Aussagen des Arbeitgebers. Frank Lau ist vorbestraft, Körperverletzung aus 2001 und 2003, außerdem versuchte Körperverletzung aus Januar 2004. Strafen wurden letztmalig zur Bewährung ausgesetzt.
Petra Mister wundert sich, dass solche Leute gerade von einem Sicherheitsunternehmen eingestellt werden.
„Vielleicht, weil solche Leute eher gewaltbereit sind, als andere. Im Ernstfall wollen solche Unternehmen vielleicht, dass ihre Mitarbeiter bis an die Grenzen des Legalen oder sogar weiter gehen", stellt Hans Windisch fest.
Die Kommissare beschließen, die Kollegen in Hannover zu bitten, Frank Lau als Zeuge zu befragen. Vielleicht kann er Angaben zu der toten Jutta Nieber machen. Weitere Befragungen der Touristen aus dem Hotel Rio sind ohne Erfolg geblieben. Keiner konnte sich an Jutta erinnern, keiner konnte Angaben machen, die in dem Fall weiterhelfen würden.

Aus Chiclana bekommt Petra Mister die Information, dass der Leichnam freigegeben wurde, die Überführung ist für den kommenden Mittwoch vorgesehen. Die Mutter ist bereits informiert worden, die Kommissare überlegen, ob sie an der Trauerfeier teilnehmen wollen. Ein Anruf bei der Mutter der Verstorbenen klärt den genauen Termin, der auf einen Sonnabend fällt, somit ist eine Teilnahme nicht denkbar, die Kollegen haben nach mehreren Wochen endlich ein freies und auch schon verplantes Wochenende. Gerda Nieber erkundigt sich während des Telefonates nach dem Fahndungserfolg, ob die Kollegen den Mörder schon gefasst haben? Etwas missmutig stellt die Mutter fest, dass in Spanien wohl anders gearbeitet würde, als in Deutschland. Sicherlich wäre es egal, wenn dort eine Deutsche umgebracht werden würde! Petra Mister versucht die Erregung dem Verlust der Tochter zuzuordnen, ernst kann es Frau Nieber sicherlich nicht gemeint haben.

Vom Handynetzbetreiber ist noch immer keine Meldung bei den Kommissaren eingegangen. Hans Windisch hakt nach, aber der Anschluss wurde nicht wieder benutzt. Vielleicht sind die Teilnehmer verreist und haben im Ausland ihr Telefon abgestellt, um die teuren Gespräche zu sparen! So lange das Gerät abgeschaltet ist, kann es nicht angepeilt werden, erklärt die nette junge Dame der Telefongesellschaft dem Kommissar.

Kapitel 7 * in Chiclana

Die Zeitungen stehen voll von dem Todesfall in La Barrosa. Die Möglichkeit, dass es sich um einen Mord gehandelt hat, wird von der Presse eingehend diskutiert. Auch der

Fall der versuchten Vergewaltigung des „Schweinemaskenmannes", wie er in der Presse genannt wird, ist zu lesen. So wundert es Juana nicht, dass der eine oder andere Anruf einen erneuten Versuch einer Vergewaltigung meldet. Immer waren es große und dicke Männer, die eine Schweinemaske trugen. Schnell aber, durch ein paar gezielte Fragen am Telefon wurde klar, es sind Kinder und Jugendliche, die sich einen Spaß mit der Polizei machen wollen. Juana und Pedro sind es gewohnt, wenngleich sie sehr sauer auf diese Art von Scherzen reagieren.

So versucht Juana einen erneuten Anrufer abzuwimmeln, der den Fund einer Hasenmaske meldet. Erst nachdem der Anrufer sich zu erkennen gibt, erklärt woher er anrufe, erkennt Juana, es ist kein Scherz. Pedro und Juana machen sich auf den Weg, sie fahren mit ihrem Auto nach La Barrosa, ins Hotel Park Playa, das direkt neben dem Hotel Playa liegt, indem die versuchte Vergewaltigung stattfand. Der Anrufer, ein deutscher Tourist aus Lichtenfels, einer schönen Stadt in Franken, verbringt seinen Jahresurlaub mit seiner Familie in Andalusien. Juana und Pedro melden sich an der Rezeption und erfragen die Zimmernummer der Familie Osten. Die junge Rezeptionistin hat eine Information für die Kommissare, die Gäste hatten sie bereits für sie an der Rezeption hinterlegt. Im angrenzenden Park des Hotels, gleich neben dem Kinderspielplatz erwarten die Gäste Juana und Pedro die sich den Weg zeigen lassen.

Sie durchqueren die Halle des Hotels, um in den hinteren Teil des Gartens an den Kinderpool und Spielplatz zu gelangen.

Familie Osten scheint die Kommissare gleich erkannt zu haben, sie winken den beiden zu.

„Hallo, Sie sind von der Kripo?", fragt die Mutter, die mit ihrem kleinen Jungen im Kinderpool spielt.

„Ja, wir sind von der Policia National, so heißt es hier in Spanien. Sie sind Herr und Frau Osten? Sie haben uns angerufen?", will Juana wissen, sie möchte sich nicht so lange draußen aufhalten, da es recht warm in der Sonne ist. Der Familienvater schaut sich nach einem geeigneten Platz für das Gespräch um, entscheidet sich für eine Bank, die unter einer großen Palme steht. Dankbar, für diesen Vorschlag nehmen die Kommissare und Herr Osten dort Platz. Die Mutter bleibt bei den Kindern.

„Sie haben von einer Maske berichtet, die Sie gefunden haben?"

„Ja. Es ist eine Gummimaske, sie zeigt einen Hasen!"

„Herr Osten, wo haben Sie die Maske gefunden?", fragt Pedro nach.

Herr Osten lacht, er antwortet:

„Im Koffer meines Sohnes! Es klingt lächerlich, aber, mein Sohn schleppt immer so einen kleinen Kinderkoffer mit umher. Seine wertvollsten Spielsachen werden dort gehütet, Playmobil, ein Schlumpf, eine Kinderbuch und nun neuerdings diese Gummimaske. Ich habe versucht ihm zu entlocken, woher die Maske kommt, aber ohne Erfolg. Ich kann nicht böse sein, er versteht den Sinn noch nicht. Ben wird erst in drei Monaten fünf Jahre alt."

„War Ihr Sohn nur hier im Hotelgeländer oder könnte er die Maske auch an einem anderen Ort gefunden haben, an er sich ohne Ihr Wissen aufhielt?", fragt Juana nach.

„Die meiste Zeit sind wir entweder hier am Kinderpool oder am Strand. Mein Sohn ist aber nie ganz alleine. Er läuft schon mal ein paar Meter weg, aber nie so weit, dass wir nicht wüssten, wo er sich befindet, wir haben eigentlich immer Augenkontakt."

„Dann dürften Sie aber gesehen haben, wann und wo er die Maske gefunden hat?"

„Es tut mir leid, ich kann Ihnen da nicht weiterhelfen. Ich weiß es wirklich nicht. Wir kontrollieren seinen Koffer nicht ständig!"

„Wo ist die Maske jetzt? Kann ich Sie bitte haben?", bittet Juana den Vater des kleinen Ben.

Er nickt, geht zum Pool zu seiner Frau und spricht mit ihr. Danach hört man die Mutter zu ihrem Sohn sagen:

„Komm Ben, wir kaufen ein Eis. Komm mit."

Sie nimmt ihren Sohn an die Hand und geht ganz langsam in Richtung des kleinen Shops, der sich an der Seite des Außenbereichs befindet. Unbemerkt nimmt der Vater nun den kleinen Koffer seines Sohnes und kehrt zu den Kommissaren zurück. Er überreicht den Koffer wie eine Trophäe! Juana öffnet das winzige Schloss und blickt in das Gesicht eines rosa Hasen!

„Wir müssen diese Maske mitnehmen, sie ist ein Beweismittel. Ich hoffe, Ihr Sohn wird es verkraften. Sollte Ihnen noch etwas einfallen, hier haben Sie meine Karte mit der Durchwahl, rufen Sie mich an. Vielen Dank Herr Osten und schöne Ferien!"

Die Kommissare legen die Maske in eine mitgebrachte Plastiktüte und Pedro steckt sie in die Tasche seiner Jacke, damit der kleine Ben sie nicht doch noch entdeckt, während sie das Hotel verlassen.

„Die Maske muss in die Kriminaltechnik, wenn wir Glück haben finden wir noch Spuren, vielleicht Fingerabdrücke des der Tat verdächtigen Detlef Ziller. Hoffentlich hatte

Ben seine Hasenmaske nicht schon mit zum Baden im Meer!"

Die Kommissare fahren zurück aufs Kommissariat, im Büro erwartet sie jede Menge Arbeit.

Der nächste Morgen beginnt für Juana mit einem großen Schreck. Sie liegt versunken in einem Traum, als das Telefon an ihrem Bett klingelt. Die Kollegen aus der Zentrale melden eine Vergewaltigung in einem Hotel in La Barrosa. Mist, murmelt Juana vor sich hin, es hätte auch gerne noch eine Stunde Zeit gehabt, dann wäre ich sowieso im Kommissariat gewesen! Sie duscht sich, schnappt sich einige Kekse und macht sich auf den Weg ins Büro.

Pedro hat man nicht informiert. So ist sie die Erste, als sie das gemeinsame Büro betritt. Der Kollege, der den Fall vor einer guten Stunde aufnahm, sitzt im angrenzenden Raum. „Und, Kollege, freut es dich, dass du mich wecken konntest? Hätte der Anruf nicht noch eine halbe Stunde warten können, dann wäre ich hier gewesen?", mit diesen Worten begrüßt Juana den Mann.

Sie ist nicht gerade erfreut über die Störung, oft schon haben die Kollegen sie zu Hause angerufen - sie sagt, nur um sie zu ärgern.

„Ich denke, du willst immer alle wichtigen Informationen sofort wissen? Da bleibt mir doch nur, dich anzurufen!"

„Lass es besser! Erzähl lieber, was passiert ist?", erwidert Juana bissig.

„Eine junge Frau wurde vor dem Hotel Andaluz überfallen, verschleppt, vergewaltigt. Der Täter hat versucht, das Opfer zu töten, aber er wurde gestört. Sie hat es überlebt und liegt im Krankenhaus in Puerto Real. Noch Fragen, Kollegin?"

„Hast du die Personalien des Opfers?"
Der Kollege reicht Juana einen Ausdruck aus dem Computer mit allen bekannten Informationen. Sie nickt und verlässt den Raum, um in ihr eigenes Büro zu gehen. Dort ist nun auch Pedro zum Dienst erschienen.
„Zieh dich gar nicht erst aus. Wir haben einen Einsatz."
Pedro schaut verwundert auf seine Kollegin, tritt hinter seinen Schreibtisch, anscheinend um etwas Abstand zwischen sich und Juana aufzubauen, dann beginnt er das Gespräch mit den Worten:
„Guten Morgen, schöne Frau! Ich hoffe, du hattest eine ruhige Nacht. Ja, danke, ich habe auch gut geschlafen. Auch ich freue mich, dich zu sehen!"
Durch den scharfen Tonfall ist Juana aufgeschreckt, sie schaut Pedro mit aufgerissenen Augen an.
„Was ist denn mit dir los? Ist dir eine Ratte über den Weg gelaufen?"
„Nein, Juana. Mir nicht. Du kommst ins Zimmer, ohne Begrüßung, ohne ein freundliches „Guten Morgen", das kenne ich gar nicht von dir. Ich darf mich doch wohl noch wundern? Was ist denn passiert? Was für ein Einsatz?"
„Eine neue Vergewaltigung, wieder in La Barrosa, im Hotel Andaluz. Das Opfer, ihren Namen habe ich mir nicht gemerkt, liegt im Krankenhaus. Wir fahren jetzt zuerst ins Hotel, danach nach Puerto Real. Noch Fragen?"
Pedro schüttelt den Kopf, nimmt die Unterlagen und seine Autoschlüssel des Dienstwagens, dann verlässt er das gemeinsame Büro und wartet vor der Tür auf seine Kollegin und Chefin.
Es ist noch relativ ruhig auf den Straßen, so dass sie nach wenigen Minuten auf dem Parkplatz des Nobelhotels

Andaluz ankommen. Der Streit ist vergessen, denn interne Differenzen werden nie nach außen getragen. Sie betreten gemeinsam das Hotel. Ein Uniformierter empfängt die Kommissare, begleitet sie unaufgefordert in einen Raum, der für Befragungen zur Verfügung gestellt wurde.
„Kollegen, die Frau ist ins Krankenhaus eingeliefert worden. Daher haben wir keine genauen Einzelheiten des Tathergangs. Nur so viel sei gesagt: der Täter hat die Frau auf dem Weg vom Strand zum Hotel überfallen, hinter einem Pavillon vergewaltigt und dann versucht sie zu erwürgen, vielleicht weil sich das Opfer so stark gewehrt hat. Zufällig kamen mehrere Personen vorbei, sie wollten ein Bad im Meer nehmen, dadurch musste der Täter von seinem Opfer ablassen, das wiederum hat ihr das Leben gerettet."
„Gut, kurz zusammengefasst, der Tathergang. Wo sind die Zeugen?"
Der Kollege der Guardia Civil verlässt kurz den Raum, in seiner Begleitung erscheinen vier junge Männer, anscheinend Urlauber des Hotels.
„Juana, diese Männer haben auf dem Weg zum Strand die Tat beobachtet."
„Hallo, bitte nehmen Sie doch Platz. Können Sie sich ausweisen?"
Der uniformierte Kollege erklärt Juana, die Personalien hätte er bereits notiert, die Daten hätte er an Pedro übergeben. Juana beginnt mit der Befragung der Zeugen. Die jungen Männer berichten, sie wären gegen frühen Morgen aus der Disko nach Hause gekommen. Es dämmerte schon, muss so gegen fünf – halb sechs Uhr gewesen sein. Gemeinsam planten sie ein Bad im Meer zu nehmen, bevor

sie auf ihre Zimmer gehen wollten. Die Rezeption sei unbesetzt gewesen, danach hätten sie den hinteren Ausgang benutzt, der in den Garten der Hotelanlage führt, um auf dem direkten Weg an den Strand zu kommen. Der Garten ist von einem Zaun umgeben. Dahinter, nach etwa fünfzig Metern, befindet sich ein Holzpavillon an dem tagsüber Erfrischungen verkauft werden. Von dort hätten die jungen Männer Schreie gehört, die plötzlich verstummten.
„Zuerst haben wir uns gar nicht gewundert, aber als dann ein Mann in Richtung der Dünen weglief, wurden wir aufmerksam. Die Frau lag am Boden. Wir sind gleich hin zu ihr, die Kleider waren zerrissen, sie weinte und versuchte nach Luft zu schnappen. Um den Hals hatte sie eine Kordel, welche die Polizei behalten hat."
„Gut, eine Frage habe ich noch an Sie alle. Konnten Sie den Mann erkennen? Ist Ihnen etwas Besonderes an ihm aufgefallen? Kleidung, Gang, Sprache, Größe?"
Die vier jungen Urlauber schauen sich an, jeder von ihnen schüttelt den Kopf, es ging zu schnell, es war noch nicht hell, wir haben ja nicht darauf geachtet, weil wir nicht wussten, was geschehen ist.
Juana stellt eine Frage in den Raum:
„Aber dass es sich um einen Mann gehandelt hat, konnten Sie alle erkennen?"
Stille. Dann antwortet einer der Männer:
"Er trug eine lange Hose, schwarz oder sehr dunkel blau oder grau, ein dunkles Shirt, oder Hemd, oder Pullover, oder eine Sportjacke, die vorne geschlossen war, sonst hätte ich bestimmt, eine Jacke wehen sehen , als er weglief. Ich kann nicht sagen warum, aber an der Art wie er lief,

würde ich behaupten es war ein Mann. Außerdem gibt es einen Sinn, sie wurde doch vergewaltigt?"
Juana nickt, bittet den Kollegen die Vernehmungsprotokolle zu erstellen und von den Urlaubern unterschreiben zu lassen.
„Geben Sie bitte dem Kollegen auch die Heimatadressen und eine Telefonnummer, unter der ich sie hier und auch in Deutschland erreichen kann. Falls wir später noch eine Frage an Sie haben. Vielen Dank."
Juana verlässt den Raum, an der Rezeption erwartet sie ihr Kollege Pedro, der die junge Frau am Empfang unterhält. Als er Juana entdeckt, beendet er das Gespräch und wendet sich seiner Chefin zu.
„Der Nachtportier hatte gerade Feierabend gemacht. Rosa, die junge Frau", Pedro deutet auf die Schönheit, die jetzt an der Rezeption ihren Dienst verrichtet, „hat ihn abgelöst. Gerade in dem Moment dürften die vier jungen Leute durch das Hotel gekommen sein. Sie beginnt ihren Dienst um sechs Uhr. Von dem eigentlichen Überfall haben die beiden Hotelangestellten nichts mitbekommen. Der Täter ist vermutlich nicht aus dem Hotel gekommen, sondern vom Strand oder aus den Dünen. Die Tür nach hinten zum Garten, ist immer geöffnet. Die Kollegen der Spurensicherung haben ihre Arbeit bereits abgeschlossen, der Bericht folgt. Möchtest du noch zum Tatort?"
Juana nickt. Sie gehen gemeinsam den gleichen Weg, wie die jungen Hotelgäste in den frühen Morgenstunden. Der Park, in dem sich Liegen befinden, erstreckt sich über etwa einhundert Meter, dann kommt der Zaun, die Abgrenzung des Grundstückes. Hier befindet sich ein Durchlass für die Hotelgäste, um an den Strand zu gelangen. Von dieser

Stelle aus hat Juana einen ersten Blick auf den Pavillon, an dessen Rückseite das Verbrechen begonnen wurde. Es ist eine sechseckige Bretterbude, die auf einer Holzplattform an den Strand gebaut wurde. Rund um den Pavillon befindet sich eine Art Steg, auch aus Holz. Anhand der Markierungen, die die Kollegen der Spurensicherung hinterlassen haben, kennt Juana nun auch den genauen Tatort.

„Im Sand werden die Kollegen keine Spuren finden, wie schade. Man kann sicherlich nicht feststellen, woher der Täter kam und wohin er geflüchtet ist. Wurde schon etwas zu der Kordel gesagt?"

„Es sieht aus, als wäre sie aus einer Sporthose oder Jacke, du kennst doch diese Schnüre, mit der man die Jacken schließen kann? So eine dunkelblaue Kordel hatte das Opfer um den Hals, als die Urlauber sie gefunden haben. Die Kordel ist im Labor zur Untersuchung."

Damit verlassen die Kommissare den Tatort und fahren nach Puerto Real ins Krankenhaus, in das die junge Frau eingeliefert wurde. Sie ist eine Touristin aus Deutschland und wohnt im Hotel Andaluz, genauso wie die Männer, die sie gefunden haben. Sie ist sechsundzwanzig Jahre jung, kommt aus München. Sie arbeitet dort als Fitnesstrainerin. Ihr Name ist Monika Kind, ledig. Das Hotel Andaluz, hat sie über einen deutschen Reiseveranstalter für zwei Wochen gebucht. Und nun liegt sie im Krankenhaus. Sicherlich hat sie sich ihren Urlaub an der Costa de la Luz anders vorgestellt.

Juana und Pedro betreten das Krankenhaus durch den Seiteneingang, vor dem Pedro den Dienstwagen, ein ziviles Fahrzeug, geparkt hat. Eine Krankenschwester führt die

Kommissare, nachdem sie sich ausgewiesen haben, zum Zimmer der jungen Frau. Da sie ansprechbar sein soll, möchten Juana und Pedro versuchen, eine brauchbare Aussage zu bekommen.
Ein zartes –ja bitte- erklingt. Juana öffnet die Tür zum Krankenzimmer. Sie stellt sich und ihren Kollegen vor, erkundigt sich nach dem Befinden der Patientin, ohne auf die Tat einzugehen.
„Glauben Sie Monika, dass Sie in der Lage sind, uns einige Fragen zu beantworten?"
„Ja, natürlich. Ich will das Schwein hinter Gitter sehen!"
„Dann erzählen Sie doch mal von Anfang an, was heute Morgen passiert ist."
Monika Kind berichtet von einem Besuch in einer Bodega im Zentrum der Stadt.
„Die Stimmung war ausgezeichnet, gegen vier Uhr haben wir das Lokal verlassen."
„Wer ist denn bitte wir?", fragt Juana, während Monika sich aufrecht in ihr Bett gesetzt hat.
Sie trägt ein weißes Hemd, aus dem Fundus des Krankenhauses.
„Ich bin nicht alleine nach Spanien gekommen. Wir sind vier Freundinnen, alle aus München aus dem Sportcenter, in dem wir arbeiten. Gemeinsam wollten wir uns hier erholen und amüsieren!"
„Wo waren denn die anderen Frauen, gestern Abend, besser, heute Morgen?"
„Wir wohnen nicht in einem Hotel. Darüber waren wir alle sehr traurig. Nein, das stimmt nicht, wir sind alle sehr sauer darüber. Der Veranstalter hat das Hotel überbucht, so heiß es. Einer musste weichen, in ein anderes Hotel. Ich

bin dann gegangen, bin die Älteste! Dafür darf ich in einem edlen Fünf - Sterne Haus wohnen, die anderen Mädels nur mit drei Sternen. Sie können mir glauben, ich würde gerne tauschen!"

„Ach, so etwas passiert? Gut. Sie sind dann weg aus der Bodega? Wie ging es weiter?", fragt Juana die junge Frau.

„Wir waren die letzten Gäste in der Bodega, sie haben Feierabend gemacht. In einer kleinen Bar haben wir dann noch geredet und zum Schluss noch einen Kaffee getrunken, dann wollten wir mit der Taxe ins Hotel. Nur, es gab keine Taxe, dort wo wir waren."

„Wo waren sie denn?", fragt nun Pedro, der die ganze Zeit still in der Ecke an einem kleinen Tisch sitzt und sich Notizen macht.

„Ich weiß nicht, wie es heißt. Es wird gebaut, es muss an einem Fluss oder Bach sein. Und ich habe eine große Brücke gesehen. Irgendwo im Zentrum, wir kennen uns hier nicht aus, sind ja erst seit zwei Tagen in La Barrosa."

„Sie waren an der Plaza Andalucia, dort ist ein Taxenstand."

„Ich habe keine Taxe gesehen. Wir sind dann ein Stückchen zu Fuß weiter, es war kein Auto zu sehen. Wir hatten Alkohol getrunken, waren lustig, aber nicht betrunken. Eine ganze Weile sind wir so weiter gegangen, dann kam zufällig eine Taxe. Sie hat uns bis vor die Hotels gefahren."

„Also, das Taxi hat sie vorne an der Straße abgesetzt, nicht auf dem Hotelgelände, ist das richtig?"

„Klar. Wir hatten ja unterschiedliche Hotels, darum. Die paar Meter konnten wir auch noch zu Fuß gehen. Wir haben uns verabschiedet, dann bin ich zum Hotel rüber."

Nun unterbricht Monika Kind ihren Bericht. Der Gesichtsausdruck verändert sich, sie schaut verängstigt, aber auch ein wenig bitter aus.

„Kurz bevor ich die Stufen zum Eingang hoch gehen konnte, kam er von hinten. Er hat mich gepackt und einfach weggezogen. Ich habe mich gewehrt, aber er war sehr stark. Dann spürte ich einen unangenehmen Geruch in der Nase, er hatte mir ein Tuch über den Mund gedrückt."
„Was war es denn für ein Geruch? Eventuell Äther?"
Die junge Frau schluckt und schüttelt sich. Sie scheint den Geruch erneut in der Nase zu haben.
„Nein, kein Äther. Es roch wie Tier. Irgendwie nach Tier. Ich kann es nicht erklären, vielleicht nach Stall?"
„Wie ging es dann weiter?", fragt Juana Monika, die sich wieder im Bett zurückgelehnt hat.
„Ich konnte nicht schreien, wegen des Tuchs. Er zog mich hinter das Hotel. Ich versuchte mich zu wehren, aber er hob mich mit einem Arm hoch, einfach so. Mit der anderen Hand hielt er das Tuch auf meinen Mund. Ich kam mir vor, wie ein Schaf, das der Bauer unter dem Arm, zum Schlachthof trägt."
Juana und Pedro schauen sich an, beide sind entsetzt über diese Aussage. Aber Monika Kind spricht weiter:
„Es ging durch den Garten des Hotels. Dann, ich dachte er wollte mit mir zum Wasser, ging er zu diesem Pavillon. Ich kenne den Platz genau, am Morgen habe ich dort einen Kaffee getrunken. Er schmiss mich auf den Boden und hat mir die Hände auf dem Rücken gefesselt. Das Tuch hatte ich als Knebel im Mund, fast musste ich mich erbrochen, dann hätte mir den Rest erspart, ich wäre lieber erstickt. Gewaltsam riss er mir meine Kleider vom Körper. Er hat

sich nicht mal die Zeit genommen, seine Hose auszuziehen! Es ging sehr schnell, aber es hat trotzdem zu lange gedauert."

Monika beginnt zu würgen. Juana greift sich schnell die Schale, die auf dem kleinen Tisch des Schrankes an dem Bett der Patienten steht. Monika schafft es aber, den Brechreiz zu unterdrücken. Sie trinkt einen Schluck Wasser, dann spricht sie weiter:

"Es tut mir leid, ich rieche immer wieder diesen Gestank, ich werde ihn nicht los. Haben sie vielleicht etwas Parfüm für mich?"

Juana öffnet ihre Tasche und reicht der jungen Frau eine Flasche mit einer sehr frisch duftenden Flüssigkeit. Monika sprüht um sich herum und benetzt auch ihr Hemd und die Bettdecke damit.

„Vielen Dank, jetzt geht es mir besser. Als er fertig war, löste er die Fesseln und legte sie mir als Schlinge um den Hals. Er war einen Moment unachtsam, das nutzte ich und entfernte diesen stinkenden Lappen aus meinem Mund. Ich schrie! Plötzlich kamen die Gestalten aus dem Dunkel auf mich zu. Sie riefen immer wieder: Hallo, ist da jemand? Er hatte es noch gar nicht bemerkt. Ich schrie weiter um Hilfe. Die Rufe wurden lauter, da ließ er ab von mir. Die Schlinge hing noch an meinem Hals. Es war das Schlimmste, was ich je in meinem Leben erlebt habe. Seit ich hier liege, habe ich es mir immer wieder vorgestellt, damit ich mich an alle Einzelheiten erinnere. Ich will, dass dieses Schwein ins Gefängnis kommt!"

„Wir müssen den Täter aber erst finden, was können Sie uns denn zu dem Mann sagen? Ist Ihnen etwas an ihm aufgefallen was uns hilft?"

„Er war sehr groß, an die zwei Meter, sehr stark, immerhin konnte er mich locker tragen, über eine längere Strecke! Leider hat er nicht gesprochen, ich kann ihnen nichts über seine Nationalität sagen. Er trug eine Sporthose aus Baumwolle, darüber ein dunkles Shirt, keine Jacke. Die Kordel hat er aus seiner Hose gezogen, also aus der Tasche seiner Hose."

Juana unterbricht die junge Frau, die sehr detailliert berichtet, was die Kommissare schon erstaunt.

„Er hatte, sagen sie, die Kordel also mitgebracht? Das würde bedeuten, die Tat war geplant? Man trägt doch so eine Kordel nicht ständig mit sich?"

„Das habe ich mir auch schon gedacht. Er wollte vielleicht an diesem Morgen eine Frau töten! Gab es schon andere Morde in letzter Zeit? Vielleicht bin ich ja nicht die Erste?"

„Monika, was ist Ihnen noch aufgefallen? Sie scheinen ja eine besondere Gabe für Beobachtungen zu haben, das haben wir nicht so oft!"

„Der Mann hatte krause Haare, kurz geschnitten. Er trug relativ teure Turnschuhe der Marke Nike. Dafür habe ich ein Auge, das können Sie mir glauben. Sie waren aber nicht mehr neu, ausgetreten und schmutzig. Ob er parfümiert war, kann ich ihnen leider nicht sagen, ich hatte nur diesen Tiergeruch in der Nase."

Juana ist tief beeindruckt, sie fragt das Opfer:

„Die Schuhe könnten Sie wieder erkennen, im Schuhgeschäft?"

„Natürlich, jeder Zeit. Übrigens, der Mann konnte schnell laufen, ein sportlicher Typ. So läuft niemand, der keine Übung hat."

„Wir haben uns das alles aufgeschrieben. Über das Gesicht des Mannes haben sie uns noch gar nichts gesagt, Monika."
„Nein, wie sollte ich denn auch. Er trug doch eine Maske."
Juana und Pedro tauschen einen schnellen Blick aus. Es folgt die Frage, die kommen musste:
„Sie haben noch gar nichts gesagt von einer Maske! Was für eine Maske trug der Täter?"
„Es war eine alte Mütze, aber nicht aus Wolle. Eher so eine dünne Skimaske, oder eine Maske, die man unter einem Motorradhelm trägt. Schwarz, wie die Nacht, in dem der Täter versucht unschuldige Frauen zu peinigen!"
„Ich muss noch von Ihnen wissen, ob es zu einem Höhepunkt beim Täter kam? Konnten die Ärzte Sperma feststellen bei Ihnen?"
Die Frage war zu viel, nun erbricht sich die junge Frau auf der Bettdecke, ohne Vorwarnung. Juana schafft es nicht mehr, die Schale vom Schrank zu nehmen. Dafür drückt die Kommissarin die Klingel und holt damit eine Krankenschwester herbei.
Die Kommissare verabschieden sich von Monika Kind, versprechen möglichst schnell den Täter zu fassen, danach verlassen sie das Krankenzimmer. Die Schwester, die eine saubere Bettdecke in das Zimmer bringt, bittet die Kommissare um einen Moment Geduld.
Der behandelnde Arzt möchte gerne mit den Kommissaren sprechen.
„Dafür, dass die Frau vergewaltigt wurde, ist sie sehr gefasst. Sie hat keinerlei Verletzungen, die auf eine Vergewaltigung hindeuten. Wir konnten kein Sperma feststellen, da kann ich ihnen leider nicht helfen. Es geht der Patientin gut, sie wird morgen entlassen. Eine Nacht

möchte ich sie noch beobachten, für alle Fälle. Manchmal stellen sich Reaktionen erst später ein, der Körper schützt sich damit selber."
Die Kommissare bedanken sich bei dem Arzt, verlassen danach das Krankenhaus um auf direktem Wege ins Kommissariat zu fahren.
„Ich habe schon Einiges erlebt, ich bin nun schon lange genug bei der Polizei, aber so eine detailliert Aussage eines Opfers habe ich noch nie bekommen. Man könnte annehmen, sie hätte es sich ausgedacht. Wenn da nicht die vier Zeugen wären. Die Schlinge, besser gesagt, die Kordel, könnte sie sich auch selbst um den Hals gelegt haben."
Pedro hört seiner Kollegin aufmerksam zu, dabei liest er seine Notizen, die er im Krankenzimmer zusammengetragen hat.
„Monika hat ausgesagt, der Mann hätte ihre Hände gefesselt. Sie sagte sogar, auf dem Rücken gefesselt. Wenn ich dir die Hände auf dem Rücken zusammenbinde, dich dann auf den Boden werfe und mich an dir vergehe, glaubst du, dass du ohne Schaden davon kommst? Keine Verletzungen an den Armen und Händen? Sie lag auf Holzplanken, das muss doch Schmerzen verursacht haben. Der Mann muss sehr schwer sein, bei einer Größe von etwa zwei Metern. Da stimmt doch etwas nicht!"
Juana überlegt einen Moment, dann beginnt sie, ganz langsam, zu sprechen. Sie überlegt genau, wie es passiert sein könnte.
„Der Mann hat Monika unterm Arm getragen, sie hat es nicht geschafft, sich zu befreien. Das finde ich schon mal sehr interessant. Zumal der Mann ja nur einen Arm frei hatte, in der anderen Hand hielt er den Lappen vor

Monikas Mund. Halten wir ihr zu Gute, dass sie Angst gehabt haben muss. Angst kann lähmen. Den Lappen steckt er dem Opfer in den Mund, damit sie nicht schreien kann. Danach fesselt er ihre Hände auf dem Rücken. Er zieht ihr die Kleider vom Körper und vergewaltigt sie. Hat Monika ausgesagt, er hätte sie auf den Rücken geworfen? Vielleicht lag sie ja auf dem Bauch?"
„Gut; das wäre eine Möglichkeit, an die ich nicht gedacht habe, da sie mir unwahrscheinlich erscheint. Er nimmt sein Opfer von hinten. Gut. Sie hat sich doch gewährt?"
„Pedro, wir müssen Monika danach fragen. Unbedingt, noch heute. Es gibt bestimmt die Möglichkeit, ihr ein Telefon ans Bett bringen zu lassen. Kümmerst du sich bitte darum. Ich will wissen, ob sie lügt. Außerdem möchte ich von den jungen Männern wissen, wie Monika am Boden lag, als sie gefunden wurde. Dein zweiter Auftrag, Pedro."
Juana wendet sich ab von ihrem Kollegen, beschäftigt sich mit einem Schreiben, das auf ihrem Schreibtisch liegt. Sie wird aber schon nach kurzer Zeit durch einen Anruf dabei gestört. Es sind die Kollegen aus Hamburg, mit neuen Informationen. Juana beendet das Gespräch schnell, eilt dann zum Faxgerät, aus dem sie den entsprechenden Bericht erwartet.
Pedro war auch erfolgreich, er hat mit der Krankenschwester in der Klinik in Puerto Real gesprochen. Monika Kind wird anrufen, sobald der Arzt das Zimmer der Patientin verlassen hat.
Das Fax in der Hand nimmt Juana wieder Platz an ihrem Schreibtisch.
„Pedro, die Kollegen aus Hamburg haben neue Ergebnisse für uns. Sie haben den Frank Lau vernommen, du erinnerst

dich, es gab da Differenzen wegen der Adresse. Er hat ausgesagt, Jutta Nieber nicht gekannt zu haben. Außerdem haben die Kollegen endlich diese Gaby Jenkel erreicht. Sie war noch verreist, angeblich bei ihren Eltern. Sie ist zu einer Einvernahme nach Hamburg bestellt worden. Die Ergebnisse bekommen wir später. Was hast du erreicht?"
„Noch nichts. Das Telefon wird ans Bett gebracht, aber der Arzt ist gerade bei Monika. Sie meldet sich später. Die Zeugen, diese jungen Männer habe ich auch noch nicht erreicht. Sind bestimmt am Strand."

Kapitel 8 * in Hamburg

Petra Mister und ihr Kollege Hans Windisch sind erneut auf dem Weg nach Lübeck, sie wollen mit dem Gastwirt sprechen, für den der Bruder der verstorbenen Jutta Nieber gearbeitet hat. Die Kollegen aus Schleswig Holstein sind über die Ermittlungsarbeit informiert worden, sie begleiten die Kommissare heute bei ihrem Einsatz in Lübeck.
„Wir möchten gerne mit Herrn Zilies sprechen. Ist er da?"
Die Bedienung in dem Lokal am Marktplatz nickt und begibt sich in die hinteren Räume des Lokals. Wenige Minuten später erscheint der Chef der Gastwirtschaft. Es ist noch leer, daher nehmen sie gemeinsam im Lokal Platz. Petra Mister stellt sich und ihre Kollegen vor, dann beginnt sie mit der Befragung.
„Bei Ihnen ist doch Jochen Nieber beschäftigt? Seit wann und wie oft arbeitet er bei Ihnen?"
„Normalerweise am Wochenende, also Freitag, Sonnabend und Sonntag. Freitags fängt er am Abend an, so gegen sechs Uhr. In den letzten Wochen kam er nicht, er hat sich

abgemeldet, er hatte Probleme mit der Familie. Einzelheiten weiß ich nicht, es interessiert mich auch nicht. Warum wollen Sie das wissen? Hat er was angestellt?"

„Herr Zilies, wann hat Jochen Nieber das letzte Mal bei Ihnen gearbeitet?"

„Ich muss überlegen, ja, das Wochenende davor. Drei Tage, wie immer."

„Können Sie uns sonst etwas über den jungen Mann berichten, etwas, was Sie wissen, etwas, wovon Sie glauben, dass es sie etwas anging?"

„Der Jochen ist pünktlich, zuverlässig. Hat gute Arbeit gemacht, die Gäste waren zufrieden, keine Beschwerden. Was wollen Sie hören?"

„Hatte er Besuch hier? Kennen Sie Freunde? Hat er Anrufe erhalten?"

„Tut mir leid, keine Ahnung. Ich bin nicht immer im Lokal. Wenn meine Leute gut arbeiten, lasse ich sie gerne alleine. Es klappt. Meine Bedienung Gerdi, sie haben sie eben kennen gelernt, ist immer hier. Sie hat nur Gutes über den Jochen berichtet. Alles Private ist mir egal. Ich bezahle die Leute für ihre Arbeit, mehr nicht. Kann ich ihnen etwas anbieten? Einen Kaffee vielleicht?"

Die Kommissare lehnen ab, bedanken sich und verlassen das Lokal. Sie beschließen, die Kellnerin Gerdi alleine zu befragen, wenn der Chef nicht im Lokal ist. Die Kollegen aus Lübeck werden es übernehmen, damit Petra und Hans nicht erneut aus Hamburg anreisen müssen. Gemeinsam beschließen die Kollegen in einer anderen Lokalität einen Kaffee zu trinken, um die erforderlichen Informationen für die Befragung auszutauschen.

Am Nachmittag erscheint Gaby Jenkel, wie vereinbart auf dem Präsidium in Hamburg. Die Kommissare bedanken sich bei der Zeugin, die freiwillig erschienen ist, da sie den Tag aus anderen Gründen in Hamburg verbracht hat.
„Ich war gestern im Konzert und hatte eine Übernachtung im Hotel gebucht. Da haben Sie aber Glück gehabt, sonst wäre ich bestimmt nicht zu ihnen gefahren, extra aus Hannover!"
„Hoffentlich hat Ihnen das Konzert gefallen?"
Die Kommissare beginnen ein ungezwungenes Gespräch, so können sie später bei der eigentlichen Befragung genau erkennen, ob sich die junge Frau anders verhält, als jetzt.
„Frau Jenkel, Sie waren im Urlaub in Spanien, an der Costa de la Luz, im Hotel Rio. Ist das richtig?"
Die Befragte bejaht die Frage, dann zieht sie ihre Jacke aus, scheinbar ist ihr warm geworden.
„Laut Aussage der Reiseleiterin haben Sie auf einer Busfahrt Jutta Nieber kennen gelernt. Stimmt das?"
„Jutta! Ja, wir haben uns ein paar Mal getroffen, etwas zusammen unternommen. Sie war alleine gereist, genau wie ich auch."
„Was können Sie uns über Jutta Nieber berichten?"
„Wie, was soll das? Ich bin doch kein Spitzel? Wenn Sie etwas über Jutta wissen wollen, dann sollten Sie lieber Jutta fragen, nicht mich!"
Petra Mister antwortet, der Ton wird schärfer.
„Frau Jenkel, sie sind hier, weil Sie als Zeugin vernommen werden. Dazu sind sie vom Gesetz her verpflichtet. Oder sind Sie mit Jutta Nieber verwandt?"

Die junge Frau schüttelt den Kopf. Der Versuch ist gescheitert, die Kommissarin fragt erneut, darauf antwortet Gaby Jenkel:
„Ich weiß nichts über Jutta. Wir haben uns ein paar Mal getroffen. Sie war lustig, wir waren am Strand und am Abend in einer Bar. Mehr war da nicht."
Die Kommissarin möchte wissen, ob Jutta eine Bekanntschaft im Urlaub gemacht hat, einen Mann kennen gelernt hat. Gaby verneint. Hans Windisch fragt nach:
„Wie können Sie es sich erklären, das Jutta in einer Urlaubskarte schreibt, sie habe eine nette Bekanntschaft gemacht?"
„Vielleicht hat sie mich gemeint? Könnte doch sein, oder finden Sie mich nicht nett?"
„Es geht kaum darum, wie wir Sie finden? Hatten Sie Kontakt zu Männern im Urlaub, Frau Jenkel?"
„Nein, wir haben keine Männer aufgerissen! Das meinen Sie doch. Wir haben zwar gesucht, aber ohne Erfolg. Die netten Kerle waren entweder nicht alleine, schwul oder zu alt!"
„Hat Jutta Ihnen von zu Hause erzählt?"
„Nein, nur dass sie alleine lebt. Ich glaube, sie sagte, sie lebe bei ihrer Mutter. Mehr weiß ich nicht. Warum wollen Sie das alles wissen?"
„Sie sind vor Jutta abgereist?"
„Ja. Mein Flieger ging schon etwas früher, sie durfte noch bleiben."
„Wollten Sie sich wieder sehen? Haben Sie Adressen ausgetauscht oder Telefonnummern?"
Wieder verneint Frau Jenkel, anscheinend war es nur eine schnelle und nicht tiefer gehende Urlaubsbekanntschaft.

Petra Mister erklärt nun, dass Jutta Nieber tot im Schwimmbad des Hotels aufgefunden wurde. Gaby Jenkel erschrickt, etwas zu stark, dafür dass sich die beiden jungen Frauen kaum gekannt haben, meint Petra Mister später. Aber, wer kann schon in einen Menschen hinein schauen?
Kurz nachdem Gaby Jenkel das Polizeipräsidium verlassen hat erhalten die Kommissare den Anruf ihrer Kollegen aus Lübeck. Diese haben die Bedienung des Lokals angetroffen und die Befragung abgeschlossen. Gerdi soll ausgesagt haben, Jochen Nieber habe immer ordentlich und zuverlässig gearbeitet. Das sei auffällig, denn die jungen Studenten hätten nicht immer diesen Eindruck hinterlassen. Er sei immer pünktlich im Lokal erschienen und absolut ehrlich gewesen, auch wenn es um Geld ging. Petra Mister bedankt sich bei ihrem Kollegen für die Mithilfe.
Vergeblich versucht Petra Mister seit zwei Tagen die Mutter der verstorbenen Jutta Nieber telefonisch zu erreichen. Wieder springt nach dreimaligem Leuten der Anrufbeantworter an und Petra hinterlässt eine Nachricht auf dem Band. Der gewünschte Rückruf aber bleibt aus. Hans Windfisch vermutet einen Urlaub, der würde das Verhalten erklären.
„Sicherlich versucht die Mutter Abstand zu bekommen, etwas auszuspannen. Tapetenwechsel hat schon immer geholfen. Warum willst du denn mit ihr sprechen? Offene Fragen gibt es doch nicht mehr, oder?", fragt Hans.
Petra erwidert:
„Ich kann es dir nicht erklären, es ist so ein Gefühl im Bauch. Lach nicht, du weißt, ich habe mit meinen Gefühlen

immer Recht! Vielleicht ist sie ja nach Spanien geflogen? In das Hotel, wo ihre Tochter gewohnt hat?"
Eine kurze Mail per Internet informiert die Kollegen in Chiclana. Vielleicht ist es wichtig und die Mutter will zu den Kommissaren in Spanien Kontakt aufnehmen? Dennoch erklärt Petra ihrem Kollegen, den nächsten Freiraum für eine Fahrt zur Villa der Familie Nieber zu nutzen. Hans schlägt außerdem vor, den Sohn der Vermissten zu befragen, er müsse doch den momentanen Aufenthaltsort seiner Mutter kennen! Das Ergebnis ist erschreckend. Jochen Nieber antwortet auf die Frage der Kommissare: „Ich habe keine Ahnung, wo sich meine Mutter herumtreibt. Es ist mir auch egal. Sie ist schließlich erwachsen, genau wie ich! Lassen Sie mich endlich in Ruhe!"
Kopfschütteln ist die Reaktion der Kommissare, so viel Ignoranz ist ihnen lange nicht begegnet.
Der nächste Morgen wird Klarheit bringen.
Petra und Hans fahren nach Volksdorf. Das Haus liegt, wie immer, verträumt zwischen den hohen Bäumen. Die Kommissare parken ihren Wagen und klingeln an der Haustür. Nach einem kurzen Moment fragt die Stimme der Haushälterin nach den Wünschen der Gäste!
Das Tor öffnet sich und die Kommissare betreten das Grundstück der Familie Nieber. In der Tür des Hauses wird die Frau sichtbar, die bei ihrem letzten Besuch die Post in das Wohnzimmer gereicht hatte.
„Wie kann ich Ihnen behilflich sein, Frau Kommissarin?"
„Guten Tag. Wir möchten gerne mit Frau Gerda Nieber sprechen."
„Es tut mir Leid, Frau Nieber ist nicht im Hause", erklärt die Angestellte.

„Wann kommt sie wieder, oder besser, wo können wir Frau Nieber erreichen?", möchte Petra Mister wissen.
„Ich bedaure sehr, ich weiß nicht, wann die Hausherrin zurückkommt. Sie ist nicht zu sprechen."
„Entschuldigung, Sie müssen doch wissen, wo sich Frau Nieber zurzeit aufhält?"
„Sicherlich. Sie ist dennoch nicht zu sprechen. Ich habe ausdrückliche Anordnung, Frau Nieber benötigt absolute Ruhe! Das gilt auch für die Polizei."
„Wer sagt denn, Frau Nieber benötigt absolute Ruhe? Reden Sie endlich!"
„Na, der Arzt. Frau Nieber liegt in der Klinik. Sie darf auf keinen Fall gestört werden."
Petra und Hans schauen sich fragend an. Sehr nachdrücklich befragen sie die Hausangestellte weiter, erfahren dann endlich, in welcher Klinik sich Frau Nieber befindet.
Auf direktem Wege fahren sie ins Krankenhaus. Der Pfleger, der am Empfang Dienst tut, zeigt den beiden Kommissaren den Weg auf die Station, auf der Frau Nieber liegt. Dort bitten die beiden, den zuständigen Arzt sprechen zu dürfen. Nach Abschluss der morgendlichen Visite würde er Zeit haben. Sie nehmen in der Besucherecke Platz und trinken einen Kaffee. Über eine Stunde müssen die Kommissare warten, aber sich ärgern bringt nichts, die Patienten gehen vor. Endlich erscheint der Stationsarzt, bittet die Kommissare in sein Büro.
„Was kann ich für Sie tun? Sie sind von der Polizei, habe ich gehört?"
Die Kommissare stellen sich vor, zeigen ihren Dienstausweis und erklären dann, den Grund ihres Besuches.

„Jutta Nieber, die Tochter ihrer Patientin ist vermutlich ermordet worden. Wir möchten nur wissen, ob die Einlieferung in ihre Klinik in mittel.- oder unmittelbarem Zusammenhang mit dem Tod der Tochter hängt? Oder ob es einen anderen Grund gibt? Es könnte wichtig sein, für die Ermittlungen!"
„Was denken Sie? Selbstverständlich ist mir der Tod der Tochter bekannt. Vermutlich ist der Aufenthaltes im Zusammenhang mit dem plötzlichen Tod der Tochter zu sehen."
„Können wir mit Frau Nieber sprechen?"
„Nein, das geht zum momentanen Zeitpunkt nicht. Frau Nieber ist ohne Bewusstsein!"
Petra und Hans schauen sich erstaunt an. Die Kommissarin überlegt einen Moment, dann fragt sie den Arzt:
„Bitte beantworten Sie uns doch einige Fragen: Frau Nieber hatte einen Unfall?"
Der Arzt verneint, sie habe versucht sich das Leben zu nehmen, erklärt er den Kommissaren. Die Haushälterin hätte bei Dienstbeginn die leblose Frau gefunden und die Rettung angerufen. Auf die Frage, ob die Polizei informiert wurde, schüttelt der Arzt jedoch den Kopf.
„Warum sollte ich die Polizei informieren? Es ist nicht korrekt, den Weg aus dem Leben selber zu bestimmen, aber es ist keine Straftat, die für die Polizei relevant wäre!"
„Wir möchten Sie bitten, uns über das Aufwachen Ihrer Patientin zu informieren. Wir möchten gerne mit Frau Nieber sprechen."
Die Beamten bedanken sich bei dem Arzt und verlassen das Krankenhaus.

Erneut stehen die Kommissare vor der Villa in Volksdorf. Die Haushälterin öffnet die Tür, diesmal bitten die Kommissare um Einlass in die Villa.

„Frau Nieber ist nicht da, ich habe es ihnen doch schon gesagt. Was wollen sie denn schon wieder?"

Name und Adresse der Haushälterin werden erfragt, die Daten aus dem Ausweis notiert sich Hans Windisch. Nachdem alle in der Küche am Tisch Platz genommen haben, beginnt die Befragung.

„Es ist doch richtig, dass Sie die Hausherrin hier aufgefunden haben? Wir wissen, dass Frau Nieber auf der Intensivstation des Krankenhauses noch immer ohne Bewusstsein liegt. Von Ihnen möchten wir wissen, wo und wie Sie ihre Chefin vorfanden!"

Anna Zurweide, sie ist etwa Anfang sechzig, erklärt, sie hätte ihren Dienst beginnen wollen, wie immer. Frau Nieber habe aber auf das Läuten nicht reagiert. Auch ans Telefon sei sie nicht gegangen. Beunruhigt, da so etwas noch nie vorgekommen sei, habe sie das Sicherheitsunternehmen informiert. Gegen Nennung eines Codes wurde die Tür durch die herbeigeeilten Mitarbeiter geöffnet. Auf dem Boden des Wohnzimmers lag dann Frau Nieber. Sie war ohne Bewusstsein, nicht ansprechbar und trug den Hausanzug, den sie immer am Abend der Bequemlichkeit halber anzog. Der gerufene Notarztwagen hat Frau Nieber dann ins Krankenhaus gebracht. Mehr sei ihr auch nicht bekannt.

„Frau Zurweide, hatte Frau Nieber Besuch? Waren Gäste hier, vielleicht am Tag zuvor?", fragt Hans Windisch die Hausangestellte.

Sie verneint. Es sei ihr nicht bekannt, da sie am Tag zuvor nicht in der Villa gewesen wäre. Auf die Frage, ob sie immer an den gleichen Wochentagen arbeite, erklärt die erschütterte Frau, es komme schon mal vor, dass die Tage sich auf Wunsch der Hausherrin änderten. Bei besonderen Anlässen wie Geburtstagen oder anderen Feiern würde sie schon mal einen Tag mehr arbeiten als sonst üblich. Sie berichtet weiter, nachdem Petra Mister mehrere Fragen gestellt hat:
„Nein, es ist mir nichts Außergewöhnliches aufgefallen. Was auch? Frau Nieber war fertig … ja … aber … Nun, vielleicht hat sie es nicht gezeigt. Frau Nieber hing sehr an ihrer Tochter. Jochen kam kaum noch, er hat sich sehr zu seinem Nachteil verändert. Als der Herr noch lebte, war es hier im Haus ganz anders. Herr Nieber war ein total lustiger und geselliger Mensch. Immer kam Besuch oder Freunde wurden eingeladen. Die Familie verreiste viel, aber nach seinem Tod wurde es still im Haus. Eigentlich immer stiller, von Jahr zu Jahr. Frau Nieber tat mir leid, aber ich bin halt nur die Haushälterin."
Die Kommissarin fragt, ob Anna Zurweide sich vorstellen könne, dass sich ihre Arbeitgeberin selbst umbringen wollte. Kopfschütteln ist die Antwort der Frau, sie könne es sich nicht vorstellen, aber ganz auszuschließen sei es wohl nicht. Frau Nieber sah vielleicht keinen anderen Ausweg mehr, nachdem nun die Tochter nicht mehr lebte. Ihren Sohn hatte sie ja auch schon fast verloren, da er nicht mehr zu Besuch kam,
„Frau Zurweide, sollte Ihnen noch etwas Wichtiges einfallen, oder wenn Sie etwas hören, rufen Sie uns an. Wir

möchten gerne mit Frau Nieber sprechen. Hoffentlich geht es ihr bald wieder besser. Alles Gute, bis bald."
Mit den Worten verabschieden sich die Kommissare und fahren zurück aufs Präsidium.

Kapitel 9 * in Chiclana

Juana und Pedro haben sich nach langer Arbeit einen halben freien Nachmittag, man könnte fast sagen, gestohlen. Überstunden gehören zum spanischen Polizeialltag, aber Juana sagte ab und zu: nun reicht es, wir nehmen uns frei. Es wird nicht gerne gesehen, von den Vorgesetzten und Kollegen, aber Juana setzt sich durch. Sie ist erfolgreich, das gibt ihr das nötige Rückgrat, um solche Aktionen durchzusetzen.

Am nächsten Tag erscheinen die beiden Kommissare, lustig und fröhlich wie immer, in ihrem Büro. Mehrere Zettel haben die Kollegen auf dem Schreibtisch hinterlassen, Juana ärgert sich immer wieder darüber. Sie selbst wählt für die Information und Weitergabe immer den persönlichen Weg der Ansprache. Aber Juana ist zwar sehr beliebt, dennoch: erfolgreiche Frauen haben es schwer - nicht zuletzt bei der spanischen Polizei.
Drei Zettel weisen auf den vergeblichen Versuch der Monika Kind hin, ein Gespräch mit ihnen zu führen. Leider ist auf dem kleinen Zettel, herausgerissen aus einer Tageszeitung, keine Telefonnummer für einen Rückruf angegeben. Einen Tatbestand, den Juana besonders hasst.

Immer wieder hört man sie sagen: die Kollegen können einfach nicht nachdenken, geschweige denn, denken!
Daher wählt Juana den Umweg über die Telefonzentrale des Krankenhauses in Puerto Real, die wiederum die Verbindung zur Krankenstation veranlasst. Dort endlich bekommt Juana die Rufnummer, eine Weiterstellung ist angeblich nicht möglich.
Monika Kind äußert sich mit den Worten: endlich rufen sie zurück!
„Ich will wissen, ob es Neuigkeiten gibt? Haben Sie den Täter schon gefasst?"
Juana bittet die Patientin um Ruhe.
„Wir sind hier in Spanien, nicht in Deutschland. Zuerst sollten Sie sich erholen, dafür liegen Sie schließlich im Krankenhaus. Wann werden Sie entlassen?"
Monika erwidert, sie wüsste es nicht, eigentlich sollte sie schon gestern nach Hause kommen, aber, der Kreislauf habe nicht so ganz mitgespielt. Erneut kommt die Frage nach dem Täter.
„Ich habe noch eine Frage an Sie, Monika. Der Täter, haben Sie ausgesagt, hatte Ihnen die Hände auf dem Rücken gefesselt. Ist das so richtig?"
Monika Kind bejaht die Frage der Kommissarin. Dann äußert sie eine weitere Frage an Monika:
„Wie hat der Täter Sie eigentlich vergewaltigt? Lagen Sie auf dem Rücken? Es tut mir Leid, aber ich muss diese Frage stellen, auch wenn es Ihnen unangenehm ist, erneut an den Vorfall erinnert zu werden."
„Das macht mir nichts. Ja, ich lag auf dem Rücken."

„Haben Sie sich nicht verletzt? Sie lagen doch immerhin auf Holzbohlen? Das muss doch sehr schmerzhaft gewesen sein?", fragt Juana nach.
Die vergewaltigte Frau erwidert:
"Sie haben natürlich Recht. Es tat weh. Aber, ich erwähnte doch schon, es ging schnell. Der Mann kam sehr schnell, er ließ danach sofort wieder ab von mir. Scheinbar hat es ihn unheimlich angemacht, dass ich gefesselt war. Vielleicht steht er auf so etwas?"
„Haben Sie keine Verletzungen an den Händen und Armen, Monika. Mir ist gar nichts aufgefallen?"
Nun erklärt die junge Frau, der Täter hätte irgend ein Stück Decke, Jacke oder Ähnliches auf den Boden geworfen, darauf hätte er sie dann vergewaltigt. Sie gibt sogar noch den Hinweis, er wollte wahrscheinlich so eventuelle Spuren vermeiden. Juana zeigt bei der Aussage der deutschen Urlauberin keine Reaktion. Sie bedankt sich für das Gespräch und beendet dieses dann sofort.
„Pedro, ich habe ein ganz komisches Gefühl bei dieser Vergewaltigungsgeschichte. Der Täter legt noch eine Decke auf den Boden, damit das Opfer es auch bequem hat! Hast du so etwas schon mal gehört? Sie gibt sogar noch eine plausible Idee dazu, der Täter hätte so Spuren, die bei einer Vergewaltigung entstehen, nicht am Tatort hinterlassen! Wie kommt die Frau auf solche Aussagen? Es ist doch nicht normal, dass sich ein Vergewaltigungsopfer solche Gedanken macht? Hoffentlich steckt hinter dieser Geschichte nicht etwas, was wir noch gar nicht vermuten können?"

Auch Pedro kommen Zweifel an der Geschichte der jungen Frau aus Deutschland. Bisher aber haben die Polizisten noch keine Möglichkeit, diese Zweifel auszuräumen.
Ein Anruf bei einem der jungen Männer, der Zeuge des Vorfalls am Hotel Andaluz war, bestätigt teilweise die Aussage der Monika Kind, sie hätte auf dem Rücken gelegen. Als die jungen Männer zum Tatort kamen, saß die junge Frau am Boden, mit dem Rücken an die Wand des Pavillons gelehnt. So wäre sie sicherlich nicht gesessen, hätte der Täter die Vergewaltigung seines Opfers von hinten vorgenommen.

Am Nachmittag erhalten die Kommissare das Ergebnis der Untersuchung der Hasenmaske, die das Kind irgendwo auf dem Hotelgelände gefunden hatte. Es wurden keine Fingerabdrücke des mutmaßlichen Täters gefunden, aber dafür einige Speichelreste. Der DNA – Test ergab eine Übereinstimmung, so dass der Urlauber Detlef Ziller dem Haftrichter vorgeführt werden kann.
„Ich habe mir gestern unter der Dusche überlegt, ob wir Monika Kind einige Tücher mit unterschiedlichen Gerüchen präsentieren sollten. Ich denke da zum Beispiel an ein Tuch mit Ziegengeruch, ein Tuch mit Schweinegeruch und so weiter. Findest du meine Idee nicht grandios, Juana?"
Pedro hat sich vor seine Kollegin gestellt und erklärt ihr mit Händen und Füßen, wie es ablaufen soll.
„Wir könnten doch so den Täterkreis eingenen. Irgendwoher muss doch der Geruch kommen?"
„Pedro, ich weiß nicht, ob es eine so gute Idee ist? Außerdem, woher willst du die Aromen der lieben Tierchen

nehmen? Von Bauer zu Bauer gehen? Entschuldigung, darf ich etwas Schweinegeruch für eine Ermittlung haben?"
Juana kann sich kaum vor Lachen halten, sie stellt sich vor, wie Pedro hinter einer dicken Sau herläuft, um ihr über die Schwarte zu wischen und den Duft einzufangen! Pedro ist beleidigt, er dreht sich ans Fenster und sagt zu ihr:
„Mach dich nur über mich lustig. Ich finde die Idee wirklich nicht schlecht. Wenn Monika den Geruch von Pferd und Ziege nicht unterscheiden kann, haben wir halt Pech gehabt."
Da Juana und Pedro zurzeit keine anderen Hinweise bekommen, versucht Pedro per Telefon Adressen einiger Inhaber in Frage kommender Tiere zu beschaffen. Juana darf während der Telefonate nicht zu Pedro schauen, sie fängt sofort wieder an zu grinsen. Je böser Pedro schaut, je lauter muss sie lachen.
Am nächsten Morgen steht der Besuch einiger Apotheken in der Nähe des Hotels Rio auf dem Tagesplan der Kommissare. Sie erkundigen sich nach einem Käufer oder einer Käuferin, die in den letzten Tagen eine größere Dosis Diazepam erstanden haben könnte. Die Apotheke, die dem Hotel am nächsten liegt, verneint die Anfrage der Kommissare. Auch die anderen Angestellten der Apotheken können einen außergewöhnlichen Verkauf nicht bestätigen. Sicherlich, der Täter kann das Präparat auch in einer anderen Gegend, oder gar in einer anderen Stadt gekauft haben. Die Kommissare hinterlassen in allen Apotheken ihre Visitenkarte, für den Fall, dass ein Kunde eine größere Menge Diazepam verlangen sollte. Die Menge des Schlafmittels, das bei der Toten aus dem Schwimmbad festgestellt

wurde, müsste schon auffallen. Oft haben die Kommissare Glück und ein Täter verrät sich selbst.
Parallel zu den Ermittlungen der Toten aus dem Hotel Rio laufen die Nachforschungen im Fall der vergewaltigten Monika Kind. Heute Nachmittag sollen die drei Kolleginnen der Fitnesstrainerin vernommen werden. Die Münchner Mädchen erscheinen braungebrannt und gutgelaunt auf dem Kommissariat. Juana hätte schon etwas mehr Anteilnahme erwartet. Die Urlauberinnen sind bereit, ihre Aussagen zu machen.
Alle geben an, mit dem Taxi nach Hause, das heißt, vor das Hotel gebracht worden zu sein. Die Drei sind dann gemeinsam in ihr Hotel gegangen. Um Monika hätte man sich nicht mehr gekümmert, trennten doch auch sie nur wenige Schritte vom Hoteleingang. Man habe ja nicht damit rechnen können, dass so etwas Schreckliches passiert.
„Ich möchte noch gerne von ihnen wissen, ob Sie Männerbekanntschaften gemacht haben? Vielleicht hat sich ein Mann bedrängt gefühlt? Oder er kam nicht zu dem gewünschten Erfolg und wollte sich holen, was er benötigte?"
„Wir waren die ganze Zeit zusammen", beginnt eine der Drei zu erzählen, „und es gab keine Männer an diesem Abend. Wir saßen in der Bodega und haben uns ganz gut alleine unterhalten. Es gab eine Menge zu essen und wir haben getrunken, gelacht und waren einfach gut drauf. Später in der kleinen Bar, hatten wir auch keinen Kontakt zu Männern. Ehrlich, wir waren ganz solide. Sie können es sich vielleicht nicht vorstellen, Frau Kommissar, aber in unserem Job haben wir ständig mit wilden Männern zu tun. Nun wollen wir in unsrem Urlaub nicht die gleichen

Strapazen wie zu Hause haben, nur wir vier Weibsen, mehr nicht. Würde einer dieser männlichen Wesen zu uns stoßen", nun beginnen die Mädchen fürchterlich zu kichern, „entschuldigen Sie, also, würde einer dieser männlichen Wesen sich uns nähern, er bekäme gleich die rote Karte."

Juana hatte sich einen Hinweis erhofft, muss nun aber feststellen, dass die jungen Frauen wirklich nicht auf der Suche nach einem schnellen Abenteuer sind. Vielleicht ist es auch einfach nun ein unglücklicher Zufall, dass gerade Monika Kind in diesem Moment an dieser Stelle des Hotels war?

Die drei Urlauberinnen aus Bayern verabschieden sich und verlassen das gemeinsame Büro der Kommissare.

„Juana, wenn du - ich meine natürlich als Mann - auf solche Frauen triffst, kann es schon ganz schön frustrierend sein! Die sehen gut aus und du hast das Gefühl sie sind alle lesbisch! Wäre doch traurig für die Männerwelt, oder?"

Juana lacht, sie denkt sich, es gibt auch genügend tolle Männer, die uns Frauen vorenthalten werden, da sie sich lieber mit anderen Männern beschäftigen.

Juana ist sehr erstaunt darüber, dass Pedro erfolgreich war mit seiner Suche nach Lieferanten der gesuchten Tiergerüche. Einige sonderbare Fragen und Bemerkungen hat er sich bei seinen zahlreichen Telefonaten schon anhören müssen, glaubten einige der Angerufenen doch, er wolle sie auf den Arm nehmen. Geblieben sind drei Adressen in der näheren Umgebung, die Düfte von Schweinen, Ziegen, Pferden, Kühen, Hühnern und Schafen liefern könnten.

Juana beginnt sofort wieder zu lachen, als Pedro ihr das Ergebnis seiner Recherche mitteilt.
„Es ist besser, du gehst dort alleine hin. Ich könnte dir vor lauter Lachen sowieso keine Hilfe sein."
Pedro schaut zu seiner Kollegin, enttäuscht teilt er ihr mit.
„Ich würde es aber besser finden, wenn du mich begleitest. Nun hör doch bitte auf mit diesem Gegacker, ich brauche Tierdüfte, keine Geräusche. Sonst könnte ich dich glatt als Huhn vorstellen. Juana, ich möchte es ganz professionell machen. Jedes Tuch in eine separate sterile Tüte, damit die Gerüche ganz echt und unverfälscht bleiben. Außerdem benötige ich einen Zeugen, sonst könnte später jemand behaupten, ich hätte die Proben verändert."
Juana laufen beim Antworten die Lachtränen über die Wangen.
„Pedro, du weißt aber schon, dass unsere Zeugin ein Mensch ist und kein Schäferhund! Ich habe noch nie gehört, dass ein Kollege bei einem Menschen so einen Test durchgeführt hat, du etwa?"
„Nein, ich auch nicht. Aber, warum, soll ich nicht der erste Kommissar sein?"
Eine nicht enden wollende Diskussion über die weitere Vorgehensweise findet zwischen den beiden statt. Sieger ist heute Pedro, Juana stimmt zu, sie wird ihren Kollegen am nächsten Morgen zu den Bauern mit den Tieren begleiten. Für den späten Nachmittag hat Juana den bereits inhaftierten Detlef Ziller zu einer erneuten Vernehmung ins Kommissariat holen lassen. Die Ermittlungen im noch immer ungeklärten Todesfall der Jutta Nieber aus dem Schwimmbad des Hotels Rio laufen auf Hochtouren. Der Verdächtige soll zu dem Fall befragt werden. Pedro, der

von seiner Chefin nicht informiert wurde, ist sichtlich erstaunt, als Detlef vorgeführt wird. Es ist durchaus möglich, dass Detlef, der „Schweinemaskenmann", als Täter in Frage kommt. Detlef Ziller betritt den Raum, er sieht müde aus, seine ursprüngliche Urlaubsbräune hat er eingetauscht gegen eine fahle Blässe. Unrasiert und in einem total zerschlissenen Trainingsanzug sitzt er Juana gegenüber. Sein erster Blick sucht auf dem Schreibtisch nach einer Zigarette, doch weder Juana noch Pedro rauchen. Auf die Frage nach einem Glas Wasser erhalten die Kommissare nur ein müdes Lächeln und die wohl nicht ganz ernst gemeinte Antwort:
„Glauben Sie, weil ich diese Schweinemaske trug, ich würde nur noch Wasser trinken? Davon hatte ich auf der Zelle schon genug, haben Sie kein Bier?"
Pedro schüttelt den Kopf, keiner der beiden erwidert die Bemerkung. Stattdessen will Juana von Detlef wissen, wo er an dem fraglichen Abend war, an dem Jutta Nieber im Schwimmbad ertrank. Angeblich kann sich Detlef nicht mehr an den Abend erinnern, er gibt an, eigentlich immer in seinem Zimmer gewesen zu sein.
„Erzählen Sie uns doch mal, was Sie an den einzelnen Abenden gemacht haben, seit Ihrer Ankunft. Sind Sie am Abend aus gewesen? Waren Sie vielleicht in einem Restaurant zum Essen? Oder in einer Diskothek, zum Tanz?"
Dem Mann laufen dicke Schweißtropfen über die Stirn und an den Schläfen entlang. Seine Augen sind zusammengekniffen, so als würde er in eine sehr helle Lampe schauen. Er gibt an, sich nicht mehr erinnern zu können. Juana fragt ganz ruhig und fast gleichgültig:

„Am ersten Abend, nach ihrer Ankunft, was haben Sie da gemacht? Können Sie sich noch erinnern? Wann sind Sie angekommen? Morgens, oder mittags, oder vielleicht erst am Abend?"

„Nachmittags, es war so gegen sechs. Ich habe meine Koffer ausgepackt und bin dann an die Bar und habe mir ein Bier bestellt. Abends gab es Essen im Hotel. Danach bin ich ins Bett. Den nächsten Tag habe ich am Strand verbracht, gleich hinter dem Hotel. Und so ging es immer weiter. Aufstehen, Strand, Hotel und ins Bett."

„Sie wollen uns doch nicht erzählen, Sie sind nicht aus gewesen? Sie wollten doch Frauen kennen lernen. Und Sie sind im Keller gewesen, wie oft waren sie im Keller Ihres Hotels? Wo und wann haben Sie Jutta kennen gelernt? Und wann und wo haben Sie Sarah Matz das erste Mal gesehen?"

Der Vernommene antworte stotternd, ihm sagen die Namen der Frauen nichts. Er kennt keine Frauen hier, hat auch keine Bekanntschaften gemacht. Juana hält Detlef Ziller die Hasenmaske und die Schweinemaske unter die Augen, erinnert ihn an den Zwischenfall der versuchten Vergewaltigung im Hotel Playa.

„Es dürfte Ihnen wohl kaum entfallen sein, was Sie der jungen Frau angetan haben? Sie vergessen wohl außerdem, wir haben die Flasche mit dem Äther bei Ihnen gefunden! Leugnen hat keinen Zweck, sie werden so oder so verurteilt. Es würde sich aber sicher strafmildernd auswirken, wenn Sie mit uns kooperieren würden. Ich weiß ja nicht, ob Ihnen die Gefängnisse in Spanien bekannt sind! Na, sicherlich nicht. Sie denken, es ist hier so schön, wie in Deutschland? Aber weit gefehlt, hier gibt es keine Extrawünsche, keinen Fernseher, keine Bücher, kein Radio! Wie

sind hier in Andalusien, am äußeren Ende Europas, dicht an Afrika, hier heißt Strafvollzug noch richtig Strafe! Ich würde es mir an ihrer Stelle überlegen!"
Juana hat die harten Worte in voller Absicht gesprochen, mit dem Ziel, Detlef Ziller schnell zum Reden zu bringen. Pedro hat sich dabei umgedreht, er versteht nur sehr wenig, wenn Juana in Deutsch mit dem Verdächtigen spricht, aber worum es hier ging, konnte er an ihrem Gesicht ablesen, sie kennen sich schon so lange. Anscheinend hat es auch zum Erfolg geführt, Detlef Ziller beginnt zu reden.
„Ja, Sie haben natürlich Recht. Ich bin jeden Abend aus gewesen, nur am ersten Abend nicht, der Flug war recht anstrengend, ich wusste auch nicht wohin ich gehen sollte, ich kannte mich doch nicht aus hier. Am ersten Tag, nach dem Frühstück, war so ein Infotreffen der Reisegesellschaft. Ich habe mir das eine knappe halbe Stunde angetan, dann bin ich weg. Erst zu Fuß, aber Läden oder Bars habe ich nicht gefunden. Dann mit dem Bus weiter, bin in der Stadt gelandet. Zufällig habe ich in einem dieser Lokale in der Stadt, in der Fußgängerzone, einige Deutsche getroffen. Junge Leute, die sich unterhielten. Ich habe gefragt, wo man hier was erleben könne, sie haben mich dann zur Meile der Bars gebracht. Es war nicht so, wie ich es mir vorgestellt hatte. Aber nun, wie Sie schon sagen, wir sind hier kurz vor Afrika, leider jedoch tragen die Frauen hier keine Baströcke mehr."
Detlef Ziller lacht laut los, er findet seinen Witz unheimlich gut. Den Kommissaren entlockt er nicht einmal ein müdes Grinsen
„Gut, wie ging es weiter?"

"Es war schwer hier eine Frau aufzureißen. Meist nur Paare, oder die Frauen waren zu alt, nichts für mich, so etwas kann ich auch zu Hause haben .In einer dieser Diskotheken habe ich dann die junge Frau gesehen. Sie wollte nicht mit mir tanzen, hatte einen jungen Mann bei sich, einen Spanier, schätze ich. Die sollen wohl besonders gut im Bett sein, sagt man. Vielleicht konnte oder wollte sie an dem Abend aber nicht mit ihm gehen, jedenfalls verließ sie den Tanzschuppen lange vor mir."
Detlef Ziller macht eine Pause, erneut schaut er sich suchend um im Zimmer, seine Augen bleiben auf Pedro haften, mustern ihn und dann bittet er um eine Zigarette.
"Wir rauchen hier nicht im Büro, tut mir leid. Wie ging es weiter, Sie haben Sarah Matz im Hotel doch wieder getroffen?"
"Nicht an dem Abend. Erst am nächsten. Zufällig stieg sie aus einem Taxi, als ich vor der Tür des Hotels am Hinterausgang noch eine Zigarette rauchte. Ich hatte mir in der Bar eine Schachtel gekauft und wollte gerade auf mein Zimmer gehen, als ich sie erblickte und wieder erkannte."
"Hatten Sie die Schweinemaske die ganze Zeit bei sich? Hatten Sie geplant, eine Frau damit zu überfallen, oder eine Frau damit gefügig zu machen?"
"Nein. Es war Zufall. Ich hatte die Maske in der Stadt gekauft, von einem fliegenden Händler, er ging von Lokal zu Lokal. Sie gefielen mir. Es war nicht geplant. Wäre die Ziege nicht so störrisch gewesen, es hätte ja gar nichts passieren müssen."
"Wer war störrisch? Jutta Nieber?"
Detlef Ziller schaut hoch, er erschrickt sich, bleibt stumm. Nicht ein Wort mehr bekommen die Kommissare aus ihm

heraus. Auf die Frage nach dem Fläschchen mit dem Äther antwortet Detlef genau so wenig, wie auf die Frage nach der versuchten Vergewaltigung im Keller des Hotels. Sie brechen die Vernehmung ab und lassen den Tatverdächtigen wieder in Untersuchungshaft bringen.
„Es ist doch glasklar, Detlef muss die Tat geplant haben. Vielleicht hat es ihn so sehr geärgert, dass Sarah ihm einen Korb gegeben hat, dass er sich in der Stadt den Äther besorgt hat. Die Masken gibt er an, hätte er in der Bar gekauft. Wäre er zur Karnevalszeit hier, würde ich es ihm glauben, aber jetzt? Hast du hier schon mal einen Verkäufer gesehen, der im Sommer solche Dinge verkauft? Das ist gelogen. Er wollte sich das holen, was Sarah ihm nicht freiwillig gegeben hat. Vielleicht hat er die Masken im Koffer mitgebracht, vielleicht hat er sie auch in der Stadt gekauft, im Spielzeugladen, hier in Chiclana oder wo auch immer. Hat er Jutta auch beim Tanz getroffen? Hat auch sie sich ihm verweigert? Ich kann es mir vorstellen, so wie Detlef aussieht. Jutta Nieber war eine schöne junge Frau, sie wollte abschalten, da kommt Detlef und will mit ihr tanzen. Ich kann nachfühlen, wie es ihr ergangen sein muss. Sie hat abgelehnt, dadurch wurde Detlef sauer. Er hat Jutta aufgelauert und versucht, sie im Keller zu vergewaltigen. Dabei muss sie in den Pool gestürzt sein."
Pedro war die ganze Zeit still, er hat seiner Kollegin zugehört. Nun unterbricht er.
„Wie passt deine Geschichte mit dem Schlafmittel zusammen? Jutta Nieber wurde, wenn es Mord war, mit Diazepam betäubt. Wir haben bei Detlef Ziller kein Diazepam sichergestellt. Er könnte sie beim Tanz getroffen haben, ja. Sie hat abgelehnt, ist später mit der Taxe ins Hotel. Er ist

ihr gefolgt. So weit gut. Aber nun? Wie kommen Sherry und Diazepam in den Körper der Toten?"

„Oder, Pedro, sie hat ja zu ihm gesagt. Ist mit ihm ins Hotel, um vielleicht noch etwas zu trinken. Vielleicht hat Detlef gesagt, er würde im selben Hotel wohnen. Nach dem Sherry, in den er heimlich an der Bar etwas Diazepam gegeben hat, will Jutta ins Bett. Detlef folgt ihr und zerrt sie in den Keller."

„Wenn es so war, bleiben Fragen offen. Woher kannte Detlef die Einrichtungen im Keller des Hotels, in dem er nicht wohnt? Woher hatte er Diazepam? Nahmen sie den Sherry in der Bar des Hotels? Aber der Barkeeper hat Jutta nicht in der Bar gesehen, nicht an diesem Abend. Also, müssten die beiden in einer anderen Bar gewesen sein. Dann wären sie zusammen mit dem Taxi ins Hotel gekommen. Das haben wir noch nicht geprüft. Wenn Jutta überhaupt weg war! Sie könnten ja auch auf dem Zimmer getrunken haben!"

Juana erwidert:

„Nein, wir haben keinerlei Spuren gefunden. Detlef ist nicht so gerissen, um alle Spuren zu beseitigen. Im Zimmer war keine andere Person. Das scheidet aus. Ein anderes Zimmer im Hotel?"

Pedro verneint sehr schnell, das kann er sich nicht vorstellen.

„Nein, er hatte keine Reservierung in Juttas Hotel. Das scheidet aus. Sollte er einen Komplizen haben? Kann ich mir nicht vorstellen, es passt nicht zu der versuchten Vergewaltigung der Sarah Matz. Wir kommen so nicht weiter."

„Ich denke, Pedro, du versuchst mal etwas über die Taxifahrer herauszubringen. Danach sehen wir weiter. Auf alle Fälle werde ich mich noch mal in den Bars umhören, in denen Detlef verkehrt hat. Es waren nur drei Bars, sie liegen dicht beieinander. Du weißt sicherlich noch nicht, was du heute nach Feierabend machst, Pedro?"
„Nicht schon wieder ich. Wobei, wenn du mit mir zum Essen fährst, dann komme ich mit dir in diese Bars. Einverstanden?"
Juana antwortet, typisch spanisch, mit den Worten:
„Vamos a ver", was so viel wie, „schauen wir mal" heißt.
Damit lässt sie ihren Kollegen alleine im Büro sitzen.
Wenig später, Juana hat die Zeit der Abwesenheit für einen Plausch mit ihrer Kollegin genutzt, betritt sie lachend das gemeinsame Büro. Ihren Kollegen trifft sie in seinen Computer vertieft am Schreibtisch vor.
„Wolltest du nicht mit mir etwas essen? Und warum arbeitest du dann noch immer? Es ist schon gleich neun Uhr, also, auf geht es."
Pedro lächelt erwartungsvoll und schaltet schnell den PC aus. Auf dem Weg zum Dienstwagen, fragt Pedro seine Kollegin nach ihren Wünschen, ob rustikale, ausländische Gastronomie, oder eine kleine Bodega das Ziel sein sollen. Essen kann man schließlich überall. Die Richtung sollte schon mal La Barrosa sein, dort wo sich auch die drei Bars befinden, in denen die Kommissare mit ihren Ermittlungen vorankommen wollen. So landen die beiden in einem kleinen Restaurant, das nur von Einheimischen besucht wird. Gutes Essen zu günstigen Preisen, eine freundliche Bedienung und man kennt sie hier, auch das ist den beiden wichtig.

Nach dem gemeinsamen Mahl setzen sie ihre Fahrt Richtung Strand fort. Die erste Bar, eine kleine Cocktailbar an der Promenade ist relativ gut besucht. Juana zeigt die Fotos, das Bild der toten Jutta Nieber, sowie die Fotos der deutschen Urlauberinnen Sarah Matz und Monika Kind, aber auch das Foto ihres Verdächtigen Detlef Ziller in der Bar herum. Es kann sich jedoch weder irgendein Gast noch der junge Mann hinter der Bar an eines dieser Gesichter erinnern. Auch in der zweiten Bar, in einer Querstraße zur Promenade, bleiben die Befragungen erfolglos. Erst der dritte Versuch, ein kleines Lokal mit viel Atmosphäre und hohen Preisen, wird mit Erfolg gekrönt sein. Die Bedienung hinter dem Tresen kann sich an Jutta Nieber erinnern. Ob die junge Frau aber alleine oder in Begleitung war, weiß keiner der Befragten zu sagen.
„Wir wissen nun aber, dass Jutta Nieber hier etwas getrunken hat. Vielleicht ist es ja der Sherry gewesen, mit dem sie das Diazepam zu sich genommen hat? Wäre doch möglich! Sie könnte natürlich auch noch weiter gefahren oder gegangen sein, in ein anderes Lokal. Du wirst morgen die Taxifahrer befragen, so wie wir es schon beschlossen haben, Pedro. Nun, lass uns fahren. Ich bin müde und möchte nach Hause."

☼

Gleich nach der Begrüßung am nächsten Morgen fahren die Kommissare zu den Bauern. Eine der Adressen liegt ganz in der Nähe der großen und viel befahrenen Straße, die von La Barrosa nach Pago del Humo führt. Der Bauer hält Ziegen und Pferde. Die Kommissare werden etwas schräg angeschaut, dennoch führt der Bauer die beiden bereitwillig

zu dem großen Braunen, der mit einem Seil an einen Baum gebunden ist. Pedro hat sterile Plastiktüten und Einmalhandschuhe mitgebracht. Ein Paar davon zieht er nun aus seiner Jackentasche und sich vorsichtig über beide Hände. Juana tut es ihm gleich, dann wird eine sterile Wundauflage aus der Verpackung entnommen. Mit dieser streicht Pedro nun über den krummen Rücken des Pferdes. Danach wird das Tuch in die Tüte gelegt und verschlossen. Genauso wird es bei einer Ziege gemacht, wobei es der Mithilfe des Bauern bedarf. Die Ziege will absolut nicht für die Kommissare stramm stehen. Juana ist sehr ernst bei der Arbeit, Pedro selbstverständlich auch. Nur der Bauer, der die Ziege an ihren Hörnern hält, muss lachen. Dafür erntet er einen bösen Blick. Pedro kann überhaupt nicht verstehen, wie man über ernste Polizeiarbeit lachen kann.
Der zweite Bauer hält Schweine, Kühe und Schafe auf seinem Hof. Er liegt es außerhalb in Richtung Marquesado, eine halbe Autostunde von Chiclana entfernt. Der Bauer schickt die Kommissare alleine zu den Koppeln, er habe dafür keine Zeit. Bei den Kühen ist es einfach, sie stehen und warten auf das alltägliche Melken. Die Schafe allerdings grasen auf einer Weide, sehr beschwerlich an sie heran zu kommen.
„Pedro, Tiere sind doch neugierig! Raschle doch mal mit deiner Plastiktüte, vielleicht kommen sie dann angetrabt."
„Dein Ton gefällt mir nicht. Du nimmst mich nicht ernst!", erwidert Pedro, aber im gleichen Moment laufen die Schafe quer über die Weide, direkt zu Pedro an den Zaun.
Einen sehr erstaunten Pedro kann man nun mit dem sterilen Tuch in der Hand am Zaun seiner Arbeit nachkommen sehen. Bleiben nur noch die Schweine. Sie stehen

zum Glück in einem Gatter eingepfercht, so dass es keiner tierischen Künste bedarf, eine Geruchsprobe von ihnen zu bekommen. Juana ist heilfroh, endlich den Rückweg ins Kommissariat antreten zu dürfen. Während der Fahrt, sie sitzt auf dem Beifahrersitz des zivilen Fahrzeugs, blickt sie immer wieder mit einem viel sagenden Lächeln auf ihren Kollegen, der es meidet, ihren Blick zu erwidern.
Erst im Büro hört man Pedro seine Kollegin fragen:
„Wann wollen wir den Test mit der Zeugin machen?"
„Pedro, ich denke, so lange die Proben noch frisch sind!"
Juana kann den Satz kaum zu Ende aussprechen, dann beginnt sie erneut laut zu lachen. Sie schüttelt sich und verlässt schnell das Büro, damit ihr Kollege nicht noch wütender auf sie wird. Es dauert nur einige Minuten und Juana öffnet mit zwei Bechern Kaffee die Bürotür. Still stellt sie Pedro einen Becher des duftenden Kaffees hin, ohne eine Bemerkung dazu zu machen.
„Wir können doch direkt im Anschluss fahren, was meinst du?", lenkt sie ein.
Nur eine kurzes okay kommt von gegenüber, dann trinkt Pedro seinen Becher leer, wirft ihn in den Papierkorb und geht zur Tür.
Ein Anruf im Krankenhaus hat ergeben, dass Monika Kind am folgenden Tag aus dem Krankenhaus entlassen werden soll. Sie ist erstaunt über den erneuten Besuch der Kommissare. Pedro befragt sie, ohne den Hinweis auf die Geruchstüten zu geben, erneut nach dem Vergewaltiger.
„Ich habe ihnen doch schon alles erzählt, was wollen Sie denn nun noch wissen?", gibt die junge Frau bissig von sich.

„Sie haben ausgesagt, der Mann roch nach Tier. Können Sie sich noch erinnern? Wie war der Geruch? Woran hat es sie erinnert?"
Monika Kind schaut etwas ratlos zu den beiden Kommissaren. Dann antwortet sie, eher fragend:
„Er roch nach Stall, habe ich doch wohl gesagt. Wie soll ich es denn noch beschreiben?"
„Nun, roch er nach Schweinestall oder eher nach Pferdestall?"
„Keine Ahnung. Bin ich vielleicht Bauer oder Schlachter?", antwortet die junge Frau aufgebracht.
„Also, Frau Kind. Ich habe mir das so gedacht", beginnt Pedro ganz langsam zu erklären, „wir verbinden ihnen die Augen, sie versuchen sich an den Abend zu erinnern, dann halte ich ihnen unterschiedliche Düfte unter die Nase. Sie müssen nur noch sagen, ja, so roch es, oder, nein, so roch es nicht!"
Monika Kind klappt der Mund auseinander, dann fragt sie, mit krausen Falten auf der Stirn:
„Warten Tiere vor meinem Krankenzimmer draußen auf dem Flur?"
Juana wendet sich ab, damit Monika Kind nicht sieht, wenn sie erneut lachen muss. Pedro erklärt nicht, wie die Düfte zustande kommen. Nur, dass es sich um lebenden Tiere handelt. Vorsorglich hat Pedro aus seinem Verbandskasten ein schwarzes Dreiecktuch mitgebracht. Dieses bindet er nun der noch immer stutzenden Monika Kind vor die Augen. Erst danach zieht er die unterschiedlichen Tüten aus einer mitgebrachten Tasche und öffnet die erste. Auf der Außenseite sind mit einem schwarzen Filzstift die

Duftgeber vermerkt. Die erste Tüte stammt demnach also vom Pferd.

Vorsichtig legt Pedro den Lappen unter Monika Nase, ohne sie jedoch zu berühren. Sie wendet sich ab, schüttelt den Kopf und gibt einen undefinierbaren Laut von sich, der wohl den Schreck wiedergibt. Pedro steckt den Lappen wieder in die Tüte, verschließt sie erneut und schaut fragend auf Monika, die es aber natürlich nicht sehen kann.

„Und? Wie war der Duft?"

„Grausam. Das ist ja schlimmer als", den Satz spricht die junge Frau nicht zu Ende, stattdessen sagt sie:

„Ach, das können Sie hier ja sowieso nicht wissen. Aber es war nicht der Geruch, da bin ich mir sicher."

Langsam öffnet Pedro die nächste Tüte, auf der zu lesen steht: Schaf. Die Prozedur wiederholt sich, auch diesmal kann Monika Kind den Geruch nicht identifizieren. Auch bei Ziege und Schwein gibt es kein Erkennen. Erst als der Kuhgeruch an ihre Nase kommt, glaubt Juana eine andere Reaktion erkennen zu können. Monika Kind zuckt zusammen, sie macht einen langen Hals, ein Ausdruck von Widerwille ist auf ihrem Gesicht abzulesen.

„Wie war es jetzt?", fragt Pedro, der diese Veränderung nicht bemerkt hat.

Die junge Deutsche antwortet:

„Für mich gibt es da keine Erinnerung, es stinkt fürchterlich. Aber, dass ich nun sagen könnte, so roch es, nein, tut mir leid. Ich kann ihnen da nicht weiter helfen."

Enttäuscht steckt Pedro seine Plastiktüten wieder in die mitgebrachte Tasche, die Kommissare erlösen die junge

Frau von ihrer Augenbinde, danach verabschieden sie sich und verlassen das Krankenzimmer.

Erst im Auto schaut Juana ihren Kollegen fragend an.

„Du musst nichts sagen. Ja, es war blöde, diesen Test zu machen. Du hast ja recht."

„Hast du Monika bei den Proben beobachtet? Ist dir ein Unterschied aufgefallen?"

Pedro blickt kopfschüttelnd zu seiner Kollegin, er denkt erneut, Juana will sich einen Scherz mit ihm machen.

„Nein, Pedro, im Ernst! Bei der Probe der Kühe hat sie anders reagiert. Sie hat Ekel gezeigt, bei den anderen Proben nicht. Aber, sie hat es nicht zugegeben. Nun müssen wir nur noch wissen, warum nicht? Weiß sie vielleicht mehr, als sie zugeben will?"

Im Büro des Kommissariats legt Pedro die Duftproben in einen kleinen Schrank, so, als möchte er nicht daran erinnert werden. Juana beruhigt ihn, er solle sich nun deshalb keine grauen Haare wachsen lassen. Wer weiß, wozu es gut war, hört man Juana sagen.

„Bitte kümmere dich um die Taxis. Vielleicht auch, bei der Gelegenheit, könntest du dich nach Monika und Sarah erkundigen. Ich glaube, bei den Geschichten stimmt etwas nicht. Ich weiß nur noch nicht, wo der Fehler liegt."

Kapitel 10 * in Hamburg

Es ist schon später Nachmittag, als Petra Mister den Anruf der Klinik erhält, in der Gerda Nieber nach ihrem angeblichen Selbstmordversuch eingeliefert wurde. Der Stationsarzt teilt den Kommissaren mit, dass die Patientin wieder bei Bewusstsein ist, eventuelle Fragen könnten nun, unter

Berücksichtigung des momentanen Zustandes, gestellt werden.
Hans Windisch und Petra Mister machen sich sofort auf den Weg zum Krankenhaus. Sie wollen sich mit Gerda Nieber eingehend unterhalten, wollen sicherstellen, dass es der Patientin auch wieder gut geht. Außerdem gibt es immer noch offene Fragen, die die Kommissare beantwortet haben möchten.
Die Schwester führt die beiden zu dem Zimmer, in dem Gerda schnell genesen soll. Ein großer Balkon, mit Blick auf den zum Krankenhaus gehörenden Park, wird sicher dazu beitragen. Die Beamten begrüßen die Frau, sie sieht schlecht aus. Tiefe Ringe unter den Augen, ein fahles Gesicht und traurige Augen blicken ihnen entgegen. Als Gerda erkennt, wer ihr Besuch ist, beginnt sie zu weinen. Petra hat eilig aus einem Kiosk einige Zeitschriften gekauft, die sie nun der Frau auf ihr Bett legt.
„Ich dachte, Sie könnten etwas Abwechslung gebrauchen. Frau Nieber, wie geht es Ihnen heute?"
Die Patientin kann nicht antworten, die Tränen laufen ihr über das Gesicht. Sie versucht jedoch, sich zu fangen, sucht nach einem Taschentuch und trocknet sich die Wangen.
„Danke. Es geht mit gut. Ja, es geht mir wirklich gut. Besser als vorher. Zum Glück hat mich die Haushälterin noch rechtzeitig gefunden. Sonst ginge es mir wohl nicht mehr so gut."
„Wie meinen Sie das? Besser als vorher? Und wieso rechtzeitig?"
„Na, der Arzt sagte, eine halbe Stunde später, ich wäre nicht mehr am Leben gewesen."

„Warum haben Sie das gemacht? Frau Nieber, wir dürfen uns nicht selbst das Leben nehmen. Keiner darf es, wenn der Schmerz über den Verlust eines Menschen auch noch so groß ist!"

Gerda Nieber blickt durch die noch trüben Augen auf die Kommissarin. Fest entschlossen, wozu auch immer, legt sie das Taschentuch unter die Bettdecke. Sie setzt sich aufrecht hin und holt tief Luft.

„Ich habe mich nicht umbringen wollen. Ganz sicher nicht. Ich weiß nicht, wie es passieren konnte. Wie kommen Sie darauf, dass es ein Selbstmordversuch war? Hat der Arzt es Ihnen gesagt?"

„Wenn Sie sich nicht umbringen wollten, wie ist es passiert? Wodurch? Haben Sie Medikamente eingenommen?"

„Wissen sie, Frau Kommissarin, ich habe seit mein Mann tot ist, Schlaftabletten im Nachttisch. Nur für den Fall, es gibt da so Tage ... Geburtstag und Todestag, da benötige ich eine Tablette davon. Sie sind schwach, es kann nichts geschehen. Ich habe auch schon mal zwei Tabletten genommen, man schläft schnell ein, schläft entspannt, am nächsten Morgen ist man eben erholt und fühlt sich besser. Nicht mehr. An dem Abend habe ich auch zwei Tabletten genommen, der Fernseher lief noch. Dann wurde ich schrecklich müde, bin aufgestanden und - mehr weiß ich nicht. Ich muss wohl zusammengebrochen sein, anders kann ich es mir nicht erklären."

„Sie haben ganz sicher nur zwei dieser Schlaftabletten genommen? Frau Nieber, bitte denken Sie genau nach."

„Ja, ganz sicher, es waren die letzten beiden Tabletten. Die Packung ist leer."

Vorsichtig wirft Petra ihrem Kollegen Hans einen Blick zu, der so viel wie: „schade" aussagt, könnten sie sonst die restlichen Tabletten untersuchen. Petra möchte von Gerda wissen, seit wann sie das Präparat im Hause hat, wer es ihr verschrieben hat.
„Wissen Sie übrigens, wie das Mittel heißt?"
Gerda Nieber nickt, sie erklärt den Kommissaren, ihr Hausarzt hätte es verschrieben, immer nur zehn Stück davon, es war Diazepam.
„Eine sehr niedrige Medikation, wie hoch kann Ihnen der Arzt sagen, ich weiß es nicht. Aber, bisher hat es mir nicht geschadet, wenn ich ab und an mal eine oder zwei Tabletten genommen habe!"
Hans Windisch notiert sich den Namen des Hausarztes, sie werden auf alle Fälle mit ihm sprechen, ihn nach dem Medikament befragen.
„Kann es sein, Frau Nieber, das jemand die Tabletten vertauscht hat? Sind Sie sicher, dass es Diazepam war? Sahen die Tabletten aus, wie immer?"
„Was sollen die Fragen? Was denken Sie? Was wollen Sie mir damit zu verstehen geben?"
„Nichts, Frau Nieber. Wirklich gar nichts. Aber, wir müssen diese Fragen stellen. Wir möchten doch nur sicher gehen, dass es da keine Ungereimtheiten gegeben hat. Mehr nicht. Machen Sie sich bitte keine Sorgen. Am besten, Sie vergessen unsere Fragen ganz schnell wieder. Wir lassen Sie nun auch wieder alleine. Eine gute Besserung, damit Sie schnell wieder nach Hause können!"
Die Kommissare verlassen das Zimmer der Patienten, die zufällig vorbei kommende Krankenschwester fragen sie nach dem Stationsarzt, den sie noch befragen wollen.

„Ich habe wenig Zeit, was kann ich denn noch tun für Sie? Der Patientin geht es doch wieder gut."

„Haben Sie eine Blutanalyse gemacht, nach der Einlieferung der Patientin?"

Der Arzt erklärt, es wäre sein Beruf solche Untersuchungen vorzunehmen. Hans Windisch bittet den Arzt ihnen mitzuteilen, was bei der Laboruntersuchung herausgekommen war. Nachdem der Mann in Weiß sich die Patientenakte aus dem Schwesternzimmer geholt hat, blättert er darin und erklärt den Kommissaren, dass es sich um eine Tablettenvergiftung gehandelt hat. Eine Überdosis Diazepam war die Ursache, dazu scheint die Patientin etwas Alkohol getrunken zu haben, nicht viel, aber es hat gereicht. Petra fragt, was denn eine Überdosis bedeutet, wie stark die Dosis gewesen sein könne, da die Patientin angibt, an dem Abend nur zwei Tabletten genommen zu haben. Der Arzt schüttelt den Kopf.

„Zwei Tabletten, eher unwahrscheinlich. Sechs mindestens, von der höchsten Dosis."

Die Ermittler verabschieden sich und fahren in ihr Büro. Sie wollen nun den Hausarzt von Gerda Nieber anrufen und ihm dann am nächsten Tag einen Besuch abstatten.

Dr. Nagel ist bestimmt schon über sechzig Jahre alt. Eine anerkannte Praxis mit gutem Ruf, erklären die Patienten im Wartezimmer. Sie alle kommen schon seit vielen Jahren zu Dr. Nagel. Der Arzt selbst, groß, schlank, gebräunt und sportlich, sieht verdammt gut aus für sein Alter.

Das Krankenhaus hat ihn zwischenzeitlich über seine Patientin informiert.

„Ich kann es mir nicht erklären. Frau Nieber hat zwar getrauert, nicht nur um ihren Mann und ihre Tochter, auch

um ihren missratenen Sohn. Aber umbringen wollte sie sich nicht, da bin ich mir ziemlich sicher Mit den von mir verordneten Medikamenten hätte sie es auch nicht machen können. Ich habe ihr Diazepam mit 10 mg verschrieben. Das ist die stärkste Medikation, die ich verschreiben darf. Nach Aussage des Kollegen im Krankenhaus hat Frau Nieber aber mindestens 60 bis 100 mg Diazepam zu sich genommen. Das wäre fast eine ganze Packung! So viele Tabletten kann Frau Nieber eigentlich nicht mehr besessen haben. Die letzte Packung habe ich ihr vor fünf Monaten verschrieben."
Petra Mister fragt den Arzt, ob es andere behandelnde Ärzte gebe, die für eine Verschreibung in Frage kämen. Der Arzt verneint, er hätte bereits mit dem Gynäkologen telefoniert, der aber ein solches Präparat auch nicht verschrieben hätte. Die Kommissare bedanken sich bei Dr. Nagel. Sie würden eventuell, für spätere Auskünfte gerne noch mal auf ihn zurückkommen wollen.
„Nun müssen wir doch noch mal mit Frau Nieber sprechen. Vielleicht hat sie die Tabletten aufgespart, damit sie im Fall eines Falles genug hat? Lass uns ins Büro fahren, wir sollen sie heute nicht noch ein zweites Mal besuchen. Bis morgen hat es auch noch Zeit."
Petra Mister klingelt an der Tür des Hauses der Familie Nieber, die Haushälterin öffnet. Nun freut sie sich, die Kommissare zu sehen und bittet sie sofort ins Haus.
„Darf ich Ihnen etwas anbieten, Tee oder Kaffee? Frau Nieber hat mir berichtet, dass Sie im Krankenhaus zu Besuch waren. Sie hat sich sehr gefreut. Ich glaube, Frau Nieber mag Sie alle beide."

„Vielen Dank, Frau Zurweide. Ich denke, es spricht nichts dagegen, wenn wir mit Ihnen einen Kaffee oder Tee trinken, ganz wie Sie es mögen. Wir trinken beide sowohl Tee als auch Kaffee. Entscheiden Sie doch einfach, wonach Ihnen ist."

Hans schaut etwas verwundert auf seine Kollegin, nachdem die Haushälterin das Wohnzimmer verlassen hat. Petra möchte sich gut stellen mit der Frau, damit sie vielleicht etwas mehr erzählt.

„Außerdem, ein Kaffee kann uns nicht schaden. Wenn sie was weiß, wird sie es bei Kaffee und Kuchen bestimmt eher erzählen. Du weißt doch, wie so etwas geht."

Anna Zurweide betritt das Zimmer mit einem Tablett, darauf Teetassen, eine Teekanne und etwas Gebäck. Petra Mister hilft der Frau, den Tisch zu decken. Hans Windisch schaut sich die Bücherwand an, die eine ganze Seite des Zimmers einnimmt.

„Vielen Dank Frau Zurweide! Ich freue mich, dass es Frau Nieber wieder besser geht. Sie wird sicherlich in einigen Tagen nach Hause kommen. Wohnen Sie hier eigentlich jetzt?"

„Ja, ich bin ganz froh darüber. Frau Nieber hat mich gebeten in den Gästetrakt zu ziehen. Es gibt ein großes Schlafzimmer, ein Badezimmer, eine kleine Wohnstube und im Flur noch eine kleine Kochnische. Er hat einen separaten Eingang, so dass ich kommen und gehen kann, ohne Frau Nieber zu stören, wenn sie wieder da ist. Ich hoffe sie ist es bald, denn so ein großes Haus ganz alleine zu bewohnen ist nicht wirklich schön. Aber, Frau Nieber wollte dass ich hier wohne, damit jemand im Haus ist. Es passieren ja so schreckliche Dinge. Es wird eingebrochen ... na ja, Sie kennen sich da ja aus."

„Sie haben doch eine Alarmanlage hier, da kann Ihnen sicherlich nichts passieren. Wer hat denn sonst noch Schlüssel zu dem Haus, außer Ihnen?"

„Die Tochter, der Sohn und Frau Nieber natürlich. Mehr Schlüssel gibt es glaube ich nicht. Ein Schlüssel ist in einem Küchenschrank, für besondere Fälle. Falls mal ein Handwerker oder die Krankenschwester kommen musste, früher, als der Herr noch lebte."

„Der Schlüssel liegt noch an seinem Platz, da sind Sie sicher?"

Anna Zurweide nickt, sie hat den Hintergrund der Frage gar nicht erfasst, es ist an ihren Augen abzulesen. Daraufhin erwidert die Kommissarin:

„Später, wenn Sie wieder in die Küche gehen, schauen wir noch einmal nach dem Schlüssel. War denn in der letzten Zeit hier sonst jemand zu Besuch? Vielleicht Freunde oder Verwandte?"

Die Haushälterin überlegt einen Moment, dann berichtet sie, dass in letzter Zeit kaum noch Besuch ins Haus kam. Lediglich die Freundin der Tochter kam ab und an zu Besuch, aber in letzter Zeit auch nicht mehr so oft. Und Jochen immer seltener, berichtet Frau Zurweide. Den Grund dafür, sieht auch sie in den Problemen, die Jochen mit dem Rest der Familie hatte.

„Frau Zurweide könnten Sie sich vorstellen, dass es jemand gibt, der Frau Nieber nach dem Leben trachtet?"

Anna ist total erschrocken, sie blickt die Polizisten entsetzt an. Vergeblich sucht sie nach den passenden Worten, dann trinkt sie einen Schluck Tee, um die Fassung zurück zu gewinnen.

„Ich kann es gar nicht glauben, was Sie mich da gefragt haben. Sie gehen davon aus, jemand wollte Frau Nieber umbringen? Ihr etwas antun? Aber wer sollte denn so böse sein? Mir sind keiner bekannt, aus ihrem Bekanntenkreis - der immer kleiner geworden ist in den letzten Monaten - der so etwas tun könnte. Ganz bestimmt nicht."

Hans Windisch hält sich bei der Unterhaltung eher im Hintergrund, er schaut zwar interessiert zu Anna Zurweide, aber am eigentlichen Gespräch beteiligt er sich nicht. Zwei Frauen zusammen, bei einer Tasse Tee, das hat nicht so den offiziellen Charakter, deshalb schweigt er. Eine Erfahrung, die Petra und Hans schon oft machen konnten.

„Könnten Sie mir denn eine Liste aller Freunde und Bekannten erstellen, mit denen Frau Nieber in Kontakt steht?"

Anna erwidert, es wäre ihr lieber, die Kommissare würden ihre Chefin selbst danach fragen, wenn es ihr besser ginge. Sie möchte ungern Informationen wie Namen und Adressen an die Polizei weitergeben.

Das Gespräch endet, wie es begonnen hat, mit einem Blick aus dem Fenster, einer lobenden Bemerkung über das Haus und den schönen Garten. Danach verabschieden sich die Kommissare und verlassen das Haus von Gerda Nieber. Zurück bleibt die Haushälterin Anna Zurweide.

Mit einem schönen Strauß Sommerblumen macht sich Petra Mister am nächsten Tag gegen drei Uhr auf den Weg ins

Krankenhaus. Sie will erneut mit Gerda Nieber sprechen, jedoch ohne ihren Kollegen. Nicht etwa, weil Hans stören würde, oder weil sie es lieber alleine täte, nein, der Grund ist auch hier, zwei Frauen unter sich, da kommt einfach mehr Information heraus.
Nach dem Klopfen öffnet Petra vorsichtig die Tür zum Krankenzimmer, es ist abgedunkelt, die Außenjalousien sind halb herabgelassen, Frau Nieber scheint zu schlafen. Petra schließt leise die Tür hinter sich und stellt die Blumen in die Vase, die ihr auf dem Gang eine der Schwestern gereicht hat. Durch das Rauschen des Wassers wird Gerda Nieber wach, sie schaut sich um und erkennt die Kommissarin.
„Oh, Sie sind das! Ich dachte, die Schwester wäre gekommen um den Tee zu bringen. Ich freue mich, Sie hier zu sehen. Es ist schön, wenn man im Krankenhaus mal Besuch bekommt. Hoffentlich kann ich bald wieder nach Hause."
Petra Mister begrüßt die Patientin und muntert sie mit einigen mitfühlenden Worten auf. Sie möchte nicht gleich mit der Tür ins Haus fallen, spricht deshalb über das Wetter, erkundigt sich nach dem Essen im Krankenhaus und fragt, ob Frau Nieber irgendwelche Wünsche hätte, die sie ihr erfüllen könnte. Es fehle ihr an nichts, die Haushälterin hätte Wäsche zum Wechseln gebracht, zu lesen hätte sie auch genug, aber sie wolle hier nun bald raus, wieder nach Hause. Die Tür wird schwungvoll geöffnet, die Krankenschwester, einen großen Rollwagen vor sich, betritt das Zimmer.
„Tee, Kaffee, Schokolade und Gebäck. Was darf ich Ihnen bringen?", ruft sie laut und lächelt dabei die beiden Frauen an.

Gerda Nieber erhält ihren Tee. Die Schwester fragt dann Petra, die ebenfalls Tee erbittet. Kuchen gibt es für die beiden auch, den sie dankend entgegen nehmen. Dann verlässt die fröhliche Krankenschwester wieder das Zimmer, man hört, wie sie singend den Flur entlang geht.
„Frau Nieber, ich habe über Ihren, sagen wir mal, Unfall, nachgedacht. Einiges ist mir noch nicht ganz klar, haben Sie etwas dagegen, wenn ich Ihnen noch einige Frage stelle?"
Während Gerda Nieber noch mal von ihrem Kuchen abbeißt, schüttelt sie mit dem Kopf und lächelt die Kommissarin an.
„Es geht noch mal um das Medikament", fährt Petra Mister fort. „Sie sagten, Sie hätten zwei dieser Schlaftabletten genommen. Wie sonst auch, meine ich mich zu erinnern. Nehmen Sie oft welche davon?"
„Nein. Nur, ich glaube, ich sagte es bereits, an besonderen Tagen. Wenn auf dem Kalender der Todestag meines Mannes steht oder sein Geburtstag, dann komme ich aus dem Grübeln nicht mehr raus. Der Doktor hat damals gesagt, dann soll ich ruhig eine Tablette nehmen, um am nächsten Tag wieder frisch zu sein. Es hat auch immer geholfen. Sonst nehme ich keine Schlaftabletten."
„Wie viele Tabletten hatte der Arzt Ihnen denn verschrieben?", erkundigt sich die Kommissarin.
„Es war nur eine Packung. Sicherlich sind es wohl zehn Stück gewesen. Aber, warum wollen Sie denn das wissen?"
„Frau Nieber, darf ich ganz offen mit Ihnen sprechen? Ich weiß, es ist nicht leicht, auch für mich nicht, aber wir müssen es klären."

„Was denn? Worüber möchten Sie offen mit mir sprechen? Ich verstehe Sie nicht."
„Frau Nieber, Sie sagen, Sie hätten die letzten beiden Tabletten an dem Abend genommen. Der Arzt bestätigt, Sie hatten Spuren dieses Wirkstoffes, nämlich Diazepam, im Blut, nach Ihrer Einlieferung. Es wurde untersucht, da man davon ausging, Sie wollten sich das Leben nehmen. Nur, die Dosis, die bei Ihnen festgestellt wurde, ist sehr viel höher, als sie sein dürfte, wenn Sie nur diese beiden Tabletten genommen hätten."
Gerda Nieber überlegt, denkt über das eben Gehörte nach. Sie zieht die Stirn in Falten, fragend schaut sie zu Petra.
„Sie müssen mir das glauben, ich habe wirklich nur zwei Tabletten genommen. Es waren die letzten Tabletten, die in der Packung waren. Die leere Schachtel habe ich im Bad weggeschmissen, sie wird sicherlich noch im Eimer liegen. Ich verstehe das nicht. Ich wollte mich nicht umbringen. Wenn ich das gewollt hätte, wäre ich jetzt tot, das können Sie mir glauben!"
„Ich glaube Ihnen, Frau Nieber. Wer hätte die Möglichkeit, die Tabletten in ihrem Schrank im Bad auszutauschen? Gibt es jemand, der Ihnen nach dem Leben trachtet? Haben Sie Feinde? Vielleicht ist jemand in ihrem Bekanntenkreis Apotheker; Arzt oder arbeitet in einem Krankenhaus?"
„Nein. Kein Arzt, keine Apotheker, wie Sie sagen. Ich habe nur Freunde, aber nicht viele, daher kenne ich sie genau. Wer sollte denn so etwas tun? Und warum sollte jemand so etwas tun?"
„Vielleicht, Frau Nieber, wegen des Geldes? Wenn Ihnen etwas passiert, wer erbt nach Ihrem Tod die Villa?"
„Es ist ein schrecklicher Gedanke. Mein Sohn."

„Hätte Ihr Sohn Gründe, Sie zu töten? Gab es Spannungen? Hat er vielleicht Probleme, welcher Art auch immer?"
„Ausgeschlossen. Jochen könnte es nicht. Außerdem ist er ja nie zu Hause. Probleme? Nun, er ist immer knapp bei Kasse, seit er auf eigenen Beinen steht. Das ist normal für ihn, wenn ich es auch nicht nachvollziehen kann. Manchmal fragt er mich, ob ich helfen könnte."
Die Kommissarin stellt die leeren Teller und Tassen auf den kleinen Tisch, der in dem Krankenzimmer steht, während sie ans Bett zurückgeht, fragt sie:
„Und, helfen Sie?"
Gerda Nieber lächelt und nickt mit dem Kopf.
„Ja, wenn er mich fragt, dann helfe ich. Ich will das Geld auch nicht zurück. Er studiert, das Leben ist teuer. Ich unterstütze ihn jeden Monat mit einem Betrag, außerdem arbeitet er in einer Kneipe in Lübeck, er ist nicht faul."
„Was studiert Ihr Sohn eigentlich?"
Gerda Nieber erläutert, ihr Sohn studiere Elektromaschinenbau. Er sei sehr glücklich darüber, denn es ist sein Berufstraum. Die Kommissarin erklärt der Frau im Bett, sie würde sich gerne die leere Schachtel aus dem Bad holen, um eventuelle Fingerabdrücke sicher zu stellen. Frau Nieber ist einverstanden und würde die Haushälterin informieren. Dass die Kommissare schon im Haus waren, erwähnt die Kommissarin in diesem Gespräch nicht. Beide Frauen verabschieden sich voneinander und Petra verspricht, Gerda Nieber erneut zu besuchen. Vielleicht zu Hause, wenn sie in den nächsten Tagen entlassen worden ist.
Die Untersuchung der leeren Medikamentenschachtel aus dem Haus Nieber bringt keine Bestätigung ihres Verdach-

tes. Lediglich Frau Niebers Fingerabdrücke wurden auf der Schachtel sichergestellt. Ein Abdruck am Rande der Schachtel, viel älter und nur teilweise vorhanden, dürfte aus der Apotheke stammen, so der Bericht der Kriminaltechnik. Petra Mister streicht den unausgesprochenen Verdacht aus ihrem Gedächtnis. Er ist haltlos geworden und nur ihrer Phantasie entsprungen.
Drei Namen stehen auf der Liste, Gerda Nieber hatte sie auf eine Papierserviette geschrieben, die sie am Krankenbett zur Verfügung hatte. Drei Familien, alle aus Hamburg, mit denen die Kommissare auf jeden Fall noch sprechen wollen. Freunde, die regelmäßig im Hause Nieber zu Besuch sind, jedoch keinen Schlüssel zu der Villa besitzen. Ein älteres Ehepaar aus Finkenwerder erreicht die Ermittlerin gleich bei ihrem ersten Anruf. Die Eheleute wussten noch nichts über die aktuellen Vorfälle und dass Frau Nieber im Krankenhaus liegt. Auch sie schließen einen Selbstmordversuch aus. Stand doch die Planung einer gemeinsamen Reise schon so lange auf der Tagesordnung. Im Herbst soll es in die Schweiz gehen. Verwundert reagieren die beiden Rentner auf die Frage nach ihren zuletzt ausgeübten Berufen. Beide geben an, Lehrer gewesen zu sein, an einer Gesamtschule in Hamburg. Ihre Hauptfächer wären neben Deutsch und Englisch auch die Fächer Biologie und Geographie gewesen. Für die Kommissare scheiden diese Freunde als Täter, an dem noch nicht mal bewiesenen Anschlag an Frau Nieber, aus. Der zweite Anruf gilt der Telefonnummer eines Ehepaares in Buxtehude. Sie lernten sich vor vielen Jahren auf einer Kreuzfahrt durch die Karibik kennen. Das Paar berichtet, Frau Nieber hätte sie über den plötzlichen Tod der Tochter

Jutta informiert. Leider konnten sie nicht an der Beerdigung teilnehmen, da sie für einige Tage auf einer Kurzreise in den neuen Bundesländern gewesen wären. Daher war ihnen auch der momentane Aufenthalt ihrer Freundin im Krankenhaus nicht bekannt. Einen Selbstmordversuch schließen sie aber genauso aus, wie das letzte Paar, mit dem Petra Mister telefoniert. Alle Bekannten hatten beruflich keinen Kontakt mit Arzneimitteln oder gar selbst in der Lage, ein Medikament so zu verändern, wie es erforderlich gewesen wäre, damit alleine mit der Einnahme zweier Tabletten eine so hohe Konzentration ins Blut von Gerda Nieber gelangen konnte.

Kapitel 11 * in Chiclana

Kurz vor neun Uhr betritt Pedro das Büro. Juana ist nicht an ihrem Schreibtisch, eine Tatsache, die ihn verwundert. Juana ist eigentlich immer im Büro, auf jeden Fall aber am Morgen bei Dienstbeginn. Achselzuckend schließt er die Bürotür, zieht seine dünne Jacke aus, hängt sie an den alten Kleiderständer, der in der Ecke des Zimmers steht. Er dreht er sich um zu seinem Schreibtisch, da fällt sein Blick auf etwas, was verpackt ist wie ein Geschenk. Etwa so groß wie ein Waschmittelkarton, eingewickelt in dunkelgrünes Geschenkpapier. Um den Karton ist eine große, dunkelrote Schleife angebracht. Pedro schleicht interessiert um das Geschenk herum, eine Glückwunschkarte kann er nicht entdecken. Vielleicht, denkt Pedro, hat es hier jemand aus Versehen abgestellt. Er hat ja weder Geburtstag noch Namenstag! Auch ein Betriebsjubiläum schließt er aus. Aus dem Nebenzimmer hört Pedro Stimmen und Juanas Lachen!

Kurzerhand schiebt es das Präsent auf die äußere Kante seines Schreibtisches und beginnt, wie selbstverständlich, mit seiner Arbeit. Es dauert nicht lange, dann öffnet sich die Bürotür und seine Kollegin Juana betritt das Büro.
„Guten Morgen, mein Lieber! Hast du eine gute Nacht verbracht?"
Pedro erwidert kurz, es gehe ihm gut, über das Überraschungspaket an seiner Seite verliert er kein Wort. Juana kommt an seine Seite, beäugt das Geschenk und stößt ihren Kollegen in die Seite:
„Sag mal, was ist das denn? Hast du Geburtstag? Nein, hast du nicht, ich weiß. Oder ist das für mich?"
Pedro, der spürt, dass hier etwas nicht mit rechten Dingen zugeht, gibt sich sehr beschäftigt, fast könnte man denken, Juana würde ihn bei einer ganz wichtigen Arbeit stören!
Juana wiederum möchte es nicht auf die Spitze treiben, mit ihrem Lieblingskollegen, daher fordert sie ihn auf, das Päckchen endlich zu öffnen. Sie tritt hinter ihren Schreibtisch, um die Prozedur besser beobachten zu können. Pedro öffnet langsam den sehr engen Knoten des roten Geschenkbandes, das ganz um das Paket herum gebunden wurde. Danach trennt er mit einer Schere vorsichtig die Tesafilm Streifen an den Falzkanten des Papiers ab. Die Schere wird in die Schublade zurückgelegt, scheinbar zögert Pedro das eigentliche Auspacken hinaus. Juana schaut ihrem Kollegen lächelnd zu - immer noch die Arme vor der Brust verschränk.
Nun entfernt Pedro das Geschenkpapier, ein Karton ohne Aufschrift wird sichtbar. Die Blicke der beiden Kommissare treffen sich, Juana fordert Pedro auf, sich zu beeilen. Nun ist es soweit, der Deckel wird geöffnet und Pedro

wirft einen Blick ins Innere des Kartons. Er greift hinein und fördert eine schwarzweiße Plastikkuh zu Tage. Der Kopf der Kuh lässt sich öffnen, dabei ertönt ein eindeutiges Muhen. Im Inneren des Plastiktieres befinden sich die leckeren Schokokekse, die Pedro ganz besonders liebt.
Nun lachen beide, Pedro stellt die Kuh neben seinen Bildschirm, den Karton lässt er auf die Erde fallen.
„Nun benötigen wir eigentlich nur noch einen Kaffee, mal sehen ob ich für die Milch sorgen kann?"
Pedro hat die Taxianbieter in Chiclana, La Barrosa und Conil befragt, doch keiner kann sich erinnern, in der fraglichen Zeit eine der Frauen befördert zu haben, noch an eine Fuhre ins Hotel Andaluz. Auch von einem Fahrgast, auf den die Beschreibung der toten Jutta Nieber passt, weiß keiner. Noch immer sind Polizisten auf der Suche, nach einer Decke, die angeblich bei der Vergewaltigung eine Rolle gespielt haben soll.
„Wenn alle Hinweise im Nichts verlaufen, bleibt uns nur die Duftprobe der Kuh – auch wenn du nun wieder lachst! Warum hat Monika Kind bei dem Kuhgeruch so anders reagiert? Hat der Vergewaltiger etwas mit Rindern zu tun? Züchtet er vielleicht Stiere? Oder lebt er auf einem Bauernhof?"
Pedro denkt laut vor sich hin. Juana hebt den Kopf, schaut ihn an und denkt darüber nach, was er gerade sagte.
„Pedro, sie hat nicht zugegeben, sich an dieses Kuh Aroma zu erinnern, das weißt du. Aber ich denke, es hat sie an irgendetwas erinnert. Vielleicht sollten wir sie einfach mit unserer Beobachtung konfrontieren? Im Krankenhaus, oder ist sie schon entlassen? Du kannst dich ja mal erkundigen."

Ein Anruf bestätigt Juanas Annahme. Monika Kind wurde bereits wieder aus dem Krankenhaus entlassen. Ohne vorher im Hotel nachzufragen, ob Monika Kind anwesend ist, fahren die Kommissare am frühen Nachmittag nach La Barrosa. Sie haben Glück, die junge Frau ist laut Aussage der Rezeption, auf ihrem Zimmer anzutreffen. Nachdem die Ermittler nach einem absichtlich zaghaften Klopfen keine Antwort erhalten und das Zimmer betreten, finden sie Monika mit einer Flasche Sherry auf dem Balkon sitzend vor.

„Hallo, Frau Kind, wir wollen Sie nicht stören. Nachdem niemand antwortete, sind wir einfach ins Zimmer gekommen. Wir waren sicher, dass Sie hier sind und die Tür war ja nicht verschlossen. Hoffentlich haben Sie sich nicht geängstigt?"

Monika Kind antwortet nicht, sie hebt lediglich den Arm und winkt die beiden auf den Balkon. Jetzt, als Pedro und Juana ihr so nahe sind, erkennen sie auch den Grund für ihre stumme Reaktion: Die Flasche Sherry ist leer. Der Inhalt hat sicherlich dazu beigetragen, dass Monika Kind große Schwierigkeiten mit der Aussprache hat. Ihr Blick ist glasig.

„Geht es Ihnen nicht gut? Kann ich Ihnen helfen? Frau Kind!"

Die junge Frau reagiert nicht, es war zu viel Alkohol, um noch an einem Gespräch teilzunehmen. Pedro und Juana schauen sich an und bugsieren, mit vereinten Kräften, die junge Frau auf das Bett. Weiterer Alkohol scheint sich nicht im Zimmer zu befinden, daher lassen sie Monika Kind allein.

Erst auf der Fahrt ins Kommissariat kommen Juana schwere Bedenken.

„Pedro, wenn nun in der Flasche nicht nur Sherry gewesen ist? Hast du bemerkt, wie Monika abwesend war? Vielleicht hat unser Täter erneut zugeschlagen, vielleicht hat er dem Sherry Diazepam beigemengt?"

Pedro reagiert sofort, er wendet den Wagen, fährt mit erhöhter Geschwindigkeit zurück ins Hotel Andaluz. Während der Fahrt informiert Juana einen Rettungswagen, der fast gleichzeitig in der Hotelauffahrt ankommt, wie die Kommissare.

„Schnell, kommen Sie mit. Eventuell handelt es sich nicht nur um eine Alkoholvergiftung, vielleicht sind auch noch Medikamente im Spiel."

Mit großen Schritten eilen sie den Flur entlang, bis vor die Zimmertür. Vorsorglich klopfen sie kurz an, als aber keine Antwort kommt, öffnen die Sanitäter die Tür. Monika Kind liegt auf ihrem Bett, genauso, wie die Kommissare sie vor etwa dreißig Minuten dort abgelegt haben. Sie atmet, sie lebt. Der ältere der beiden Rettungssanitäter klopft Monika auf die Wange, dabei spricht er sie immer wieder an. Es kommt keine Reaktion.

„Wir nehmen sie mit, hier kann ich ihr nicht helfen. Wenn sie etwas eingenommen hat, müssen wir erst eine Blutanalyse vornehmen, um den Wirkstoff zu identifizieren", erklärt der Sanitäter den Kommissaren. Per Funk wird aus dem bereitstehenden Rettungswagen die Trage angefordert, die nur wenige Minuten später von einem weiteren Sanitäter aufs Zimmer getragen wird. Monika Kind wird liegend festgeschnallt, danach verlassen alle gemeinsam das Zimmer der deutschen Urlauberin.

Juana erkundigt sich, in welches Krankenhaus die Patientin gebracht wird, dann fahren sie zurück ins Kommissariat.
Juana wirkt sehr angespannt, sie macht sich Sorgen. Sollte Monika Kind etwas zugestoßen sein, würde sie dafür die Verantwortung tragen. Sie hatte es nicht sofort erkannt! Sie hatte die junge Frau, in der Annahme, sie hätte nur einen kräftigen Rausch, aufs Bett gelegt und sich nicht weiter um sie gekümmert. Pedro, der seine Kollegin nur zu gut kennt, begreift, was in ihr jetzt vor sich geht.
„Juana, bitte mach dir keine Vorwürfe. Du bist ja
nicht dafür verantwortlich wenn sich Leute betrinken und Schaden nehmen. Du bist auch kein Arzt und wären wir nicht erneut zu Monika Kind gefahren, wäre sie vielleicht noch von ihrem Balkon gestürzt."
Juana reagiert nicht. Pedro kennt das. Er will versuchen seine Kollegin aus dem Loch zu ziehen, in das sie sich selbst gezogen hat.
Im Büro angekommen greift Juana zuerst zum Telefon, sie ruft im Krankenhaus in Novo Sancti Petri an und erkundigt sich nach der Patientin. Es ist noch zu früh, Ergebnisse liegen nicht vor, die Patientin wird noch untersucht.
Zwei Becher duftenden Kaffees stellt Pedro auf den Schreibtisch, einen Becher reicht er seiner Kollegin mit den Worten:
„Bitte, Juana lass uns arbeiten und schieb diese dunklen Gedanken beiseite!"
Der Ton war scharf, Juana erschrickt. Nicht oft spricht Pedro in einem solchen Ton mit ihr. Zuerst schaut sie ihn düster an, dann jedoch beginnt sie zu lächeln.
„Du hast Recht, wie immer. Ich kann nichts dafür. Hoffen wir, dass ihr nicht wirklich etwas Ernstes passiert ist. Als

ich sie so liegen sah, musste ich an die tote Jutta Nieber, an das Diazepam und an den Sherry denken. Vielleicht war unser Täter tatsächlich bei Monika Kind und hat den Sherry mitgebracht. Haben wir die Flasche eigentlich sichergestellt? Ich habe überhaupt nicht daran gedacht? Pedro, solche Fehler sind mir doch sonst nicht passiert!"
„Beruhige dich, ich habe die Flasche an die Kollegen gegeben. Sie ist bereits im Labor zur Untersuchung. Das Ergebnis aus dem Krankenhaus wird wahrscheinlich schneller vorliegen, denn im Labor ist die Hölle los. In einem Hotel ist es zu einer Salmonellenvergiftung gekommen. Die Kollegen laufen im Kreis, weil so viele Proben eingereicht wurden."
Etwa zwei Stunden später erreicht die Kommissare die erwartete Nachricht aus dem Krankenhaus. Monika Kind geht es den Umständen entsprechend gut, sie hatte lediglich eine sehr schwere Alkoholvergiftung, mit einem Wert von über 2 ‰. Sie muss mehr als nur die eine Flasche Sherry getrunken haben, erklärt der Arzt. Juana kann endlich wieder lachen, es geht ihr mit einem Schlag besser. Kein neues Verbrechen, lediglich eine Frau, die mit einem großen Schluck aus der Flasche die Erinnerungen an eine Vergewaltigung, wenn auch nur für einen begrenzten Zeitraum, verdrängen wollte. Bereits am frühen Abend wird Monika Kind aus dem Krankenhaus entlassen und darf ihren, wenn auch nicht wirklich schönen, Urlaub fortsetzten. Die geplante Befragung der Kolleginnen, die mit Monika Kind in demselben Fitnessstudio arbeiten, lassen die Kommissare wieder fallen. Warum Monika sich ihren Kolleginnen nicht anvertraut hat, wollen die Kommissare bei einer anderen Gelegenheit erfragen. Es ist schließlich

ganz alleine ihre Entscheidung, mit wem sie spricht oder wem sie ihre Sorgen und Ängste anvertraut.

Hin und wieder wird Juana in ihrer Arbeit durch die Spiele ihres Kollegen Pedro gestört, er öffnet die Kuh- Dose und entnimmt ihr einen Schokokeks. Ob er Appetit hat oder nur seine Kollegin ärgern will, bleibt offen.

Wie erwartet kommt kurz vor dem Feierabend ein Mann der Kriminaltechnik und teilt den Kommissaren das Ergebnis der Untersuchung der Sherry-Flasche mit.

„Wenn ihr wieder einmal wissen möchtet, ob sich wirklich ein *Oloroso* in der Flasche befindet, dann schaut doch einfach mal auf das Etikett."

Der Kollege wirft den Bericht auf Pedros Schreibtisch und verlässt den Raum. Pedro und Juana schauen sich an, zuerst total erstaunt, dann beginnen beide laut zu lachen. Sie können sich gar nicht beruhigen und beschließen, Feierabend zu machen.

Am kommenden Tag fahren die sie erneut in das Hotel Andaluz um Monika Kind einen Besuch abzustatten. Wieder erfahren sie an der Rezeption, die junge Deutsche befindet sich auf ihrem Zimmer. Juana flüstert ihrem Kollegen zu, während sie über den Gang gehen:

„Hoffentlich ist sie heute nüchtern. Ich habe keine Lust, jeden Tag den Samariter für Trinkerinnen zu spielen."

Auf das Klopfen kommt schnell eine Antwort und die Tür wird geöffnet. Monika Kind schaut nicht gerade erfreut aus, als sie die Kommissare in ihrer Tür stehen sieht. Ohne etwas zu erwidern, tritt sie zur Seite um den beiden Platz zu machen.

„Wir hoffen, es geht Ihnen heute besser? Wir haben noch einige Fragen. Dürfen wir uns setzten?"
Monika Kind nickt, antwortet aber nicht. Juana legt ihren rechten Arm um Monika, geleitet sie hinaus auf den Balkon, in die Sonne, den zweiten Stuhl zieht sie etwas dichter zu Monika heran, dann beginnt sie mit ihrer Arbeit.
„Ich kann mir vorstellen, wie Ihnen zumute ist. Monika, wir haben leider öfter mit Frauen zu tun, die vergewaltigt wurden. Immer wieder meinen die Frauen, sie könnten alleine mit der Situation fertig werden. Leider klappt es aber nur in den seltensten Fällen. Sie sollten, wenn sie wieder in Deutschland sind, auf jeden Fall professionelle Hilfe in Anspruch nehmen. Es gibt Gruppen, Gleichgesinnte und Therapeuten, die Ihnen bestimmt helfen werden. Alkohol ist keine Lösung, Monika. Was sagen denn Ihre Kolleginnen? Haben Sie schon mit ihnen gesprochen?"
Monika Kind schweigt, einige Tränen laufen ihr über das Gesicht. Sie schüttelt mit dem Kopf.
„Warum haben Sie sich nicht an Ihre Kolleginnen gewandt? Gibt es einen bestimmten Grund?"
Wieder schweigt Monika, diesmal allerdings nickt sie. Juana startet einen neuen Versuch, sie muss mehr aus der jungen Deutschen herausbekommen, immerhin suchen die Gesetzeshüter noch immer nach dem Vergewaltiger.
„Möchten Sie mit mir darüber sprechen? Ich kann Ihnen helfen, auch privat wenn Sie möchten. Von Frau zu Frau, meinen Kollegen schicken wir an die Bar, er soll sich einen Kaffee bestellen. Was meinen Sie?"
Monika nickt und schweigt weiter. Juana steht auf und geht in das Zimmer zurück, man hört sie leise mit Pedro

sprechen, der danach das Zimmer verlässt. Juana geht auf den Balkon zurück.

„Sollen wir hier bleiben? Wollen wir auch etwas trinken? Einen Kaffee oder eine Erfrischung? Ich kann etwas kommen lassen."

„Es gibt hier eine Minibar im Zimmer, vielleicht einen Saft. Vielen Dank."

Juana geht in das Zimmer, öffnet den kleinen Kühlschrank und entnimmt zwei Flaschen Multivitaminsaft. Gläser befinden sich auf dem kleinen Tisch, alles zusammen trägt sie auf den Balkon, auf dem Monika wartet, immer noch mit einigen Tränen im Gesicht.

„Ich kann gut zuhören. Wenn Sie möchten, bin ich ganz still. Oder soll ich Sie fragen, fällt es Ihnen dann leichter zu sprechen?"

Monika Kind hebt den Kopf und schaut Juana an. Leise, fast als würde sie flüstern, beginnt sie zu sprechen.

„Es begann eigentlich ganz harmlos. Wir hatten einen so netten Abend in der Bodega. Wir saßen alle zusammen, zuerst an zwei Tischen, später als wir merkten, dass wir alle dieselbe Sprache sprechen, an einem. Wissen Sie, wir haben sie einfach zusammen geschoben. In dieser Bodega ist es egal, andere Gäste haben es auch gemacht, ich meine, die Tische zusammen geschoben. Wir bestellen noch Rotwein, er schmeckte ganz hervorragend. Dann einige dieser Köstlichkeiten, die dort serviert werden. Wir haben viel gelacht und viel getrunken. Irgendwann wollten wir nach Hause, wir verabschiedeten uns von den jungen Männern, dann verließen wir das Lokal."

Juana hat sich einige Notizen auf einem mitgebrachten Zettel gemacht, sie würde an dieser Stelle gerne fragen, wer

die Männer waren, traut sich aber nicht, Monika Kind zu unterbrechen. Es entsteht eine kleine Pause, in der die junge Deutsche einen Schluck Saft trinkt.
„Dann haben wir eine Taxe gesucht, aber es gab dort keine Taxen. Also sind wir zu Fuß weiter gelaufen. Eine ganze Zeit, ich weiß nicht mehr, wie lange. Es hat bestimmt eine Stunde gedauert, bis wir ein Taxi fanden. Wissen Sie, wir hatten ja schon eine ganze Menge Alkohol getrunken, daher konnten wir auch nicht so schnell gehen. Wir waren sehr glücklich, als der Wagen dann neben uns hielt und hupte. Wir sind eingestiegen. Meine Kollegin, welche es war, weiß ich nicht mehr, sagte dem Fahrer unser Ziel, nämlich das Hotel Andaluz. Im Wagen spielte laute Musik, wir konnten uns nicht mehr unterhalten. Als wir Richtung La Barrosa kamen, versuchte meine Freundin mir etwas ins Ohr zu flüstern, aber es war so laut im Wagen, ich konnte sie nicht verstehen. Dann hielt der Wagen, er stand auf dem Parkplatz vor dem Hotel Andaluz, genau dort, wo wir gesagt hatten. Daher ist außer meiner Freundin, auch keinem von uns etwas aufgefallen. Der Fahrer unterhielt sich mit einer von uns, nicht mit mir, aber ich habe nicht darauf geachtet mit wem. Die Mädchen wünschten mir eine gute Nacht, ich bin dann weiter gegangen, zu meinem Hotel. Ich habe mich nicht mehr umgedreht, so ich konnte nicht sehen, was hinter mir passierte. Den Rest kennen Sie."
Nun unterbricht Monika Kind ihre Erzählung. Juana fragt sich, warum sie diesen Teil, der ja eigentlich unwichtig ist, so genau erzählt hat, den wichtigen Teil des Überfalls und der Vergewaltigung aber nicht erneut erwähnt.

„Monika, was ist denn hinter Ihnen passiert, was wollen Sie mir sagen? Ich verstehe nicht, warum ist diese Fahrt so wichtig, dass Sie mir davon berichten?"
„Meine Freundinnen hatten es schon bemerkt, wie gesagt. Die eine zuerst, die anderen später, nach dem Aussteigen. Aber ich natürlich wieder nicht. Vielleicht wäre es sonst nicht geschehen. Wenn ich meine Augen aufgemacht hätte, vielleicht hätte er mich dann nicht vergewaltigt."
„Wieso, Monika, ich versteh nicht, warum hätte er Sie dann nicht vergewaltigt? Was ist passiert?"
„Der Wagen ... - es war keine Taxe."
Nun ist es raus, Juana schaut Monika fragend an. Einige Falten bilden sich auf ihrer Stirn.
„Sie wollen mir also sagen, sie sind nach ihrem Fußmarsch in ein Auto eingestiegen, aber es war keine Taxe. Es war ein Privatwagen, der Ihnen aufgelauert hat?"
„Ja. So war es."
„Warum haben Sie uns das nicht gleich erzählt?"
„Wir haben uns geschämt. So blöde können doch nur Touristen sein. Überall wird davor gewarnt, man soll auf keinen Fall in fremde Autos einsteigen, in Deutschland und sicherlich auch hier. Es passiert einfach zu viel. Und wir, kaum haben wir etwas getrunken, vergessen einfach alles und machen so einen Fehler. Die drei Kolleginnen haben den Fahrer abblitzen lassen, an mich hat dabei keine gedacht. Der Mann fuhr mit seinem Auto die paar Meter bis zur Hoteleinfahrt. Natürlich war er schneller als ich, wie gesagt, ich hatte etwas getrunken. Dann kam er und hat mich gepackt und an den Pavillon gezerrt. Den Rest kennen Sie, ich möchte mich nicht wiederholen."

„Ich möchte von Ihnen wissen, was es mit der Decke auf sich hatte?"

„Sie meinen die Decke, auf der das Schwein mich vergewaltigt hat?"

„Ja, gab es die Decke wirklich? Oder haben Sie es erfunden?"

„Nein, ich habe es nicht erfunden. Die Decke lag am Pavillon. Vielleicht hatte sie ein Badegast dort vergessen. Mitgebracht hatte der Mann sie nicht, es sei denn, er hätte schon vorher dort in der festen Absicht hingelegt, bei der Vergewaltigung Spuren zu vermeiden."

„Die Beschreibung des Täters stimmt also auch? Die jungen Männer, die ihnen vermutlich zu Hilfe kamen, waren echt?"

„Es stimmt wirklich alles, ich habe nichts erfunden. Nur, es war eben keine Taxe, sondern ein ganz normaler Privatwagen."

„Monika, können sie sich an den Typ des Autos erinnern? Welche Farbe?"

„Es war ein VW, ein Passat. Es muss ein älteres Modell sein, der neue war es nicht, den fährt mein Vater, da bin ich mir sicher. Er war dunkelblau, dunkelgrau oder anthrazit. Es war finster, so genau habe ich nicht darauf geachtet."

„Können Sie sich eventuell an das Kennzeichen des Autos erinnern?"

„Leider nicht, aber ich weiß, es war eine spanische Nummer. Diese neuen Nummern haben doch keinen Buchstaben mehr, an dem man erkennen kann, woher das Auto kommt."

„Gut, danke auch für ihre Offenheit. Sie hätten gleich mit uns darüber sprechen sollen, wir hätten uns viel Arbeit erspart. Ach, eine Frage habe ich noch. Was ist eigentlich mit dem Geruch, sie haben doch gesagt, der Mann roch nach Tier. Ich glaube, er roch nach Kuh, sie haben so eigenartig bei dem Test reagiert. Stimmt es? Roch der Mann nach Kuhstall?"

„Ja. Ich habe es so empfunden. Wirklich. Als ihr Kollege mir diesen Lappen unter die Nase hielt, war alles auf einmal wieder da. Es war ganz schrecklich. Sie sagen, es war Kuhstall?"

„Richtig, die Probe, bei der Sie reagiert haben, war eine Probe mit dem Geruch einer Kuh. Wir haben wirklich einen Lappen über den Rücken einer Kuh gestrichen und Ihnen dann unter die Nase gehalten. Es war die Idee meines Kollegen, ich glaube, er hat es gut gemacht. So haben wir einen Anhaltspunkt, um zu suchen. Monika, erholen Sie sich, Sie haben noch etwas Urlaub. Und eine Bitte: nicht so viel Alkohol."

Damit verabschiedet Juana sich von der Urlauberin und geht an die Bar in der Empfangshalle des Hotels. Ihren Kollegen findet sie dort, wie immer in solchen Situationen, flirtend mit einer jungen Schönheit vor.

Pedro kann es kaum glauben, was ihm seine Kollegin da berichtet. Er hat kein Verständnis dafür, dass Monika Kind nicht gleich die Wahrheit gesagt hat. Die Befragung der Taxifahrer hätte man sich sparen können. Die Sammlung der Tiergerüche hätte vielleicht mit etwas mehr Diskretion erfolgen müssen.

„Ich weiß, es ist wie eine Gamba im Meer suchen, aber wir sollten uns eine Liste mit allen dunklen, in Spanien mit der neuen Nummer zugelassenen VW Passat erstellen lassen. Vielleicht haben wir Glück und ein Fahrzeug gehört einem

Landwirt oder einem Züchter. Pedro, du veranlasst es bitte. In der Zwischenzeit werde ich die Freundinnen der Monika Kind ein weiteres Mal befragen, vielleicht kann sich eine der Damen an das Kennzeichen oder an andere Einzelheiten erinnern."

Juana verlässt das gemeinsame Büro und lässt Pedro alleine zurück. Juana hat Glück, denn nur wenige Minuten nachdem sie das Büro verlassen hat, erscheint ihr Vorgesetzter, der sich nach dem Stand der Ermittlungen erkundigen will. Pedro teilt ihm mit, dass seine Chefin in schrecklich viel Arbeit versunken ist und gerade wieder einmal auf dem Weg zu einer Vernehmung ist. Erleichtert atmet Pedro auf, als er das Büro wieder verlässt.

Juana führt ein langes Gespräch mit den drei Mädchen, die im Bistro des Hotels eine kleine Tapa zu sich nehmen. Sie sind überhaupt nicht erfreut, als Juana das Bistro betritt. Kommentare wie: hat man denn hier als Urlauber nie seine Ruhe, oder: hat die Polizei nichts anderes zu tun, als uns immer zu stören, kann Juana hören, da sie absichtlich laut genug gesprochen werden. Juana ist nicht auf den Mund gefallen, sie antwortet, als sie an dem Tisch der drei Urlauberinnen steht:

„Guten Tag. Klar, die Polizei hat genug zu tun. Wären Sie nicht so gutgläubig gewesen, bei einem wildfremden Mann ins Auto gestiegen, hätten Sie besser auf ihre Freundin geachtet und von Anfang an die Wahrheit gesagt, dann könnte die Polizei sich um wirklich wichtige Dinge kümmern! Wir hätten eine Menge Zeit gespart und wirklich bessere Chancen gehabt, den wahren Täter zu fassen. In der Zwischenzeit hat er vielleicht die letzten Spuren beseitigt, dank Ihrer Mithilfe. Wir werden sehen, ob wir Sie nicht auch noch wegen der Falschaussage belangen werden."

Es ist still geworden, die Köpfe der drei jungen Frauen sind gebeugt, die Blicke nach unten gerichtet. Auf die Fragen der Kommissarin geben sie nun sofort Antwort, aber auch sie können sich nicht an das Kennzeichen erinnern. Einigkeit herrscht nur über die Farbe des Fahrzeugs, alle sagen aus, er wäre dunkelblau oder grau gewesen. Juana fährt zurück ins Kommissariat. Beladen mit zwei Bechern Kaffee betritt sie ihr Büro, in dem Pedro über einer ellenlangen Liste sitzt. Hocherfreut nimmt er die dampfende Abwechslung entgegen und trinkt lächelnd den ersten Schluck des heißen Getränkes. Zuerst folgt der Bericht über den Besuch des Vorgesetzten. Juana kann sich wirklich glücklich schätzen, seit einer halben Stunde ist er in den Feierabend entschwunden, dem ein dreiwöchiger Urlaub folgt. Den letzten Satz, den der Chef an Pedro richtete war: wenn ich wieder aus dem Urlaub zurück bin will ich Erfolge sehen, richten sie das ihrer Kollegin aus! - was er mit einem Lächeln auf den Lippen gerne übernimmt.

„Drei Wochen! Ich hoffe wir haben den Fall früher gelöst. Hätten die Deutschen gleich die Wahrheit gesagt, vielleicht wären wir schon am Ziel der Ermittlungen angekommen. Die Aussage hat keine neuen Erkenntnisse gebracht. Nur über die Farbe sind sich die Frauen einig: dunkelblau. Dunkelgrau steht erst an zweiter Stelle. Hat deine Liste schon etwas ergeben?"

„Ich habe zuerst eine Sortierung vorgenommen: Zulassungen in Cádiz, zugelassen auf Personen, die auf keinen Fall in Frage kommen und ...", Pedro will weiter aufzählen, aber Juana unterbricht ihren Kollegen.

„Welche Personen hast du denn ausgeschlossen? Nur Anhand der Namen?"
„Es gibt hier einen Pfarrer aus Chiclana, einen Rollstuhlfahrer, außerdem ist ein Wagen auf das Nonnenkloster zugelassen. Die Fahrzeuge, die im Norden, oder in weiter entfernten Teilen des Landes zugelassen wurden, habe ich auch ausgesondert."
„Ja, aber die Geschichte mit dem Kloster? Dort gibt es vielleicht einen Gärtner, der den Wagen gefahren haben könnte! Prüfen sollten wir es. Hast du rein zufällig einen deiner Bauern mit den Tierdüften wieder gefunden auf der Liste?"
Pedro verneint, so leicht soll es den ihnen nun doch nicht gemacht werden. Jetzt beginnt die Ermittlungsarbeit, die langwierig und in der Regel nicht sehr produktiv ist.
Juana nimmt sich eine Seite mit Autokennzeichen vor, Pedro eine andere. Zuerst werden die Adressen der Halter von Fahrzeugen mit in Frage kommenden Autonummern überprüft – auf Vorstrafen oder ob sie sonst schon einmal aktenkundig wurden. Einige der Fahrzeuge sind auf weibliche Halter angemeldet, hier müssen später, falls sich kein Verdächtiger ergeben hat, persönliche Befragungen erfolgen. Es ist eine zeitaufwendige Arbeit, ohne Garantie auf ein positives Ergebnis.

Kapitel 12 * in Hamburg

Ein trüber Tag, tiefe Wolken verdunkeln die Sonne, Regen wird erwartet. Gerda Nieber fährt in einer Taxe vor, endlich ist sie aus dem Krankenhaus entlassen, endlich darf sie wieder in ihr Zuhause. Die Haushälterin erwartet sie

bereits, das Tor öffnet sich und die Taxe fährt bis an den Eingang der Villa vor. Anna Zurweide nimmt das Gepäck der Hausherrin aus dem Taxi, dann verschwinden beide Frauen im Eingang, die Taxe fährt ab.
Im großen Wohnzimmer hat Anna Zurweide den Tisch gedeckt, an dem die Hausherrin am liebsten sitzt. Eine Kanne Tee, etwas Gebäck, die aktuelle Tageszeitung und jede Menge Post liegen bereit. Gerda ist hocherfreut, nimmt strahlend auf dem Sofa Platz, nachdem sie sich ein wenig frisch gemacht hat.
„Nichts geht über eine gute Tasse Tee und ein Stück selbstgebackenes Gebäck. Vielen Dank Anna. Ich bin so froh, wieder zu Hause zu sein. Sie waren alle sehr nett im Krankenhaus, aber zu Hause ist es am schönsten."
Gerda Nieber legt die Beine hoch und genießt ihr Heim. Sie blättert in der Zeitung und wirft auch einen Blick auf den Stapel mit der Post. Das Übliche, Werbung und Rechnungen. Einen Brief, ohne Absender, weckt ihr Interesse. Die Anschrift ist mit einer Schreibmasche in Großbuchstaben auf den Umschlag getippt. Das Telefon klingelt und Gerda wird abgelenkt, sie legt den Brief bei Seite und da öffnet sich auch schon die Tür des Wohnzimmers. Die Haushälterin teilt ihr mit, dass die Kommissarin am anderen Ende der Leitung ist und mit ihr sprechen möchte. Gerda Nieber nimmt das Gespräch entgegen. Petra Mister beglückwünscht Gerda, endlich wieder zu Hause zu sein. Außerdem möchte sie gerne wenn es möglich ist noch am selben Nachmittag auf einen Sprung vorbeikommen. Gerda Nieber, die viel Zeit hatte im Krankenhaus nachzudenken, willigt ein. Sie hat beschlossen, in Zukunft mehr Zeit für sich zu verwenden, mehr Zeit zu genießen. Ein Besuch der

Kommissarin, die sie sehr schätzt, kommt gerade Recht. Anna Zurweide erhält den Auftrag für ausreichend frisches Gebäck zu sorgen, wenn am Nachmittag die Kommissarin zu Besuch kommt. Es soll ein privater Besuch werden, teilt sie der Haushälterin erfreut mit.

Petra Mister ist natürlich nicht nur privat bei Gerda Nieber zu Besuch, das allerdings muss die gerade aus dem Krankenhaus entlassene Frau nicht erfahren. Im Laufe des Gesprächs wird es der Kommissarin sicherlich möglich sein, die eine oder andere Frage zu stellen. Sollte sich Gerda Nieber wundern, kann Petra immer noch mit einem Hinweis auf ihre Berufskrankheit, immer Fragen stellen zu müssen, antworten. Es wird aber ein netter Nachmittag, Anna hat Sahnestückchen vom Konditor besorgt. Duftender Kaffee und wunderschönes Porzellan stehen auf dem Tisch. Die Post, die Gerda Nieber am Vormittag nicht zu Ende angeschaut hat, liegt neben ihr auf dem Sofa. Die beiden Frauen stellen fest, sich sehr ähnlich zu sein. Oper, Konzerte und gemeinsam gelesene Bücher schaffen eine Verbindung. So fällt es den beiden wirklich nicht schwer, mehrere Stunden zu plaudern. Dennoch hat Petra mit kriminalistischem Feingefühl und Können die eine oder andere Frage nach den Kindern stellen können. Während Frau Nieber das Zimmer verlässt schaut sich Petra um, betrachtet Bilder, die wie Trophäen aufgebaut auf einem Tisch stehen, begutachtet den Bücherschrank und entdeckt auch einige Bildbände über Andalusien, das letzte Reiseziel der verstorbenen Tochter Jutta.

Gerda Nieber betritt wieder den Raum und setzt sich bequem und entspannt auf das Sofa, da fällt ihr Blick erneut auf den Stapel mit Briefen. Jetzt packt sie die

Neugier und öffnet den Brief, der schon am Vormittag ihr Interesse geweckt hatte. Sie entnimmt ein Blatt Papier und versteinert. Petra Mister bemerkt es nicht sofort, sie blättert in einem der Reiseführer, den sie aus dem Regal entnommen hat. Dennoch fühlt sie etwas, was sie dazu bewegt, sich ihrer neuen Freundin zuzuwenden. Gerda Nieber sitzt, den Brief auf dem Schoß haltend, mit starrem Blick auf dem Sofa.
„Was ist passiert? Frau Nieber, was haben Sie?", fragt Petra, während sie zum Tisch zurückgeht.
Gerda reicht der Kommissarin den Brief und lässt danach die Arme wieder aufs Sofa sinken. Die Polizistin blickt auf den Zettel. Mit, aus einer Zeitung ausgeschnittenen Buchstaben, steht geschrieben:
JUTTA HAT NICHT LEIDEN MÜSSEN.
„Woher haben Sie den Brief, Frau Nieber?", kommt wie aus der Pistole geschossen.
„Er war in meiner Post. Heute, in dem Stapel, den ich von Anna bekommen habe. An mich adressiert, aber es ist kein Absender darauf."
Gerda reicht den Umschlag an die Kommissarin, die sich schnell aus ihrer Handtasche eine Plastiktüte besorgt hat, in die sie nun den Brief und den Umschlag gleiten lässt, ohne sie noch weiter berühren zu müssen. Petra beruhigt Gerda Nieber, sie solle sich nicht aufregen. Dennoch stellt sie einige Fragen, auch die Haushälterin wird hinzu geholt. Aber die beiden Frauen können sich nicht erklären, woher der Brief stammt. Er war, erklärt Anna Zurweide, mit anderer Post im Briefkasten, an einem der letzten Tage. Wann genau, daran kann sie sich nicht mehr erinnern.

„Ich muss mich jetzt leider verabschieden, Frau Nieber. Ich will mich sofort um den Brief kümmern. Aber wenn Sie möchten würde ich gerne an einem der nächsten Tage dieses reizende Gespräch fortführen. Ich glaube, wir beide haben uns noch viel zu erzählen."

Gerda Nieber und Anna Zurweide bleiben zurück, entsetzt über die neuen Ereignisse in der Villa Nieber. Die Kommissarin fährt auf direktem Weg ins Präsidium, um den Brief der Kriminaltechnik zu übergeben.

Hans Windisch ist erstaunt über das plötzliche Erscheinen seiner Kollegin. Eigentlich hätte sie frei am heutigen Nachmittag. Sie berichtet Hans über das angenehme Gespräch in wirklich privater Atmosphäre und über den Brief in der Post.

„Der Brief stammt vermutlich vom Täter. Sicherlich wollte er Gerda Nieber damit beruhigen, vielleicht hat er von der Einlieferung ins Krankenhaus erfahren", mutmaßt Petra.

Hans Windisch erwidert:

„Ich denke auch. Wer sollte sonst so einen Brief schreiben? Aber, überlege mal, Petra: Wenn er diesen Brief schrieb, um Gerda Nieber zu trösten, weil er davon ausgeht, sie wollte sich das Leben nehmen, kann er ja wohl nichts mit dem Anschlag auf sie zu tun haben! Sind es also zwei Täter? Einer, der einen Anschlag auf die Mutter und ein anderer, der einen auf die Tochter verübt hat? Oder, gibt es in Chiclana gar keinen Täter? War es doch ein Unfall? Bleibt auf jeden Fall die Frage, wer Gerda Nieber vergiften wollte und wer diesen Brief geschrieben hat."

Bis die Ergebnisse der Kriminaltechnik eintreffen, diskutieren die beiden Kommissare alle erdenklichen Möglichkeiten. Sie kommen aber, wie auch nicht anders erwartet, zu keinem befriedigenden Schluss.

Ein Kollege reicht den Bericht der Kriminaltechnik ins Büro. Es wurden unterschiedliche Fingerabdrücke kenntlich gemacht. Auf dem Brief konnten nur Abdrücke von Gerda Nieber festgestellt werden. Petra Mister hatte veranlasst, dass eine Probe ihrer Abdrücke genommen wurde. Weitere unbekannte Abdrücke wurden auf dem Brief nicht sichergestellt. Auf dem Umschlag tummeln sich Abdrücke, eine Zuordnung ist daher nicht möglich. Denn außer der Haushälterin und dem Briefträger haben mehrere Personen den Brief während seiner Beförderung in Händen gehabt. Das Briefpapier, haben die Kollegen festgestellt, ist ganz normales Schreibpapier, wie man es 500 Blattweise in jedem Geschäft erwerben kann. Leider lässt auch die Briefmarke keine Hinweise zu, sie ist aus einem kleinen Heftchen selbstklebender Marken entnommen worden, das auf jedem Postamt zu erhalten ist. DNA fähiges Material konnte nicht sichergestellt werden. Abgestempelt ist der Brief in Hamburg. Er trägt den Stempel –Briefpostzentrum 21 – Hamburg Süd. Nachfragen bei der Post ergeben, er könnte überall im Bereich Bergedorf eingeworfen worden sein. Weder die Bekannten von Gerda Nieber, noch die Freundin oder der Exfreund der Tochter wohnen in diesem Gebiet Hamburgs.

Petra Mister informiert die spanischen Kollegen über die Neuigkeiten, die sich in Hamburg ergaben. Deutet doch der Brief darauf hin, dass es sich hier um mindestens zwei Täter handeln muss. Wer könnte einen Grund haben, diese Nachricht an die Mutter der verstorbenen Jutta zu senden? Jemand, dem die Mutter sehr nahe steht? Jemand, der ein schlechtes Gewissen hat? Hans Windisch und seine Kollegin Petra Mister gehen gemeinsam erneut alle Unterlagen durch, die in Zusammenhang mit dem Tod der Jutta Nieber in Spanien stehen.

„Es bestätigt sich der Verdacht der Kollegen in Chiclana, dass Jutta ermordet wurde. Der Täter muss in einem bestimmten Verhältnis zu seinem Opfer gestanden haben. Nur so erklärt sich der Brief an die Mutter. Warum sollte ein, sagen wir mal, Zufallstäter einen Brief an die Mutter senden? Woher sollte er die Adresse kennen? Es ergibt doch nur einen Sinn, wenn der Täter sowohl die Tochter als auch die Mutter gekannt hat."

Während Petra diese Worte spricht, geht sie in dem gemeinsamen Büro auf und ab. Hans bittet darauf seine Kollegin, sich endlich an den Schreibtisch zu setzten.

„Du machst mich ganz nervös. Ich kann dich gar nicht ansehen, wenn ich mir dir spreche. Also, wer kommt in Frage? Ich meine, für den Mord an Jutta. Der Freund, dieser Jürgen Ex? Sein Motiv? Wenn er Jutta verlassen hat, sehe ich keinen Grund. Sollte Jutta ihn verlassen haben ... - aber wir wissen zu wenig darüber. Die Freundin, Sabine Hansen, hat für mich kein erkennbares Motiv. Der Bruder, Jochen Nieber? Er ist für mich verdächtig, aber - und das trifft auf alle Personen zu - er war nicht in Spanien."

Petra nickt ihrem Kollegen zu und erwidert:

„Du hast natürlich Recht. Keine dieser Personen ist in Spanien gewesen. Vielleicht hat der Brief aber auch gar nichts mit dem Mord zu tun? Es könnte doch sein, dass es jemanden gibt, der sich ernsthafte Sorgen um die Mutter macht, weil sie ihm besonders nahe steht. Aus Angst, sie könnte sich doch noch etwas antun. Ich werde erneut mit

Frau Nieber reden müssen. Vielleicht hat sie in der Aufregung irgendetwas vergessen, irgendeine Person, die mit Jutta in Verbindung steht."

Am nächsten Vormittag haben sich die beiden Frauen verabredet. Petra Mister und Gerda Nieber wollen gemeinsam überlegen, wer der Absender des Briefes mit der ungewöhnlichen Nachricht sein könnte.

„Glauben Sie mir, Frau Mister, ich habe die ganze Nacht gegrübelt. Aber ich kann es mir nicht erklären. Woher hat der Mörder meiner Tochter meine Adresse?"

„Frau Nieber, denken Sie bitte genau nach, gibt es noch eine Person, die für eine solche Tat in Frage käme, an die wir, besser: Sie noch nicht gedacht haben? Vielleicht im Leben und Umfeld Ihrer Tochter? Ein verlassener Liebhaber? Eine Kollegin aus der Firma? Schulzeit? Lehrzeit? Es gibt so viele Menschen, die man kennen lernt, im Laufe der Jahre. Vielleicht ist doch Einer dabei, der noch eine Rechnung mit Ihrer Tochter offen hat?"

„Es tut mir Leid, aber ich weiß wirklich keine Antwort auf Ihre Frage. Ich habe alle Freunde gekannt. Freundinnen, die meine Tochter hatte waren auch bei uns im Haus willkommen. Wir, mein Mann und ich, haben immer am Leben unserer Kinder Anteil genommen. Es fällt mir niemand ein."

Die Kommissarin verabschiedet sich bei der Mutter, die sehr betroffen ist. Hat doch der Erhalt des Briefes sie wieder frisch an den grausigen Tod ihrer Tochter erinnert. Im Kommissariat angekommen, informiert Petra ihren Kollegen über den Inhalt des Gespräches. Beide sind sich einig, es muss etwas geben, das bisher noch unentdeckt geblieben ist - etwas, was einen Hinweis auf den Täter geben wird.

„Während der Fahrt ins Büro fiel mir ein, die Telefongesellschaft hat sich auch noch nicht gemeldet. Du solltest mal wieder dort anrufen, damit es nicht in Vergessenheit gerät."

Hans Windisch erledigt es sofort und berichtet, das Telefon sei nicht wieder aktiviert worden.

„Es kann doch nicht sein. Der Besitzer muss doch mal wieder mit dem Ding telefonieren. Gesperrt ist die Nummer auch nicht, wegen Verlust oder Diebstahl. Vielleicht lebt der Eigentümer nicht mehr!"

Petra, schon etwas grantig über die fehlenden Erfolge, erwidert:

„Mit dem Diazepam kommen wir auch nicht weiter. Woher hat Frau Nieber dieses Diazepam? Kein Arzt hat es ihr verschrieben. In der Apotheke kannst du sie nur mit Rezept kaufen. Bekannte aus der Branche, ich meine Pharma oder Arzt, hat Frau Nieber auch nicht. Eine Idee habe ich noch. Vielleicht hat sie die Tabletten gar nicht bewusst eingenommen. Also, was ich sagen will: Frau Nieber hatte Alkohol getrunken. Vielleicht ist in der Flasche Diazepam aufgelöst worden? Warum haben wir nicht schon vorher daran gedacht?"

Petra Mister greift sofort zum Telefon und ruft Frau Nieber an.

Ein Streifenwagen wird beauftragt, die Flasche in der Wohnung sicherzustellen und ins Labor zu bringen. Glücklicherweise hatte, berichtet Petra ihrem Kollegen nach dem Anruf, Frau Nieber noch nicht wieder aus der

Flasche getrunken. Mit Spannung werden die Ergebnisse der Untersuchung erwartet.

Kapitel 13 * in Chiclana

Mehrere Tage hat die Untersuchung der vielen Autonummern gedauert. Juana, die diese stupide Ermittlungsarbeit nicht besonders liebt, ist froh, endlich die letzte Nummer überprüft zu haben. Es bleiben zwei Fahrzeuge übrig, mit dessen Eigentümern die Ermittler noch Kontakt aufnehmen müssen. Es ist zum einen das Kloster, das besucht werden muss. Zum zweiten ein Geschäftsmann aus Chiclana. Beide Fahrzeughalter sind nicht gerade das, was man einen typischen Verdächtigen nennt. Juana ruft im Kloster an, lässt sich mit der leitenden Mutter Oberin verbinden. Vorsichtig, mit sehr viel Fingerspitzengefühl erkundigt sich die Kommissarin, wer das Auto fährt, oder wer das Fahrzeug benutzen könnte. Erstaunt ist Juana über die Antwort der Oberin. Nur sie selbst fahre mit dem blauen Passat, nur ihr sei es gestattet das Auto zu fahren. Es wäre auch absolut ausgeschlossen, dass sich eine andere Person den Schlüssel des VWs hätte beschaffen können. Der einzige Mann, der im Kloster Zutritt hat, ist der Gärtner, wie Pedro es schon vermutete. Er allerdings würde jeden Morgen mit einem Motorrad ins Kloster kommen. Die Oberin schließt einen Verdacht gegen den Gärtner schon deshalb aus, da er über sechzig Jahre alt wäre!
„Pedro, es bleibt uns nur der Geschäftsmann. Ihm gehört schon seit Jahren eine große Baufirma. Ich kann mir nicht vorstellen, dass der Mann nach Kuh riecht", bemerkt Juana,

nachdem sie auf den Bildschirm ihres Computers blickt und die Daten des Mannes überfliegt.

„Wir sollten ihn aufsuchen, erst dann haben wir Gewissheit", bemerkt Pedro und zieht sich dabei schon seine Jacke an um das Büro zu verlassen. Am Rande der Stadt liegt das Gelände der Baufirma. Große Baufahrzeuge parken auf dem Hof, zahlreiche Pkw, jedoch kein blauer Passat. Im Büro erfahren sie, der Chef ist nicht im Haus, wird jedoch jede Minute erwartet. Juana und Pedro nehmen in der Wartezone Platz, die Sekretärin serviert den beiden einen frisch gebrühten Kaffee.

Wenig später betritt ein sehr seriös wirkender Herr durch die Glastür das Gebäude. Juana und Pedro schauen sich überrascht an, denn eine solche Erscheinung hatten sie nicht erwartet.

„Guten Tag, mein Name ist Aragon, kann ich Ihnen helfen?", begrüßt der Herr die beiden Kommissare.

„Ja, Señor Aragon. Wir sind von der Polizei. Können wir Sie bitte alleine sprechen?"

Señor Aragon bittet die Kommissare in sein Büro.

„Sie besitzen einen blauen Passat. Wir möchten gerne wissen, wer diesen Wagen fährt? Wer sich, vielleicht auch unerlaubt, Zugriff zu dem Fahrzeug verschaffen könnte? Es interessiert uns vor allem dieses Datum."

Juana reicht dem gut aussehenden Geschäftsmann einen Zettel, auf dem das Datum und eine Zeitspanne notiert sind. Einige Falten bilden sich auf der Stirn, sie bleiben aber kommentarlos. Señor Aragon greift seinen Terminplaner und schlägt das entsprechende Datum auf.

„Ach, der Abend. Ich habe einen Empfang gegeben, im Hotel. Es waren etwa fünfzig geladene Gäste anwesend, Sie alle können mein Alibi bezeugen. Darum geht es Ihnen doch?"

„Auch. Aber, wir möchten wissen, ob in der fraglichen Zeit jemand Ihren Wagen gefahren haben könnte?"

„Lassen Sie mich überlegen. Theoretisch schon. Mein Partner nutzt den Wagen ab und an. Es ist nicht der Wagen, den ich normalerweise privat fahre. Der Passat gehört der Firma, er ist also schon mal in anderer Hand", antwortet Señor Aragon.

Juana möchte eine Liste mit Namen der Personen die in Frage kommen, an dem fraglichen Abend den Wagen gefahren zu haben. Señor Aragon überlegt einen Moment, greift zum Telefon und bittet seinen Gesprächspartner, in ein Abschussbuch zu schauen. Fragend blicken sich Pedro und Juana an. Das Telefonat dauert keine drei Minuten, dann kommt die Antwort, auf die die Kommissare sehnsüchtig warten.

„Es gab an diesem Abend nur eine Person, die mit dem Wagen gefahren ist: es ist mein Gehilfe Paco gewesen."

„Gut. Ist es möglich, dass wir den Namen und die Adresse dieses Paco bekommen?"

Señor Aragon schreibt mit einer sehr ausladenden Handschrift einen Namen und eine Adresse, dazu zwei Telefonnummern, auf einen Zettel und überreicht diesen der Kommissarin.

„Kann ich Ihnen sonst noch helfen?"

„Nein. Vielen Dank. Eine Frage habe ich noch? Wieso wissen sie so genau, dass an diesem Abend ihr Gehilfe den Wagen hatte?", will Juana wissen.

„Es ist ganz einfach. Paco und ich besitzen eine Jagd. Nein, nicht zu Wasser, ein Stück Land, auf dem wir

Jagdpächter sind. In einem Buch, dem Abschussbuch, das zu dieser Jagd gehört, werden alle Abschüsse notiert. An diesem Abend war Paco zur Jagd und hat ein Stück Wild erlegt. Daher war es so einfach, es festzustellen."
Die Kommissare verabschieden sich bei Señor Aragon und verlassen das Gelände der Baufirma schnell wieder. Im Auto beginnt Juana laut zu lachen, unterdrückt es wieder, aber, beim Blick auf ihren Kollegen kann sie sich kaum noch halten.
„Ist ja gut, Kollegin, ich weiß, du spielst schon wieder auf den Schnüffeltest hin! Aber so schlecht war doch der Hinweis gar nicht. Wir hätten fragen sollen, was für ein Stück Wild geschossen wurde. Hoffentlich keine Kuh!"
Auf direktem Wege fahren die Ermittler zurück ins Kommissariat. Zuerst werden die Personalien des Paco unter die Lupe genommen. Eine weiße Weste, hört man Juana sagen. Er ist nicht vorbestraft, nicht in Erscheinung getreten. Wir werden ihn vorladen, mal sehen, was er uns zu erzählen hat. Tatsächlich erscheint Paco Fuente am nächsten Morgen auf dem Kommissariat. Sehr ruhig, sehr gelassen betritt er das Büro der Kommissare.
„Bitte nehmen Sie Platz, Señor Fuente. Danke, dass Sie so schnell kommen konnten. Wir haben einige Fragen an Sie. Es geht um den Tag, an dem Sie im Jagdrevier zum Schießen waren. Erinnern Sie sich? Es war der Tag, an dem Ihr Partner einen Geschäftsempfang im Hotel hatte."
„Klar. Ich erinnere mich. So oft fahre ich nicht alleine ins Revier. Meist fahren wir zusammen. Was ist denn? Worum geht es denn?"
„Wie lange waren Sie an diesem Tag im Revier?", will Pedro wissen.

„So genau kann ich das nicht sagen. Ich schaue bei der Jagd nicht auf die Uhr. Es war schon dunkel."

„Vielleicht geht es etwas genauer!", bemerkt Juana.

„Es tut mir leid. Es kann zehn, elf oder Mitternacht gewesen sein. Ich weiß es wirklich nicht mehr so genau. Es ist schließlich auch nicht erst letzte Woche gewesen!"

„Gut, dann sagen Sie uns doch bitte, was Sie machten, nachdem Sie das Revier verließen", fordert Juana den Mann auf, der jetzt gar nicht mehr so ruhig wirkt.

„Ich bin nach Hause gefahren, habe das Wild im Hof vorbereitet, aufgebrochen, gereinigt und aufgehängt. Das macht man so, wenn man Jäger ist. Danach bin ich rein und habe geduscht."

„Wohnen Sie alleine? Kann jemand bezeugen, wann Sie zu Hause waren?"

Paco antwortet etwas gereizt, er alleine lebe. Es sei ja nicht strafbar, nicht wahr? Juana wagt einen zu ihrem Verdächtigen passenden Schachzug.

„Geben Sie doch zu, Sie sind noch nach La Barrosa gefahren. Sie haben auf dem Weg dorthin einige Touristinnen mitgenommen. Es war schon Mitternacht, Sie waren alleine, Sie hatten sicherlich etwas getrunken. Und, da bin ich mir ganz sicher, Sie hatten noch nicht geduscht. Dann haben Sie die Mädchen vor dem Hotel aus Ihrem Auto gelassen und sind der einen nachgefahren. Nur wenige Meter, bis zum Hotel, in das die junge Frau ging. Dann haben Sie die Frau gepackt, an den Strand geschleift und vergewaltigt. Geben Sie es zu. Wir haben Zeugen, man hat Sie gesehen, Sie und den Wagen!"

Juana hat sich vor den Verdächtigen gestellt, Sie hat eine sehr imposante Stimme, wenn sie, wie jetzt, erregt ist. Paco

lächelt sie an, er legt den Kopf etwas schräg und antwortet dann:
„Wie kommen Sie auf solche Märchen? Lernt man das auf der Polizeischule?"
„Señor Fuente, die Frauen haben Ihren Wagen genau beschrieben. Ihr Jagdkollege hat bestätigt, dass sie den Passat an dem bewussten Abend hatten. Außerdem konnte die Frau sich an ihren Geruch erinnern! Glauben Sie, es laufen viele Männer in Barrosa umher, die einen blauen Passat fahren und nach frischem Wild riechen?"
Juana macht eine Pause. Der Verdächtige bleibt still. Das Lachen ist ihm vergangen. Er scheint zu überlegen, wie seine weiteren Schritte aussehen werden.
„Die Frau, die Sie auf so bestialische Weise vergewaltigt haben, wird Sie wieder erkennen. Sie können ruhig leugnen, wir haben außerdem Spuren gefunden, die eindeutig auf Sie hinweisen. Sie waren sehr unvorsichtig!"
Paco schaut hoch, schaut Juana an. Er antwortet, ohne sich zu überlegen, welche Konsequenzen diese Antwort haben wird.
„Ich verstehe nicht, ich habe doch ein Kondom benutzt!"
Im gleichen Moment herrscht Stille! Juana grinst zufrieden, Pedro setzt sich entspannt an seinen Schreibtisch.
„Nun, Señor Fuente, nun können Sie uns gleich noch erzählen, warum haben Sie Jutta Nieber umgebracht? Hat sie sich gewährt? Oder warum musste sie sterben?"
Paco schaut entsetzt zu Juana. Er schüttelt seinen Kopf. Immer wieder, er wird blass, danach rot. Dann stammelt er:
„Was sagen Sie? Ich soll eine Frau ermordet haben? Nun gehen Sie zu weit. Ich bin kein Mörder!"

„Was ist dann passiert? Warum waren Sie mit Jutta Nieber im Schwimmbad?", fragt Juana den noch immer entsetzt blickenden Mann.

„Ich bin in keinem Schwimmbad gewesen. Ich kenne keine Jutta Nieber. Ich habe sie auch nicht umgebracht. Das mit der Touristin in La Barrosa, das war blöd. Aber, die Frauen haben mich angemacht. Sie waren aufreizend, eine hat mir ihre Hand auf den Oberschenkel gelegt, während der Fahrt. Ich wollte erst nur nett sein, wollte die Frauen nach Hause fahren. Nicht mehr. Es war schon sehr spät. Es fahren keine Taxen durch die Innenstadt, dort wo die Frauen gingen. Ich habe sie gesehen und wollte einfach nur nett sein. Nicht weniger, aber auch nicht mehr. Wenn die Mädchen nicht so, wie soll ich es nennen, so provokant gewesen wären, ich hätte sie abgeliefert, nichts wäre passiert."

Juana kann es nicht mehr hören. Sie unterbricht Paco.

„Sie wollen doch wohl nicht der jungen Frau die Schuld geben dafür, dass Sie Ihre Triebe nicht unter Kontrolle haben? Das ist ja wohl das Allerletzte!"

„Aber, ich habe diese andere Frau nicht umgebracht. Bitte, glauben Sie mir. Ich war es nicht."

Juana und Pedro lassen den Mann abführen. Dann diskutieren sie die Ergebnisse.

„Ich glaube, er sagt die Wahrheit. Es ist doch wohl eher ein Zufall, mit der Vergewaltigung. Ich kann mir schon vorstellen, wie die Urlauberinnen auf einen Mann wirken, der alleine lebt. Sie werden ihn sicherlich gereizt haben, vielleicht noch nicht mal absichtlich. Deutsche Urlauberinnen sind sehr freizügig. Aber Mord? Wir werden sein Alibi für die Tatnacht überprüfen. Dann sehen wir weiter."

Monika Kind erfährt durch Juana, dass der Täter festgenommen wurde. Sie wirkt erleichtert, entschuldigt sich für die falschen Aussagen, für die Mehrarbeit, die durch sie entstanden ist. Sie ist sichtlich erfreut, dass der Mann, der ihr das Schlimmste angetan hat, was ihr bisher ein Mensch antat, nun hinter Schloss und Riegel sitzt.

Die weiteren Untersuchungen ergeben, Paco Fuente ist nicht für den Mord verantwortlich. Eine Aussage, die zweifelsfrei ist, bestätigt sein Alibi. Die Wolldecke, die im Vergewaltigungsfall eine Rolle spielte, wurde in der Garage des Täters gefunden. Ebenso die Hose, aus der die Kordel gezogen wurde, welche das Opfer um den Hals trug, als man sie fand. Paco hatte lediglich aus Angst, die Kordel aus seiner Hose gezogen, um die Frau einzuschüchtern. Bei einer späteren Befragung bestätigte Monika Kind, dass er nicht einmal ansatzweise versuchte die Kordel zuzuziehen, um sie damit zu erwürgen.

Erkenntnisse, die zur Ergreifung des Mörders der jungen Jutta Nieber führen, bleiben weiterhin aus.

Kapitel 14 * in Hamburg

Enttäuscht schaut die Kommissarin auf das Untersuchungsergebnis, das ihr gerade ein Kollege ins Büro reichte. Man hat keinerlei Spuren eines Fremdstoffes in der Flasche Alkohol aus der Nieber - Villa feststellen können. Es fanden sich auch keine fremden Fingerabdrücke darauf. Somit laufen auch diese Ermittlungen ins Leere.

„Wir sollten noch mal von vorne beginnen. Lass uns erneut das Umfeld aller Personen untersuchen, die mit der Familie

Nieber in Verbindung stehen", schlägt Petra Mister ihrem Kollegen vor.

Die Lippen zusammen gepresst, Falten auf der Stirn - unwillig stimmt Hans Windisch zu. Er ist nicht glücklich über so viele Schwierigkeiten bei der Lösung dieses Falles, über so viele Stunden Ermittlungsarbeit ohne Erfolg.

Alle Vernehmungsprotokolle werden noch einmal durchgearbeitet. Zweifelsfreie Aussagen in Frage gestellt, aber, es gibt leider keine neuen Erkenntnisse. Petra Mister telefoniert mit ihrer spanischen Kollegin Juana. Sie teilt ihr mit, dass die Ermittlungen eingestellt werden, da es keine neuen Erkenntnisse mehr gibt.

<u>Sechs Monate später</u>

Kapitel 15 * In Chiclana

Langsam und schon sehr müde schlendern die beiden jungen Frauen durch die Nacht. Die letzten Stunden vor Mitternacht waren anstrengend. Der Besuch von drei Diskotheken stand auf dem Fahrplan der jungen Touristinnen. In einer kleinen, sehr lauschigen Bar wollten sie die Nacht ausklingen lassen und sich nach einem Mann umsehen, der sie vielleicht nicht nur einlädt, sondern im Anschluss auch noch ins Hotel fährt. Es hatte aber nicht sollen sein. Weder ein akzeptabler Mann zum Feiern fand sich, geschweige denn ein Fahrer! Stumm gehen die beiden Schritt für Schritt mitten auf der Straße, um besser gesehen zu werden. Es gibt auf diesem Abschnitt keine Beleuchtung, keine Geschäfte und keine Lokalitäten. Der nächste Kreisel, danach nur wenige hundert Meter, dann sind sie

am Ziel. Plötzlich nähert sich ein Auto. Laute Musik dringt aus dem Inneren. Das Motorengeräusch wird lauter und lauter, das Fahrzeug bremst jedoch nicht ab. Mit einem Satz zur Seite kann sich eine der beiden Frauen gerade noch in Sicherheit bringen, dann folgt schon der Aufprall! Die junge Frau wird durch die Luft geschleudert und bleibt regungslos an der linken Seite der Fahrbahn liegen. Es herrscht Stille. Plötzlich jault der Motor auf und das Auto jagt mit quietschenden Reifen davon. Wieder Stille. Vorsichtig nähert sich die junge Frau ihrer Freundin, die bewegungslos am Boden liegt. Der Kopf ist sonderbar verdreht, liegt fast auf ihrer Schulter. Blut läuft aus Nase und Mund, das Haar wird langsam nass davon. Arme und Beine sind mit Schrammen übersät, ein Bein ist gebrochen, die Lage lässt keinen Zweifel daran. Während die junge Frau vorsichtig versucht ein Lebenszeichen zu bekommen, indem sie zunächst einen Arm, danach den Rumpf des Opfers berührt, sucht sie mit der anderen Hand ihr Móviltelefon hervor. Sie verharrt einen Moment, überlegt und wähl 112. Endlich kommt eine Verbindung zustande. Sie versteht aber kein Spanisch und ruft in ihrer Not immer wieder die Worte: Hilfe, Unfall, Krankenwagen. Doch sie wird nicht verstanden. Wichtige Minuten verstreichen. Hilfe kommt endlich durch ein sich näherndes Fahrzeug, dass die Frau am Boden im Lichtkegel des Scheinwerfers entdeckt. Der Wagen hält an und ein Mann steigt aus. In seiner linken Hand hält er ein Telefon, in das er bereits spricht. Er hat die Rettung informiert.
Kurze Zeit später nähert sich ein Einsatzwagen der Polizei und fast gleichzeitig ein Rettungswagen.

Die Polizisten der Guardia Civil unterhalten sich mit dem Mann, der den Notruf veranlasst hat. Keine der Frauen ist ansprechbar. Die Kollegen der Ambulancia versorgen zuerst das schwer verletzte Mädchen am Boden. Sie wird noch am Unfallort mit Sauerstoff versorgt. Ihre Freundin steht unter Schock. Auch sie wird im Krankenwagen in die Klinik nach Puerto Real gebracht. Die Kollegen der Guardia Civil begleiten den Rettungswagen in die Klinik. Sie wollen die Personalien der beiden Frauen feststellen und außerdem etwas über den Unfallhergang erfahren. Eine Befragung am Unfallort hatten die Sanitäter nicht erlaubt, da der Zustand der Verletzten langsam kritisch wurde. Sie musste so schnell wie möglich in die Klinik. Beim Eintreffen hatte sie das Bewusstsein noch nicht wiedererlangt. Die zweite Frau, die lediglich unter einem Schock leidet, hat einer Vernehmung durch die Uniformierten zugestimmt. Die beiden Mädchen kommen aus Hamburg. Claudia Carsten liegt mit einem fahlen Gesicht im Bett und schaut auf den Polizisten, der daneben sitzt. Sie berichtet über den schönen Abend, über Tanz und Alkohol. Auch, dass sie niemanden gefunden hatten, der sie freiwillig und ohne Ansprüche zu stellen, ins Hotel hätte fahren wollen.
„Sie sind also auf der Straße gegangen? In der Mitte? Hatten Sie denn keine Angst?", fragt Pepe die junge Frau. Er ist der Polizist, der zur Vernehmung ins Krankenhaus gefahren ist, da er Deutsch spricht.
„Wir hatten eigentlich nur Angst, als wir auf dem Gehsteig waren. Es war stockfinster. Es gibt keine Straßenlampen. Solche Straßen dürfte es eigentlich gar nicht geben!"
„Sie gingen also in der Mitte der Straße? Und dann?"

„Wir haben uns gar nicht mehr unterhalten. Wir waren beide sehr müde. Lust zu Fuß nach Hause, also ich meine ins Hotel zu gehen, hatten wir auch nicht. Plötzlich hörten wir das Auto von hinten kommen. Ich habe mich noch umgedreht, weil ich dachte, gleich muss es ja anhalten. Vielleicht hätte der Fahrer uns nach Hause gefahren!"
Der Polizist schaut hoch und fragt nach:
„Sie sind sich also sicher, dass es sich bei dem Fahrer um einen Mann gehandelt hat?"
„Nein. Das habe ich doch nicht gesagt."
„Noch mal, Sie hörten das Auto kommen. Dann sahen Sie sich zu ihm um. Und dann?"
„Ich habe gerade noch bemerkt, dass das Auto nicht langsamer wurde, da war es auch schon fast bei uns. Ich konnte nichts mehr sagen, habe nur noch einen Sprung zur Seite gemacht auf den Bürgersteig. Zum Glück parkten dort keine Autos. Ich fiel hin, alles ging so schnell. Während ich fiel, hörte ich den Knall. Es war ein dumpfer Ton, ich begriff sofort, das Auto hatte meine Freundin erfasst. Beim Hochschauen sah ich gerade noch, wie sie durch die Luft gewirbelt wurde und mit dem Kopf zuerst auf dem Boden aufschlug."
Claudia stockt. Sie ist sehr erregt und ihr Gesicht ist dunkelrot angelaufen. Der Polizist gewährt ihr eine kleine Pause, dann fährt er fort.
„Konnten Sie den Fahrer erkennen? Und das Auto? Welche Marke? Welche Farbe?", will Pepe wissen.
„Es ging alles so schnell. Ich hatte nun wirklich keine Zeit mir alle Einzelheiten zu merken. Der Wagen war sehr hell. Ich bin mir natürlich nicht ganz sicher, aber ich könnte

behaupten, dass er weiß war. Den Fahrer habe ich nicht gesehen."
Pepe fragt nach:
„Welche Marke war es? Ein Renault oder ein Mercedes?"
„Die Autos sehen irgendwie alle gleich aus. Aber ein Mercedes war es nicht. Ein Kleinwagen. Also nicht so eine große Familienkutsche. Ich glaube, es war auch kein Kombi. Aber ganz sicher bin ich mir da nicht."
„Würde es Ihrem Gedächtnis helfen, wenn sie einige Autos ansehen würden? Wäre es Ihnen dann möglich, den Typ zu erkennen?", versucht es Pepe erneut.
Die junge Frau zuckt mit den Schultern, sie hat längst das Interesse an den vielen Fragen des Polizisten verloren. Ihre Gedanken sind weit entfernt vom Erlebten. Sicherlich eine Schutzfunktion ihres Körpers.
Der Uniformierte verabschiedet sich und verlässt das Krankenzimmer. Eine Schwester, die zufällig vorbei kommt, erhält den Auftrag den behandelnden Arzt um ein Gespräch zu bitten. Pepe möchte Einzelheiten zum gesundheitlichen Zustand der zweiten Deutschen wissen.
„Ich kann Ihnen zurzeit nur so viel sagen: Die Patientin ist nach der ersten OP noch immer ohne Bewusstsein. Sie hat durch den Aufprall zahlreiche innere Verletzungen, außerdem Prellungen, das linke Bein und der linke Arm sind gebrochen. Lebensgefahr besteht höchstwahrscheinlich nicht, aber darauf hat nur der liebe Gott Einfluss. Morgen erfolgt, wenn es der Zustand der Patientin zulässt, eine weitere OP."
„Sie informieren uns aber bitte sofort, wenn die junge Frau aufwacht und vernehmungsfähig ist. Ich hoffe sehr, dass es ihr bald besser geht. Vielen Dank Doktor."

Sichtlich betroffen verlässt der Uniformierte das Krankenhaus.

Kapitel 16 * in Chiclana

Drei lange Tage vergehen, erst dann kommt der ersehnte Anruf der Klinik. Der Beamte darf, so der behandelnde Arzt, für eine kurze Befragung der Deutschen in die Klinik kommen.
Simone Welke liegt mit geschlossenen Augen im Bett. Ein Verband verdeckt die Haare, das gebrochene Bein hängt mit einem Gips in einer Schlinge, befestigt an einem Halter über dem Bett. Ebenso der mit einer Schiene festgestellte Arm. Neben dem Bett stehen zahlreiche Apparaturen, die einen regelmäßigen Piep-Ton von sich geben. Sie ist an vielerlei Kabel und Schläuche angeschlossen. Nachdem Pepe die Tür zum Krankenzimmer geschlossen hat, öffnet Simone die Augen. Anscheinend geht ihr Blick ins Leere, es ist in ihren Augen keine Reaktion zu erkennen.
„Guten Tag, mein Name ist Pepe. Ich bin von der Polizei in Chiclana. Ich möchte Ihnen gerne einige Fragen stellen. Sie wissen, dass Sie einen Autounfall hatten?" beginnt der Polizist vorsichtig mit seinen Fragen.
Er erhält aber keine Antwort. Daher versucht er einen anderen Weg.
„Wenn es Ihnen schwer fällt zu sprechen, zwinkern Sie mir einfach zu. Einmal zwinkern heißt ja, zweimal zwinkern heißt nein. Haben Sie das verstanden?"
Und tatsächlich schließt die junge Frau für einen kurzen Moment die Augen um sie dann wieder zu öffnen.
Pepe versucht es weiter.

„Können Sie sich an den Abend des Unfalls erinnern?"
Einmal zwinkern.
„Sie wissen, dass Sie auf dem letzten Stück Ihres Nachhauseweges von einem Fahrzeug angefahren wurden?"
Einmal zwinkern.
„Konnten Sie den Fahrer erkennen, der in dem Kraftfahrzeug saß?"
Zweimal zwinkern.
„Können Sie mir sagen, um was für ein Auto es sich gehandelt hat? Welche Marke? Welche Farbe?"
Einmal zwinkern.
„Das ist sehr gut, wie sie das machen. Versuchen wir zuerst die Farbe? War es hell?"
Einmal zwinkern.
„Sehr gut. Ihre Freundin sagte, es könne weiß gewesen sein. Sehen Sie das auch so?"
Einmal zwinkern.
„Gut. Nun zu dem Hersteller. Kannten Sie die Marke?"
Einmal zwinkern.
„Toll, Sie machen es wirklich ganz toll. War es ein BMW oder Seat?"
Zweimal zwinkern.
„War es ein Citroën oder Peugeot?"
Zweimal zwinkern.
„War es ein Renault?"
Einmal zwinkern.
„Ich bin beeindruckt. Vielleicht können Sie auch noch den Typ bestimmen. War es vielleicht ein Modus?"
Zweimal zwinkern.
„Dann vielleicht ein Clio?"
Wieder zweimal zwinkern.

„Dann vielleicht ein Megan?"
Die Patientin zwinkert einmal und verzieht die Mundwinkel etwas, Sie versucht zu lächeln. Pepe drückt Simones Hand und gratuliert ihr.
„Sie fahren wohl auch einen solchen Wagen in Deutschland?"
Erneut zwinkert die junge Frau einmal.
„Konnten Sie das Nummernschild erkennen?"
Es folgen zwei langsame Augenaufschläge, die das Bedauern ausdrücken sollen.
„Ich bin sehr stolz auf Sie. Sie haben uns wirklich sehr geholfen. Für heute lasse ich Sie alleine. Gute Besserung. Ich besuche Sie bald wieder. Auf bald."
Simone zwinkernd, diesmal aber nur mit einem Auge!
Pepe fährt zurück nach Chiclana.
Das Telefon klingelt. Juana auf dem Kommissariat nimmt das Gespräch entgegen. Sie kennen sich, Juana und Pepe. Der Kollege informiert sie über den schon einige Tage zurückliegenden, nächtlichen Unfall mit Fahrerflucht.
„Das Unfallopfer ist eine Touristin aus Deutschland. Sie war mit der Freundin auf dem Weg zurück in ihr Hotel, als sie von dem Fahrzeug erfasst wurde. Sie ist sehr schwer verletzt. Mehrere Operationen hat sie schon hinter sich bringen müssen. Zum Glück konnte sie sich an Marke und Farbe erinnern. Sie ist wirklich sehr beeindruckend, solche Zeugen sollte man immer haben. Aufgrund der Zusammenhänge ist mein Chef der Meinung, es ist ein Fall für Euch! Ich lasse dir die Unterlagen zukommen. Hoffentlich habt ihr Freiraum? Wie geht es übrigens Pedro?"

Juana berichtet über den letzten Fall, der schnell zu einem Abschluss kam. Gemeinsam plaudern die Polizisten, bis sich die Tür öffnet und ihr Kollege Pedro das Büro betritt.
„Gibt es Neuigkeiten? Oder war es dein Freund?"
„Nein. Wir haben einen neuen Fall bekommen. Die Kollegen der Guardia Civil bringen die Unterlagen rüber. Fahrerflucht mit Personenschaden. Eine junge Deutsche. Urlauberin. Pepe, ich soll dich von ihm grüßen, hat schon gut vorgearbeitet. Anscheinend ist das Tatfahrzeug bekannt. Warten wir die Akte ab."
Eine knappe Stunde später sitzt Juana an ihrem Schreibtisch und ist ganz in die Akte ihres neuen Falles vertieft.
Sie denkt: Die Aussage des Kollege war ja sehr euphorisch. Man kann nun wirklich nicht behaupten, dass das Fahrzeug bekannt ist.
„Pedro, wir wissen, dass es sich um einen Renault Megan der Farbe Weiß handelt. Kein Kennzeichen, keine Angaben zum Fahrer."
Sie schaut lächelnd zu Pedro, der mit einem Grinsen erwidert.
„Du weißt, was das heißt?"
Ihr Kollege setzt sich an seinen Schreibtisch, aktiviert mit einem Klick seinen Computer, nickt und antwortet:
„Viel Arbeit. Besonders viel Arbeit für mich. Ich fordere eine Liste mit allen zugelassenen weißen Renault Megan an. Dann sehen wir weiter."
Bereits am nächsten Morgen liegt den Kommissaren die Liste der im Bezirk Cádiz zugelassenen Renaults vor. Weiße Megan scheinen zu Zeit sehr in Mode zu sein, die Aufstellung umfasst einige Seiten. Pedro lässt den Kopf hängen

und bemerkt, eigentlich nur für sich bestimmt: Das fängt ja gut an!

„Wie meinst du das?", will Juana sofort von ihrem Kollegen wissen, während sie gerade das gemeinsame Büro betritt.

„Schau dir bloß mal die Liste an! Das bedeutet mindestens, wenn nicht noch mehr Arbeit! Ich will ja nicht mosern, aber schnell ist die Liste bestimmt nicht abgearbeitet."

„Wir fangen erst mal an, dann sehen wir weiter!"

Juana schlägt vor, die Fahrzeughalter zuerst nach dem Wohnort zu unterteilen.

„Wir sollten mit der Überprüfung der Fahrzeuge beginnen, deren Halter in Chiclana gemeldet sind. Danach arbeiten wir uns langsam vor, San Fernando, Puerto Real, aber auch Conil, und so weiter."

Es dauert Stunden bis Juana das erste Mal wieder von ihrer Arbeit hoch schaut. Zum Glück ist den beiden Ermittlern kein neuer Fall dazwischen gekommen. Auch das Telefon schweigt an diesem Tag.

„Ich habe keinen Namen entdeckt, der besonders hervorsticht. Keinen Bekannten, ich meine keinen Vorbestraften oder Verkehrslümmel! Und bei dir?"

„Auch nicht wirklich, Juana. Ich habe so ein Gefühl, als wenn uns diese Arbeit nicht wirklich weiterbringt."

„Wir sollten noch einige Dinge gleichzeitig veranlassen. Der Wagen muss ja einen erheblichen Schaden haben. Die Kollegen könnten schon mal einige bekannte Werkstätten anrufen, um sich nach einem weißen Unfallfahrzeug der Marke Renault Megan zu erkundigen. Das veranlasse ich."

Kaum hat Juana ausgesprochen, ist sie auch schon aus dem Büro verschwunden. Pedro nutzt die Stille für einige private Gedanken, er schaltet ab und überlegt sich, wie er

es anstellen kann, dass seine Kollegin am heutigen Abend mit ihm ausgeht. Er muss schon eine gute Idee haben, denn so einfach lässt sich Juana nicht einladen. Den Blick in den Himmel gerichtet, erschrickt Pedro als sich plötzlich die Tür öffnet und seine Chefin eintritt.
„Ich habe dich wohl gerade beim Träumen erwischt. War er denn schön?"
„Wieso er? Ich träume doch von keinem Mann! Ich träume doch nur von dir. Das weißt du doch."
„Lass den Unfug. Gibt es etwas Neues?", lenkt Juana ab.
„Ich habe drei Männer gefunden, die in Chiclana wohnen. Sie sind noch relativ jung, für mich also eher verdächtig als andere Halter, die bereits weit über sechzig Jahre alt sind. Vorbestraft ist keiner von ihnen. Aber ich werde mich damit befassen."
„Vielleicht sollten wir direkt hinfahren, um uns die Autos anzusehen. Ach, ich habe aus dem Krankenhaus einen Anruf erhalten. Simone Welkes Zustand ist unverändert. Sie ist weiterhin transportunfähig. Vermutlich wird sie ihren ursprünglich gebuchten Rückflug nach Hamburg nicht wahrnehmen können. Das tut mir wirklich leid. Ich hoffe, wir finden diesen Irren bald!"
Tatsächlich fahren Juana und Pedro gemeinsam die Adressen der verdächtigen Renault Halter in Chiclana ab. Die erste Adresse gehört zu einer kleinen Venta im Zentrum Chiclanas. Der Chef hat für die Tatzeit ein schnell überprüfbares Alibi. Er ist in seiner Bar gewesen, hinter dem Tresen, zusammen mit einem Angestellten, der die Aussage bestätigt. Die zweite Adresse führt sie an den Rand Chiclanas, in ein Viertel, in dem Einzelhäuser stehen. Der Wagen wird von der Ehefrau gefahren. Sie bringt damit

die Kinder in die Schule und zum Sport. In der Nacht war sie zu Hause. Das Fahrzeug, das vor dem Haus steht, zeigt keinerlei Beschädigungen auf. Auch bei der dritten Adresse haben die Ermittler keinen Erfolg. Der Fahrer ist Lehrer an der Theaterschule und war um die Zeit längst im Bett. Seine Frau bestätigt die Aussage. Bereitwillig öffnet der Lehrer seine Garage und die Beamten können sich von der Unversehrtheit des Renault Megan überzeugen.

„Wir müssen weiter machen Pedro. Das waren die ersten Autos die ausscheiden. Wir dürfen nicht schlapp machen. Ich habe immer die Hoffnung, dass Kommissar Zufall wieder zu Hilfe kommt. Wie schon so oft!"

Pedro versucht nun die Einladung für den Abend zu formulieren.

„Juana, sag mal, hast du heute Abend eigentlich schon etwas vor?"

„Ja."

Die Antwort ist kurz. Zu kurz. Pedro traut sich fast nicht, nachzufassen.

„Wie schön für dich. Schade für mich. Ich hätte da sonst eine Idee."

„Was für eine Idee? Wollen wir weitere Autos untersuchen?", frotzelt Juana, die natürlich längst weiß was ihr Kollege für eine Absicht verfolgt.

„Ist doch egal. Du hast ja schon etwas vor."

„Es wundert mich, dass du gar nicht wissen willst, was ich heute Abend vorhabe? Sonst löcherst du mich doch auch immer."

Pedro schaut fragend zu seiner Chefin. Er denkt: Die Frauen kann man einfach nicht verstehen. Mal so, mal so.

„Gut. Wenn du es so willst. Was hast du denn eigentlich vor? Aber antworte nun bloß nicht, dass es mich nichts angeht!"

„Pedro! Ich bin zum Essen verabredet. Mit einem sehr netten Mann. Du kennst ihn - sehr gut sogar."

Pedro zieht die Stirn kraus, er überlegt, kommt aber nicht drauf.

„Na und? Wer ist es denn", fragt er nach.

„Pedro, weißt du, der Mann versucht schon so lange mit mir auszugehen. Deshalb habe ich mir gedacht, ich gebe nach und gehe mit ihm aus. Nichts Großes. Nur einfach etwas Klönen und eine Kleinigkeit essen. Wie findest du das?"

„Du musst nicht mich fragen. Besser du fragst den Kerl, der dieses Glück hat", kontert Pedro, der jetzt schon etwas sauer wird.

„Wo könnte man denn da mal hingehen? Hättest du nicht eine Idee? Du kennst dich doch mit solchen Dingen aus?"

„Ich glaube kaum, dass es eine gute Idee ist, wenn ich euch einen Vorschlag mache. Er wird das Lokal sicherlich für dich aussuchen wollen."

„Pedro, wenn du, nur mal angenommen, dieser Mann wärst. Wo würdest du mich denn hinführen?"

„Ich glaube nach Cádiz, an die Promenade. Einen Korb mit Leckereien gepackt. Dazu eine schöne Flasche Roten. Eine Decke, damit man nicht im Sand sitzen muss. Das stelle ich mir total romantisch vor."

Juana erwidert nichts. Sie steigen aus dem Auto aus und gehen langsam in das Gebäude und zu ihrem gemeinsamen Büro. Erst nachdem beide am Schreibtisch sitzen, entgegnet sie:

„Um wie viel Uhr?"
Pedro fragt nach, er hat die Frage nicht verstanden.
„Wann? Wann wir nach Cádiz fahren?"
Pedro hat es immer noch nicht verstanden. Er fragt schon etwas gereizt nach:
„Wieso, was willst du in Cádiz?"
„Du wolltest doch nach Cádiz. Mit einem Picknick-Korb. Du wolltest doch mit mir zum Essen an den Strand. Nun frage ich dich? Wann? Um welche Uhrzeit wollen wir los?"
Beide lachen jetzt herzlich. Pedro kann es kaum fassen. Seine Kollegin hat ihn ganz schön an der Nase herumgeführt. Aber er ist total glücklich. Etwas früher als üblich verlässt er daher das Büro. Immerhin muss er noch einkaufen und das romantische Treffen vorbereiten.
Mit einem frisch gewaschenen Auto holt Pedro seine Kollegin gegen neun Uhr ab. Die Fahrt nach Cádiz geht schnell, es sind heute kaum Autos auf der Strecke. Erfreulicherweise findet Pedro auch noch einen Parkplatz, direkt an der Promenade.
„Es ist aber auch ein wirklicher Glückstag. Hier habe ich noch nie so schnell einen Stellplatz für mein Auto gefunden", berichtet er seiner Juana. Sie gehen gemeinsam zum Strand und Pedro breitet die mitgebrachte Decke im Sand aus. Danach kehrt er erneut zum Auto zurück, das in Sichtweite parkt. Aus dem Kofferraum zaubert er einen Korb und eine Plastiktüte.
„Du hast dir aber wirklich etwas einfallen lassen!", bemerkt Juana.
„Ich habe mich auch sehr gefreut, dass du endlich mal wieder eine Einladung angenommen hast. Wir sollten es viel öfter tun, ich meine, essen gehen!"

Käse, Schinken, Paprika in Scheiben, Brot und andere Tapas werden aus dem Korb gezaubert. Dann noch Gläser und gelbe Servietten, die rote Herzen schmücken. Aus der Tüte holt Pedro eine Flasche Rotwein, die in eine Kühlmanschette gewickelt ist. Es sieht einfach köstlich aus. Juana ist sichtlich gerührt. So viel Energie hatte sie nicht erwartet. Pedro erhebt das gefüllte Glas und wünscht Juana einen schönen Abend an seiner Seite! Wenige Menschen finden den Weg an den Strand, die beiden haben Glück. Als es etwas später doch kühler wird, beschließen die Kommissare ihr Picknick abzubrechen und nach Chiclana zurückzufahren. Auf dem letzten Teilstück hält Pedro an und schlägt seiner Kollegin vor, in einer Bar einen letzten gemeinsamen Drink als Abschluss dieses Abends zu nehmen. Es ist eine kleine Bar in Novo Sancti Petri, die Pedro ausgesucht hat. Sicherlich nicht ganz zufällig, denn es ist hier sehr romantisch. Seitdem Juanas Freund Ramon wegen einer besondere Aufgabe Chiclana verlassen hat - das Ziel und den Grund hat er seiner Freundin nicht verraten - hatte sie sich nicht mehr getraut, mit ihrem Kollegen auszugehen. Heute endlich hat Pedro eine Chance erhalten, so sieht er es jedenfalls. Es bleibt aber bei einem Cocktail, dann bringt Pedro seine Kollegin bis an die Haustür. Hier aber beendet Juana den netten Abend mit den Worten:

„Vielen Dank, Pedro. Es war ein wunderschöner Abend. Du hast dir wirklich sehr viel Mühe gegeben. Aber jetzt gehe ich alleine nach oben. Wir sehen uns morgen. Vielen Dank und schlafe schön!"

Sie drückt ihrem Kollegen einen freundschaftlichen Kuss auf die Wange. Dann verschwindet sie im Hauseingang.

Pedro bleibt vor der zufallenden Tür stehen. Er ist wie immer etwas enttäuscht.

Kapitel 17 * in Chiclana

Der Wecker am nächsten Morgen klingelt, wenn es nach Juanas Kopf ginge, schon etwas zu früh. Sie hätte gerne noch ein bisschen in den Kissen gekuschelt, aber die Pflicht ruft. So arbeitet Pedro längst als seine Chefin im Büro erscheint.
„Einen wunderschönen guten Morgen, liebe Juana!", begrüßt er sie huldvoll.
„Ich wünsche dir auch einen schönen Tag, der Morgen könnte für mich etwas besser sein. Ich habe gestern wohl etwas zu viel getrunken."
Beide lächeln sich an, man versucht über gemeinsame Ausflüge möglich nicht im Kommissariat zu sprechen. Alles müssen die Kollegen auch nicht wissen, hört man Juana immer wieder sagen.
„Ich bin hier auf einen Verdächtigen getroffen. Er ist vorbestraft wegen zu schnellen Fahrens. Dabei ist es auch schon zu Unfällen mit Personenschäden gekommen. Er wohnt in El Colorado. Wir sollten hinfahren", berichtet Pedro.
„Ist es eines aus der Liste mit den weißen Autos?", fragt Juana nach.
Pedro nickt. Gemeinsam beschließen sie, den Kandidaten unangemeldet aufzusuchen. Die Fahrt dauert nicht lange, El Colorado ist nur wenige Autominuten weit entfernt. Die Anschrift: ein altes und unscheinbares Haus, das dringend eine Renovierung nötig hätte. Auf mehrmaliges Klingeln

wird endlich die Tür geöffnet. Juana und Pedro weisen sich aus und bitten ins Haus kommen zu dürfen.

„Was wollen sie von mir?", tönt es aus dem Gesicht des Gegenübers.

Er ist kaum zu erkennen, der Bart bedeckt einen überwiegenden Teil des Gesichtes. Außerdem riecht nicht nur er etwas sonderbar, sondern auch die Wohnung

„Sie haben einen weißen Renault Megan?", beginnt Pedro mit der Befragung.

„Ja. Warum wollen Sie das wissen?"

Ohne auch nur eine Reaktion zu zeigen, fragt Pedro weiter.

„Können wir den Wagen mal sehen? Wo steht er?"

Der Mann, sein Name ist Fernando, antwortet nicht. Pedro hakt nach, etwas aggressiver, damit sein Gegenüber ihn auch bemerkt.

„Hallo! Ich habe Sie gefragt, wo Ihr Wagen parkt?"

Fernando schaut auf den Boden. Er murmelt etwas Unverständliches. Pedro wird wütend. So kennt Juana ihren Kollegen gar nicht. Daher greift sie ein, ohne Pedro zurechtzuweisen.

„Haben Sie meinen Kollegen nicht verstanden? Antworten Sie, aber laut und deutlich, damit wir Sie verstehen können. Wo ist Ihr Renault Megan?"

„Ich weiß es nicht!", kommt leise als Antwort.

„Was soll das heißen? Sie wissen nicht wo ihr Auto ist? Ist es gestohlen?"

„Nein. Nein, mein Kumpel hat sich den Wagen ausgeliehen. Ich weiß nicht, wo er ist."

„Sie wissen nicht, wo der Wagen ist? Oder Sie wissen nicht, wo Ihr Kumpel ist?"

„Ja. Also, ich weiß weder wo mein Kumpel ist, noch wo er meinen Wagen hat."
„Wie heißt der Kumpel? Wo wohnt er?"
„Paco. Er wohnt in Chiclana. Wo, weiß ich auch nicht."
Jetzt reicht es den beiden Ermittlern. Juana geht einen Schritt zurück, vielleicht auch wegen des Geruches. Dann holt sie tief Luft, Fernando sieht es, das ist wohl auch ihre Absicht gewesen.
„Sie sagen uns jetzt auf der Stelle die Wahrheit. Sonst nehmen wir Sie fest. Wegen Behinderung der Ermittlungsarbeiten. Überlegen Sie schnell was Sie wollen."
„Ich weiß es wirklich nicht. Paco hat den Wagen schon über eine Woche. Er hat sich hier nicht mehr sehen lassen. Und ich kenne seine Adresse wirklich nicht. Vielleicht hat er auch keine Adresse."
„Möchten Sie Anzeige erstatten? Möchten Sie Ihren Wagen als gestohlen melden?"
„Ich glaube, es ist besser. Ich möchte mit der Polizei keinen Ärger haben! Das kann ich mir nicht leisten!"
Juana erklärt dem Mann, er müsse die Anzeige auf der Dienststelle in Chiclana aufgeben. Da den beiden Kommissaren die Personalien des Befragten bekannt sind, verlassen sie Fernando, jedoch nicht ohne ihn eindringlich darauf hinzuweisen, dass er diesen Paco unbedingt anzeigen muss, da er sonst Probleme wegen des verschwundenen Fahrzeugs bekommen würde.
Auf der Fahrt zurück ins Kommissariat, Pedro fährt, wie immer wenn die beiden zusammen unterwegs sind, scheint Juana in Gedanken versunken zu sein. Pedro nimmt sich ein Herz und spricht seine Kollegin an.

„Kann es sein, dass du an den letzten Abend denkst? Vielleicht an ein wunderschönes Picknick?"
Juana reagiert nicht. Pedro versucht seine Kollegin zu wecken, indem er sie zärtlich am Arm berührt. Sie schaut zu ihm und Pedro kann deutlich erkennen, dass sie mit ihren Gedanken ganz woanders ist.
„Kann ich dir helfen? Du hast doch etwas?", fragt Pedro seine Chefin.
Juana schüttelt den Kopf. Sie scheint sich zu konzentrieren, einen Moment.
„Ich muss immer an gestern denken. An die kleine Bar in Novo Sancti Petri."
„Es war wirklich nett dort. Noch dazu mit dir als Begleitung!"
„Nein Pedro. Das meine ich nicht. An der Bar - du konntest es nicht sehen - saß ein junger Mann."
Pedro ist erschrocken. Er unterbricht Juana sofort.
„Das ist nicht dein Ernst! Ich lade dich ein, gehe mit dir in diese kleine Bar. Und was machst du? Du schaust dir fremde Männer an!"
„Pedro! Bitte lass diesen Quatsch. Ich kannte den Mann. Aber ich weiß nicht, wo ich ihn unterbringen soll. Ich habe schon in der Nacht und heute Morgen darüber nachgedacht. Du kennst es doch auch, es macht einen ganz kirre, immer wieder denke ich an den Kerl!"
Pedro ist etwas erleichtert. Das Auto hält vor dem Kommissariat.
Es befinden sich noch weitere Fahrzeuge der Marke Renault Megan auf der Liste, die es abzuarbeiten gibt. Die stupiden Büroarbeiten werden durch einen Anruf unterbrochen. Der behandelnde Arzt aus der Klinik berichtet über

den Gesundheitszustand der jungen Deutschen. Sie wird bis auf weiteres nicht transportfähig sein. Dieser Anruf verleiht Juana wieder neuen Elan, sie denkt, dass man diesem verantwortungslosen Raser unbedingt fassen muss.

„Ich habe hier einen Megan, der Halter ist in Conil gemeldet. Aber ich kann ihn telefonisch nicht erreichen. Sonderbar."

Juana versteht ihren Kollegen nicht sofort.

„Na, kann doch sein. Der Mensch muss ja nicht den ganzen Tag auf deinen Anruf warten. Noch dazu, wenn er nicht einmal wissen kann, dass du anrufen wirst."

„Juana! Du hast mich nicht verstanden. Die Nummer, die zu der Adresse gehört, passt nicht zu dem Halter des Fahrzeuges. Es meldet sich dort ein Señor Ruiz Calderon. Der Wagen ist aber auf Señor Manuel Filippo zugelassen. Nun kommst du."

„Kann es nicht sein, dass die beiden sich kennen. Es soll doch vorkommen, dass zwei Männer eine Wohnung teilen. Vielleicht hast du auch schon mal davon gehört?"

„Juana, klar. Aber dieser Ruiz kennt den Halter des Megan nicht. Der Name sagt ihn nichts."

„Überprüfe doch mal, ob der Manuel vielleicht früher mal dort gewohnt hat. Vielleicht hat er vergessen sich umzumelden."

„Tolle Idee. Habe ich aber auch schon gemacht. Ohne Erfolg. Señor Calderon ist Eigentümer dieser Wohnung. Er wohnt dort schon ewig. Weiter Vorschläge?"

„Hast du denn schon mal überprüft, wo dieser Manuel überhaupt gemeldet ist?"

„Sehr gut! Aber er ist überhaupt nirgends gemeldet! Eigentlich sollte es ihn überhaupt nicht geben. Jedenfalls nicht in Spanien."
„Pedro. Es kann aber nicht sein, wenn ein Auto auf ihn zugelassen ist, muss es ihn geben. Frag nach, ob er ins Ausland verzogen ist. Vielleicht hat es bei der Abmeldung einen Fehler gegeben. Kann doch sein."
Pedro, der einen solchen Sachverhalt noch nie erlebt hat, ist relativ genervt. Er murmelt vor sich hin. Man hört ihn immer wieder sagen: kann nicht sein, gibt es doch nicht, was das wohl soll. Juana erwidert darauf nichts, es ist besser, man lässt Pedro in Ruhe arbeiten.
Juana denkt über diese sonderbare Recherche allerdings auch immer wieder nach. Aber die Ermittlungsarbeit kann die Gedanken, die sie sich über den jungen Mann in der Bar des gestrigen Abends macht, nicht verdrängen.
Tatsächlich melden die Kollegen der Guardia Civil am Nachmittag, dass ein Renault Megan als gestohlen gemeldet wurde. Der Halter ist, wie erwartet, Fernando aus El Colorado.

Kapitel 18 * in Chiclana

Drei Tage sind vergangen. Juana und Pedro haben unzählige Besitzer eines weißen Renault Megan überprüft. Keiner der Halter kommt für den Unfall in Frage. Die beiden Kommissare sind mit ihren Ermittlungen fast am Ende, da meldet ein Einsatzwagen der Guardia Civil, der als gestohlen gemeldete Wagen des Fernando aus El Colorado sei in einer Garage in der Innenstadt aufgefunden worden. Juana und Pedro machen sich sofort auf den Weg. Der Wagen wurde vor über einer Woche im Parkhaus in der Innenstadt, gleich gegenüber dem neu erbauten Justizgebäude abgestellt. Nun kommt es schon mal vor, bestätigt der Parkwächter, dass ein Auto nicht sofort abgeholt wird. Da das Parkhaus auch Tarife für „Dauerparker" anbietet, ist es auch nicht aufgefallen. Ein Kollege der Guardia Civil, der in seiner Freizeit hier geparkt hatte, war rein zufällig auf den Wagen aufmerksam geworden, der einen Schaden an der Motorhaube hatte.

Juana und Pedro betrachten das Fahrzeug, der rechte Kotflügel ist genauso beschädigt, wie die Motorhaube.

„Wir müssen die Spurensicherung informieren. Vielleicht finden die Kollegen noch Hautpartikel oder Blutspuren. Ich rufe sofort an."

Bis zu ihrem Eintreffen bleiben die Ermittler am Fahrzeug. Sie wollen sicherstellen, dass das Auto nicht abgeholt wird. Nach dem Eintreffen der Kriminaltechnik fahren die Kommissare aufs Kommissariat zurück.

Einige Stunden später liegt dann endlich der Bericht der Untersuchung vor. Juana berichtet ihrem Kollegen Pedro.

„Es wurden jede Menge Fingerabdrücke im Wageninneren gefunden. Hier steht, der Fahrer hatte auf keinen Fall die Absicht, seine Identität zu verbergen. Auf der Motorhaube hat man Spuren von Fasern gefunden. Jedoch kein Blut. Der Schaden an dem Kotflügel soll älter sein, als der Schaden auf der Motorhaube. Das würde aber bedeuten, dass mit diesem Auto auf keinen Fall der Unfall verursacht worden sein kann."

„Haben die Kollegen zu den Faserspuren etwas Näheres geschrieben?", fragt Pedro nach.

„Ja. Es soll eine Baumwollfaser sein. Rot. Vermutlich ein Shirt oder Hemd. Außerdem steht hier, der Schaden kann unter normalen Umständen nicht von einer Person verursacht worden sein. Sie meinen, es müsse sich eher um einen langen Gegenstand gehandelt haben. Vielleicht eine Stange, die von vorne über die Motorhaube gezogen wurde. Ich verstehe es nicht, aber es ist jetzt auch egal. Der Wagen kommt nicht für uns in Betracht. Darum kann sich die Guardia kümmern."

Juana und Pedro sitzen zusammengesunken an ihren Schreibtischen. Dieser Fall macht den Ermittlern wirklich zu schaffen. Die junge Deutsche liegt noch immer im Krankenhaus. Sie wird bleibende Schäden beibehalten, nur weil dieser Autofahrer mit erhöhter Geschwindigkeit durch die Nacht gefahren ist, ohne Rücksicht auf Fußgänger zu nehmen. Auch in Spanien werden die Autofahrer immer rücksichtsloser, immer mehr Unfälle passieren, bei denen erhebliche Personenschäden zu verzeichnen sind.

„Was ist uns jetzt von der ganzen Arbeit geblieben? Einen Wagen haben wir in die engere Wahl unserer Ermittlungen gestellt. Aber es hat sich soeben herauskristallisiert, er kommt nicht in Frage. Nun sind wir wieder bei null", reflektiert Juana.

Pedro stimmt ihr zu. Hat aber auch keine andere Idee mehr. Wie so oft, klingelt das Telefon und unterbricht den tristen Arbeitstag der beiden Kommissare.

Ein Mitarbeiter der Guardia Civil ist am anderen Ende der Leitung. Juana nimmt die Informationen entgegen und bedankt sich abschließend bei dem Gesprächsteilnehmer. Pedro schaut sie fragend an. Er möchte immer genau wissen, was Juana am Telefon erfahren hat.

„Der Kollege meldet, erst heute wäre man, mehr zufällig als gewollt, auf einen als gestohlen gemeldeten weißen Renault Megan gestoßen."
„Wie zufällig gestoßen? Wurde der Wagen gefunden?", fragt Pedro nach.
„Nein. Der Wagen ist schon länger als gestohlen gemeldet. Aber sie haben es nicht mit unserem Fall in Verbindung gebracht, weil das Fahrzeug keine Cádizer Zulassung hat. Der Wagen ist in Madrid zugelassen. Ein Kollege stieß auf die Meldung, als er den heute gefundenen Wagen aus der Fahndungsliste streichen wollte. Nun kommt das Besondere an dieser Sache: der Wagen gehört einer Mietwagenfirma!"
Pedro kann nicht folgen, daher fragt er nach:
„Was ist denn daran so besonders? Es gibt viele Autos, die Mietwagenfirmen gehören. Das ist doch normal."
„Pedro. Wir haben nicht daran gedacht, dass es sich bei dem Tatfahrzeug um einen Leihwagen handeln könnte. Ich glaube, ich werde zu alt für diesen Job!"
Pedro lacht laut los. Er steht auf und nimmt seine Kollegin in die Arme, natürlich genau in dem Moment, als sich die Tür des gemeinsamen Büros öffnet.
„Oh, Entschuldigung!"
„Komm doch rein. Es ist nicht das, was du denkst!", erwidert Juana ihrem Kollegen, der die Akte des Renault Megan bringt.
„Ich lege euch die Akte auf den Tisch, lasst euch nicht stören. Ich bin schon wieder verschwunden", sagt er und verlässt das Büro.
Darüber ist Juana nun nicht besonders glücklich. Sie schüttelt Pedros Arme ab und geht ans Fenster.

„Was nun wohl wieder geredet wird? Ich habe schon so oft gesagt, du sollst solche Sachen lassen. Es gibt nur dummes Gerede. Pass bloß auf, bald wirst du in eine andere Abteilung versetzt."
Das wollte Pedro nun überhaupt nicht hören. Seine Arbeitskraft gehört Juana, nicht in eine andere Abteilung. Dann kann ich mich ja gleich nach Cádiz versetzten lassen, hört Juana ihn sagen. Cádiz deshalb, weil dort sein Freund bei der Policia National arbeitet.
„Was wissen wir über den gestohlenen Megan?", unterbricht Pedro die Stille in dem Büro.
Juana nimmt die Akte zur Hand und beginnt darin zu blättern.
„Der Wagen ist schon einige Tage als gestohlen gemeldet. Und zwar genau zwei Tage vor dem Unfall unserer deutscher Touristin. Die Anzeige ist in Tarifa aufgeben worden. Ursprünglich wurde das Fahrzeug in Madrid angemietet."
„Wir haben, das fällt mir jetzt ein, auch keinerlei Informationen über Reparaturen von irgendwelchen Werkstätten erhalten. Hat denn in dieser letzten Zeit keine Werkstatt einen weißen Renault Megan repariert? Was wissen wir denn sonst über den Wagen aus Madrid?"
„Nicht viel. Der Wagen wurde für drei Wochen angemietet. Nun hat der Kunde einen Ersatzwagen bekommen. Der Fahrer ist ein Tourist aus Deutschland. Er heißt Walter Halber, kommt aus Nürnberg. Wir sollten ihn überprüfen."
„Ich kümmere mich darum. Ich werde mal sehen, wo dieser Walter wohnt", sagt Pedro.
Ein Anruf bei der Mietwagenfirma in Madrid bringt Klarheit in die Sache. Der deutsche Urlauber hat ein Apartment in Chiclana, in La Barrosa angemietet.

„Wir sollten hinfahren. Ich möchte diesen Walter Halber gerne befragen", erklärt Juana ihrem Kollegen.

Das Apartmenthaus befindet sich etwas abseits der großen Hotels in der Calle del Delfin. Juana und Pedro parken ihren Wagen und gehen langsam auf das Haus zu. Es scheinen nur wenige Apartments bewohnt zu sein, da die meisten Fensterläden verschlossen sind. Die Wohnungen sind schachtelartig in dem kleinen Gebäude verteilt. Jeweils zwei nebeneinander haben eine gemeinsame Treppe nach oben. Die unteren Domizile kann man direkt durch die Wohnungstür betreten. Zur Straße ist nur ein einiges Apartment bewohnt. Hier soll sich der deutsche Urlauber aufhalten, sollte er nicht unterwegs sein. Juana klopft an der Haustür.

Von drinnen klingen Geräusche nach außen. Anscheinend ist der Deutsche anwesend. Dann klopft Juana ein zweites Mal. Die Tür wird geöffnet. Die Blicken der beiden Personen treffen sich. Juana kann nicht reagieren. Der in der Tür stehende Mann schaut mit aufgerissenen Augen auf die Kommissarin. Pedro, der neben seiner Kollegin wartet, bemerkt die skurrile Situation. Jedoch kann er sie sich nicht erklären. Sekunden, die den Beteiligten wie eine Ewigkeit erscheinen, vergehen.

„Darf ich rein kommen?", stammelt Juana.

Der deutsche Urlauber nickt. Nur einen Schritt geht er zur Seite, so dass Juana an ihm vorbei ins Haus gelangen kann. Pedro folgt ihr, zuletzt betritt Walter Halber das Apartment. Sein Äußeres ist gepflegt und er sehr souverän, obwohl er Freizeitkleidung trägt. Eine helle Leinenhose, dazu ein beigefarbenes T-Shirt und eine Jacke, die er locker über seine Schultern geworfen hat. Sein Haar, kurz, aber

gelockt, blond und glänzend. Seine stechend blauen Augen hat er auf Juana gerichtet. Pedro fühlt eine Spannung, die sich im Apartment ausbreitet. Bisher hat der Deutsche noch nicht ein Wort gesprochen. Und auch Juana hat noch nicht eine Frage gestellt oder gar eine Bemerkung gemacht. Etwa fünfzig Zentimeter trennt die beiden Menschen, die wie hypnotisiert aufeinander wirken.
Pedro bricht das Schweigen.
„Guten Tag, wir sind von der Policia National. Pedro Clares, meine Kollegin Juana Gadi. Und Sie? Können Sie sich bitte ausweisen?"
Wortlos geht der Blonde zu einem Schrank, öffnet eine Schublade und entnimmt ihr eine kleine Ledertasche. Daraus entnimmt er einen Ausweis, den er Pedro reicht. Die Augen sind dabei fast unverändert auf Juana gerichtet.
„Juana möchtest du nicht mit der Befragung beginnen?", sagt Pedro einen Tick zu laut an seine Kollegin gerichtet. Sie erschrickt fast ein wenig, bemerkt dann aber, dass sowohl Pedro wie auch der Deutsche sie erwartungsvoll anschauen.
„Wir sind hier, weil wir uns nach den Umständen ihres als gestohlenen gemeldeten Fahrzeuges erkundigen möchten. Wie kam es dazu?"
„Ich weiß es nicht. Ich habe mein Auto vor dem Haus geparkt, am nächsten Morgen war es weg. So einfach ist es."
„Sie haben den Wagen in Madrid angemietet? Wieso?", fragt Juana nach.
„Ich habe einen Flug von Nürnberg nach Madrid gebucht. Dort habe ich mir einen Leihwagen gemietet und bin ganz langsam über Nebenstraßen nach Chiclana gefahren. Ich

habe mir die Landschaft und die Gegend angesehen. Einen Urlaub der besonderen Art."

„Warum haben Sie das Fahrzeug in Tarifa als gestohlen gemeldet? Warum nicht hier?"

„Ganz einfach. Ich war an dem Morgen, als ich mein Auto vermisst habe, verabredet. Das Ziel des Tages war Tarifa. Wir sind dann mit dem Auto meiner Bekannten gestartet. Auf dem Weg dorthin, haben wir uns überlegt, dass wir den Verlust anzeigen müssen. Also sind wir, als wir am Ziel waren zur Polizei und haben den Diebstahl angezeigt. Vielleicht war es nicht ganz richtig. Aber ich habe mir ehrlich gesagt darüber nicht sonderlich viele Gedanken gemacht."

„Ihre Bekannte, wie Sie sagen, kann diese Aussage sicherlich bestätigen? Wie heißt Sie? Wo ist Sie anzutreffen?" fragt Pedro, der bemerkt, dass seine Kollegin immer noch nicht so arbeitet wie sonst.

„Sicherlich. Ich habe sie am Abend vorher kennen gelernt. Sie arbeitet als Kellnerin im Hotel „La Barrosa Park". Können Sie mir vielleicht erklären, warum Sie das alles wissen wollen?"

Pedro erklärt dem Deutschen, dass sie sich für den gestohlenen Renault Megan interessieren.

„Ein Fahrzeug dieser Marke und Farbe steht im Zusammenhang mit einem Unfall mit Personenschaden und Fahrerflucht. Es wäre gut für Sie, wenn sie die Wahrheit sagen würden."

„Ich habe keinen Grund, nicht die Wahrheit zu sagen. Außerdem kann ich nichts dafür, dass mir mein Auto gestohlen wurde. Haben Sie das Fahrzeug denn schon gefunden?"

Juana antwortet schnell, damit ihr Pedro nicht zuvor kommt.
„Nein, wir haben Ihren Wagen noch nicht gefunden. Aber das spielt ja für Sie auch keine Rolle. Wie lange beabsichtigen Sie noch in Spanien zu bleiben?"
Der Fremde aus Deutschland schaut Juana tief in die Augen, dann antwortet er:
„Das hängt von vielen Dingen ab. Einige Wochen sicherlich noch. Vielleicht bleibe ich aber für länger - mal sehen!"
„Können wir Sie telefonisch erreichen? Haben Sie ein Mobil?" will Juana von dem Deutschen wissen.
„Ich gebe Ihnen gerne meine Telefonnummer. Es ist eine spanische Nummer, nur damit sie sich nicht wundern. Wenn man, so wie ich, länger hier verweilt, lohnt es sich, eine spanische Nummer zu kaufen."
Der Urlauber mit den hellblauen Augen reicht Juana eine Visitenkarte, auf der handschriftlich eine Telefonnummer nachgetragen wurde.
„Und Ihre Telefonnummer? Es könnte doch sein, dass mir noch etwas einfällt. Wie kann ich Sie dann erreichen?"
Langsam greift Juana in die Innenseite ihre Jacke und reicht ihrem Gegenüber eine Karte, auf der neben dem Polizeiemblem und ihrem Namen auch die Mobiltelefonnummer und die Nummer des Festnetzanschlusses aus dem Kommissariat verzeichnet sind. Ohne auch nur den Blick zu verändern, reicht Juana die Karte an Walter Halber.
„Rufen Sie mich an, wenn Ihnen noch etwas einfällt!", bemerkt Juana, während sie langsam das Apartment wieder verlässt.

Beinahe hätte sie dabei Pedro umgerannt, der sprachlos hinter seiner Kollegin gestanden hatte. Wortlos wendet sich Pedro ab und geht zum Auto, öffnet die Tür und steigt ein. Juana folgt ihm und steigt ebenso schweigend in das Dienstfahrzeug ein. Auf der nun folgenden Fahrt ins Kommissariat sprechen die beiden nicht ein Wort miteinander.

Im Büro angekommen setzt sich Juana still an ihrem Schreibtisch und blättert in alten Unterlagen, die rein zufällig liegen geblieben sind.

„Juana, kannst du mir bitte erklären, was mit dir los ist?", will Pedro wissen.

„Gar nichts. Was soll denn sein?", fragt Juana zurück.

„Du bist total komisch. So habe ich dich noch nie erlebt. Kennst du diesen Walter? Seit Ihr euch schon zuvor einmal begegnet?"

Etwas empört und fast etwas zu schnell erwidert Juana, sie hätte den Deutschen noch nie gesehen. Sie könne die Frage auch gar nicht verstehen, sie sei schließlich wie immer.

„Hat dieser Walter etwas mit dem Mann zu tun, den du neulich in der Bar in Novo Sancti Petri gesehen hast?"

„Nein. Ich habe diesen Walter noch nie zuvor gesehen. Was soll denn die Fragerei? Hast du nichts anderes im Sinn, als mich zu befragen? Hast du eigentlich neue Ergebnisse bezüglich des Renault Megan, der auf diesen angeblichen Unbekannten gemeldet ist? Wie hieß er doch gleich Manuel Irgendwie?"

„Nein. Ich habe keine Ergebnisse. Dieser Manuel ist nicht gemeldet. Nur sein Auto ist zugelassen, mit der Anschrift des Ruiz aus Conil."

„Dann sollten wir uns mal diesen Herren vornehmen. Er wird vermutlich die Unwahrheit sagen. Schnapp dir die Unterlagen, wir fahren los."
Juana nimmt ihre Tasche vom Fußboden hoch und öffnet die Tür des gemeinsamen Büros. Vor der Tür stehen zwei Kolleginnen und schrecken auseinander, nachdem sie Juana entdeckt haben. Sie kichern und gehen einfach weiter. An Pedro gerichtet bemerkt Juana, dass dieses die ersten Reaktionen auf seine Umarmung seien. Weitere würden sicherlich noch folgen.
Die Fahrt nach Conil verläuft ohne Unterhaltung. Einige Male versucht Juana eine Nachricht auf ihrem Mobil abzurufen. Nachdem Pedro sie allerdings dabei beobachtet, steckt sie ihr Telefon wieder zurück in die Jackentasche.
Conil ist wie leergefegt. Außer einigen Joggern, die in Richtung Strand laufen, begegnen sie keiner Menschenseele. Mittagspause.
Vor dem Haus, in dem Señor Calderon eine Eigentumswohnung besitzt, parkt Pedro den Wagen. Die Kommissare verlassen ihn und begeben sich direkt zur Eingangstür des kleinen Mehrfamilienhauses. Am Klingelschild stehen Namen, was nicht unbedingt üblich ist in Spanien. Juana deutet auf das Namensschild des Gesuchten, er wohnt im oberen, im zweiten Stock des Hauses.
Das Treppenhaus ist sehr sauber und gepflegt. Auf jedem Treppenabsatz stehen Blumenkübel. Jede Etage ist in einer anderen Farbe gestrichen, auch die Lackierungen der Wohnungstüren sind der jeweiligen Farbe der Etage angepasst. Vor der Tür zur Wohnung des Ruiz Calderon bleiben die Kommissare still stehen und lauschen. Es ist ganz still, dann klingelt Juana.

Die Tür wird einen schmalen Spalt breit geöffnet. Ein Teil eines Gesichtes erscheint. Dann die Frage nach dem Grund des Klingelns.

Juana erklärt, wer sie ist und zeigt durch den Spalt der Haustür ihren Dienstausweis. Erst danach öffnet der Endsechziger die Haustür komplett.

„Was kann ich für Sie tun?", fragt er freundlich die beiden Kommissare.

„Können wir bitte eintreten? Wir haben einige Fragen an Sie. Vielleicht spricht es sich doch bei Ihnen in der Wohnung besser."

Der Wohnungseigentümer macht einen Schritt zur Seite, Juana und Pedro gelangen in den Flur.

Juana erklärt Ruiz den eigentlichen Grund ihres Besuches. Es muss, so Juanas Argument, einen Grund dafür geben, dass dieser Manuel Filippo hier einmal gemeldet war. Señor Calderon beteuert aber immer wieder, er kenne diesen Manuel nicht.

„Kann es denn sein, dass dieser Mann in den Besitz Ihres Ausweises gekommen ist und sich so, zwar unerlaubt, aber dennoch mit Ihrer Adresse angemeldet hat?"

„Nein. Auf keinen Fall. Wann soll es denn gewesen sein? Wann hat sich dieser Mensch unter meiner Adresse angemeldet?", fragt Ruiz.

Pedro erklärt, es müsse etwa so zwei Jahre her sein. Das genaue Datum könne er jetzt auch nicht mehr feststellen.

Ruiz überlegt einen Moment. Dann bittet er die Kommissare, ihn in den Salon zu begleiten. Er öffnet eine Schublade in seinem Sekretär und holt einen kleinen Ordner heraus.

„Bitte nehmen Sie doch Platz. Einen Moment bitte, ich muss nur mal schnell etwas nachsehen."

Kurze Zeit später reicht Ruiz der Kommissarin einen Bogen Schreibpapier.

„Bitte lesen Sie. Vielleicht hilft Ihnen das ja weiter."

Juana blickt neugierig auf das Schreiben. Es erklärt, dass ein gewisser Joan Enrico gegen Zahlung eines Betrages für die Dauer von 14 Monaten die Wohnung nutzen darf. Juana fragt daraufhin ihr Gegenüber:

„Heißt es, Sie haben Ihre Wohnung an diesen Joan Enrico vermietet?"

„Ja. Ich hatte es fast vergessen. Ich war für einige Monate im Ausland, für meine Firma. Meine Wohnung sollte nicht leer stehen. Eine Bekannte hatte wiederum einen Bekannten, der sich gerade von seinem Freund getrennt hatte und eine Unterkunft suchte. So kam es, dass er für die Zeit meines Auslandsaufenthaltes hier in meiner Wohnung, gegen die Zahlung einer Miete, wohnte. Vielleicht kann Ihnen dieser Joan weiterhelfen?"

Juana und Pedro bedanken sich bei Señor Calderon. Juana notiert sich den Namen und die Adresse, die auf dem Schreiben notiert ist. Danach verlassen sie die Wohnung wieder und machen sich direkt auf den Weg ins Kommissariat.

Pedro, der etwas nach seiner Kollegin das gemeinsame Büro betritt, ist zufällig noch Zeuge, wie Juana sich für den Abend verabredet. Da sie das Telefonat so abrupt beendet, wird Pedro überhaupt erst aufmerksam. Die in Juanas Gesicht aufsteigende Röte bestätigt Pedros Verdacht, dass es sich um ein Rendezvous handeln muss.

„Na, hast du dich verabredet? Wer ist denn der Glückliche?" will Pedro sofort von seiner Chefin wissen.

„Ich?", stammelt Juana. „Ich habe nur mit meiner Freundin gesprochen. Ich weiß gar nicht, was du hast."
„Na dann. Wenn es nur deine Freundin war. Was machen wir jetzt mit der neuen Information, ich meine, wegen der vermieteten Wohnung?"
„Was könnte man wohl mit einer solchen Information machen? Vielleicht an die Presse geben? Oder besser abheften? Man könnte sie auch ignorieren?"
Pedro steht sprachlos vor seiner Kollegin. Er denkt sich, irgendetwas stimmt mit ihr nicht. Sie hat sich seit diesem Besuch bei dem Deutschen total verändert. Achselzuckend nimmt er an seinem Schreibtisch Platz und fährt seinen Computer hoch.
„Ich kümmere mich um den Joan. Danke für die Hinweise Juana."
Pedro erhält ein Kopfschütteln als Antwort.

Kapitel 19 * in Chiclana

Lange ist es her, dass Juana sich zu einer Verabredung mit ungewissem Ausgang eingelassen hat. Es ist kurz vor elf Uhr am Abend. Juana betritt die kleine Bar in Novo Sancti Petri mit einem ganz sonderbaren Gefühl in der Magengegend. Sie geht die wenigen Stufen hinab zum Eingang der Bar geht, muss sich jedoch am Geländer festhalten. Ihre Beine fühlen sich an wie Gummi. Von Innen dringt leise Musik nach außen. Den dicken Knauf der Tür in der Hand verharrt sie einen Moment, bevor sie den Weg hinein findet. An den kleinen Tischen sitzen überwiegend nur Pärchen, die sich tief in die Augen sehen oder gar umarmen. An der Bar entdeckt Juana einige alleinstehende

Personen, meist Männer. Plötzlich bleibt ihr Herz stehen, ihr Blut schnellt in den Kopf. Einer der Gestalten der Bar nähert sich ihr und begrüßt sie mit einem Kuss, zärtlich auf die Wange. Allerdings meint Juana schon einen Unterschied zu erkennen, zwischen den sonst üblichen Begrüßungsküssen und dem Kuss, den sie eben empfangen hat.
„Ich freue mich, dass Sie gekommen sind. Bitte nehmen Sie Platz. Ich habe uns einen Tisch in der Ecke reserviert, dort sind wir ganz ungestört. Kommen Sie."
Der Mann, er fasst sie zärtlich am Arm an, führt sie in die Ecke der Bar. An einem freien Tisch bleibt er stehen und fordert Juana auf, sich zu setzen.
„Was darf ich Ihnen zu trinken bringen lassen? Vielleicht einen Champagner?"
Juana hat noch keinen Laut von sich gegeben. Sie nickt nur. Langsam lässt sie sich auf den Sessel, der ihr vorgezogen wird, nieder. Da es nicht besonders hell ist in der Bar, kann der junge Begleiter zum Glück nicht erkennen, wie ihr die Röte immer mehr ins Gesicht zieht.
„Geht es Ihnen gut? Hatten Sie einen schönen Tag?", fragt er anscheinend interessiert, aber in Wahrheit wohl eher, um die Spannung zu brechen, die sich zwischen ihnen mehr und mehr aufbaut.
Juana muss erst schlucken, um dann leise antworten zu können:
„Ja. Ich hatte einen schönen Tag. Danke."
Der junge Mann fragt weiter. Juana antwortet einsilbig. Das geht eine ganze Weile so, bis eine aufreizende Kellnerin eine Flasche Champagner und zwei ineinander verschlungene Gläser an den Tisch bringt.
„Wau! Was ist denn das?", rutscht es Juana heraus.

Im gleichen Augenblick tut es ihr leid. Sie wollte nicht so reagieren, dennoch ist es geschehen.

„Wieso? Zwei Gläser und eine Flasche Champagner. Nicht mehr. Lassen Sie uns anstoßen und ich hoffe, Sie sind einverstanden? Das *Sie* sollten wir begraben. Ich heiße Walter. Aber, das weißt du ja schon. Ich trinke auf uns!"
Juana hebt das bemerkenswert aussehende Glas und trinkt vorsichtig einen Schluck der kühlen Erfrischung.

„Ich möchte mich bedanken, für die Einladung. Es kam sehr überraschend. Dennoch habe ich mich sehr gefreut. Ich bekomme nicht oft Einladungen von Touristen."

„Ich hoffe, du siehst es nicht so. Ich habe dich gesehen, vor meiner Tür. Ich wusste sofort, du bist es!"
Juana schweigt. Sie kann nichts erwidern. Sie will auch nicht.

Walter versucht weiter, die junge Frau zum Sprechen zu bewegen. Sie scheint total verklemmt zu sein, so sind seine Empfindungen.

„Ich hoffe, ich habe dich nicht erschreckt. Es tut mir leid. Das wollte ich natürlich nicht. Aber ich kann nichts dafür. Ich habe mich sofort in dich verliebt!"

„Stopp. Nicht so schnell. Wir hier in Spanien sagen immer: *tranquillo*. Ich glaube ihr sagt: langsam mit den Flöhen!"
Walter lacht, Juana kann gar nicht verstehen warum.

„Es heißt: langsam mit den Pferden, nicht mit den Flöhen!", erklärt er seinem Gegenüber.

Der Abend verläuft sehr harmonisch, Juana hat versucht nicht mehr als zwei Gläser des edlen Champagners zu trinken, sie will auf jeden Fall einen klaren Kopf behalten.

„Ich möchte ja nicht unhöflich sein. Es gefällt mir hier auch sehr, aber ich muss jetzt nach Hause. Es ist schon nach eins."

„Selbstverständlich. Ich bezahlte rasch an der Bar, dann können wir gehen", erwidert Walter.

Juana ist mit einem Taxi gekommen, der junge Deutsche hat seinen Leihwagen direkt vor der Tür der Bar geparkt.

„Ich bringe dich nach Hause, wohin darf ich fahren?", will er vor der Tür wissen.

Juana winkt ab. Sie ist sich sicher, Walter wird sie am heutigen Abend nicht nach Hause fahren. Besser ist besser.

„Danke, aber ich habe mir schon ein Taxi bestellt. Es wird gleich hier sein. Vielen Dank für den schönen Abend. Ich habe morgen einen schweren Tag, mein Job!", erklärt Juana pflichtbewusst.

Walter Halber schaut enttäuscht. Er hatte sich den Abschluss dieses wirklich netten Abends schon etwas anders vorgestellt.

„Ich kann dich doch eben fahren. Das ist wirklich gar kein Problem für mich", versucht er es erneut.

In dem Augenblick hält ein Taxi direkt neben Juana. Sie verabschiedet sich mit einigen Worten und lässt dann ihren Begleiter stehen. Das Taxi ist schnell aus den Augen des jungen Touristen, der etwas mürrisch zu seinem Fahrzeug geht.

Als Juana das Taxi vor ihrer Haustür verlässt, blickt sie sich vorsichtig noch einmal um, bevor sie aufschließt. Das heranfahrende Fahrzeug, das ohne Licht fährt, bemerkt sie nicht mehr.

Kapitel 20 * in Chiclana

Die Nachricht, dass ein Handy nach mehreren Monaten wieder aktiviert wurde, beeindruckt Pedro am Morgen nicht sonderlich. Die Information hatte er auf seinem PC. Einen Bezug, zu dem Fall des gesuchten Autofahrers und der Fahrerflucht kann er nicht erkennen. Den Ausdruck legt er in den Posteingangskorb auf Juanas Schreibtisch.
Seine Chefin hatte ihm eine Nachricht auf der Mailbox hinterlassen. Vermutlich gerade, als er unter der Dusche stand. Sie sei auf dem Weg ins Krankenhaus um sich nach dem Gesundheitszustand der Deutschen zu erkundigen.
Die ruhige Zeit im Büro nutzt Pedro um Recherchen nach dem Mieter der Wohnung anzustellen, dessen Personalien ihm Señor Ruiz in Conil gegeben hatte.
Kurz nach elf Uhr erscheint Juana im Büro. Sie sieht mitgenommen aus. Pedro verbindet es mit dem Besuch im Krankenhaus.
„Geht es ihr schlecht?", fragt er seine Kollegin.
Die Kommissarin erklärt, die Verletzungen des Unfalls seien erheblich. Ob die junge Frau ganz ohne Folgeschäden aus dieser Sache heraus kommen werde, stünde noch nicht fest.
„Ich bin ganz traurig, wenn ich sie so liegen sehe. Sie kann noch immer nicht richtig sprechen. Sie hängt an zahlreichen Schläuchen. Sie wird künstlich ernährt. Die meiste Zeit des Tages und der Nacht wird sie, so hat mir die Oberschwester erklärt, in ein künstliches Koma versetzt. Es ist besser für sie."
„Wenn man sich vorstellt, man fliegt in den Urlaub nach Spanien um hier einige tolle Tage und Nächte zu verbrin-

gen. Und dann kommt so ein Idiot und fährt einen über den Haufen. Nicht genug, er haut noch ab. Sie hat Glück gehabt, sie hätte tot sein können."

„Was hast du herausgefunden?", will Juana nun von ihrem Kollegen Pedro wissen.

„Dieser Joan Enrico ist Künstler! Er lebt tatsächlich in Chiclana. Ich habe ihn vorgeladen. Heute Mittag."

Juana ist beeindruckt. Während sie sich eine Flasche Wasser aus einem auf dem Gang stehenden Automaten holt, klingelt ihr Handy, das sie auf ihrem Schreibtisch hat liegen lassen. Pedro nimmt das Gespräch entgegen, das machen die beiden immer so. Der Teilnehmer legt jedoch auf und das Gespräch ist unterbrochen.

„Wer war das denn?", fragt Juana ihren Kollegen.

„Ich weiß es nicht. Das Gespräch wurde unterbrochen. Vielleicht hatte der Teilnehmer schlechten Empfang. Wird sich schon wieder melden, wenn er was will."

Juana entdeckt den Computerausdruck, der in ihrem Korb liegt. Sie beginnt zu lesen.

„Wo kommt denn das her?", fragt sie, während ihre Augen noch immer, wie fest geheftet, auf den Zettel blicken.

„Ich hatte die Mail im Postfach. Ich kann damit aber nichts anfangen. Keine Ahnung, was das für eine Telefonnummer ist", erwidert Pedro in seiner leichten Art.

„Hast du nicht gesehen, wer der Absender ist?",

Pedro verneint.

„Die Nachricht kommt aus Hamburg. Petra Mister hat sie uns geschickt. Kannst du dich noch erinnern? Der Fall der toten Deutschen im Schwimmbad im Hotel Rio."

„Der Fall ist doch abgeschlossen!"

„Ja. Pedro. Aber nicht geklärt. Die Ermittlungen wurden damals eingestellt, weil der Täter nicht gefasst wurde. Kannst du dich nicht mehr erinnern?"
„Doch. Sicherlich. Aber warum kommt jetzt diese Meldung?", fragt Pedro weiter.
Juana erklärt, sie werde in Hamburg anrufen, dann wisse man mehr. Während des Gesprächs mit der Kommissarin Petra Mister in Hamburg klingelt Juanas Telefon. Erneut wird das Gespräch, das Pedro entgegen nimmt, unterbrochen. Der Ermittler quittiert es mit einem Kopfschütteln.
„Pass auf Pedro. Petra berichtet also von diesem Handy. Damals wurden bei dem Bruder der vermutlich Ermordeten alle Telefonanschlüsse überprüft. Er erhielt von einem Mobiltelefon einen nicht identifizierten Anruf. Der Bruder sagte damals aus, es müsse sich um einen Irrtum gehandelt haben. Er kannte den Anrufer nicht. Das Telefon war die ganze Zeit nicht aktiv. Nun kommt es. Pedro, stell dir vor, vorgestern ist von dieser Nummer aus ein Pizza-Service in Chiclana angerufen worden!"
Um es noch spannender zu machen, als es ohnehin schon ist, macht sie eine Gesprächspause. Pedro schaut fragend zu seiner Kollegin.
„Na und?"
„Wir haben damals vermutet, der Täter oder eine uns noch unbekannte Person, die mit der Tat in Verbindung steht, hat von dieser Nummer aus mit dem Bruder der Toten telefoniert. Und nun taucht dieses Telefon hier in Chiclana wieder auf. Petra sagt, der Netzbetreiber hatte sie informiert. Aber das Telefon schweigt seitdem. Es ist wieder abgestellt. Somit können wir den Standort nicht ermitteln. Schade."

Juana geht an ihren Schrank und sucht sich die Akte des Falls Nieber. Gleichzeitig erkundigt sie sich bei ihrem Kollegen nach dem Anruf auf ihrem Handy.

„Wer will mich anrufen und traut sich nicht?", sagt sie, eigentlich ohne sich genau über das eben Gesagte Gedanken zu machen.

Im gleichen Moment klingelt das Gerät erneut. Juana blickt auf das Telefon, die Nummer des Anrufers ist allerdings unterdrückt.

Diesmal hat der Teilnehmer sich aber gemeldet. Pedro weiß nicht, mit wem seine Chefin spricht. Ihm fällt nur auf, dass sie nicht frei spricht. Die Antworten kommen irgendwie sonderbar. Auch stellt sie die Frage, ob der Teilnehmer schon öfter versucht hätte, sie anzurufen. Das Gespräch wird beendet. Juana legt das Telefon auf den Schreibtisch und blättert in der Akte der ermordeten Jutta Nieber.

Pedro traut sich nicht zu fragen, wer denn nun angerufen habe. Plötzlich schaut Juana hoch. Sie wird ganz rot.

„Schau dir das an!"

Sie reicht die Akte an ihren Kollegen, der sofort einen Blick in den Ordner wirft.

„Was denn? Der Fall Nieber. Ja."

„Das Foto! Pedro, das ist der Mann, den ich neulich in der Bar habe sitzen sehen."

„Du meinst, als wir zusammen diesen letzten Drink in der Bar genommen haben?"

„Genau. Ich wusste, dass ich diesen Mann kenne. Aber, ich wusste nicht, wo ich ihn unterbringen sollte. Klar. Das Foto stand eine ganze Zeit auf meinem Schreibtisch. Ich hatte damals immer so ein komisches Gefühl, wenn es um den Bruder ging. Seltsam. Ich sehe diesen Jochen Nieber hier in Chiclana und fast gleichzeitig wird diese Mobiltelefon wieder aktiv! Das ist doch schon ein komischer Zufall?"

„Du hast Recht. Soll ich mal hören, ob ich den Aufenthaltsort dieses Jochen Nieber finde?"

„Ja. Mach das. Und ich rufe Petra Mister in Hamburg an."

Juana telefoniert erneut mit ihrer Kollegin in Deutschland. Gleich danach, Pedro hat kurz das Büro verlassen, wählt sie die Telefonnummer eines Pizza-Services.

„Du berichtest zuerst. Was hast du erreicht?", fragt Juana ihren Kollegen.

„Ich habe keine guten Nachrichten. Dieser Jochen Nieber ist in keinem Hotel hier in der Gegend abgestiegen. Weder in La Barrosa noch in Novo. Zurzeit werden die abgehenden Flüge der nächsten zwei Wochen geprüft. Das Ergebnis muss ich noch abwarten. Und bei dir?", fragt Pedro dann seine Chefin.

„Nun, Petra wusste nicht, dass Jochen Nieber zurzeit hier in Chiclana ist. Sie will aber versuchen, mit der Mutter Kontakt aufzunehmen. Vielleicht kann sie uns den Aufenthaltsort ihres Sohnes mitteilen. Außerdem will Petra versuchen, den Mann über seine deutsche Mobilnummer zu erreichen. Ich habe aber auch noch in der Pizzeria angerufen. Sie können sich natürlich nicht an jeden Anruf erinnern. Jede Bestellung wird aber in ein Buch eingetragen. Wenn jemand anruft und eine Bestellung aufgibt werden die Uhrzeit, der Name, die Adresse und natürlich die Bestellung dort eingetragen. Die Seite des entsprechenden Abends faxt uns der Pizzabäcker durch."

„Vielleicht finden wir den Namen Nieber auf der Liste? Wäre doch ein toller Zufall!"

Erneut klingelt Juanas Mobil. Nachdem sie festgestellt hat, dass auch bei diesem Anruf die Rufnummer unterdrückt wurde, bittet sie ihren Kollegen den Anruf entgegenzunehmen.

Wortlos drückt Pedro die grüne Taste des Telefons und wartet. Stille. Dann meldet er sich. Das Gespräch wird unterbrochen.

„Weißt du wer das ist?", fragt Pedro.

Juana schüttelt den Kopf. Sie erklärt, sie hätte da eine Vermutung, aber die andere Person hätte verneint.

„Sollen wir das Mobil überwachen lassen?"

„Nein. Pedro. Es sind nur Anrufe."

Das Telefon bleibt auf dem Schreibtisch während Juana und Pedro in der gegenüberliegenden Bar eine Mittagspause machen.

Gegen drei Uhr erscheint ein Mann auf dem Kommissariat. Wie sich herausstellt, ist es Joan Enrico.

Der Mann ist etwa fünfzig Jahre alt. Er trägt eine schwarze Hose, ein schwarzes Hemd und ein rotes Tuch, das er in den Ausschnitt des Hemdes gesteckt hat. Um die Taille hat er zahlreiche Ketten gewickelt, bei jedem Schritt hört man sie klingen. Fast wie bei einer Kuh!

„Ich sollte mich hier melden. Hier bin ich also."

„Vielen Dank. Bitte nehmen Sie Platz. Wir haben einige Fragen an Sie. Es geht um Ihren Bekannten Ruiz Calderon. Sie haben einige Monate in seiner Wohnung gewohnt. Ist das so richtig?", will Juana von dem Mann wissen.

„Das entspricht durchaus der Wahrheit."

Während er antwortet hat er seine Beine übereinander geschlagen. Es kommen rote Socken zum Vorschein. Auf der linken Wade ist eine Tätowierung zu erkennen.

„Haben Sie in dieser Zeit mit einer weiteren Person in der Wohnung gewohnt? Bitte verstehen Sie uns nicht falsch, es ist nicht verboten. Sie können dort wohnen mit wem Sie wollen."

„Nun ja. Ich hatte schon eine Person an meiner Seite", erwidert Joan.

„Kann es sich bei dieser Person zufällig um einen Manuel Filippo gehandelt haben?", fragt Juana.

„Gerne erinnere ich mich an diese Monate. Manuel war ein wahrer Künstler. Ich habe unzählige Stunden mit ihm verbracht. Ja, Sie haben Recht. Manuel Filippo hat bei mir gewohnt."

Juana erkundigt sich bei Joan, ob er noch Kontakt zu dem Mann habe und ob ihm seine Adresse bekannt sei.

„Leider. Ich habe den Kontakt abgebrochen. Manuel war nicht treu. Eines Tages kam ich nach Hause und habe ihn in meinem Bett mit einer anderen Person erwischt. Da musste ich diese Beziehung abbrechen. Wie gesagt, er war ganz besonders begabt."

„Sagen Sie, Joan, fuhr dieser Manuel ein Auto?"

„Sicherlich. Warum fragen Sie?"

„Können Sie uns sagen, um was für ein Auto es sich dabei gehandelt hat?", fragt Pedro.

„Es war ein weißer Renault Megan. Er hatte ihn sich gerade gekauft als wir das erste Mal...", Joan streicht sich mit der Hand über das Gesicht.

Pedro unterbricht ihn.

„Wir wollen über ihr Verhältnis keine Einzelheiten. Vielen Dank. Wir möchten wissen, wo wir diesen Manuel Filippo finden können?"

„Ich habe hier noch seine Telefonnummer. Vielleicht versuchen es dort mal. Aber bitte, von mir haben Sie diese Nummer nicht bekommen."

„Sie können gehen. Vielen Dank. Ach, eine Frage habe ich noch", erklärt Juana, während Joan schon an der Bürotür steht.

„Haben Sie ein Foto von diesem Filippo?"

„Natürlich. Aber nicht hier. Darf ich es Ihnen schicken? Per email?"

„Gerne. Hier sind meine Karte und die Adresse. Vielen Dank."

Pedro und Juana schauen sich an. Beide beginnen zu lachen.

„Das war ja ein komischer Vogel. Sagtest du nicht, er sei Künstler? Danach hätten wir ihn fragen sollen!"

Pedro erwidert, er wolle es lieber nicht wissen.

In der Tür der Kommissare erscheint ein junger Kollege und fragt:

„Juana, du bist nicht telefonisch zu erreichen! Ist dein Akku leer? Ich meine, vom Mobil?"

„Oh, entschuldige. Ich habe es abgestellt. Was gibt es denn?"

Daraufhin reicht er Juana ein Fax, das versehentlich auf einem anderen Anschluss eingegangen war. Er verabschiedet sich wieder.

Juana schaltet ihr Mobil wieder ein und wird blass.

„Was ist denn los?", fragt Pedro.

„Das Telefon zeigt einundzwanzig Anrufe an, während es abgeschaltet war. Alle ohne Kennung!"

„Juana, da stimmt doch irgendwas nicht. Hast du einen Verdacht?"

Juana winkt ab. Sie will nicht weiter über die Anrufe reden. Heute möchte sie nur noch nach Hause. Allein sein und vielleicht etwas Musik hören oder ein Buch lesen.
So betritt sie in Gedanken verloren das Treppenhaus zu ihrem Apartment. Auf der Fußmatte direkt vor ihrer Wohnungstür liegt ein Päckchen. Schlichtes weißes Papier wird durch eine dunkelrote Schleife gehalten. Juana stockt ein wenig, bückt sich dann aber und nimmt das unerwartete Geschenk mit in ihre Wohnung. Zuerst wirft sie einen Blick auf ihren Anrufbeantworter, er blinkt. Eine Nachricht ihres Freundes Ramon Rodrigues. Eine Nachricht, die anscheinend von Pedro stammt, wurde nicht vollendet. Dann erwarten sie drei weitere Meldungen, die Lachen, Stöhnen und andere, schwer zu definierende Geräusche beinhalten. Juana löscht das Band. Das Geschenk, das noch auf dem Schränkchen im Flur liegt,
hat sie längst vergessen.

Kapitel 21 * in Chiclana

Mitten in der Nacht wird Juana durch das Läuten des Telefons geweckt. Alleine die Tatsache, dass das Telefon klingelt ist für eine Kommissarin der Kriminalpolizei, also der Policia National, keine so erwähnenswerte Geschichte. Allerdings wenn am anderen Ende der Leitung wieder nur sehr eindeutige Geräusche zu erkennen sind, sorgt der Anruf schon für Unbehagen. Juana beschließt der Sache am nächsten Morgen nachzugehen. Dringend benötigt sie noch Schlaf und der Zeiger der Uhr zeigt an, dass es erst kurz nach fünf Uhr ist.

Gegen sieben Uhr erwacht sie schweißgebadet. Ein Traum der unangenehmeren Art hatte sie aufgeschreckt. Zum Glück, denkt sie sich, nur ein Traum. Eine schnelle Dusche, rasch angezogen und dann fällt ihr Blick auf das noch immer verpackte Geschenk des Vorabends. Mit einem Blick auf die Uhr entscheidet sich Juana das Präsent mitzunehmen und erst im Büro auszupacken.
Ihr Kollege ist schon im Büro als sie pfeifend die Tür öffnet.
„Guten Morgen! Hast du gut geschlafen?", begrüßt er sie strahlend.
„Nicht wirklich. Ich hatte einen gruseligen Traum. Aber nicht genug, irgend so ein Spinner hat meinen AB mit lauter Schweinkram vollgemüllt. Und heute Morgen hat er dann noch einen Versuch gestartet und mich geweckt, gegen fünf Uhr. Es wird immer schlimmer. Aber warte, Mistkerl, dich kriege ich!"
„Wau! Da kann ich ja froh sein, dass ich nicht dieser Anrufer bin. Dich möchte ich auch nicht zur Feindin haben."
„Ich möchte dich mal hören, wenn du mitten in der Nacht einen Anruf bekämst, von einem Kerl, der nur obszöne Sachen drauf hat", bemerkt Juana.
„Woher hat der Kerl eigentlich deine Telefonnummer? Oder denkst du, es ist Zufall? Immerhin waren doch hier gestern auch schon einige Anrufe, die sagen wir mal, nicht ganz normal waren."
„Stimmt. Daran habe ich gar nicht mehr gedacht. Schauen wir mal, ob es heute hier noch weitere Versuche gibt. Und sonst? Was gibt es Neues an der Front?"

Pedro berichtet, dass er die Liste mit den Pizzabestellungen per Fax erhalten habe. Es sind leider keine bekannten Namen darauf, schon gar nicht der Name Jochen Nieber. Juana fragt ihren Kollegen, wie viele Bestellungen denn in der fraglichen Zeit, in der das Mobiltelefon aktiv war, in der Pizzeria notiert worden sind.

„Na ja, sagen wir mal, mit etwas Spielraum, vier Stück", erwidert Pedro, der die Liste direkt vor sich liegen hat.

„Na los, dann wollen wir mal."

„Klar. Aber, was hast du den für ein Geschenk bekommen?", fragt Pedro, wie immer enorm neugierig.

Juana erklärt ihrem Kollegen die Umstände und beginnt die Schleife zu lösen. Es kommt ein schlichter weißer Karton unter dem Papier zum Vorschein. Der Karton ist etwa 25 cm x 15 cm groß und etwa 10 cm hoch. Juana schüttelt ihn und schätz sein Gewicht.

„Ist ja nicht besonders schwer. Eine Karte war auch nicht dran."

„Nun mach ihn schon auf. Sonst wirst du nie erfahren, was dort für eine Überraschung versteckt ist!"

Juana hebt vorsichtig den Deckel ab und blickt hinein. Etwas Rotes! Stoff! Sie entnimmt das Stückchen seiner Verpackung. Es kommt ein winziger Slip zum Vorschein. Ein String-Tanga!

Pedro schaut voller Erwartung, Juana allerdings lässt das Teil angeekelt fallen.

„Deine Reaktion kann ich nun gar nicht verstehen. Freue dich doch. Ist bestimmt von Ramon."

„Pedro!", kommt in einem sehr scharfen Ton. „Nein. Ramon würde mir nie ein solches Geschenk machen, noch dazu vor die Haustür legen. Du weißt doch, Ramon befindet sich nicht in Chiclana. Ich habe kein gutes Gefühl dabei."

„Ich bin dafür, dass wir das Paket samt Inhalt zur Kriminaltechnik bringen. Vielleicht können die Kollegen Spuren sichern. Für alle Fälle. Wenn es sich als harmlos herausstellt, was wir hoffen wollen, ist es auch nicht schlimm. Gib her, ich bringe es rüber."

Pedro streift sich ein Paar Einmalhandschuhe über und verschwindet danach mit dem Geschenk. Juana bleibt regungslos an ihrem Schreibtisch sitzen. Bei Pedros Rückkehr findet er seine Chefin genauso vor, wie er sie zuletzt sah, als er das Büro verließ.

„Jetzt mach dich nicht verrückt. Komm, wir kümmern uns um die Adressen auf der Pizza-Liste!", versucht er sie abzulenken.

Er kann jedoch sehr genau nachempfinden, wie es ihr geht. Immerhin war auch er schon einmal in die Fänge eines Irren gelangt.

Pedro, der sich vor den Stadtplan der Stadt Chiclana gestellt hat, sucht eine Adresse.

„La Coruña, Fuente Amarga, dort stehen nur kleine Mehrfamilienhäuser. Die zweite Adresse ist ein Geschäft im Zentrum, ein Frisör. Ich denke, der kommt auch nicht für uns in Frage. Bleiben zwei Adressen. Davon eine in La Barrosa und die letzte", Pedro schaut suchend in die Karte, dann erst spricht er weiter, „die letzte auch. Also zwei Adressen in La Barrosa. Möchtest du hinfahren?"

„Hast du die Adressen überprüft?", will Juana wissen.

Pedro erklärt, dass es nicht möglich sein, da sie keine vollständigen Namen der Empfänger hätten. Die Pizzeria habe nur die Vornamen der Besteller notiert. Gemeinsam beschließen sie daher, die Adressen abzuklappern.

Die Fahrt durch die Stadt bis an die Touristenmeile dauert nur einige Minuten. Hinter der ersten Adresse verbirgt sich ein Hotel.

„Schwerlich werden wir hier eine Person ermittelt", gibt Pedro zum Besten.

„Aber, wenn der Pizzalieferant hier war, kann er doch nur an der Rezeption gefragt haben. Also, komm. Wir versuchen es."

Wenige Autos parken auf dem hoteleigenen Platz. Juana und Pedro betreten die Eingangshalle. Auch hier kaum Gäste. Die Rezeption ist nicht besetzt. Pedro schaut sich um, geht den schmalen Gang entlang, der zum Frühstücksraum führt. Leere.

Juana hat zwischenzeitlich einen jungen Mann gefunden, der sie darüber aufklärt, dass zu dieser Zeit das Hotel geschlossen sei.

„Wissen Sie, wir renovieren gerade ein wenig. Wen suchen Sie denn?"

Juana erklärt dem Angestellten, sie sei auf der Suche nach einer Person, die gestern am Abend eine Pizza an diese Adresse geliefert bekomme habe.

„Ach so! Das war ich. Wir haben hier so lange gearbeitet. Unsere Küche hat geschlossen. Also habe ich mir kurzerhand eine Pizza kommen lassen. Wir bestellen sie immer bei „Charly"! Die haben nun mal die besten."

„Gut. Können Sie mir sagen, wie Sie die Pizza bestellt haben? Per Telefon von hier?"

Der junge Mann lächelt, da er den Sinn nicht versteht. Bejaht aber die Frage. Er habe von der Rezeption aus den

Pizzaservice angerufen. Juana und Pedro notieren sich noch den Namen des jungen Mannes, dann verlassen die die Hotellobby wieder.

Das Auffinden der zweiten Adresse scheint schwieriger zu werden. Die Hausnummer in der angegebenen Straße gibt es nicht. Außerdem befindet sich auf der Liste der Pizzeria hinter der Hausnummer ein Kürzel, das weder Juana noch Pedro deuten können.

„Ich möchte wissen, warum hier hinter der Hausnummer „CT" steht? Ich habe wirklich keine Idee. Wir sollten noch mal den Pizzaservice anrufen. Der Bote, der hier geliefert hat, ist die Pizza ja schließlich losgeworden", erklärt Pedro und wählt auch schon die Nummer.

Es folgen lange Erklärungen, der Teilnehmer am anderen Ende scheint nicht zu verstehen, was Pedro wissen will. Endlich, nach immer wieder denselben Worten, bedankt er sich und beendet das Gespräch. An Juana gerichtet erklärt er:

„Das glaubst du nicht! „CT", ganz einfach! *Cabina Telefónica*. Da wäre ich nie drauf gekommen. Das heißt also, es hat sich jemand eine Pizza liefern lassen, der hier an dieser Telefonzelle vielleicht in seinem Auto gesessen hat."

„Jetzt müssen wir auf alle Fälle mit dem Boten sprechen. Lass uns gleich in die Stadt fahren. Auf geht es", befiehlt Juana.

Die Pizzeria „Charly" befindet sich gleich am Anfang des *Rios Iro* im Zentrum Chiclanas. Natürlich ist der Bote, der am gestrigen Abend die fragliche Pizza ausgeliefert hat, nicht im Geschäft. Warum sollten die Kommissare auch beim ersten Anlauf Glück haben? Der Chef der Pizzeria erklärt, Josè, so heißt der Junge, würde erst am Abend wieder jobben. Er ginge noch zur Schule. Pedro hat eine glorreiche Idee und fragt den Chef, ob es möglich sei, sich für heute Abend eine Pizza zu bestellen, aufs Kommissariat? Die Lieferung solle dann Josè übernehmen.

„Das kann ich Ihnen nicht versprechen. Wir haben schließlich noch andere Boten. Aber ich will sehen, was sich machen lässt."

Pedro und Juana suchen sich beide ihre Lieblingspizza aus. Pedro bestellt sich eine *„Charly"* und Juana bevorzugt eine *„Cuatro Estaciones"*. Beide bestellen sich zusätzlich noch eine Portion *Mozzarella* für ihre Pizza.

Zurück auf dem Kommissariat findet Juana eine Nachricht der Kriminaltechnik vor. Das Ergebnis der Untersuchung ihres Geschenkes liegt vor. Pedro macht sich sofort auf den Weg, um sie abzuholen. Juana checkt zwischenzeitlich die eingegangenen Anrufe auf ihrem Anrufbeantworter zu Hause per Fernabfrage. Aber er bleibt still.

„Juana, es sind keine Fingerabdrücke gefunden worden. Kein Speichel, keine Hautpartikel. Da hat wohl jemand ganz genau gewusst, was er tut!"

„Ich sagte doch, mein Gefühl lässt mich nicht im Stich. Und nun?"

„Auf alle Fälle fährst du heute Abend nicht alleine nach Hause. Ich werde dich begleiten. Mal sehen. Das Mobil hat ja geschwiegen."

„Mein Anrufbeantworter zu Hause auch. Keine Nachricht."

Juana versucht sich so normal wie möglich zu geben. In ihrem Inneren aber hat sie Angst. Bisher ist es während ihrer Laufbahn noch nie vorgekommen, dass sie selbst zur Zielscheibe eines Täters wurde. Auf keinen Fall möchte sie, dass Pedro bemerkt, wie unsicher sie ist.

„Geht es dir gut?", fragt Pedro.
Die Frage erreicht seine Kollegin nicht, sie scheint tief in Gedanken versunken zu sein. Pedro macht sich Sorgen um Juana, auch wenn sie es nicht zulassen wird!
Eine ganze Weile herrscht Stille im Büro. Die Kommissare beschäftigen sich, jeder für alleine ohne mit dem anderen ein Wort zu wechseln. Bis plötzlich das Mobiltelefon jäh die Stille unterbricht. Juanas Blick ist starr auf das Telefon gerichtet.
„Soll ich?", fragt Pedro. Juana antwortet schweigend mit einem Kopfschütteln. Ihre Hand zittert, als sie das kleine Mobiltelefon vom Schreibtisch aufnimmt.
„Keine Kennung!"
Vorsichtig, als ob es etwas ändern würde, drückt sie die grüne Taste um den Anruf anzunehmen.
„*Si.*"
Mehr kann sie nicht sagen. Angst spricht aus ihren Augen. Pedro hält die Luft an, auch er ist gespannt und kann die Gefühle seiner Kollegin so gut nachvollziehen.
Juanas Blick entspannt sich ein wenig, denn der Teilnehmer am anderen Ende hat sich gemeldet. Zaghaft lächelt sie ihrem Kollegen zu. Pedro entspannt sich. Er verfolgt das Gespräch, Juana winkt ihm ab, dann steht sie auf und verlässt das Büro.
Fast gleichzeitig klingelt das Telefon auf ihrem Schreibtisch. Petra Mister, die Kommissarin aus Hamburg ruft an. Sie hat neue Informationen, die sie nun an die Ermittler in Chiclana weitergibt.
Kurze Zeit später betritt Juana das Büro. Sie wirkt angespannt, aber gibt keinerlei Erklärungen ab.

„Petra Mister hat eben angerufen. Stell dir vor, die Mutter ist tot. Sie hat es erst heute Morgen erfahren", berichtet Pedro.

„Das ist sehr traurig für Petra. Aber ich kannte ihre Mutter nicht. Warum erzählt Sie uns das?", will Juana von ihrem Kollegen wissen.

„Nein. Nicht Petras Mutter ist tot. Die Mutter der Toten aus dem Schwimmbad, Frau Nieber aus Hamburg, ist tot."

„Hast du gefragt, woran sie gestorben ist?", will Juana sofort wissen.

„Nein. Ist das denn wichtig?"

„Versteh einer die Männer!", erwidert Juana und greift zum Telefonhörer.

Sie ruft in Hamburg an. Wenn Frauen miteinander telefonieren, hört man Pedro oft sagen, das kann dauern. Daher verlässt er für einen kleinen Plausch mit einem Kollegen im Nachbarzimmer das Büro.

Juana ist froh, so kann sie doch nach Beendigung des Telefonates sich ein wenig sammeln.

Der Anrufer auf dem Mobil war kein anderer als Walter Halber. Er möchte sich erneut mit ihr treffen. Immer wieder denkt sie darüber nach. Ist der Deutsche der anonyme Anrufer? Hat er ihr das Paket mit dem roten Slip geschickt? Ist er für die abstrusen und obszönen Anrufe zu Hause verantwortlich? Soll sie sich erneut mit ihm treffen? Oder lieber doch nicht? In ihre Gedanken hinein kommt Pedro zurück.

„Na? Was hat sie gesagt?", will er wissen.

„Wer hat was gesagt?", erwidert Juana, die so in ihre Gedanken vertieft ist, dass sie das Gespräch mit Hamburg schon wieder vergessen hat.

„Was die Petra in Hamburg gesagt hat. Ist Frau Nieber nur so gestorben? Oder war es gar Mord? Das wolltest du doch wissen."

Juana ärgert sich über sich selbst. Die Erklärung folgt daher sehr korrekt, sehr komprimiert. Pedro erschrickt fast.

„Hallo! Ich bin doch nicht der Staatsanwalt. Bleib locker!"

Angeblich sei Frau Nieber an einem akuten Herzversagen verstorben. Fremdeinwirkung konnte nicht nachgewiesen werden. Das kann bedeuten, dass Gerda Nieber wirklich eines natürlichen Todes gestorben ist oder aber, dass der Täter sehr gut gearbeitet hat.

„Nun hat der Bruder erreicht, was er wollte. Er hat das gesamte Vermögen geerbt. Petra berichtet, das Haus der Niebers sei verkauft. Jochen Nieber soll sich eine kleine Wohnung gekauft haben. Jetzt befindet er sich auf einer langen Reise, so ihre Worte. Die Stellung in diesem Lokal hat er aufgegeben. Sein Studium unterbrochen. Selbstfindung! So nennt man das heute wohl", berichtet Juana ihrem Kollegen.

„Wir müssen ihn finden. Er muss hier irgendwo sein. Ruf doch immer mal wieder die Mobilnummer an, die wir haben. Du weißt schon, die Nummer mit der die Pizza bestellt wurde. Pedro, bitte, sei so gut."

Juana schaut auf ihre Armbanduhr und erschrickt.

„Wau! Schon so spät. Ich muss mal eben weg. Bin bald zurück. Das Mobil nehme ich mit, falls es etwas Dringendes gibt."

Die Tasche in der Hand verlässt Juana das Büro. Keine Erklärung, keine Verabschiedung. Pedro ist beunruhigt, es bleibt ihm aber nichts weiter übrig, als im Büro zu bleiben

und auf Juanas Rückkehr zu warten. Er sieht nicht, wie seine Kollegin an der Ecke des Kommissariats in einen blauen Wagen steigt und mit unbekanntem Ziel fortfährt. Aus dem -ich muss mal eben weg- sind immerhin vier Stunden geworden. Pedro ist beunruhigt. Eigentlich hatte er nur die Erlaubnis seine Kollegin im Ernstfall auf dem Mobil anzurufen. Aber ist es denn nicht ein Notfall? Juana, die ständig anonyme Anrufe erhält ist sein nun mehr als vier Stunden ohne ein Lebenszeichen verschwunden. Wenn auch freiwillig, das muss Pedro sich selbst immer wieder vor Augen führen.
Es klopft an der Tür. Ein junger Mann betritt, bepackt mit zwei großen Pizzakartons, das Büro.
„Sie wollten mich sprechen? Mein Name ist Josè."
Super, denkt sich Pedro. Nun kommt der Pizzajunge und Juana ist noch immer nicht wieder hier.
„Toll. Prima. Bitte nehmen Sie doch Platz. Ich bin sofort frei für Sie", erklärt Pedro und greift währenddessen zum Telefon.
Er wählt die Mobilnummer seiner Kollegin. Es klingelt und klingelt. Juana nimmt nicht ab. Nach einer gewissen Anzahl von Klingeltönen schaltet sich die Mailbox ein. Pedro hinterlässt eine Nachricht.
„Also, wir haben eine Frage an Sie. Bei ihrem Chef ging eine Pizzabestellung ein, die sie ausgefahren haben. Die Adresse trug neben der Hausnummer den Zusatz „CT". Wir haben inzwischen rausbekommen, der Zusatz bedeutet: *Cabina Telefónica*. Ich möchte von ihnen wissen, ob sie sich an die Person erinnern, an die sie die Pizza geliefert haben?"
Der junge Mann überlegt einen Moment, dann antwortet er:

„Klar. Es war ein junges Pärchen. Zuerst dachte ich, die haben wohl keine Bleibe und wollten sich den Abend im Auto vergnügen."

„Und dann?", fragt Pedro weiter. „Können Sie das Paar beschreiben?"

„Nun, sie waren Ausländer. Sicherlich Touristen. Nicht jung, aber auch nicht alt. So normal eben."

„Tolle Beschreibung. Was fällt Ihnen noch dazu ein? Das Auto vielleicht?"

„Ja. Es war so ein Leihwagen. Renault. Ich glaube weiß."

„Gut. Sie haben die Pizza an die beiden gegeben. Und dann?"

„Sie haben die Kartons genommen, mich bezahlt und sind dann fortgefahren. Es war ein gutes Trinkgeld. Alles andere ist mir egal gewesen. Ob er seine Frau betrügt oder sie ihren Macker, mir doch egal."

„Josè, schauen Sie sich bitte mal dieses Foto an. Kann es der Mann im Auto gewesen sein?"

„Weiß ich wirklich nicht. Es war schon dunkel. Ich wusste ja auch nicht, dass ich den Kerl wiedererkennen muss. Klar, sonst hätte ich ein Foto von ihm gemacht. Schade."

„Nun werden Sie mal nicht frech. Wir ermitteln, eine junge Frau wurde bei einem Verkehrsunfall mit Fahrerflucht lebensgefährlich verletzt. Sie könnten gerne etwas kooperativer sein. Können Sie mir noch etwas erzählen über den Abend? Über die beiden Leute im Wagen?"

„Nein. Wirklich nicht. Als ich kam stand der Wagen schon an der Telefonzelle. Ich weiß auch nicht, warum gerade dort die Pizza angeliefert werden sollte. Kann ich jetzt gehen?"

„Was bekommen Sie für die Pizzas?"

„Nichts. Es ist ein Geschenk meines Chefs an Sie. Er grüßt Sie herzlich und bestellt Ihnen und Ihrer reizenden Kollegin einen guten Appetit."

„Vielen Dank. Aber eigentlich dürfte ich das nicht annehmen. Ich verspreche Ihnen, die nächste Pizza bestelle ich wieder bei Ihrem Chef. Richten Sie das bitte aus. Vielen Dank und einen schönen Abend."

Der Bote verlässt das Büro, Pedro will gerade zum Telefon greifen, da öffnet sich erneut die Bürotür. Juana erscheint.

„Sag mal, wo bist du gewesen? Ich mache mir Sorgen. Stundenlang bleibst du fort. Und das jetzt, wo diese komischen Sachen hier passieren!", fährt Pedro seine Chefin an.

„Was für komische Sachen passieren hier? Gibt es Neuigkeiten? Oh! Unsere Pizza. Na dann mal los. Ich habe einen Bärenhunger!"

„Ich das die einzige Erklärung? Juana, ich habe mir wirklich Sorgen gemacht. An dein Handy bist du auch nicht gegangen. Nur die Mailbox."

Juana erwidert nichts. Sie holt die Kartons vom kleinen Eckschrank und kontrolliert den Inhalt. Pedro erhält seine und sie macht sich sofort über das erste Stück Pizza her. Mit vollem Mund erklärt sie ihrem Kollegen:

„Lecker. Da sollten wir öfter mal bestellen."

„Kann ich dir was zu trinken holen? Wasser? Cola? Rotwein gibt es hier leider nicht im Automaten, aber das weißt du ja selbst."

Juana schluckt den Bissen hinunter.

„Haben wir Feierabend? Ich meine für heute?", fragt sie ihren Kollegen. Er nickt.

„Dann hol doch mal zwei Gläser aus dem Schrank. Ich habe eine Flasche Roten mitgebracht. In meiner Tasche. Nur öffnen musst du sie noch!"
Pedro ist total erstaunt. So ist seine Chefin. Immer wieder für eine Überraschung gut. Nachdem die beiden Gläser gefüllt sind, versucht er es dennoch erneut.
„Juana. Vielen Dank für den Wein. Die Pizza ist ein Geschenk der Pizzeria. Und nun möchte ich wissen, wo du gewesen bist? Ich habe mir ernsthaft Sorgen gemacht. Stell dir vor, ich hätte so etwas gemacht."
„Ja, du hast Recht. Ich hatte eine private Verabredung. Nichts weiter. Es ist alles im grünen Bereich. Das Telefon habe ich nicht gehört. Es war in meiner Tasche und ich saß in einer *Venta*. Es war sehr laut. So einfach ist die Erklärung. Ich habe die Anrufe erst kontrolliert, als ich die Treppe im Kommissariat erreicht hatte. Da war es eh egal, ich meine, wegen des Rückrufs. Bist du nun zufrieden?"
„Es geht doch nicht darum, ob ich zufrieden bin. Ich hatte Angst um dich. Vermutlich gibt es hier irgendwo einen Irren, der dir Schwierigkeiten machen könnte."
Pedro wechselt nun das Thema. Es ist genug zu diesem Vorfall gesagt. In allen Einzelheiten berichtet der Kommissar seiner Chefin über die Befragung des Pizzaboten.
„Mit anderen Worten, wir sind nicht schlauer als vorher. Also. Feierabend. Lass uns nach Hause fahren. Den Rest Rotwein? Hier lassen?"
„Nein. Juana. Nimm ihn mit. Trink ihn zu Hause aus und denk dabei an deinen Lieblingskollegen."
Pedro verlässt mit seinem Auto zuerst den Parkplatz des Kommissariats. Juana denkt noch über das Treffen des Nachmittags nach. Langsam startet sie den Motor ihres

Wagens und rollt in Gedanken versunken vom Parkplatz auf die Straße. Den geparkten Wagen auf der gegenüberliegenden Straßenseite bemerkt sie nicht. Ein inneres Gefühl veranlasst die Ermittlerin die Telefonzelle in La Barrosa aufzusuchen. Sie parkt ihren Wagen vermutlich genau an der Stelle, an der vor einigen Tagen der Renault geparkt hatte. Sie steigt aus und geht einige Schritte. Die kühle Luft der bevorstehenden Nacht helfen ihr, einen klaren Kopf zu bekommen. Vorbei an einigen Apartments, die meisten sind unbewohnt, geht sie die Straße immer weiter entlang. Plötzlich macht sie eine erstaunliche Entdeckung.

Kapitel 22 * in Chiclana

Die beiden Männer, die seit mehreren Stunden in dem Auto sitzen, sehnen sich nach einem heißen Getränk und einem *Bocadillo*. Im Kommissariat sitzt Juana und wartet auf ihren Pedro. Mit einer halben Stunde Verspätung betritt er endlich das Büro.
„Schön dass du auch noch kommst", begrüßt Juana ihren Kollegen.
„Guten Morgen! Ich freue mich auch dich zu sehen. Ich hoffe, du hattest eine ruhige Nacht. Ja, ich habe auch gut geschlafen", erwidert Pedro etwas bissig.
„Stell dich nicht so mädchenhaft an. Du bist einfach nur spät dran. Sonst nichts."
„Hattest du weitere Anrufe in der Nacht?", will Pedro wissen.
Juana berichtet, es sei eine ruhige Nacht gewesen. Keine Störungen und keine Geschenke von unbekannten Gön-

nern. Durch das Klingeln des Telefons werden die beiden Kommissare unterbrochen.

„Komm, zieh dich gar nicht erst aus. Wir müssen los."

Im Laufen fragt Pedro nach, wohin die Reise ginge. Ein lockeres -Abwarten!- folgt. Juana fährt den Einsatzwagen, das ist schon etwas Besonderes, da sie es sonst immer Pedro überlässt. Die Fahrt geht in Richtung La Barrosa. Das kann Pedro schnell erkennen.

Abrupt hält der Wagen in einer kleinen Straße mit Apartments. Pedro ist gespannt und wartet nähere Instruktionen ab. Aus einem Fahrzeug, das einige Meter vor ihnen parkt, steigt ein Mann aus. Er nähert sich den Kommissaren. Pedro erkennt in ihm einen Kollegen. Juana öffnet die Fenster des Fahrzeugs.

„Morgen. Na, was gibt es?"

„Eine Frau hat die Wohnung verlassen. Zu Fuß. Miguel verfolgt sie. Ich bin per Funk mit ihm verbunden. Sie kauft in einem kleinen Supermarkt in einer der Nebenstraßen ein. Milch, Brot, etwas Aufschnitt. Die beiden wollen wohl frühstücken. Er ist noch immer in der Wohnung. Ich habe einen Schatten gesehen."

„Prima habe ihr das gemacht. Ihr habt dann Feierabend. Eure Ablösung soll in etwa 30 Minuten hier sein. Wir dürfen das Paar auf keinen Fall aus den Augen verlieren. Und ich will Fotos, von beiden."

„Geht klar, Chefin. Ich melde mich bei dir."

Der Zivile geht in sein Fahrzeug zurück und setzt die Observierung fort. An Pedro gerichtet, erklärt Juana die Einzelheiten.

„Gestern Abend bin ich nicht direkt nach Hause gefahren. Ich habe mein Auto dort hinten an der Telefonzelle geparkt

und bin ein wenig spazieren gegangen. Zufällig bin ich auf den weißen Renault Megan gestoßen. Es könnte doch sein, dass hinter dieser Tür Jochen Nieber wohnt? Immerhin hat hier an der Telefonzelle die Pizza ihren Besitzer gewechselt."
„Juana, ich habe auch darüber nachgedacht. Warum bestellt jemand die Pizza zum parkenden Auto?"
„Nun, da könnte es eine Menge Gründe geben. Zu Hause sitzt eine Frau, mit der man die Pizza nicht essen möchte. Oder, man möchte seine Adresse nicht mitteilen, weil die Polizei vielleicht nach der Person fahndet?"
„Ich habe da noch eine andere Idee. Juana, es könnte doch sein, dass unser kleiner Pizzabote noch ein bisschen Geschäft macht, nebenbei. Drogen!"
Juana schaut zu Pedro.
„Du denkst, immer wenn jemand Drogen braucht, bestellt er eine Pizza bei „Charly" und lässt sie durch Josè liefern. Dazu dann an eine anonyme Adresse, wie in diesem Fall die Telefonzelle? Gar nicht so dumm die Idee. Wir müssen unbedingt wissen, wer in dieser Wohnung lebt?"
„Lass uns doch einfach klingeln. Uns kennt kein Mensch. Der Mann ist doch jetzt alleine. Er wird also öffnen. Geh hin und klingele an. Dann weißt du, wer dort wohnt."
Juana findet auch diese Idee nicht schlecht. Sie steigt aus dem Fahrzeug und informiert zuerst die Zivilen im anderen Fahrzeug.
„Wenn du das machst, fliegt unsere Überwachung auf. Wenn der Kerl etwas zu verbergen hat, wird er sich denken können, dass du nicht zufällig bei ihm klingelst. Ich glaube, dass es keine so gute Idee ist. Aber, du bist die Chefin."

„Ich glaube, ich habe da noch eine andere Idee. Vielen Dank. Bis gleich."
Juana geht zu ihrem Pedro zurück. Sie fordert über Funk einen Einsatzwagen der Guardia Civil an.
„Was wird das denn nun?", will Pedro wissen.
Juana erklärt, sie will eine Streife, die angeblich rein zufällig den parkenden Renault Megan erblickt hat, in das Apartment schicken.
Da fährt der Wagen auch schon um die Ecke. Auch er hält in der Reihe der bereits parkenden zivilen Wagen der Policia National.
Der Standort ist einige Meter entfernt vom Eingang der Wohnung, so dass die Autos eigentlich unbemerkt bleiben müssten. Juana verlässt ihren Wagen und geht zu den uniformierten Kollegen. Wenig später kehrt sie zu Pedro zurück und fordert ihn auf, sich ganz klein im Inneren des Fahrzeugs zu machen. Sie tut es ihm nach. Der Einsatzwagen dreht am Ende der Straße direkt neben der Telefonzelle. Dann fährt er langsam an den parkenden Autos vorbei und hält direkt vor dem Apartment, in dem die Kommissare Jochen Nieber vermuten. Die Uniformierten verlassen den Wagen und gehen die wenigen Meter zum Eingang des Hauses. Juana kann so eben noch über das Lenkrad ihres Fahrzeuges schauen und sieht wie sich die Eingangstür öffnet. Die beiden Kollegen betreten die Wohnung. Juana kontrolliert die genaue Zeit beim Betreten des Apartments. Für alle Fälle, falls es länger als erwartet dauern würde, könnte sie einen Zugriff veranlassen. Dazu wird es aber nicht kommen, denn die Polizisten verlassen bereits nach fünf Minuten das Domizil wieder und steigen in ihren

Wagen ein. So hatten sie es vereinbart, damit die Observation nicht auffliegt.

Pedro und Juana folgen dem Wagen bis zur nächsten Seitenstraße. Dort halten sie an. Der Uniformierte kommt zu Juana.

„Ich habe die Personalien: der Mann heißt Jochen Nieber. Er hatte einen deutschen Pass. Er gibt an, diesen Wagen gemietet zu haben. Die Adresse der Autovermietung habe ich auch notiert. Er war zum Zeitpunkt der Befragung alleine in dem Apartment. Es lagen auch keine eindeutigen Dinge herum, die uns einen Anlass gegeben hätten, nach der Begleitung zu fragen. Ich hoffe, wir konnten ihnen helfen?"

Juana bedankt sich. Über Funk informiert sie nun die Kollegen im Fahrzeug, das noch vor dem Apartment des Jochen Nieber steht.

Ohne weitere Erklärung fährt Juana zurück aufs Kommissariat.

„Du bist bitte so nett und rufst die Autovermietung an. Ich will wissen, ob der Wagen einen Schaden hatte und zwischenzeitlich in der Werkstatt war."

Während Juana mit ihrem Vorgesetzten telefoniert, erblickt sie in der Ecke auf dem kleinen Schrank ein Paket, das vorher noch nicht dort lag. Sie beendet das Gespräch schnell unter einem Vorwand. Sicherheitshalber zieht sich die Kommissarin Latexhandschuhe an und nimmt das Paket in Augenschein. Zwischenzeitlich hat auch Pedro sein Gespräch beendet. Er schaut fassungslos zu seiner Juana.

„Lass es sofort liegen. Nicht öffnen. Wer weiß, was da für ein Geheimnis hinterlegt wurde."

Gemeinsam verlassen die Kommissare ihr Büro. Juana schließt die Tür von außen ab. Dann begeben sich die beiden an das Ende des Flurs um dort in ein anderes Büro zu gehen.
„Keiner da. Komm. Wir rufen die Spurensicherung an. Und den Pförtner. Irgendwer muss das Paket schließlich dort abgelegt haben."
Der Pförtner hat das Paket nicht angenommen. Der Kollege, der ihn bei Abwesenheit vertritt, ebenso wenig. Auch Juan und Pepe, die ihre Büros auf demselben Gang haben wie Juana und Pedro haben keine Erklärung dafür, wie das Paket ins Büro gelangt ist. Eine knappe Stunde später dürfen Juana und Pedro wider in ihr Büro zurück. Die Kollegen der Spurensicherung und Kriminaltechnik haben das Paket untersucht. Keine Bombe. Vorsichtig schaut Juana in das bereits geöffnete Paket.
„Na und?", will Pedro wissen.
Juana zieht eine Puppe aus dem Paket. Der Kopf der Stoffpuppe hängt sonderbar locker seitlich am Körper. Eine Schnur ist am Hals befestigt. Sie ist fest zusammen gezogen. Im vorderen Teil der Puppe stecken mehrere Nadeln. Sie durchbohren die Brust und das Herz, wenn die Puppe eines hätte.
„Das ist ja grausam. Wer macht so etwas?", schreit Juana und wirft die Puppe zurück in den Karton.
„Es wurden keine Spuren gefunden. Wir wollen nun recherchieren, wo man solche Puppen kaufen kann. Und auch die Schnur und die Nadeln. Juana. Hast du einen Verdacht? Hast du eine Idee, wer dir diese Geschenke macht?"

„Nein, nicht wirklich. Wobei, ich dachte eigentlich, dass es vielleicht Walter sein könne!"

Pedro schaut fragend zu Juana.

„Wer um Himmels Willen ist Walter?"

Juana erwidert nichts. Sie nimmt ihr Mobiltelefon und startet einen Anruf.

„Hallo, ich bin es. Hast du heute Zeit? Ich möchte mich gerne mit dir treffen?"

Das Gespräch geht hin und her. Juana beendet es und teilt Pedro mit, am Abend um neun Uhr gehe es los.

„Was? Rede endlich mit mir. Erkläre mir, woher du diesen Walter kennst?"

„Du kennst ihn doch. Walter Halber. Der Deutsche. Ich habe mich einige Male mit ihm getroffen. Wir waren uns sofort so sympathisch. Ich habe so etwas noch nie erlebt. Vielleicht steckt er hinter diesen Geschenken und Anrufen. Heute treffe ich mich mit ihm. Du wirst dabei sein. Nicht direkt, aber hinter der Tür."

„Wie, hinter der Tür?"

„Ich habe ihn zu mir eingeladen", erklärt Juana.

„Du bist nicht ganz richtig im Kopf! Auf keinen Fall erlaube ich dir, diesen Kerl in deine Wohnung zu lassen. Das ist viel zu gefährlich."

„Du kennst mich doch. Er kennt doch meine Adresse nicht. Ich habe ihn in die leerstehende Wohnung einer Bekannten bestellt. Sie ist für einige Wochen verreist und ich habe die Schlüssel."

Pedro entspannt sich etwas. Dennoch hat er jede Menge Einwände. Er malt sich aus, was alles passieren könnte.

„Pedro, wir fahren rechtzeitig in diese Wohnung. Du wirst dich hinter der Tür verstecken. Wir können auch noch Mikros anbringen. Was soll passieren?"
Auf jeden Fall informiert Pedro ohne das Wissen seiner Chefin einen anderen gut befreundeten Kollegen, der während der Operation in seinem Wagen auf der Straße warten soll. Sicher ist sicher.
Gegen 19 Uhr verlassen Pedro und Juana das Büro. Die Wohnung liegt in der Nähe der Markthalle im Zentrum der Stadt. Das Mehrfamilienhaus ist gepflegt und die Wohnung könnte durchaus Juana gehören. Die Einrichtung ist geschmackvoll und modern. Im Esszimmer, das durch eine Schiebetür vom Salon getrennt ist, richtet Pedro sich häuslich ein.
„Zum Glück hast du keine Erkältung!", scherzt Juana.
„Niesen und Husten sind nicht erlaubt. Wenn es dich erwischt, nimm dieses dicke Kissen."
„Was willst du machen? Wenn er verdächtig ist, sehe ich keine Probleme. Klingt seltsam. Aber, wenn du nun sicher bist, dass er nicht der Verdächtige ist? Du willst doch dann sicherlich nicht, dass ich die ganze Zeit hier bleibe?"
„Pedro, ich habe da einen Plan. Ich werde ihm bei einer Flasche Rotwein auf den Zahn fühlen. Wir verabreden ein Stichwort. Dann rufst du mich auf dem Mobil an, sprich bitte ganz leise, damit er deine Stimme nicht durch die Tür hört. Ich muss zu einem Einsatz. Der Abend ist beendet. Das Stichwort ist: Tanzen. Ich werde ihn fragen, ob er gerne tanzt. Danach rufst du mich an. Ich werde ihn dann fortschicken und dich befreien. Sollte er nun der Täter sein, komme ich durch den Flur zu dir und wir nehmen ihn gemeinsam fest."

„Wenn er dich nicht gehen lässt?", konstruiert Pedro.
„Du wirst es doch an meiner Stimme hören. Wir kennen uns doch gut. Oder ein anderes Stichwort: Hunger! Ich erzähle ihm, dass ich schreckliche Hunger habe und unbedingt etwas essen muss."
Pedro überlegt einen Moment.
„Also, wenn du tanzen willst, rufe ich dich an. Der Mann ist gut und er muss gehen, damit ich nicht störe! Wenn du Hunger hast, ist er böse. Ich muss einschreiten. So richtig?"
„Gut! Richtig verstanden. Nun darfst du mir noch die Flasche Rotwein öffnen. Ich möchte nicht, dass er es tut. Man weiß ja nie."
Pedro und Juana setzen sich nun entspannt auf die Stühle im Esszimmer und warten auf den großen Moment.
Fast zu pünktlich, Walter muss vor dem Haus oder sogar vor der Tür gewartet haben, klingelt es an der Tür. Juana verlässt das Esszimmer, in dem sich jetzt Pedro ganz alleine aufhalten wird. Langsam geht Juana zur Tür, sie atmet ein letztes Mal tief durch, dann öffnet sie. Vor ihr steht Walter. In der Hand einen riesigen Strauß Rosen. Rote Rosen. Außerdem eine in Seidenpapier eingewickelte Flasche Wein.
„Hallo, meine Schöne!", begrüßt er Juana.
Sie tritt einen Schritt zur Seite und bittet ihn einzutreten.
„Ich freue mich. Den ganzen Tag habe ich mich schon auf den heutigen Abend gefreut. Du hast eine schöne Wohnung! Das ist doch deine Wohnung?", fragt er.
Juana stutzt einen Moment, ohne das es Walter sehen kann, da sie ihm den Rücken zuwendet. Ihr schießt die Frage durch den Kopf, warum er sie das wohl gefragt hat.

„Denkst du wir haben bei der Polizei extra Wohnungen um Verdächtige zu vernehmen?", kontert sie und zwinkert ihrem Gegenüber zu.

Walter überreicht ihr den Blumenstrauß.

„Die sind wunderschön. Vielen Dank. Komm, ich zeige dir das Wohnzimmer. Nimm schon mal Platz. Ich bin gleich bei dir", sagt sie, während sie über den Flur zum Salon gehen. Walter tritt ans Fenster und schaut auf die Straße. Juana, die darüber nachdenkt, wo in dieser Wohnung wohl die Blumenvasen stehen könnten, winkt ihm kurz zu und geht in die Küche. Zufällig fällt ihr Blick auf eine Vase im Flur, die zwar ein wenig groß ist aber, denkt sie sich, besser als gar keine Vase.

Zurück im Salon findet sie Walter noch immer am Fenster stehend vor.

„Kann ich dir etwas anbieten? Einen Wein vielleicht? Oder lieber ein Bier?"

„Ich denke, ein Wein wäre gut. Kann ich dir helfen? Vielleicht die Flasche öffnen?"

Juana erklärt ihrem Besucher, sie hätte bereits eine Flasche geöffnet, in der Hoffnung seinen Geschmack getroffen zu haben. Auf einem kleinen Schrank in der Ecke des Salons hatte sie sicherheitshalber Gläser und Flasche bereitgestellt. Walter geht zu Juana und stellt sich ganz dicht neben sie, der Duft seines Rasierwassers, einen Tick zu aufdringlich, steigt ihr in die Nase.

„Ist dir kalt? Du hast ja Gänsehaut?", will Walter plötzlich wissen.

Juana hatte gehofft, sie könne den leichten Ekel - wahrscheinlich ausgelöst durch den zu intensiven Duft - unterdrücken.

„Es ist nur so ein Schauer, hat nichts zu sagen. Komm, lass uns anstoßen. Auf den herrlichen Tag!", erwidert sie schnell.
„Ja, meine Liebe, gerne und auch auf die noch bevorstehende Nacht!"
Hätte Walter in diesem Moment in Juanas Gesicht geschaut, wäre ihm der Anflug von Panik darin sicher nicht entgangen.
Er legt seinen Arm um Juanas Schultern, sie dreht sich vorsichtig heraus und geht fast gleichgültig zum Fenster.
„Hast du deinen Wagen vor der Tür stehen?"
Die Ermittlerin sucht krampfhaft nach einem Thema, um ihre Gelassenheit wieder zu finden.
„Erzähl doch mal, was treibst du so den ganzen Tag in deinem Urlaub? Du hast doch Urlaub? Oder warum bist du so lange hier in Chiclana?"
Walter setzt sich auf das Sofa und schaut zu Juana. Er lächelt sie an und erwidert:
„Und nun Frau Kommissarin? Beginnt jetzt das Verhör? Klar habe ich Urlaub. Gestern war ich in Cádiz. Ich habe mir die Markthalle angesehen, war auf diesem Aussichtsturm mit dem Spiegel. Du kennst ihn ja sicherlich. In einem der zahlreichen Cafés habe ich dann eine Erfrischung zu mir genommen. Später bin ich ganz langsam wieder nach Hause in mein Apartment gefahren. Noch andere Fragen?"
Juana ist ärgerlich. Seine Anspielungen gefallen ihr nicht. Sie kontert:
„Warum reagierst du so merkwürdig? Wenn das ein Spiel sein soll, so gefällt es mir nicht besonders!"
Walter blickt sie erst an.

„Es tut mir leid, ich wollte dich nicht ärgern. Sag mal, wo ist denn hier die Toilette? Ich müsste mir dringend die Hände waschen."
Nachdem Juana alleine im Flur steht, untersucht sie geschickt die Jacke, die Walter an der Garderobe abgelegt hat. Sie findet sein Mobiltelefon. Schnell sucht sie im Menü die Liste der ausgehenden Anrufe. Als das Rauschen des Wassers aufhört legt sie das Telefon rasch zurück und geht ganz leise in die Küche, die neben der Gästetoilette liegt. Sie lauscht, denn sie möchte zu gerne wissen, ob es wirklich nur ein natürliches Bedürfnis für den Besuch der Toilette gab. Kurz darauf verlässt Walter den kleinen Raum und geht zurück in den Salon. Juana folgt ihm fast geräuschlos. Sie entdeckt ihren Besucher, während er direkt vor Juanas Weinglas steht. Ein bisschen zu nah an ihrem Glas, für ihren Geschmack.
„Da bist du ja. Ich habe dich schon vermisst. Komm, trink noch einen Schluck!"
Walter reicht Juana das Rotweinglas. Sie hebt es hoch und führt es an ihre Lippen, ohne wirklich einen Schluck zu trinken. Plötzlich steht Walter hinter ihr und legt beide Arme um ihre Taille. Etwas zu fest, sie versucht sich zu lösen. Aber Walter hält sie umschlungen. Es gelingt ihr nicht, sich aus der Umklammerung zu lösen.
„Willst du etwa mit mir einen Tanz wagen?", fragt sie einen Tick zu laut, lacht dann, um es zu überspielen.
„Tanzen? Nein. Ich wollte nicht tanzen. Ich möchte viel lieber..."
Den Satz kann Walter nicht mehr beenden, Juana Mobiltelefon klingelt. Sie denkt, zum Glück hat es geklappt, auf Pedro ist eben immer Verlass.

„Entschuldige, ich muss abnehmen. Es ist das Diensttelefon."

Walter löst die Umklammerung und Juana greift nach ihrem Telefon. Nur kurz ist das Gespräch. Sie legt das Mobil auf den Tisch, dreht sich um, schaut Walter an und erklärt dann mit fester und ganz ruhiger Stimme:

„Es tut mir schrecklich leid, du musst jetzt gehen. Ich habe einen Einsatz bekommen und muss mich noch schnell umziehen, so kann ich ja nicht fahren. Ich glaube es ist das Beste, wenn ich dich anrufe, sobald ich wieder Zeit habe. Dann setzten wir diesen Abend fort. Ich bringe dich noch zur Tür."

Juana geht vor, sie schaut sich um, will wissen, ob Walter ihr folgt. Ja, er folgt und verabschiedet sich. Die Tür fällt ins Schloss. Juana atmet ganz tief durch. Dann öffnet sie die Tür zum Esszimmer.

Kapitel 23 * in Chiclana

Pedro hat eine unruhige Nacht gehabt. In seinen Träumen beschäftigte ihn immer wieder Juanas neuer Freund. Total gerädert hat er viel früher als sonst seine Wohnung verlassen und ist aufs Kommissariat gefahren. Auf seinem Schreibtisch findet Pedro ein Fax vor. Joan hat, wie versprochen, ein Foto seines ehemaligen Geliebten Filippo geschickt. Das Gesicht ist aber nicht bekannt. Pedro veranlasst eine Vorladung des Mannes für den Nachmittag. Kurz nach acht Uhr erscheint auch Juana. Die Anstrengung des letzten Tages ist ihr im Gesicht abzulesen. Die beiden Ermittler diskutieren das Ergebnis des Einsatzes.

„Ich konnte zwar seinen Gesichtsausdruck nicht sehen, aber gerade deshalb denke ich, er hat gelogen. Ganz am Beginn hat er dich gefragt, ob es deine Wohnung ist. Wie kommt er darauf. Wenn ich eine Frau kennenlerne, sie lädt mich zu sich ein, frage ich sie dann, ob es ihre Wohnung ist? Nein. Klar ist es ihre Wohnung. Dann die Geschichte mit seinem Gerede: beginnt jetzt das Verhör? Warum wollte er sich die Hände waschen? Wir hätten das Bad untersuchen sollen! Vielleicht hat er eine Kamera installiert."

Pedro ist kaum zu bremsen, ihm fallen immer mehr Dinge ein, die Walter hätte anstellen können.

„Was mich ehrlich gesagt nur verunsichert hat, ist die gelöschte Liste der abgehenden Telefonate im Mobil. Ich habe diese Liste in meinem Telefon noch nie gelöscht. Du etwa? Also hat er etwas zu verbergen. Ich denke, wir sollten eine Nachweisliste anfordern. Sicher ist sicher."

Juana ist verunsichert, Pedro spürt es ganz deutlich.

„Heute am Nachmittag wird hier Filippo erscheinen. Schau, hier ist ein Foto von ihm. Er war sofort bereit zu kommen, ohne zu fragen warum. Das hat man nun wirklich nicht oft", berichtet Pedro seiner Chefin.

Tatsächlich erscheint am späten Nachmittag dieser Zeuge, der sich sofort dazu entschlossen hat, lieber von Pedro als von Juana befragt zu werden.

„Es geht um Ihren Wagen. Fahren Sie noch immer einen Renault Megan?", fragt Pedro zielstrebig.

„Ja. Möchten Sie den Wagen mal zur Probe fahren? Wir könnten uns für den heutigen Abend verabreden."

„Nein. Ich möchte wissen, welche Farbe Ihr Auto hat."

Filippo ist überaus freundlich zu Pedro. Er strahlt ihn an und klimpert mit den langen Wimpern, man könnte denken, er hätte sich künstliche angeklebt.
„Mein Auto ist rot. Rot wie die Liebe!"
„Aber, es war doch früher weiß?", fragt Juana dazwischen.
„Ach, ist das Ihre Kollegin? Ja, sie hat Recht. Früher war er mal weiß. Aber die Farbe war mir zu kalt."
„Wann haben sie den Wagen neu spritzen lassen?", fragt Pedro.
Diese Frage hätte er so lieber nicht stellen sollen. Filippo rückt etwas dichter an Pedro heran und flüstert ihm dann zu:
„Spritzen? Ach, da fällt mir aber so einiges ein." „Darf ich Sie daran erinnern, dass Sie sich auf einem Kommissariat befinden! Beantworten Sie die Frage. Wann wurde das Auto neu lackiert und wo?"
Filippo antwortet, während er sich wieder etwas von Pedro entfernt, er könne sich nicht so genau an das Datum erinnern. Den Namen der Werkstatt gibt er aber gerne an.
Die Befragung wird beendet, nachdem Juana den Mann darauf hingewiesen hat, dass er sich innerhalb der nächsten vier Wochen umzumelden hätte, sonst, so droht sie ihm an, würde sie ein Verfahren gegen ihn einleiten. Pedro nimmt sofort mit der Autowerkstatt Kontakt auf. Der Chef am Telefon verspricht, die erforderlichen Daten aus den Unterlagen herauszusuchen und sich dann bei den Kommissaren zu melden.
Ein Kollege, der an der Observation des Jochen Nieber beteiligt war, reicht Juana ein Foto der jungen Begleiterin ins Büro. Weder Juana noch Pedro kennen das Gesicht. Um ganz sicher zu gehen veranlasst Juana, dass das Foto per E-

Mail an die Kollegen in Hamburg geht. Zwischenzeitlich hat sich auch der Leiter der Autowerkstatt gemeldet. Juana berichtet Pedro über den Verlauf des Telefonates.

„Dieser hübsche junge Mann hat seinen Wagen mit einem Schaden an der Motorhaube in die Werkstatt gebracht. Nachdem der Schaden behoben wurde, so berichtet der Chef, sollte der Wagen neu gespritzt werden, nun ist er also dunkelrot. Ich habe, genauso wie du, sofort an unseren Unfall gedacht, die Neulackierung geschah jedoch einige Tage früher. Schade. Dein Schönling ist also aus dem Rennen. Neues Glück – neues Spiel!"

Juanas Mobiltelefon klingelt. Eigentlich ist das ein ganz normaler Vorgang, jedoch nicht nach den dubiösen Anrufen und dem noch ungeklärten Geschenk, das Juana erhalten hat. Pedro und Juana schauen sich an. Die Ermittlerin nimmt dann mit gewohnter Routine das Gespräch entgegen. Ihr Gesicht verfärbt sich, zuerst weiß, dann rot. Die Antworten kommen nicht flüssig, sondern eher wohl überlegt. Pedro wird aufmerksam, obwohl er nicht mitbekommt, wer am anderen Ende spricht. Dann bedankt sich Juana und legt das Mobil zurück auf den Schreibtisch.

„Was ist? Wer was das?", will Pedro wissen.

„Walter. Er will sich mit mir treffen. Du kannst raten, wo er mich treffen will!"

„Nun, ich denke in der Wohnung von gestern. Oder?"

Juana schüttelt ihren Kopf. Nein. Ich kann es nicht fassen. Es kann doch kein Zufall sein. Er hat mit vorgeschlagen in der kleinen Bar, die auf der gegenüberliegenden Seite meiner Wohnung liegt, auf mich zu warten. Heute nach Feierabend."

Stille. Juana kann nicht glauben, was sie soeben gehört hat. Pedro auch nicht.

„Ich habe doch gleich gesagt, seine Reaktion auf die Wohnung war komisch. Er weiß, dass es nicht deine Wohnung war. Vielleicht hat er dich beobachtet, vielleicht verfolgt. Hast du darauf geachtet?", fragt Pedro besorgt.

„An einem Tag schon, aber an den anderen Tagen, kann ich es nicht ausschließen. Warum aber? Es macht doch keinen Sinn."

Plötzlich klopft es an der Tür. Juana und Pedro erschrecken beide. Die Bürotür öffnet sich und eine Kollegin reicht Juana ein Päckchen, das per Post eingetroffen ist. Pedro fragt sofort, ob das Paket untersucht wurde. Die Kollegin bestätigt, es sei „sauber".

„Kein Absender, spanische Briefmarke. Gewicht, ich würde sagen etwa 700 Gramm. Normales Papier, Packpapier. Ich glaube, ich pack es aus. Pedro, was meinst du?"

Er nickt und Juana löst das durchsichtige Klebeband an den Seiten und auf der Unterseite des Päckchens vorsichtig ab. Danach wickelt sie das braune Packpapier ab und legt es sorgfältig auf den Tisch. Vor den beiden steht ein schlichter weißer Karton. Der Deckel liegt lose auf. Ganz behutsam hebt Juana ihn hoch und schaut auf einen in rotes Papier gewickelten Gegenstand. Juana entnimmt das Teil, sie schüttelt es. Nichts passiert. Vorsichtig entfernt sie das Seidenpapier und schaut auf einen länglichen Holzkasten. Die beiden Ermittler starren sich an. Erneut herrscht Stille. Pedro findet zuerst die Fassung wieder.

„Es ist unglaublich. Wer erlaubt sich so eine Sauerei? Wenn ich den Kerl in die Finger kriege, na warte!"

Juana hält einen schwarzen Holzsarg in ihrer Hand. Auf dem Deckel sind zwei Buchstaben aufgeklebt worden. Ein großes J und ein großes G. Es sind Juanas Initialen. Die Abdeckung des kleinen Sarges lässt sich öffnen. Darunter kommt erneut eine kleine Puppe zum Vorschein. Sie sieht Juana sehr, sehr ähnlich. Die gleiche Haarfarbe, die gleiche Frisur. Um den Hals der kleinen Figur ist wieder eine Schnur gewickelt worden. In der Brust stecken Nadeln. Das Modell ist eine Miniaturausgabe der Puppe, die Juana bereits vor einigen Tagen als Geschenk erhalten hatte. Die Teile entgleiten der Kommissarin. Sie starrt ins Leere. Pedro, der seiner Kollegin helfen will, rennt um den Schreibtisch herum und entdeckt dabei, dass sich im Deckel des Kartons noch ein Umschlag befindet.

„Schau. Juana. Ein Brief. Ich öffne ihn. Mal sehen, was für eine Botschaft der Verrückte für uns hat. Hier steht:
Eine gute Reise Frau Kommissarin!
Es ist eine bodenlose Frechheit. Das ist doch kein Zufall, das Paket und der Anruf dieses Walter kommen zu genau der gleichen Zeit hier an. Ich fresse einen Besen, wenn der seine Hände da nicht im Spiel hat."

„Bring die Sachen ins Labor der Kriminaltechnik. Frage gleich nach, was die Untersuchung der anderen Puppe ergeben hat. Danke Pedro."

Eigentlich möchte Pedro seine Kollegin nicht alleine lassen, der Weg ins Labor jedoch ist wichtig.

Wie viel Zeit vergangen ist, bis ihr Kollege wieder an ihrer Seite steht, kann Juana nicht beurteilen, Sie hat sein Kommen gar nicht bemerkt. Juana starrt aus dem Fenster des Büros.

„Die Untersuchung hat nicht viel Spannendes ergeben. Wir haben keine neuen Hinweise erhalten. Die erste Puppe, stammt nicht aus Spanien. Das Seil, das man ihr um den Hals gebunden hatte, ist ganz normales Pack- Band. Der Irre kann es also überall gekauft haben. Ebenso den Schuhkarton. Vielleicht stammt der vom Wochenmarkt."
Ein Telefonanruf unterbricht Pedro bei dem Versuch Juana zu beruhigen. Der Arzt des Krankenhauses teilt den Kommissaren mit, dass es der jungen Deutschen den Umständen nach schon besser gehe. An einen Transport nach Deutschland sei jedoch bis auf weiteres nicht zu denken.
Pedro redet mit großer Entschlossenheit auf seine Chefin ein. Juana allerdings will von seinem Vorschlag nichts wissen.
„Was soll es? Ich bin sehr wohl alleine in der Lage auf mich aufzupassen", wehrt sie sich.
„Juana, bitte. Du hast zwei Möglichkeiten, entscheide dich. Entweder du gehst für die nächsten Tage, bis der Irre gefasst ist, in ein Hotel oder du wohnst bei mir."
„Es ist viel zu eng in deiner Wohnung. Pedro. Wie stellst du dir das vor? Ich in der Dusche und du im Bett? Oder umgekehrt? Das kommt nicht in Frage. Und warum soll ich Geld für ein Hotel ausgeben? Ich habe eine schöne Wohnung, wie du sehr wohl weist."
„So, meine Liebe. Da sind wir genau beim Thema. Was war denn damals, als ich in der Falle dieses Mörders war? Wer hat denn da beschlossen, dass ich meine Wohnung verlassen musste? Und wo habe ich geschlafen? Kannst du dich noch daran erinnern? Oder soll ich dir dabei helfen?"

Juana schaut auf den Boden. Pedro, der sich ihr langsam und leise genähert hat, legt seine Hand auf ihre Schulter.
„Du weißt, ich habe Recht. Komm mit, wir fahren. Glaube mir, morgen sieht die Welt schon wieder ganz anders aus."
Auf dem Weg zu Pedros Wohnung schweigen sich die beiden an. Pedro traut sich nicht etwas zu sagen. Juana dagegen genießt es, ihren eigenen Gedanken nachzugehen. In Pedros kleiner Wohnung findet sich eine Lösung für die Unterbringung seiner Kollegin. Kurzerhand rafft der Kommissar ein Kissen und eine Decke aus dem Schrank und verfrachtet es ins Wohnzimmer auf die Couch.
„Ich schlafe heute Nacht hier im Salon, du darfst mein Bett benutzen. Ich habe es zufällig heute Morgen neu bezogen. Handtücher liegen im Bad, fühl dich wie zu Hause. Kann ich dir noch ein Glas Wein anbieten? Vielleicht schläfst du dann besser?"
Ohne eigentlich auf die Antwort seiner Chefin zu warten, reicht er Juana ein Glas Rotwein, den sie dankend entgegen nimmt. Die Anspannung der letzten Tage ist deutlich auf ihrem Gesicht abzulesen. So wird der Abend relativ schnell beendet und beide sind froh darüber, dass das erneute Treffen mit dem Deutschen nicht stattfindet. Pedro träumt in dieser Nacht von einem traumhaften Strand, an dem er mit Juana Hand in Hand spazieren geht.

Kapitel 24 * in Chiclana

Auf dem Schreibtisch findet Juana am nächsten Morgen die Nachricht der Kollegen der Kriminaltechnik vor. Auch die Untersuchung der zweiten Puppe hat keine neuen Erkenntnisse gebracht. Lediglich zu dem Holzsarg können die Ermittler eine interessante Angabe machen.

„Pedro, hör mal zu. Der Sarg wurde aus einer geleimten Holzplatte hergestellt. Die Kanten, so steht hier, sind professionell zugeschnitten worden. Allem Anschein nach, muss der Hersteller ein Tischler sein. Der Boden wurde mit einem speziellen Leim verklebt, den normalerweise auch nur Tischler benutzen. Wenn ich jetzt mal an diesen Walter denke, was hat der eigentlich für einen Beruf? Das wissen wir nicht. Kümmerst du dich bitte darum."

„Juana, entschuldige, aber ich glaube nicht an diesen Walter. Er kann doch diesen Sarg kaum hier im Hotel hergestellt haben. Weder Maschinen noch Material waren vorhanden. Außerdem konnte er doch nicht wissen, dass er dich kennenlernen wird. Es war ein Zufall. Ich glaube, ich habe mich da auch verrannt. Lass uns lieber überlegen, ob du jemand kennst, der für eine solche Arbeit das Wissen mitbringt. Juana bleibt still, sie starrt gegen die Decke und überlegt. Pedro kann ein Kopfschütteln erkennen. Eine Weile später erklärt Juana, sie kenne keinen Tischler. In den Akten der letzten Verurteilten findet Juana ebenfalls keinen Hinweis auf einen Handwerker. Soweit sie auch in den Jahren zurückgeht, es ist kein Straftäter aus der Holzverarbeitung dabei gewesen.

„Das bringt uns nicht weiter. Wir müssen uns etwas anderes überlegen."

Das Klingeln eines eingehenden Telefonates unterbricht die beiden Kommissare bei ihren Gedankenspielen. Eine Werkstatt in Chiclana meldet einen Unfallwagen, der gestern Abend zur Reparatur gebracht wurde. Es handelt sich dabei um einen weißen Renault Megan. Das hat

Vorrang. Juana und Pedro verlassen sofort ihr Büro und fahren in die Innenstadt zu der kleinen Werkstatt.

Auf der Hebebühne finden sie tatsächlich einen weißen Megan vor. Zuerst können die Ermittler gar keinen Schaden erkennen, doch dann, nach dem Hinweis des Monteurs, entdecken sie die Schrammen auf der Motorhaube und den Riss in der Frontscheibe.

„Können Sie sagen, was einen solchen Schaden verursacht haben könnte? Hat der Halter des Fahrzeugs Angaben dazu gemacht?", will Pedro wissen.

„Sicherlich. Ich habe den Fahrer ja danach gefragt. Aber die Erklärungen kamen mir schon seltsam vor. Angeblich soll vom Balkon, unter dem der Wagen geparkt war, ein Junge auf den Wagen gesprungen sein. Ein Gegenstand, den er in der Hand hielt, hat den Riss in der Scheibe zur Folge gehabt. Beim Runterrutschen sind dann die Kratzer entstanden. Sagt der Halter. Ich kann es mir nicht vorstellen. Aber es gibt schon seltsame Dinge zwischen Himmel und Erde. Vielleicht können ihre Profis da mehr rausfinden. Wir haben den Wagen jedenfalls noch nicht angefasst. Wegen der Spuren!"

Juana lächelt und bedankt sich bei dem Werkstattleiter. Pedro und Juana beraten sich, kommen dann aber zu dem einstimmigen Ergebnis, dass dieser Schaden auf keinen Fall von dem Unfall herrühren kann, um den es bei ihren Ermittlungen geht. Sie bedanken sich und fahren aufs Kommissariat zurück.

„Wir sollten uns wieder auf das wirklich Wichtige konzentrieren. Das Mobiltelefon ist nicht wieder aktiv geworden. Das wissen wir. Ich habe eben nochmals die Nummer angerufen. Abgestellt. Jochen Nieber ist noch immer in

Chiclana. Die Frau an seiner Seite kennen wir nicht. Und ich habe so ein komisches Gefühl im Magen. Das sind die Tatsachen."

Pedro lächelt seine Kollegin an und fragt sie, ob sie Hunger hätte.

„Lass den Quatsch. Ich möchte, dass wir Jochen Nieber erneut observieren. Nur so können wir ihn überführen. Wenn er denn wirklich etwas mit der Sache zu tun hat."

Ein Team des Kommissariats übernimmt die erste Schicht der Überwachung.

Nach der Mittagspause fahren Juana und Pedro zu ihren Kollegen um sich selbst ein Bild über die Lage vor der Apartmentanlage zu machen.

„Es ist nichts Spannendes passiert. Die Frau ging einkaufen, kam zurück. Seit drei Stunden hat sich nichts bewegt."

Der junge Polizist berichtet Juana, er lächelt dabei nach ihrem Empfinden etwas zu stark.

„Entschuldigung. Ich habe mir nur gerade vorgestellt, was die beiden da in der Wohnung wohl so machen und womit sie sich den Tag versüßen?"

„Ich glaube, ich muss mich bald mal mit deinem Vorgesetzten unterhalten. Wie ist doch gleich noch der Name?", erwidert Juana mit einem Augenzwinkern.

Langwierige Ermittlungen sind für die Kommissare keine Seltenheit. Wenn aber, wie in diesem Fall, ein Menschenleben in Gefahr ist, kommen Enttäuschung und Wut auf.

„Ich habe bald keine Lust mehr mich um diese weißen Autos zu kümmern. Ich will jetzt endlich den Täter schnappen und ihn wegen Fahrerflucht vor ein Gericht bringen. Erst dann wird es der armen Touristin im Krankenhaus wirklich besser gehen. Ich frage mich, ob sie wohl

erneut zu uns nach Spanien in den Urlaub kommen wird? Ich glaube, ich würde es nicht machen. Es gibt schließlich auch noch andere Länder, in denen die Sonne scheint."
Juana schimpft vor sich hin, Pedro schaut ab und zu von seinem Schreibtisch hoch, traut sich aber nicht seine Chefin anzusprechen. Hin und wieder unterbricht sie ihren Redefluss, da aber keine Bemerkung folgt, spricht sie weiter.
„Dir scheint es wohl ganz und gar egal zu sein? Was du wohl sagen würdest, wenn es deine Freundin wäre? Oder ich? Wenn man mich angefahren hätte!"
„Juana, bitte! Du hast Recht. Es ist eine ganz abscheuliche Tat. Ich schließe nicht aus, dass der Unfall so oder so passiert wäre, wenn die Mädchen mitten auf der Fahrbahn gehen, noch dazu mitten in der Nacht! Aber der Fahrer hätte anhalten müssen. Darüber sind wir uns einig. Wir finden ihn. Ich bin mir ganz sicher. Wir werden diesen Rüpel ausfindig machen."
Plötzlich klingelt Juanas Mobiltelefon. Die Blicke der beiden Kommissare treffen sich und deutlich ist einen Moment lang der Schreck zu erkennen, den beide empfinden. Mutig und routiniert meldet sich Juana. Der Blick ist unsicher, aber ihre Stimme ist ruhig und sehr stark. Fragend schaut Pedro zu seiner Kollegin, die das Gespräch bereits wieder mit einem –ja, ich bin einverstanden- beendet hat.
„Das war Walter Halber. Er hat mich eingeladen. Für heute Abend. Er will mich im Hotel Rio treffen. Auf ein Glas Sekt."
Die Worte kommen langsam und stockend. „Ob das nun ein Zufall ist? Ich meine mit dem Ort des Treffens?"

Pedro versteht nicht, was seine Kollegin damit sagen will und fragt nach. Die Erklärung die folgt, erschrickt ihn. Im Hotel Rio ist damals die junge Deutsche Jutta Nieber ermordet im Schwimmbad aufgefunden worden.
„Da gehst du auf keinen Fall hin. Sagst du nicht immer: es gibt im Leben keine Zufälle! Ruf ihn an und sag den Termin ab. Es ist ein wichtiger Einsatz gekommen. Fertig."
„Ich verstehe dich ja, Pedro, aber ich will es endlich wissen. Ich fahre heute Abend hin. Aus. Es ist ein großes Hotel. Was soll denn da passieren? Er wird mich wohl kaum, so wie ich bin, ins Schwimmbad schleifen und ertränken. Nach dem Abend haben wir endgültig Klarheit. So, und nun Schluss mit der Diskussion. Es geht immerhin um einen privaten Termin. Es ist kein Einsatz und ich mache es in meiner Freizeit!"
Pedro gibt sich geschlagen. Er denkt aber darüber nach, was er tun kann, damit Juana diesen Termin nicht wahrnimmt. Ganz beiläufig erkundigt er sich bei ihr, wann das Treffen denn stattfinden soll. Juana, die ihren Kollegen sehr gut kennt und „den Braten gerochen hat", erwidert die Frage lediglich mit einem Lächeln.
Viel früher als erforderlich verabschiedet sich Juana von Pedro. Vielleicht kann sie ihn täuschen, ihn davon abhalten, sie zu diesem Treffen zu verfolgen. Zu Hause angekommen erledigt sie daher einige Dinge, die sie schon lange erledigen wollte. Ab und zu wirft sie einen Blick aus dem Fenster, um nach Pedros Auto zu suchen. Obwohl sie immer wieder hinunter auf die Straße schaut, kann sie ihren Kollegen nicht entdecken. Sonderbar, denkt sie sich, ich hatte fest mit seinem Erscheinen gerechnet. Sollte ich mich so in ihm getäuscht haben? Um ganz sicher zu gehen,

verlässt Juana ihre Wohnung zu Fuß um einige Kleinigkeiten in einem kleinen Supermarkt ganz in der Nähe einzukaufen. Pedro folgt ihr nicht.

Es ist kurz nach 22 Uhr als Juana in ihren Wagen steigt und nach La Barrosa fährt, nachdem sie die Straße ein letztes Mal nach ihrem Kollegen abgesucht hat. Das Hotel Rio ist hell erleuchtet, auf dem Parkplatz stehen zahlreiche Autos. Genau an dieser Stelle habe ich damals auch geparkt, geht es ihr durch den Kopf. Sie nimmt noch ihre Jacke von der Rücksitzbank und steigt aus. Die Handtasche locker über die Schulter geworfen, wirft sie einen Kontrollblick auf ihren Wagen um ihn dann durch einen Druck auf die Fernbedienung zu verschließen. Aufgeschreckt durch ein Geräusch dreht sie sich um. Seitlich des Parkplatzes wachsen Büsche, Bäume und Sträucher. Dahinter das nächste Hotel. Zur linken Seite weitet sich der Parkplatz aus, unterbrochen durch angepflanzte Grünstreifen. Zur Straße, von der sie kam, sind es gut und gerne 60 Meter. Sie kann in der Dunkelheit auf dem Parkplatz nichts erkennen. Die Ursache des Geräuschs bleibt unerkannt. Als ein Knarren an ihr Ohr dringt, dreht sie sich erneut um und spürt nur noch einen Schlag auf den Kopf.

An der Bar des Hotels sitzt Walter und schaut unruhig auf seine Armbanduhr. Kurz nach elf Uhr gibt er auf, bezahlt seinen Drink und verlässt das Hotel. Auch sein Auto steht auf dem Parkplatz des Hotels. Enttäuscht schlendert Walter zu seinem Auto. Er hatte sich den Stellplatz nicht gemerkt, da bei seiner Ankunft noch nicht so viele Autos geparkt waren. So kommt es einem Zufall gleich, dass er beim weiträumigen Absuchen des Platzes, auf etwas am Boden stößt. Er erkennt, es ist eine Frau, die dort in einer

Blutlache zwischen den Autos liegt. Vorsichtig dreht er den leblosen Körper zu sich, um nach einem Lebenszeichen zu suchen. Er starrt in Juanas Gesicht und erschrickt. Es scheinen Minuten zu vergehen, bis er endlich das Mobiltelefon aus seiner Jacke zieht und Hilfe ruft.

Pedro liegt entspannt auf seiner Couch. Einen Film, der vom Fernseher flimmert, nimmt er gar nicht wahr. Seine Gedanken sind bei Juana. Seine Gedanken werden jäh durch das Klingeln seines Telefons unterbrochen.

Die Leitstelle meldet einen Überfall auf eine alleinstehende Frau. Juana war nicht zu erreichen, aufgrund ihres freien Abends, daher muss nun Pedro zum Einsatz fahren. Nachdem er den Ort des Verbrechens erfahren hat, steigt seine Wut ins Unermessliche. Warum hat sie nur nicht auf ihn gehört! Keine zehn Minuten sind vergangen. Pedro rast in seinem Fahrzeug zur Einsatzstelle: zum Parkplatz des Hotel Rio. Die Uniformierten der Guardia Civil sind schon vor ihm eingetroffen.

„Wie geht es ihr? Lebt sie? Was ist passiert? Wer hat sie gefunden?", Pedro überschlägt sich.

Ein älterer Kollege der Guardia Civil nimmt Pedro zur Seite und spricht ganz ruhig mit ihm.

„Komm weg hier, es hilft ihr nicht, wenn du dem Ärzteteam im Weg stehst. Ein Gast des Hotels hat sie gefunden und uns informiert. Wir haben sie bewusstlos vorgefunden. Sie ist niedergeschlagen worden. Vermutlich mit einer leeren Sektflasche. Sie wurde neben Juana am Boden gefunden. Wir haben Blutspuren auf der Flasche entdeckt. Es geht Juana nicht besonders gut, aber es besteht zurzeit keine Lebensgefahr. Das sagt jedenfalls der Arzt, der sie untersucht hat. Sie versorgen die Platzwunde, danach wird

Juana ins Krankenhaus gebracht. Sicherlich hat sie eine Gehirnerschütterung, aber das werden die Untersuchungen im Krankenhaus klären müssen."
Pedro war ganz still und hat seinem Kollegen zugehört.
„Wer war das?"
„Das wissen wir noch nicht. Gefunden hat sie ein Gast des Hotels, er suchte seinen Wagen, sagen wir mal, er ist fast über sie gestolpert. Der Mann heiß Walter Halber."
Pedro reist sich los und rennt zu Juana, die gerade auf einer Trage in den Krankenwagen geschoben wird.
„Ich will mit", schreit er den Sanitäter an.
Der Kollege der Guardia Civil hat Pedro wieder erreicht, er hält ihn an seiner Jacke fest und redet mit Engelszungen auf ihn ein.
„Du hilfst ihr doch mehr, wenn du hier bleibst. Wir brauchen dich hier für die Ermittlungen. Der Arzt im Krankenhaus ist bereits informiert, er ruft uns an. Lass sie fahren. Bitte Pedro."
„Ich will mit diesem Walter sprechen. Er hat Juana niedergeschlagen. Da bin ich mir ganz sicher."
Walter Halber ist schwer betroffen, er steht unter Schock. Ein Arzt, der sich um ihn kümmert, bittet Pedro mit der Vernehmung noch bis zum nächsten Morgen zu warten. Pedro muss sich fügen.

Kapitel 25 * in Chiclana

Die Nacht war kurz. Geschlafen hat Pedro erst gegen Morgen. Der Wecker holte ihn aus einem bösen Traum, in dem er Zeuge eines Mordes wurde. Begangen von mindestens zehn Männern, die sich alle nackend an Juana vergin-

gen und sie dann mit Messern töteten. Pedro ist durchgeschwitzt und völlig gerädert. Nur noch eine Dusche kann ihn retten und langsam zurück in die Wirklichkeit holen.
Auf dem Kommissariat grüßen ihn die Kollegen mit tiefer Betroffenheit, das allerdings vergrößert Pedros Sorge um seine Juana.
Im Büro angekommen tätigt er den ersten Anruf, mit der Klinik, in der Juana behandelt wird. Die Aussage des gestrigen Abends bestätigt sich: Juana hat als Folge des Schlages auf den Kopf eine Gehirnerschütterung. Die Platzwunde am Hinterkopf wurde versorgt und wird eine kleine Narbe hinterlassen. Weitere Untersuchungen blieben zum Glück ohne Befund. Es geht ihr besser. Der zweite Anruf, den Pedro nun schon wesentlich ruhiger angeht, gilt den Kollegen der Kriminaltechnik. Die endgültigen Ergebnisse liegen trotz der sofort begonnenen Arbeit noch nicht vor. Auf der Flasche, es handelt sich um eine Sektflasche eines spanischen Herstellers, wurden Blutspuren gefunden. Es handelt sich dabei um Juanas Blut. Fingerabdrücke konnten nicht sichergestellt werden. Der Täter muss Handschuhe getragen und die Flasche vor der Tat gründlich gereinigt haben. Eine am Tatort gefundene Zigarettenkippe wird zurzeit noch untersucht. An Juanas Auto wurden jede Menge Spuren gefunden. Die Zuordnung dürfte aber noch Zeit in Anspruch nehmen. Pedro beschließt, den zwischenzeitlich aus dem Krankenhaus entlassenen Walter Halber zu vernehmen.
Als er gerade das Büro verlassen will, trifft ein Kollege ein. Joaquin Cerdes, er gehört zu einem anderen Team, begrüßt Pedro mit einem Schlag auf die Schulter.

„Was mit deiner Partnerin passiert ist, eine Riesensauerei! Ich werde dich begleiten, so lange Juana im Krankenhaus liegt. Was machen wir zuerst?"
„Ich will den Mann vernehmen, den ich für den Täter halte. Aber ich kann auch alleine gehen. Vielleicht ist es sogar besser."
„Kommt nicht in die Tüte. Wir gehen zusammen. Sicher ist sicher."
Pedro weiß, dass er nicht alleine ermitteln darf. Es geht hier nicht nur um seine Sicherheit im Dienst, sondern auch um eventuelle Angriffe des Befragten gegen die Polizei. Die beiden Männer fahren nach La Barrosa.
Walter Halber ist in seinem Apartment. Als er auf das Klopfen reagiert und die Tür öffnet, stürmt Pedro an ihm vorbei in die kleine Wohnung.
„Hallo? Was ist denn mit Ihnen los? Kann ich Ihnen helfen? Sie sind doch der Polizist? Richtig? Sie arbeiten doch mit Juana zusammen? Wie geht es ihr? Man sagt mir nichts."
Pedro antwortet sehr forsch und laut, sein neuer Partner zieht an seinem Ärmel, er ignoriert es und stößt den ihn fort.
„Sie hätten sie nicht niederschlagen sollen. Dann würde es ihr jetzt besser gehen. Warum haben Sie das gemacht? Was hat Juana ihnen getan? Wollte sie nicht so, wie Sie? Hat sie sich Ihnen verweigert?"
Walter schüttelt den Kopf. Er ist sprachlos. Erst nachdem er sich auf den Sessel im Zimmer gesetzt hat, beginnt er zu reden.
„Ich habe das nicht gemacht. Ich liebe Juana. Warum sollte ich sie schlagen? Sie hatte sich mit mir verabredet. Ich

hatte gar keinen Grund sie niederzuschlagen. Sie vergessen, ich habe sie gefunden. Ihre Kollegin verdankt mir ihr Leben!"

„Sie waren verabredet. Beginnen wir doch mal an der Stelle. Sie haben sie angerufen und in dieses Hotel gelockt. Warum musste es gerade das Hotel sein? Warum kein anderes?"

Walter Halber sitzt entmutigt auf dem Sessel und antwortet ganz monoton.

„Ich habe dieses Hotel durch einen Zufall kennengelernt. Es gefiel mir. Die Bar ist sehr gemütlich und es liegt in der Nähe meines Apartments. Sonst gibt es keinen besonderen Grund dafür."

„Gut. Weiter. Juana hat zugesagt. Was dann?"

„Ich hatte ihr erzählt, dass ich ab zehn Uhr an der Bar auf sie warte. Ich weiß mittlerweile, dass ein Termin um Punkt zehn Uhr nicht üblich ist bei Ihnen in Spanien. Ich habe mir etwas zu trinken bestellt und auf Juana gewartet."

„Wann waren Sie im Hotel?", fragt Pedro weiter.

„Gegen neun Uhr bereits. Ich habe noch eine Kleinigkeit gegessen. Ich hatte den ganzen Tag keine Zeit, ich war unterwegs und wollte nicht mit leerem Magen Alkohol trinken. Ich bestellte mir ein Stück Tortilla. Nur eine Tapa. Dann habe ich ein Glas Wein getrunken und auf Juana gewartet. Die Zeit verging überhaupt nicht. Immer wieder habe ich auf die Uhr geschaut. Ich war aufgeregt. Ich habe mich auf dieses Treffen sehr gefreut."

Pedro zieht die Augenbrauen hoch, dann geht die Vernehmung weiter.

„So, Sie saßen also an der Bar. Mit einem Glas Wein. Weiter. Wie ging es weiter?"

„Bis kurz nach elf Uhr habe ich gewartet. Dann dachte ich mir, Juana würde wohl nicht mehr kommen. Ich bezahlte und verließ die Hotelbar. Auf dem Parkplatz konnte ich meinen Wagen nicht sofort wiederfinden. Es war dunkel und es standen viel mehr Autos dort, als bei meiner Ankunft. Deshalb musste ich durch einige Reihen gehen, bis ich mein Auto entdeckte. Dabei stieß ich gegen etwas am Boden. So fand ich ihre Kollegin."

„Dass Sie an der Bar gesessen haben, kann doch sicherlich jemand bezeugen? Der Barkeeper? Oder andere Gäste?", will Pedro wissen.

„Sicherlich. Der Barkeeper. Wir haben uns unterhalten. Er wird es bestätigen."

Pedro tritt zur Seite und schaut sich im Zimmer des Walter Halber um.

„Was haben Sie gestern Abend getragen?"

Der Deutsche geht ins Nebenzimmer und deutet auf das zweite Bett im Raum, dass er als Ablage für Kleidung zu nutzen scheint.

„Hier liegen die Sachen noch, die braune Hose, das beige Hemd und der Pulli. Die Socken sind in einem Beutel mit der Unterhose, in der Schmutzwäsche."

Sein Kollege erhält den Auftrag eine Plastiktüte aus dem Auto zu holen und die Sachen sicherzustellen.

„Wir werden ihre Kleider untersuchen lassen. Wehe, wenn ich auch nur einen Tropfen Blut daran finde!"

Walter Halber reagiert sofort.

„Sie werden sicherlich Blutspuren finden. Immerhin habe ich Juana umgedreht, sie lag auf dem Bauch als ich sie fand. Ich habe sie untersucht, um festzustellen, ob sie lebt. Da werden sicherlich Spuren sein."

Pedro winkt ab und fordert den für ihn einzigen Verdächtigen auf, Chiclana nicht zu verlassen.

Die Fahrt geht ins Hotel Rio. Pedro hat Glück, dass der Barkeeper bereits seinen Dienst angetreten hat. Nur aufgrund eines erkrankten Kollegen, denn sonst hätte er erst am Abend wieder Dienst.

„Guten Tag. Es geht um den gestrigen Abend", beginnt Pedro das Gespräch, nachdem er sich als Polizist ausgewiesen hat.

„Sie haben sicherlich mitbekommen, dass auf dem Parkplatz vor dem Hotel gestern Abend eine Frau überfallen wurde. Diese Frau ist eine Polizistin, sie ist meine Kollegin. Sie verstehen also, warum ich Ihre Hilfe dringend benötige. Bei ihnen war gestern Abend ein Mann an der Bar."

„Sicherlich. Hier waren viele Männer. Wir haben hier eine Hotelbar", erwidert der Barkeeper.

Pedro zieht ein Foto aus der Jacke und reicht es dem Barkeeper.

„Es geht um diesen Mann. Ich möchte folgendes von Ihnen wissen: Wann kam er? Wann ging er? War er die ganze Zeit hier, oder hat er die Bar zwischendurch verlassen?"

„Lassen Sie mich überlegen. Ich erinnere mich an den Mann. Ein Deutscher. Er kam kurz nachdem ich Dienstbeginn hatte. Es wird so kurz nach neun Uhr gewesen sein. Er hat eine Tortilla bestellt, eigentlich serviere ich an der Bar keine Speisen. Er hat mir dann aber lang und breit erklärt, er sei hier mit der tollsten Frau der Erde verabredet und wolle sie auf keinen Fall verpassen. Der Casanova hat 10 € auf den Tresen gelegt. Ich habe ihm seine Tortilla geholt. Der Gast ist halt König. Sonderbar war allerdings,

dass diese tolle Frau, auf die ich nun schon gespannt war, nicht kam. Er ging wohl so gegen elf Uhr."
„Hat der Gast die Bar verlassen? Ist er vielleicht nach draußen gegangen?"
Der Barkeeper überlegt, dann nickt er.
„Wo Sie es so sagen. Ich bin mir sicher, er hat die Bar verlassen. Aber wohin, kann ich nicht sagen. Es waren noch weitere Gäste eingetroffen, um die ich mich kümmern musste."
„Können Sie sagen, wie lange der Gast die Bar verlassen hat?"
„Nein. Kann ich nicht. Ich möchte auch keine falschen Angaben machen. Aber lange kann es nicht gewesen sein. Das wäre mir aufgefallen. Er wird sicher mal für kleine Jungs gewesen sein."
Pedro bedankt sich bei dem Barkeeper und verlässt gemeinsam mit seinem Kollegen das Hotel.
Im Auto besprechen die beiden Ermittler das Ergebnis des Gesprächs.
„Ich denke, wir sollten ihn verhaften. Er war zur besagten Zeit im Hotel und hat für einen gewissen Zeitraum die Bar verlassen. Grund genug haben wir."
„Pedro. Lass uns doch zuerst mit Juana sprechen. Vielleicht hat sie den Täter gesehen. Ich rufe im Krankenhaus an und frage, ob wir kommen dürfen."
Pedro lenkt den Dienstwagen und schlägt schon mal die Richtung des Krankenhauses ein.
Juana freut sich über den Besuch ihres Kollegen. Joaquin wartet auf dem Gang. Die mitgebrachten Blumen, die Pedro auf dem Weg in die Klinik noch besorgt hat, stellt

eine Schwester in eine Vase und reicht sie wenig später ins Krankenzimmer.

„Oh! Wie hübsch. Vielen Dank Pedro. Die Blumen sind wunderschön. Viel zu schade für hier. Ich will doch bald wieder nach Hause!"

„Dir scheint es also wieder besser zu gehen?"

Juanas Kopf ziert ein Verband, da die Platzwunde am Hinterkopf genäht werden musste und nun vor einer eventuellen Infektion geschützt wird.

„Das wird wohl nicht so schnell gehen. Du hast doch eine Gehirnerschütterung. Ein nettes Zimmer, nette Schwestern. Lass dich doch mal verwöhnen!"

„Pedro! Ich brauche keine netten Schwestern. Ich will arbeiten. Will endlich den Täter fassen, der diese junge Touristin angefahren hat."

„Kannst du dich an den Überfall erinnern? Hast du den Täter gesehen?"

„Nein. Ich habe ein Geräusch gehört. Da war aber nichts zu sehen. Das Geräusch kam aus dem Gebüsch. Ich habe meinen Wagen abgeschlossen und wollte gerade losgehen, da hörte ich wieder etwas. Ich habe mich umgedreht und dann spürte ich den Schlag auf den Kopf. Ich bin erst wieder aufgewacht, als mich ein Sanitäter ansprach, noch auf dem Parkplatz. Ich habe die ganze Zeit darüber nachgedacht. Der Mann, ich gehe davon aus, dass es ein Mann war, muss größer gewesen sein als ich. Der Schlag kam von oben. Nicht von hinten. Ich habe es mir genau überlegt. Ich habe aber kein Gesicht gesehen. Auch keine Maske. Es ging zu schnell und es war dunkel. Wie oft sind wir in dieser Situation. Wir befragen die Opfer. Wie oft

kommt die Antwort, sie hätten den Täter nicht gesehen. Ich werde nie wieder zweifeln. Auch ich habe nichts gesehen."
„Wir gehen davon aus, dass dich Walter Halber überfallen hat."
Juana erschrickt. Sie lässt sich in die Kissen fallen.
„Habt Ihr Beweise?", will sie von ihrem Kollegen wissen.
„Nun, er war im Hotel. Er hat angeblich seit neun Uhr an der Bar auf dich gewartet. Aber, so sagt der Barkeeper, er hat die Bar zwischendurch verlassen. Er hätte also die Möglichkeit gehabt, zu deinem Auto zu gehen und die Tat zu begehen."
„Aber warum denn? Er hat doch gar kein Motiv!"
„Das Motiv kennen wir noch nicht. Da hast du Recht. Aber denke doch an die Puppe! An den Sarg! Der Täter hat die Tat angekündigt."
Juana erwidert, der Unbekannte hätte die Puppe erwürgt. Sie sei aber niedergeschlagen worden. Meist kündigen diese Täter ihre Tat an und zwar genau so, wie sie sie planen.
„Juana, ich befürchte, dein Blick ist durch deine Verliebtheit getrübt!"
„Wau! Das hast du jetzt aber schön gesagt! Mein Blick ist getrübt. Sag doch, du denkst meine Ermittlungen seien nicht objektiv. Wenn du dieser Meinung bist, dann weißt du, was du zu tun hast. Berichte es meinem Vorgesetzten und dann werde ich von diesem Fall abgezogen. Aus. So einfach ist das. Ist es das, was du willst?"
„Nein. Das will ich nicht. Ich habe nur Angst, wenn du dich in die Nähe dieses Walter begibst. Du bist nicht nur irgendeine Kollegin. Ich mag dich, mehr sogar noch. Ich habe Angst um dich. Kannst du mich denn nicht verstehen.

Der Überfall auf dich war leider erst eine Warnung. Ich denke, er wird es wieder versuchen."
Juana schluckt, überlegt einen Moment und erwidert „Wenn er mich umbringen wollte, warum hat er es nicht schon getan? Vielleicht hatte der Überfall gar nichts mit diesen Puppen zu tun? Es könnte doch auch Zufall gewesen sein?"
„Daran glaubst du aber nicht wirklich? Nehmen wir mal an, es wäre ein anderer Täter gewesen. Warum hat er dich niedergeschlagen und nichts mitgenommen? Deine Handtasche mit allen Dokumenten, mit Geld, Mobiltelefon und Dienstwaffe lag neben dir. An die Waffe darf ich gar nicht denken. Warum hattest du deine Waffe eigentlich dabei? Das kann doch nur heißen, du warst mit diesem Walter auch unsicher. Angst – dann verliebt – dann Ekel. Was denn nun eigentlich?", gibt Pedro von sich.
„Pedro! Ich habe Angst. Auch wenn ich es nicht zugebe! Ich habe Angst. Auch jetzt hier im Krankenhaus. Ihr seid doch auch so in mein Zimmer gekommen, ohne Kontrolle. Vielleicht solltest du mir meine Waffe geben. Dann kann ich hier auf mich aufpassen. Für den Fall, dass du Recht hast und der Täter versucht es ein zweites Mal."
Pedro erwidert, er finde diese Idee indiskutabel. Er werde veranlassen, dass ab sofort eine Wache vor der Tür aufgestellt werde. Ein Uniformierter wird beauftragt und erst danach macht sich Pedro wieder auf den Weg ins Kommissariat. Gegen Abend wird er Juana erneut besuchen. Sie benötigt einige Kleidungsstücke aus ihrer Wohnung, die Pedro ihr bringen wird.

Zurück im Büro veranlassen die Ermittler die Festnahme des bisher einzigen Verdächtigen Walter Halber. Er wird zu einer Vernehmung ins Präsidium gebracht.

Juana, die sich zwischenzeitlich ein Telefon besorgt hat, es ist das private Mobiltelefon des Kollegen, der vor ihrer Tür Wache hält, ruft Pedro an. Sie berichtet, sie habe die ganze Zeit über die Frau im Apartment des Jochen Nieber nachgedacht. Sie will unbedingt wissen, wer diese Frau ist. Pedro soll es veranlassen. Während des Telefonates hört man Lärm auf dem Flur vor der Tür. Pedro beendet das Gespräch und es wird der festgenommene Walter Halber hereingeführt.

„Na, Sie sind aber nicht zu überhören! Haben Sie ein Problem? Oder warum machen Sie so einen Lärm?", fragt Pedro.

Joaquin hat sich sicherheitshalber schon vom Schreibtisch erhoben, um eventuelle Rangeleien abzufangen.

„Ich finde es ist eine Frechheit! Sie können doch nicht einfach einen harmlosen Touristen verhaften. Ich habe nichts getan. Aber ich glaube, Sie sind eifersüchtig. Sie würden wohl gerne mit Ihrer Kollegin ins Bett gehen. Aber sie lässt Sie nicht ran. Deshalb versuchen Sie nun, mich von ihr fern zu halten."

Joaquin geht dazwischen. Das ist besser, als wenn Pedro jetzt auch noch laut wird. So oft haben die beiden Kommissare noch nicht zusammen gearbeitet, als dass Joaquin Pedros Reaktion vorhersagen könne.

„Nun bleiben sie mal ganz ruhig. Keiner will Ihnen etwas antun. Wenn Sie unschuldig sind, werden Sie ganz schnell wieder ins Hotel gehen können. Wir müssen uns aber noch mal mit Ihnen unterhalten - über Ihre Aussage, den

bewussten Abend im Hotel betreffend. Sie haben ausgesagt, Sie hätten den ganzen Abend an der Bar gesessen. Richtig?"
Walter Halber hat sich etwas beruhigt und antwortet:
„Ja. Das habe ich gesagt, so war es auch."
„Gut. Sie sagten, sie wären so gegen neun Uhr gekommen und gegen elf Uhr zum Auto auf den Parkplatz gegangen. Stimmt das so?"
Walter Halber bestätigt erneut. Nun beginnt Pedro mit der Befragung.
„Sie haben also während der ganzen Zeit, in den zwei Stunden nicht ein einziges Mal die Bar verlassen? Wieso sagt der Barkeeper aber aus, Sie hätten die Bar verlassen? Können sie uns das erklären?"
Walter Halber erschrickt, hat sich aber schnell wieder gefangen.
„Dann irrt sich der Barkeeper. Da waren schließlich auch noch andere Gäste. Wie soll er da immer auf mich geachtet haben. Ich war die ganze Zeit an der Bar."
Joaquin erklärt, wenn er bei dieser Aussage bliebe, könne er jetzt gehen.
„Allerdings nicht nach Hause. Sie können mit dem Kollegen gehen, er bringt sie in eine Zelle. Dort können Sie sich in Ruhe überlegen, ob Sie wirklich die Wahrheit gesagt haben."
Pedro und Joaquin diskutieren die Aussage des Deutschen. Beide können noch immer kein Motiv für die Tat erkennen. Wenn er Juana liebt, wie er angibt, warum sollte er sie dann niederschlagen? Wenn sie ihm egal ist, warum verabredet er sich dann mit ihr? Es gibt keinen Sinn. Erneut klingelt das Telefon. Wieder ist Juana am anderen Ende. „Meine Liebe, Joaquin und ich sind jetzt das Team. Du fehlst mir

sehr, auch hier im Büro! Aber du bist krank. Lass uns die Arbeit machen! Oder traust du uns das nicht zu?"
„Pedro, ich traue es dir sehr wohl zu. Aber ich möchte wissen, was es Neues gibt. Was hat Walter ausgesagt? Und was hat die Überprüfung der Frau im Apartment gebracht?"
„Liebe Juana, ich habe bis eben Walter Halber vernommen. Um die Frau konnte ich mich noch nicht kümmern. Bleib mal ganz ruhig in deinem Bett liegen. Heute am Abend werde ich dir berichten. Aber jetzt muss ich arbeiten. Alles Gute!"
Pedro legt auf und verlässt das Büro um einen Kaffee zu besorgen.
Die Fahrt nach La Barrosa muss noch etwas warten.
Trotz mehrfachem Klingeln, es öffnet niemand die Tür des Apartments des Jochen Nieber. Wie die beiden unbemerkt die Wohnung verlassen konnten ist nicht bekannt. Die im Fahrzeug wartenden Polizisten haben nichts bemerkt. Angeblich haben sie ihren Posten nicht verlassen. Mindestens ein Kollege sei immer im Fahrzeug gewesen. Pedro macht einen Fußmarsch um das Haus. Da die Wohnung auf der Rückseite ebenfalls ein Fenster besitzt, könnten Jochen Nieber und seine Begleitung sie auch auf diesem Wege verlassen haben. Pedro ist nicht gerade begeistert. Er flucht und schimpft.
„Ich hätte es wissen müssen. Warum haben wir nicht daran gedacht? Ein zweiter Wagen wird zum Einsatz geholt, der nun die Rückseite des Hauses überwacht.
„Wenn sich hier etwas tut, ruft ihr mich sofort an. Ich will mit den beiden Urlaubern sprechen. Habt ihr mich verstanden?"

Die Uniformierten nicken und Pedro fährt mit seinem Kollegen Joaquin davon.

„Ich muss noch in Juanas Wohnung. Sie benötigt einige Sachen. Wir fahren auf dem Weg ins Büro eben vorbei. Du kommst besser mit", bittet Pedro seinen Kollegen, der für jede Ablenkung dankbar ist.

„Du hast Schlüssel zur Wohnung deiner Chefin?", will Joaquin wissen. Pedro erklärt, Juane hätte sie ihm heute im Krankenhaus überlassen.

Sonst, das betont er ausdrücklich, hätte er keinen freien Zugang zu Juanas Wohnung.

Vor der Tür auf der Fußmatte liegt ein Umschlag. Ein brauner Umschlag. Pedro schaut sich das Kuvert sehr genau an. Es befinde sich keine Marke darauf.

„Es muss ihn hier jemand abgelegt haben. Mit der Post ist er auf keinen Fall gekommen."

Sicherheitshalber zieht sich Pedro Einmalhandschuhe über bevor er den Umschlag aufnimmt. Auch auf der Rückseite ist kein Absender vermerkt.

„Komm, wir gehen rein. Es muss ja nicht jeder mitbekommen, wenn wir wichtige Unterlagen öffnen", erklärt Pedro seinem Kollegen.

„Willst du den Umschlag öffnen? Er ist doch an Juana adressiert!"

„Ja, ich will ihn öffnen. Stell dir vor, dieser Irre hat eine weitere Botschaft an Juana geschickt? Wir müssen den Umschlag öffnen", bekräftigt Pedro seine Absicht.

„Ich weiß nicht, eigentlich dürften wir es nicht. Ruf doch besser die Chefin an und frage sie, ob sie damit einverstanden ist", bemerkt Joaquin.

„Das werde ich auf keinen Fall machen. Soll ich sie noch weiter beunruhigen? Sollte es sich um ein Werk des Täters handeln, ist es sowieso in Ordnung. Wenn nicht, kann ich es Juana sehr plausibel erklären. Wir haben da keinerlei Probleme miteinander. Glaube mir."
Pedro holt sich aus der Küche ein scharfes Messer und trennt den Umschlag vorsichtig auf. Ein einziges Blatt Papier kommt zum Vorschein.
„Sieh dir das an. Ich hatte also doch Recht. Je länger ich mit Juana zusammen arbeite, desto besser kann ich mich auf mein Gefühl verlassen. Dieser Schuft."
Pedro hält einen Teil einer Tageszeitung in Händen. Auf der Seite sind Todesanzeigen. In der Mitte ist eine mit einem besonders dicken schwarzen Rand zu sehen. Es ist Juanas Todesanzeige. Sie trägt das heutige Datum!
Pedro wird blass. Er greift wortlos zum Mobiltelefon und wählt die Nummer des Kollegen, der vor Juanas Tür im Krankenhaus Wache schiebt.
„Hast du nach ihr gesehen? Wann zuletzt? Mach es jetzt. Aber leise, falls sie schläft. Ach, und wenn sie wach ist, frag ob es ihr gut geht und ob sie vielleicht einen Wunsch hat! Aber sage auf keinen Fall, dass ich dich darum gebeten habe. Wir haben eben eine Todesanzeige mit Juanas Namen bekommen! Es ist sehr heikel, sie darf es nicht erfahren! Hast du mich verstanden?"
Joaquin steht noch immer fassungslos neben seinem Kollegen.
„Und nun?", will er von Pedro wissen.
„Das ganze Programm. Spurensicherung. Personenschutz weiterhin. Ich hole schnell die Sachen für Juana. Außerdem

will ich den Rückruf des Wachpostens abwarten. Dann fahren wir zurück ins Kommissariat."

Der Anruf des Uniformierten beruhigt Pedro etwas. Juana ginge es gut. Sie hätte auch gar keine Wünsche geäußert, berichtet er.

Der Umschlag mit dem Inhalt bringt Joaquin in die Kriminaltechnik. Er wird auf Spuren untersucht.

Am Abend fährt Pedro wie versprochen zu seiner Chefin ins Hospital.

„Ich habe schon auf dich gewartet! Schön, ich freue mich über Besuch", empfängt Juana ihren Kollegen.

„Wie geht es dir? Hast du noch Schmerzen? Haben die Ärzte noch weitere Untersuchungen gemacht?"

„Nun mal langsam. Also ich habe kaum Schmerzen. Der Kopf dröhnt, aber nur wenn ich nicht brav im Bett bleibe. Ab und an kommt mal jemand und schaut, ob ich noch am Leben bin. Sonst passiert hier nichts. Eigentlich könnte ich nach Hause. Dort kann ich wunderbar liegen", schlägt Juana vor.

„Das kommt überhaupt nicht in Frage. Das ist viel zu gefährlich", antwortet Pedro etwas zu schnell.

„Was ist passiert? Hat der Irre sich wieder gemeldet?"

„Nein. Wie kommst du darauf?", versucht der Kommissar sich rauszureden.

„Pedro. Wir kennen uns schon so lange. Du weißt, dass ich nicht gerne hier liege. Wenn du aber sofort meinst, es sei zu gefährlich in meiner schönen Wohnung im Bett zu liegen, muss etwas passiert sein. Also, raus mit der Sprache!"

„Ja. Es lag ein Umschlag auf der Fußmatte vor deiner Wohnung. Der Inhalt war nicht erfreulich. So ein Irrer hat eine Todesanzeige gebastelt."
„Was sagt die Kriminaltechnik? Spuren? Speichel? DNA - fähiges Material?"
Juana überschlägt sich. Pedro kann sie kaum beruhigen. Es gibt doch bis jetzt noch keine Ergebnisse. Der Kommissar muss seiner Chefin versprechen, sie sofort zu informieren, wenn die Ergebnisse der Untersuchung vorliegen.
„Ich habe dir dein privates Mobiltelefon mitgebracht. Der Kollege draußen möchte seines bestimmt gerne mit nach Hause nehmen! Das Diensttelefon bekommst du nicht. Sonst laufen hier noch wichtige Infos im Krankenzimmer auf!"
Juana versteht letztlich Pedros Sorge um sie. Mit einem weiteren Tag im Krankenhaus ist sie einverstanden. Über eine Verlängerung ihres Aufenthaltes will sie erst später entscheiden.

Kapitel 26 * in Chiclana

Pedro betritt das Büro kurz vor seinem Kollegen. Er sieht mitgenommen aus, die Sorgen um Juana sind ihm anzusehen.
„Etwas Urlaub könnte dir auch nicht schaden, wenn ich das mal so sagen darf! Du hast schon mal besser aus der Wäsche geschaut. Was liegt an? Was machen wir zuerst?", fragt Joaquin, der Pedro einfach als seinen Chef akzeptiert. Sicherlich nicht nur, weil er der Ältere der beiden Männer ist.

„Juana möchte gerne, dass wir uns um die Frau dieses deutschen Touristen kümmern. Jochen Nieber ist in einen noch nicht aufgeklärten Mordfall verwickelt, der schon etwas zurück liegt. Es war Zufall, dass Juana ihn hier wiedererkannt hat. Ich bin sicher, die Sache hat nichts mit dem Anschlag auf Juana zu tun. Aber, man weiß ja nie. Die Ermittlungen laufen parallel. Schau mal in die Akte, dann kennst du auch die Einzelheiten. Wir fahren jetzt hin, denn die Kollegen haben berichtet, die beiden Verdächtigen befinden sich im Apartment. Sie sind wieder durch das Fenster eingestiegen. Sie haben also bemerkt, dass wir sie beobachten und haben wohl etwas zu verbergen. Warum sonst würden sie heimlich ihr Apartment verlassen?"
Pedro wird vor dem Haus in La Barrosa bereits erwartet. Sie sehnen eine Ablösung herbei, nach so vielen Stunden im Auto. Pedro erklärt den Uniformierten, was sie vorhaben, dann begeben sich die Ermittler zur Eingangstür und Pedro klopft.
Die Tür öffnet sich und Pedro schaut in das Gesicht einer blonden Frau.
„Bitte?"
Joaquin übernimmt es zu sprechen, da Pedro der deutschen Sprache nicht mächtig ist.
„Guten Tag, wir sind von der Policia National und würden gerne mit Ihnen sprechen."
Die Frau scheint überrascht, macht den Eingang frei und folgt den beiden Kommissaren sprachlos in ihr Apartment.
„Wo Jochen Nieber?", fragt Pedro in Deutsch.
„Mein Freund ist nicht da. Er ist vor fünf Minuten mit dem Auto weggefahren. Kann ich Ihnen helfen? Worum geht es denn?"

Pedro und Joaquin schauen sich erstaunt an, wie konnte es Jochen Nieber erneut gelangen, das Apartment ohne ihr Wissen zu verlassen? Die Frau wirkt verunsichert. Sie schaut immer wieder auf die Uhr an ihrem Handgelenk. Außerdem scheint sie etwas im Raum zu suchen, ihre Augen wandern über den Tisch und den Schrank.

„Am besten, Sie zeigen uns zuerst Ihren Ausweis. Dann sehen wir weiter", erklärt Joaquin.

„Das ist aber nun dumm. Meine Papiere liegen im Auto. Und mit dem ist Jochen fort. Da muss ich Sie enttäuschen."

„Wie ist denn Ihr Name? Und die Adresse in Deutschland. Schreiben Sie es uns doch bitte auf", fordert der Kommissar.

„Gerne. Aber warum wollen Sie das alles wissen? Worum geht es denn?", fragt die Frau erneut.

„Es ist reine Routine. Wir ermitteln immer noch wegen des weißen Renaults. Machen Sie sich keine Gedanken. Es gehört zu unserer Arbeit diesen Spuren nachzugehen. Also, Frau Kleiner, vielen Dank. Wir kommen später noch mal wieder, wann erwarten Sie denn Herrn Nieber zurück?"

Die Frau wirkt immer angespannter. Sie erklärt, er könne jeden Moment wiederkommen. Vielleicht aber auch erst in einigen Stunden. So genau wüsste sie nicht, was Jochen Nieber geplant hatte.

Die Kommissare verabschieden sich und gehen zu ihrem Fahrzeug zurück.

„Die Personalien werde ich nach Hamburg zur Überprüfung schicken. Die dortige Kollegin arbeitete im Fall der ermordeten Jutta Nieber mit uns zusammen. Mal sehen, was uns die Dame so zu sagen hat. Ich glaube, wir werden jetzt

die Observation des Apartments abblasen. Wir haben die Personalien, was soll schon passieren? Ruf bitte die Kollegen an und überbringe ihnen die frohe Botschaft."
Gleichzeit veranlasst Pedro, dass der noch inhaftierte Walter Halber zur erneuten Vernehmung ins Büro gebracht wird.
Obwohl Pedro und Joaquin mit allen Waffen der Kunst das Verhör führen, Walter Halber bleibt bei seiner Aussage, die Hotelbar nicht verlassen zu haben. Weder zur Toilette noch nach draußen. Bis er dann gegen elf Uhr zum Parkplatz ging und Juana fand. Ohne einen Beweis können die Kommissare Walter nicht weiter auf dem Kommissariat festhalten. Er darf gehen. Wenngleich die beiden Ermittler darüber nicht froh sind.
Kurz nachdem die Kollegen der Guardia Civil ihren Posten vor dem Apartmenthaus des Jochen Nieber verlassen haben, kehrt dieser mit seinem Auto zurück.
Seine Freundin berichtet ihm, dass zwei Beamte der Polizei bei ihr waren.
„Sie haben sich nach dir erkundigt. Es gehe immer noch um den Renault. Was soll das eigentlich? Du hast mir gar nichts davon erzählt. Jedenfalls wollten sie meine Personalien haben. Ich habe ihnen erklärt, so wie wir es abgesprochen hatten, dass mein Auswies bei dir im Auto liegt. Das hat geklappt."
Jochen Nieber ist nicht begeistert. Seiner Freundin gibt er aber keine Erklärung ab, obwohl sie immer wieder danach fragt.

Pedro nimmt im Büro des Kommissariats ein Gespräch entgegen.
„Momento! Momento!", ruft er in den Hörer und bittet dann Joaquin, er möge das Gespräch übernehmen, es sei die Kollegin aus Hamburg.
Das Gespräch dauert nicht lange, Pedro schaut fragend zu seinem Gegenüber, da er nicht ein Wort versteht.
„Stell dir vor, Petra Mister in Hamburg hat den Namen und die Anschrift dieser Brigitte Kleiner überprüft. Weder der Name, noch die Adresse stimmen. Sie hat uns angelogen! Da versteh einer die Welt. Was soll das? Warum macht sie das?"
„Sie hat bestimmt einen Grund dafür. Ich glaube, jetzt ist es an der Zeit, dass ich Juana mal anrufe. Sie soll bestimmen, wie es weiter geht", erklärt Pedro seinem Kollegen.
Juana reagiert böse. So etwas hätte nicht passieren dürfen, die Trottel hätten warten sollen! Wie kann man einfach glauben, was einem die Frau aufschreibt. Zuletzt hört Pedro auch noch: typisch Mann!
„Komm mit Joaquin, wir sollen die beiden Deutschen festnehmen. Juana riecht, dass hier etwas nicht stimmt. Sie war stinksauer. So hat sie mich noch nie angeschrieen. Das Krankenhaus verändert den Menschen, dass kann man an dieser Geschichte ganz deutlich erkennen."
Nur dreißig Minuten nach dem Anruf fahren Joaquin und Pedro erneut nach La Barrosa. Sie halten direkt vor dem Apartment. Wieder klopft Pedro. Nichts. Joaquin klopft, etwas lauter. Nichts.
„Ich gehe auf die Hinterseite, von dort kann man in das Apartment schauen", schlägt Joaquin vor und verschwindet auch schon um die Ecke.

Kurze Zeit später ist er aber wieder neben seinem Kollegen.

„Das Apartment ist leer. Es ist niemand zu sehen. Auch die Sachen, die heute morgen noch auf dem Tisch und dem kleinen Schrank lagen, sie sind verschwunden. Das Apartment sieht verlassen aus."

Pedro veranlasst noch im Fahrzeug eine Fahndung nach dem weißen Renault Megan des Jochen Nieber. An das bevorstehende Telefonat mit Juana mag er gar nicht denken. Deshalb schlägt er seinem Kollegen vor, auf der Fahrt ins Kommissariat an einer Bar eine kleine Pause einzulegen. Sie wollen beiden einen Kaffee trinken und besprechen, wie es weiter gehen soll.

Gegen vier Uhr am Nachmittag betreten sie etwas besser gelaunt das Büro.

„Was machst du denn hier?"

Mehr bekommt Pedro nicht raus. Joaquin sagt gar nichts.

„Ich glaube, es ist an der Zeit, dass ich hier nach dem Rechten sehe! Anscheinend wird hier nur Kaffee getrunken und nicht mehr richtig gearbeitet. Wie kann so etwas sonst passieren? Wo sind die beiden? Jochen Nieber und seine Freundin?"

Der Ton ist scharf. Bitterböse schaut Juana die beiden verdutzten Männer an.

„Ich mag es kaum sagen. Weg. Das Apartment ist leer. Die beiden Deutschen sind abgereist. Ich habe sofort eine Fahndung nach dem Auto rausgegeben. Wir können nur warten. Wie geht es Dir? Darfst du denn schon wieder

arbeiten? Mit einer Gehirnerschütterung ist doch nicht zu spaßen?"
„Spar dir deine Ablenkungsversuche. Ich bin stinksauer! Wie konnte es zwei so erfahrenen Ermittlern passieren, dass eine Frau sie so an der Nase herumführt? Ist bei euch der Verstand in die Hose gerutscht?"
Jetzt reicht es Pedro. Er bittet Joaquin für einen Moment nach draußen zu gehen.
„Juana. Ich glaube, du bist ungerecht. Darf ich dich daran erinnern, wie du die Ermittlungen gegen diesen Walter Halber geführt hast? Wer war denn da blind? Hast du dich mit dem Typen verabredet? Bist du spät am Abend mit ihm ausgegangen? Ich doch wohl nicht. Ich habe immer bei der Arbeit einen klaren Kopf behalten. Das dazu. Woher sollten wir ahnen, dass die Brigitte Kleiner nicht Brigitte Kleiner heißt? Wir finden sie. Die Kollegen werden sie finden. Bitte beruhige dich. Denk an deinen Kopf. Ich habe Angst, du solltest dich nicht aufregen. Bitte Juana."
„Pedro, es reicht. Was gibt es Neues in Sachen Todesanzeige?"
Zuerst bittet Pedro seinen Kollegen Joaquin wieder ins Büro und entschuldigt sich bei ihm. Auch Juana erklärt, es täte ihr leid, so streng hätte sie nicht zu ihm sein dürfen. In die gegenseitigen Entschuldigungen kommt die Post, die für die Kommissare bestimmt ist. Eine Kollegin reicht sie an Juana, wie jeden Tag. Ganz zu oberst liegt ein Brief, der an die Kommissarin adressiert ist. Pedro erkennt es zuerst. Juana, die noch gar nicht wieder so richtig bei der Sache ist, greift nach dem Umschlag um ihn zu öffnen. Pedro springt dazwischen, so dass der Umschlag über den Schreibtisch rutscht.

„Was soll das nun schon wieder? Spinnst du total?"
„Schau dir den Umschlag an, er kommt von dem Irren. Die gleiche Form, die gleiche Art, die Adresse anzubringen. Besser wir geben ihn an die Kollegen weiter. Wegen der Spuren!"
„Danke. Ich glaube, ich hätte wohl doch besser zu Hause bleiben sollen. So eine Gehirnerschütterung bringt anscheinend das Gehirn tatsächlich durcheinander. Ich werde den Umschlag öffnen, ich ziehe Handschuh an."
Juana entnimmt dem Umschlag einen zusammengefalteten Bogen Papier. Sie klappt den Zettel auseinander und erschrickt!

DU WIRST STERBEN!

Die Buchstaben sind fein säuberlich mit einer Schablone geschrieben, wie auch beim letzten Brief. Darum befindet sich ein schwarzer Rand, wie bei einer Traueranzeige!
Juana ist sichtlich betroffen. Joaquin, der als einziger den nötigen Abstand zum Geschehenen hat, reicht Juana eine Plastikhülle für den mörderischen Brief und bringt das Dokument umgehend zur Kriminaltechnik.
„Was hat der Irre vor? Wenn ich sterben soll, muss der Täter doch Wert darauf legen, dass ich auch weiß *WARUM* ich sterben muss. Sonst macht die ganze Sache doch keinen Sinn. Gehen wir mal ganz sachlich an die Sache. Der Unfall, an dem wir dran sind. Der weiße Renault. Verdächtigt wird zurzeit Walter Halber. Aber das ist kein Grund für einen Mord. Die andere laufende Geschichte mit Jochen Nieber gäbe schon eher ein Motiv, immerhin geht es um

Mord! Ob er darin verwickelt ist? Bisher nur ein Gefühl. Beweise haben wir nicht. Noch nicht, aber ich glaube einfach nicht, dass er mich umbringen will. Der eigentliche Mord liegt über sechs Monate zurück, müsste ich dann nicht schon lange tot sein?", folgert Juana.

„Wenn es aber gar nichts mit den laufenden Ermittlungen zu tun hat? Vielleicht ein alter Bekannter? Hat noch ein Straftäter eine Rechnung mit dir offen?", stellt Pedro in den Raum.

„Nun ja, da kommen sicherlich einige Ganoven in Frage. Aber konkret könnte ich keinen nennen, der mir jetzt dazu einfällt. Was wollen wir machen? Ich werde mich nicht verstecken. Das ist ganz sicher. Ich werde jetzt Walter Halber anrufen. Ich will endlich wissen, wie er dazu steht, wenn ich ihm die Pistole auf die Brust setze."

Juana greift zu ihrem Mobil und bittet ihren Gesprächspartner ins Kommissariat zu kommen. Sie erklärt, es sei halb privat und halb dienstlich. Freundlich verabschiedet sie sich. Das Gespräch war ganz locker, berichtet sie am Ende.

Juana, die still geworden ist, sitzt an ihrem Schreibtisch und denkt über ihre Beziehung zu Walter Halber nach. Immer wieder fragt sie sich, ob es da überhaupt eine Beziehung gibt. Ist es nicht nur eine Spinnerei? Spielen ihre Gefühle verrückt? Liegt es daran, dass ihr Freund schon so lange im Norden des Landes arbeitet? Oder ist da mehr? Sind es echte Gefühle? Sie kommt nicht weiter und kann für sich keine Entscheidung treffen.

Walter Halber erscheint auf dem Kommissariat. Er hat Juana einen kleinen Blumenstrauß mitgebracht. Extra nichts Großes, erklärt er, er solle ihr hier im Büro Freude bringen, da sei sicherlich nicht so viel Platz auf dem Schreibtisch. Juana ist bewegt, sie denkt, Walter macht sich sogar über solche Dinge Gedanken. Schnell aber ist sie wieder die Polizistin, versucht abgeklärt zu sein.

„Walter es ist schwierig für mich. Mein Kollege und ich müssen mit dir reden. Es gibt da einen Verdacht, den ich unbedingt ausräumen muss. Sollte es mir heute, jetzt und hier nicht hundertprozentig gelingen, wird es Konsequenzen für uns alle haben."

„Du entschuldigst, das hört sich ja schrecklich an. Darf ich mich setzten? Ich bekommen Angst. Ganz ehrlich. Ich bin hier nach Andalusien gekommen um Urlaub zu machen. Ich wollte mir das Land und die Städte ansehen. Wollte am Strand spazieren gehen. Essen und Trinken genießen und auch kennenlernen. Es war nicht geplant, dass wir beide uns begegnen. Ganz sicher nicht. Ich wollte mich nicht verlieben. Ich wollte auch keinen Ärger mit der Polizei bekommen. Vielleicht wäre es nicht passiert, wenn ich mir einen anderen Wagen gemietet hätte? Damit fing es doch an? Glaubst du wirklich, ich hätte diese junge Frau angefahren und sie dort liegen lassen? Traust du mir das zu? Ich bin versichert. Die Kosten wären kein Problem. Warum also? Du hast doch auch bemerkt, dass ich keinen Alkohol trinke. Gut hier und da mal ein Glas, ja. Aber betrunken am Steuer wirst du mich nicht erleben. Ich war es nicht. Bitte glaube mir."

Juan ist betroffen über diese Aussage. Sie wollte Walter nicht verletzten. Dennoch ist sie Polizistin und muss diese Fragen stellen.

Pedro ergreift das Wort, um es Juana nicht noch schwerer zu machen.

„Herr Halber, es gibt da noch eine andere Sache. Juana bekommt seit einigen Tagen Drohbriefe. Jemand will sie umbringen. Es könnte immerhin sein, dass der Fahrer mit der Unfallflucht etwas vertuschen will und deshalb diese Drohungen verschickt. Haben Sie etwas damit zu tun?"
Jetzt ist Walter Halber sprachlos. Sein Blick ist auf Juana gerichtet, die ebenso sprachlos an ihrem Schreibtisch sitzt.
„Ich glaube es nicht. Du glaubst wirklich, ich wolle sich umbringen? Ich kann das nicht verstehen. Eben habe ich dir erklärt, ich liebe dich. Auch wenn es nicht geplant war. Aber ich liebe dich. Ich weiß so gut wie nichts von dir. Aber ich liebe dich. Du hast mir nicht mal gesagt, ob du verheiratet bist oder einen Freund hast. Es war mir egal, weil ich dich von Herzen liebe. Und du? Du glaubst, ich trachte dir nach deinem Leben? Nur weil ich dich auf dem Parkplatz gefunden habe? Weil wir zufällig an diesem Ort verabredet waren? Vielleicht war es wirklich Zufall? Vielleicht solltest nicht du das Opfer sein, eine Verwechslung? Oder nur ein Zufallstäter, so nennt Ihr das doch? Ich fasse es nicht. Ist das in Spanien so üblich? Macht ihr das immer mit den Touristen?"
„Schluss!", schreit Juana.
Alle sind still. Alle sind betroffen, nur Walter Halber ist sehr böse.
„Ich habe dich nicht verdächtigt. Aber wir müssen fragen. Wir müssen unsere Arbeit machen. Wir sind Polizisten. Wir ermitteln. Jemand will mich töten, er schickt mir Puppen, die erdrosselt worden sind. Er schickt mir Todesanzeigen aus der Zeitung. Heute Morgen habe ich wieder so einen Drohbrief bekommen. Es ist nicht normal, dass man solche

Post bekommt. Auch nicht in Spanien! So, Schluss damit. Du kannst gehen."
Walter Halber schaut fassungslos auf Juana. Er schüttelt seinen Kopf und geht schweigend aus dem Büro.
„Würdest du mir bitte einen Kaffee besorgen? Ich brauche jetzt etwas Starkes. Du kannst dir gerne Zeit lassen. Danke."
Später hat sich Juana wieder beruhigt. Sie diskutiert mit ihrem Kollegen über eventuelle Täter, die in der Vergangenheit auffällig geworden sind. Ohne Ergebnis bleibt dieser Dialog an diesem späten Nachmittag. Juana beschließt daher nach Hause zu fahren und sich auszuruhen. Allerdings darf sie nur gemeinsam mit Pedro fahren und zwar in Pedros Wohnung. Sie gibt sich schließlich geschlagen, da sie müde und erschöpft ist.

Kapitel 27 * in Chiclana

Die Nachricht schlägt ein wie eine Bombe. Das Auto des gesuchten Jochen Nieber wurde gefunden. Nicht in Chiclana, aber noch in Andalusien. Es parkt an einer Durchgangsstraße in einem kleinen Ort auf der Strecke nach Málaga. Juana und Pedro fahren sofort los. Sie wollen Jochen Nieber vernehmen. Etwas mehr als zwei Stunden dauert die Fahrt, dann treffen sie am verabredeten Treffpunkt ein. Die Kollegen aus Málaga, die den Wagen gefunden haben, observieren das Auto seit mehreren Stunden.
Der Halter wohnt in einer kleinen Pension am Ende der Straße.

Das Gebäude hat keine weiteren Ausgänge, berichtet der Uniformierte. Es sei also ganz sicher, dass Jochen Nieber sich im Gebäude befinde. Juana und Pedro bedanken sich und betreten das kleine Haus.
Eine ansprechende Pension, helle Farben, sauber und hinter dem Empfang eine junge Frau, die die beiden Kommissare freundlich begrüßt.
Juana und Pedro weisen sich aus und bitten Carmen, so heißt die junge Frau, sehr leise zu sprechen.
„Wie suchen Jochen Nieber. Er wohnt bei ihnen. Wir müssen mit ihm sprechen und wollen ihn überraschen. Wo ist er jetzt?"
Carmen wirft einen Blick auf das Schlüsselbord und meint, er sei vermutlich noch beim Frühstück. Das Haus hätte er definitiv noch nicht verlassen. Sie zeigt den Kommissaren den Weg zum Speisezimmer und nickt ihnen freundlich zu. Der Raum ist nicht groß, nur zwei Tische sind noch besetzt. So schauen alle Gäste auf, als Juana und Pedro in der Tür stehen bleiben. Auch Jochen Nieber schaut auf. Nur ganz kurz erschrickt er. Dann aber hat er sich wieder unter Kontrolle.
„Was wollen sie denn hier? Das ist doch bestimmt kein Zufall? Oder macht die Polizei hier heimlich Urlaub?"
Juana antwortet, freundlich aber bestimmt.
„Nein, kein Zufall. Wir haben Sie gesucht und gefunden. Uns entwischt so schnell keiner. Auch wenn Sie Hals über Kopf aus Chiclana verschwunden sind, wir haben da Mittel und Wege, wie man sieht."
„Ich bin nicht verschwunden. Ich bin abgereist. Da gibt es schon noch einen Unterschied."

„Wo ist denn Ihre Begleiterin? Wie heißt sie noch? Brigitte? Brigitte Kleiner? Aber so heißt sie gar nicht. Wo ist sie?"

Jochen Nieber lächelt die Kommissare an. Er fordert die beiden auf, doch Platz zu nehmen.

„Soll ich Ihnen einen Kaffee bestellen? Oder etwas anderes?"

„Nein. Ich möchte, dass Sie meine Frage beantworten. Wo ist Ihre Begleiterin?"

„Nun, sie ist abgereist. Darum bin auch ich abgereist. Ich wollte noch mehr sehen, als nur La Barrosa. Brigitte gefiel es nicht. Wir haben uns gestritten. Sie ist sehr aufbrausend, müssen Sie wissen. Ein Wort ergab das andere. Das war's. Weg ist sie. Reisende soll man nicht aufhalten, sagt man bei uns."

„Wie hieß sie denn nun wirklich, Ihre Begleiterin?"

„Ich habe es ihnen doch gesagt: Brigitte. Brigitte Kleiner. Wieso fragen Sie? Sie haben doch Ihren Ausweis gesehen."

„Nein. Haben wir nicht. Angeblich lag der ja in Ihrem Wagen, mit dem Sie unterwegs waren. In Deutschland gibt es aber keine Brigitte Kleiner mit dem Geburtsdatum und der Anschrift. Sie hat gelogen. Und Sie? Sie wollen mir doch nicht weismachen, dass Sie den richtigen Namen nicht kennen? Warum lügen Sie? Was wollen Sie verbergen?"

„Nun", erklärt Jochen Nieber, „vielleicht ist Brigitte verheiratet. Der böse Ehemann in Deutschland darf sicherlich nichts von dieser Spritztour erfahren. So etwas soll es doch geben. Ich kann Ihnen da nicht helfen. Ich kenne sie eben nur als Brigitte Kleiner."

„Hat sie gesagt, wohin sie fahren wollte? Zurück nach Deutschland? Und wie? Flugzeug? Bahn? Auto?"

„Keine Ahnung. Das hat sie mir nicht erklärt, ich habe auch nicht gefragt, es ist mir egal. Außerdem konnte ich nicht wissen, dass sie mich heute danach fragen. Dann hätte ich es mir aufschreiben lassen. Und dazu auch noch eine Kopie des Ausweises, ganz sicher!"
„Sie sollten lieber nicht so unverschämt sein. Wie lange bleiben Sie noch hier?"
„Ich weiß es nicht. Ein paar Tage sicherlich. Warum wollen Sie das wissen? Wollen Sie mich noch einmal besuchen?"
„Sie hören von uns."
Mit diesen Worten verlassen Juana und Pedro den kleinen Frühstücksraum und wenden sich wieder Carmen an der Rezeption zu.
„Eine Bitte habe ich. Wenn dieser Jochen Nieber abreisen will, rufen Sie uns bitte an. Kann ich mich auf Sie verlassen?"
Carmen verspricht es, nimmt die Visitenkarte entgegen, die Juana ihr reicht und sie verabschieden sich voneinander.
Auf der Fahrt nach Hause legen die beiden Kommissare einen Stopp ein. Sie gönnen sich eine Stunde Auszeit, einige Tapas und eine Erfrischung.
„Ich werde das Gefühl nicht los, dass da etwas nicht stimmt. Ganz sicher ist die Geschichte mit dem Ehebruch und der Brigitte gelogen. Aber wer ist sie? Warum dürfen wir ihren Namen nicht wissen?", stellt Juana fest.
„Ich habe schon daran gedacht", erklärt Pedro, „dass die Tote vielleicht gar nicht Jutta Nieber war. Vielleicht ist sie die Begleiterin ihres Bruders. Vielleicht war die ganze Geschichte von langer Hand geplant. Gemeinsam von den Geschwistern. Um an das Erbe zu kommen."

„Das ist aber eine Geschichte. Pedro, ich glaube du liest zu viele Krimis! Die Tote ist doch identifiziert worden. Es gab keine Zweifel. Ähnlichkeiten hatten die beiden Frauen auch nicht. Du hast sie doch gesehen, im Apartment."
„Sicherlich. Aber an das Gesicht der Toten kann ich mich nicht mehr erinnern. Es war halt nur so eine Idee. Soll ja schon vorgekommen sein."
„Aus der Akte weiß ich", erklärt Juana ihrem Kollegen, „dass Jochen Nieber in Lübeck keine Freundin, auch keine mit dem Namen Kleiner, hatte. Sie hat vermutlich gar nichts mit dem Mord zu tun, von damals. Aber es bleibt die Frage, warum der falsche Name?"
Zurück in Chiclana im Büro liegen keine neuen Berichte, Anrufe oder Erkenntnisse vor. Zum Glück hat sich auch der Irre, der Juana nach dem Leben trachtet, nicht wieder gemeldet. Die beiden Kollegen sind froh darüber, obgleich Juana schon wieder anfängt, zu zetern. Immerhin, sagt sie, können wir den Täter nur fassen, wenn er einen Fehler begeht! Damit soll sie Recht behalten.
Drei Tage passiert nichts im Kommissariat, was die Ermittler wirklich weiter bringt. Es wird noch ein weißer Renault gemeldet, der zu einer Reparatur in eine Werkstatt gegeben wurde. Aber auch diese Spur verläuft im Nichts. Der Schaden passt nicht zu dem Unfall, in dem ermittelt wird.

☼

Das Wochenende vergeht wie im Fluge. Juana und Pedro haben sich freiwillig zum Dienst einteilen lassen. Juana darf keinen Schritt ohne ihren Kollegen machen, da bietet es sich an, dass die beiden auch am Wochenende im

Kommissariat arbeiten. Auch wenn keine neuen Erekenntnisse vorliegen, vergeht die Zeit schneller als erwartet.
„Wenn bis Montag nichts passiert, wenn sich der Irre nicht erneut meldet, können wir deinen Sondereinsatz abblasen. Ich glaube es war ein Irrer, der uns nur Angst machen wollte. Vielleicht stimmte Walters Idee, dass es ein Zufall war mit dem Überfall auf mich. Es wäre doch sonst schon längst etwas passiert."
„Juana, bevor wir deinen Schutz abblasen, habe ich auch noch ein Wörtchen mitzureden. Da kannst du sicher sein."

Kapitel 28 * in Chiclana

Pedro erhält einen Anruf, während Juana bei einer Kollegin im Nebenraum auf einen Plausch verschwunden ist. Die Brisanz der Neuigkeit, die ihm der Kollege aus Málaga mitteilt, wird Pedro gar nicht gleich bewusst. Erst als er Juana berichtet und sie immer wieder Fragen stellt, kommt ein böser Verdacht auf.
Die Kollegen aus Málaga haben auf einem total abgelegenen Grundstück, das weder bewirtschaftet wird noch bebaut ist, ein ausgebranntes Fahrzeug gefunden. Bei der Untersuchung des Kofferraums wurden Überreste einer Leiche gefunden. Die Kollegen und der leitende Arzt der Obduktion hat ein hartes Stück Arbeit geleistet. Die bis zur Unkenntlichkeit verbrannte Leiche ist weiblich. Ein hinzugezogener forensischer Odontologe kann noch Abdrücke für einen Gebissvergleich herstellen. Aufgrund der Größe des Gebisses und aufgrund der Ergebnisse, die der Anthropologe erzielt, ist es sicher, es um eine Frau. Das Alter wird zwischen 35 und 40 Jahren angegeben. Die

Tote hatte keine Papiere bei sich. Weder im Auto noch in der Nähe des verbrannten Wracks wurden Hinweise auf eine Handtasche oder einen Koffer gefunden. Lediglich ein total zerstörtes Mobiltelefon wird unter dem Wrack des Fahrzeugs gefunden. Stutzig werden die Ermittler, als sie feststellen, dass die Kennzeichen am Fahrzeug fehlen. Desgleichen hat man versucht, die Fahrgestellnummer zu entfernen. Eine Gravur hat man aber übersehen! Dadurch gelingt es der Polizei den Halter zu ermitteln. Das Auto ist zugelassen auf eine Autovermietung in Málaga.
Nachfragen bei der Autovermietung ergeben, es handelt sich um einen weißen Renault Megan. Erst in diesem Moment stoßen die Ermittler in Málaga auf die Anfrage der Kollegen aus Chiclana.
Juana ist aufgeregt.
„Das ist bestimmt kein Zufall. Wieder ein Renault einer Autovermietung. Wir müssen hinfahren. Vielleicht steht der Wagen ja in Zusammenhang mit unserem Fall."
Über den Fund des Mobiltelefons berichtet Pedro seiner Kollegin nichts, er hat es einfach vergessen. Erst auf der Fahrt nach Málaga fällt es ihm wieder ein. Fast hätte er gebremst. Juana erschrickt und fragt Pedro irritiert nach dem Grund seines Verhaltens.
„Ich habe einen Fehler gemacht. Ich habe vergessen, dir eine Nachricht zu übermitteln. So ein Mist! Die Tote hat doch keinerlei Papiere. Wobei, ich denke, sie wären sowieso verbrannt. Aber man hat unter dem Auto ein Mobiltelefon gefunden. Vielleicht können die Experten da noch etwas rekonstruieren."
„Wie sprechen jetzt erst mal mit der Autovermietung. Dann sehen wir weiter. Mach dir keine Gedanken. Es hätte

uns auch nicht geholfen, wenn du es mir schon im Büro erzählt hättest. Wir sind gleich da. Hinter der nächsten Kurve muss es links abgehen. Die Kollegen haben einen Einsatzwagen abgestellt, damit wir die Straße schneller finden. Fahr also bitte etwas langsamer."

Juana hatte Recht, kurz hinter der Kurve steht ein Wagen der Policia Lokal und erwartet die beiden Ermittler aus Chiclana.

„Folgen Sie uns, der Wagen liegt abseits der Straße", erklärt einer der beiden Männer.

Es dauert tatsächlich noch eine Weile, bis sie endlich an den Fundort des abgebrannten Fahrzeugs gelangen. Juana und Pedro verlassen ihren Wagen und begeben sich zur Absperrung. Die leitenden Beamten aus Málaga begrüßen Juana und Pedro. Man kennt sich schon lange und hatte schon öfter bei Fällen Kontakt.

„Hier ist nicht mehr viel übrig geblieben. Die Gaschromatographie hat ergeben, dass das Fahrzeug vorsätzlich entzündet wurde. Der Brandbeschleuniger Benzin wurde eindeutig nachgewiesen. Wenn wir jetzt ins Kommissariat fahren, können wir sicherlich auch schon einen Blick in den Obduktionsbericht werfen, der lag vorhin noch nicht abschließend vor. Außerdem müssen wir noch mit der Autovermietung sprechen, wir haben aber auf euch gewartet: Heute Morgen war keiner zu erreichen."

Juana will mehr wissen.

„Konntet ihr denn schon mit dem Gebissabdruck etwas anfangen?"

„Leider nicht. Bei uns ist die Tote nicht registriert. Aber wenn es sich um einen Leihwagen handelt, wird es wohl eine Urlauberin aus Ausland sein. Ich hatte die Hoffnung, wenn sie mit eurem Fall zu tun hat, ihr könntet uns bei der Identifizierung helfen. Lasst uns fahren. Hier gibt es nichts zu sehen."

Aus dem Obduktionsbericht geht hervor, dass die Frau zuerst mit Diazepam betäubt wurde. Daher gehen die Ermittler jetzt sicher davon aus, dass die Fremde einem Verbrechen zum Opfer fiel. Mord. Juana erkundigt sich nach dem Mobiltelefon. Die Kollegen teilen ihr aber mit, dass das Gerät total zerstört wäre.

„Wir sollten es aber dennoch Experten geben, vielleicht können die die SIM - Karte aktivieren. Wir sollten nichts unversucht lassen. Aber zuerst fahren wir wohl zur Autovermietung", sagt Juana.

Der Kollege, der im Auto hinter ihr sitzt, bemerkt die Narbe am Hinterkopf, da man ihr dort Haare entfernt hatte. Er spricht Juana darauf an. Sie berichtet von dem Irren, von den Morddrohungen und auch von dem Überfall, der auf sie begangen wurde. Die Kollegen staunen nicht schlecht, in Chiclana gehr es ja hoch her, meint der Fahrer.

In der Autovermietung reagiert man entsetzt als man von dem ausgebrannten Renault mit der Toten erfährt. Die Daten der Mieter sind alle ordnungsgemäß im Computer festgehalten, nur der Abgleich der Fahrzeugdaten dauert einen Moment. Es gibt in dem Programm keinen Vermerk der Fahrgestellnummern, solche Angaben sind für die Vermietung nicht relevant. Erst anhand der Originalfahrzeugpapiere können die Angestellten unter Mithilfe der Polizisten das Fahrzeug ermitteln, das verbrannt ist.

„Ja, das Fahrzeug wurde von einer Deutschen angemietet. Sie hat es schon seit einigen Wochen. Der Vertrag lief ohne

Ende. Das machen wir nicht oft. Aber sie hat neben der Kreditkarte eine Sicherheit hinterlegt."
„Wie heißt die Frau?", will Juana wissen.
„Die Frau heißt Gaby Jenkel."
Pedro und Juana schauen sich an. Beide sind fast zur Salzsäule erstarrt.
„Was ist denn mit euch los?", wollen die Kollegen aus Málaga wissen.
„Das ist eine längere Geschichte. Ich kann es kaum glauben. Vor etwa 8 Monaten wurde in La Barrosa eine Frau im Schwimmbad ermordet. Der Fall wurde nie geklärt. Verdächtig war unter anderem der Bruder. Genau dieser Bruder macht zurzeit hier in der Nähe Urlaub. Weiter verdächtig im Zusammenhang mit dem Mord war Gaby Jenkel. Angeblich kannten sich die beiden nicht. Wir konnten es ihnen auch nicht nachweisen. Jochen Nieber, der Bruder der Toten, wurde in Begleitung einer unbekannten Frau gesehen. Wir haben versucht sie zu identifizieren, es gelang aber nicht, aus den verschiedensten Gründen. Seit einer Woche ist diese Fremde verschwunden. Angeblich abgereist. Nun finden wir diese Frau. Außerdem wurde mit einem weißen Renault Megan ein Unfall in Chiclana verursacht. Eine junge Frau wurde angefahren, der Fahrer beging Fahrerflucht. Anscheinend stehen diese beiden Fälle im Zusammenhang. Damit haben wir ehrlich gesagt nicht gerechnet. Kollegen, wir müssen versuchen dieses Mobiltelefon in Gang zu bekommen. Vermutlich ist es das Telefon, das die Verbindung zwischen Jochen Nieber und Gaby Jenkel beweist. Habt ihr hier einen solchen Experten?"
Die Kollegen verneinen, schauen fragend zu Juana.

„Wir nehmen das Ding mit. Ich habe da jemanden, der es schaffen könnte, wenn überhaupt jemand, dann er."
Juana bittet die Kollegen aus Málaga den Zahnstatus nach Hamburg zu schicken. Die Angaben ihrer Kollegen, die den Fall damals bearbeitet haben, will sie nach Málaga faxen, da sie diese Informationen nicht dabei hat. Kurz nach einem kleinen privaten Plausch verabschieden sich Juana und Pedro und machen sich auf den Weg nach Chiclana.
Beide sind total aufgeregt, können dieses Glück gar nicht fassen. Sollte das der Durchbruch sein? Sollten sie nun doch noch den Mord an der jungen Deutschen aufklären? Juana wünscht es sich so sehr, ein Mord darf nicht ungestraft bleiben. Nirgends auf der Welt.
„Lass uns gleich ins Büro fahren. Ich will Emilio anrufen. Du weißt, den Handy-Experten. Vielleicht kann er das Ding gleich bei uns abholen? Sonst fahren wir zu ihm. Jetzt drängt die Zeit."
„Juana, die Kollegen haben doch zugesichert, dass Jochen Nieber nicht abhauen kann. Sie haben ihn im Auge. Also immer schön langsam. Die Aufklärung hat schon so lange gedauert, nun kommt es auf ein paar Tage mehr auch nicht an!"
Zuerst informiert Juana ihren langjährigen Schulfreund Emilio. Da er sich auf seiner Arbeitsstelle befindet, kann er nicht sofort ins Kommissariat kommen. Pedro fährt daher zu ihm und übergibt das Telefon. Emilio sagt zu, er würde sich umgehend darum kümmern und sich danach bei Juana und Pedro im Büro melden.
Juana hat die Zeit genutzt und mit ihrer Kollegin in Hamburg telefoniert. Auch Hans Windisch, der Kollege der jungen Kommissarin Petra Mister, ist hocherfreut. Mit der

Aufklärung dieses Falles hatten auch die beiden Hamburger nicht mehr gerechnet. Oft, hört man Juana sagen, kommt einem eben doch Kommissar Zufall zu Hilfe. Petra verspricht sich sofort bei Juana zu melden, sobald die Ergebnisse der Untersuchung des Zahnabdrucks und der DNA vorliegen.

Pedro kommt zurück. Er berichtet, dass es wohl etwas Zeit in Anspruch nehmen wird, bis Emilio den Chip reaktiviert hat.

„Er sagte, er bräuchte viel Glück dazu, so sehr sei der Chip zerstört. Aber er ist ja ein toller Kerl, hoffen wir also. Was sagt Petra in Hamburg?"

Juana berichtet über den Verlauf des Gesprächs und nun heißt es warten. Warten auf Emilio. Warten auf die DNA Untersuchung in Hamburg. An Walter Halber hat Juana heute noch gar nicht gedacht. Ein gutes Zeichen, denkt sich Pedro im Geheimen.

Kapitel 29 * in Chiclana

Pedro und sein „Schützling" Juana betreten gemeinsam das Kommissariat. Sie verstecken sich nicht mehr, jeder weiß von den Drohungen gegen die Chefin. Jeder findet es daher nur ganz natürlich, dass Juana zurzeit bei ihrem Kollegen Pedro wohnt. Es ist aber nichts wieder passiert. Immer wieder möchte Juana zurück in ihre Wohnung. Und nicht nur um Wäsche zu holen oder nach den Blumen zu sehen. Sie möchte endlich wieder alleine in ihrer Wohnung leben. Alleine einkaufen und alleine durch die Stadt bummeln. So wie sonst auch immer. Sie ist es gewohnt, sie lebt eben gern alleine. Pedro ist ein lieber Kollege. Sie freut sich auch, dass er solche Angst um sie hat. Aber es nervt sie auch. Jeden Schritt muss sie rechtfertigen. Immer ist er an ihrer Seite.

Gleich hinter der großen Eingangstür des Kommissariates befindet sich die Anmeldung. Hier müssen sich alle Besucher ausweisen, anmelden oder ihre Wünsche vortragen. Pedro und Juana gehen gemeinsam an genau diesem Empfang vorbei, als ein Mann dort ein Päckchen abgeben will. Der Polizist, der heute Morgen Dienst tut, schaut auf den Aufkleber, der Juanas Name trägt. Ohne seine Ruhe zu verlieren, bittet er um einen kurzen Moment Geduld. Er ruft zwei Kollegen zu, die gerade die große Tür durchqueren.

„Toll, dass ihr kommt. Bitte nehmt diesen Mann fest."

Der Satz ist noch nicht zu Ende gesprochen, da liegt der Mann auch schon am Boden, die beiden Uniformierten an seiner Seite, jeweils einer rechts und einer links. Juana und Pedro, die nur fünf Meter entfernt gehen, werden sofort aufmerksam. Sie bleiben stehen und drehen sich um.

Der Kollege des Empfangs bittet Juana zu ihm zu kommen.

„Dieser Mann hat gerade dieses Paket abgegeben. Für dich. Ich dachte, es wäre vielleicht besser, ich halte den Verdächtigen fest."

Zuerst schauen sie gemeinsam auf das Päckchen. Geöffnet wird es aber nicht. Es könnte sich immerhin auch eine Bombe im Paket befinden. Erst dann schaut Juana auf den am Boden gefesselten Mann, dem die Uniformieren gerade hoch helfen.

„Das ist ein alter Bekannter! Wieso sind sie draußen? Ist ihre Zeit schon um? Oder sind sie getürmt?", will Juana von dem Verdächtigen wissen.

„Lass ihn abführen. Ich kenne ihn. Dann bringt das Paket zur Erkennung. Ich will wissen, was da für eine Überraschung versteckt wurde. Dann meldet euch bei mir. Vielen Dank. Das hat du sehr gut gemacht!", sagt sie einen Moment später, als der Mann bereits abgeführt wurde.
Pedro ist immer noch sprachlos. Beide gehen gemeinsam in ihr Büro.
„Wer ist denn das? Du kennst ihn?", will er wissen, als sie beide alleine sind.
„Klar. Er sitzt eigentlich wegen Vergewaltigung ein. Hat damals fünf Jahre bekommen. Ich weiß gar nicht, ob die schon um sind. Er hat mir damals Rache geschworen. An ihn habe ich nicht gedacht, bei dieser Paket- und Puppenaktion. Er muss wohl einen Gehilfen haben. So clever ist der eigentlich gar nicht. Warten wir mal ab, was sich in dem Paket befindet. Dann sehen wir weiter."
Gegen Mittag meldet sich Petra Mister aus Hamburg. Sie hat gute Nachrichten. Die Überprüfung der DNA und des Zahnstatus war einfacher, als gedacht. Petra hatte in der alten Akte der Ermordeten sofort die Adresse der Schwester von Gaby Jenkel hinzugezogen. Sie arbeitet als Krankenschwester in einem Krankenhaus. Da war es naheliegend, dass ihre Schwester für Behandlungen in dasselbe Krankenhaus geht. So war es auch. Die Identifizierung lässt keinen Zweifel zu. Die Tote aus dem Auto ist Gaby Jenkel aus Hannover.
„Nun müssen wir nur noch nachweisen, dass Gaby Jenkel und Nieber zusammen hier waren. Und dass sie schon damals zusammen waren. Ob nun als Liebespaar oder nur als eine Art Zweckverbindung. Ich hoffe so sehr, dass Emilio uns da weiterhelfen kann."

Die Kollegen aus Málaga werden über die Ergebnisse informiert und sind für die schnelle Hilfe aus Chiclana dankbar. Ohne einen Hinweis und ohne einen Anhaltspunkt ist es schwer, die Identifizierung vorzunehmen. Dazu noch, wenn die Tote aus einem anderen Land stammt, wie in diesem Fall.

Am frühen Nahmittag erst erscheint ein Kollege der Kriminaltechnik mit den Ergebnissen der Untersuchung des mysteriösen Pakets.

„Liebe Juana", beginnt er, „du solltest ein bisschen zunehmen! Jedenfalls wollte der Täter es so. In dem Päckchen war ein großer Karton mit Pralinen. Eine sehr teure Sorte übrigens. Leider hatten die Dinger einen Nachteil, du hättest sie nie aufessen können! Ziemlich perfide, dieses Gift in die Pralinen zu injizieren. T 61! Es handelt sich dabei um ein Gift, das Tierärzte zum Einschläfern benutzen. Auch du solltest sterben. Und zwar sehr schnell. Das Gift war hoch dosiert. Damit hätte man sicherlich eine ganze Herde Elefanten töten können! Du solltest dich noch mal bei dem Kollegen am Empfang bedanken! Er hat wirklich tolle Arbeit geleistet."

Juana bedankt sich nun zuerst bei dem Kollegen der Kriminaltechnik und bemerkt, dass es jetzt wohl einen Grund zum Feiern geben würde. Nicht nur, weil sie noch lebe, sondern auch, weil Pedro nun endlich wieder seine Freizeit so verbringen könne, wie er wolle. Ohne Rücksicht auf seine Chefin nehmen zu müssen.

„Ich denke, wir verschieben die Feier. Bis wir diesen Jochen Nieber überführt haben. Dann ist der Anlass noch größer. Außerdem müssen wir weiter im Einsatz bleiben, es kann jeden Moment losgehen. Wenn der Emilio sich meldet!"

Juana und Pedro sind sich einig. Sie hat großes Glück gehabt. Und der ehemalige Vergewaltiger kann mit einer erneuten Haftstrafe rechnen. Ihn wird man die nächsten Jahre nicht wieder in Freiheit antreffen. Pedro fragt, ob es nicht fair wäre, Walter Halber zu informieren. Immerhin ist ein Rest an Verdacht noch in der Luft hängen geblieben. Juana stimmt zu. Aber nicht nur das, sie bedankt sich bei ihrem Kollegen, dass er daran gedacht hat. Denn sie, erklärt Juana, hat Walter Halber schon fast vergessen. Pedros Augen leuchten. Er ist froh, hatte er doch mit einem echten Rivalen gerechnet.

Erst am nächsten Morgen kommt der Anruf, auf den die beiden Ermittler so sehr gewartet haben. Emilio!

Der Handy-Experte erklärt, er würde gerne zu den Kommissaren ins Büro kommen und stünde gerade vor der Tür an seinem Auto. Gerne eilt Pedro nach unten um den Gast nach oben zu begleiten. Juana und Emilio, die viele Jahre gemeinsam zur Schule gegangen sind, begrüßen sich herzlich. Aber Pedro hat hier keine Angst, er weiß schon lange, dass das Herz von Emilio eher für Männer schlägt.

„Ich habe da eine sehr gute Nachricht für euch. Es ist geschafft. Ich habe die SIM – Karte wieder hin bekommen. Ich darf euch also hier die Telefonnummer präsentieren!"

Er reicht einen Zettel mit der Nummer an Juana. Sie schlägt sofort die Akte auf und jubelt.

„Ja! Jetzt haben wir die beiden im Sack. Besser gesagt, Jochen Nieber. Gaby Jenkel ist ja tot. Das ist die Telefonnummer des Handys mit dem die Pizza bestellt wurde. Es ist das Handy, das damals bei den Ermittlungen im Fall

Jutta Nieber nie gefunden wurde. Ich bin glücklich. Vielen Dank Emilio! Du hast einen gut bei uns!"
Emilio sagt, er komme darauf zurück, wenn er mal wieder falsch geparkt habe! Mit einem Augenzwinkern verlässt er das Büro der beiden glücklichsten Kommissare des Tages.
Juana ruft sofort Petra Mister in Hamburg an, um sie über die aktuellen Ergebnisse zu informieren. Auch in Hamburg ist man heilfroh, steht die Klärung eines Falles nach so langer Zeit doch kurz bevor.
Danach informiert Juana die Kollegen in Málaga. Jochen Nieber muss verhaftet werden. Die beiden Ermittler wollen noch in der gleichen Stunde nach Málaga fahren, um dort selbst die Vernehmungen zu führen.
Es ist eigentlich nur eine Kleinigkeit, Jochen Nieber wird ja observiert. Also packen sie alle Unterlagen zusammen, die sie benötigen. Das eingehende Telefonat passt ihnen eigentlich gar nicht in den Zeitplan. Dennoch nimmt Pedro es entgegen. Juana hört nur, wie er schreit: WAS? Dann knallt er den Hörer auf.
„Was war das denn? So kenne ich dich gar nicht? Hat dein Vermieter dir gekündigt?"
„Nein. Das waren die Kollegen aus Málaga. Jochen Nieber ist weg. Sie wollten ihn festnehmen. Aber das Zimmer in dem kleinen Hotel war leer. Abgereist. Ohne Koffer allerdings. Er hat wohl nur das Nötigste eingepackt. Bezahlt hat er auch nicht. Hat sich klammheimlich vom Acker gemacht! So ein Mist!"
„Wie kann das denn passieren? Die Kollegen haben ihn doch observiert. Rund um die Uhr, wie sie mir versprochen haben. Schlafen die dort?"

Pedro berichtet, die Beamten hätten wohl nicht geschlafen. Er muss im Schutz der Dämmerung mit einer Reisegruppe aus dem Hotel entwischt sein. Es war der einzige Moment, wo mehrere Personen im Eingang standen und die Sicht nicht frei war. Ein blöder Zufall. Aber nun ist Jochen Nieber weg.

„Er wird sofort zur Fahndung ausgeschrieben. Denk an das Auto, auch auf die Fahndungsliste. Warte ab, Bürschchen, wir kriegen dich. Früher oder später kriegen wir sie alle. Nicht wahr Pedro?"

„Lass uns doch mal überlegen, wie diese tote Gaby Jenkel und Jochen Nieber eigentlich zusammen passen", schlägt Pedro seiner Kollegin vor.

„Das ist für mich ganz klar. Die beiden sind ein Paar. Jochen wollte an das Erbe, er hat ständig Geldsorgen, haben wir damals ermittelt. Der Mord an seiner Schwester hat ihm den Weg frei gemacht, blieb nur noch seine Mutter. Das Problem hat sich ja anscheinend von alleine gelöst. Petra Mister sollte allerdings, so sehe ich die Sache, eine Obduktion der Leiche vornehmen lassen. Vielleicht hat Jochen ja doch daran gedreht. Da er das Haus zwischenzeitlich zu Barem machte, wollte er mit dem Geld ein neues Leben beginnen."

Pedro unterbricht seine Chefin.

„Da sind nach meinem Dafürhalten mindestens zwei Fehler enthalten. Erstens: Jochen war nicht hier, als seine Schwester ermordet wurde. Nur Gaby Jenkel war hier, das wissen wir. Das Zweite was mich an deiner Theorie stört, ist die Tatsache des zweiten Mordes an Gaby Jenkel. Wenn die beiden ein Paar waren, warum hat er sie dann umgebracht?"

„Pedro, das ist doch sonnenklar. Gaby wusste einfach zu viel. Und wir waren den beiden auf die Spur gekommen. Bisher fehlte uns doch immer die Verbindung. Das Mobiltelefon, der mysteriöse Anruf damals bei Jochen Nieber in Lübeck. Erst durch die Verbindung der beiden bekommt es einen Sinn", versucht Juana ihrem Kollegen zu erklären.
„Trotzdem, mich stört etwas daran, dass ich nicht erklären kann. Noch nicht. Wenn es so ist, wie du sagst, hätte Jochen gar keinen Grund gehabt, Gaby Jenkel zu ermorden. Er war nachweislich in Deutschland, als der Mord an seiner Schwester passierte. Gaby war hier. Jochen ist das auch bekannt. Ich meine, dass wir wissen, dass Gaby hier war. Er ist doch raus aus der Sache. Selbst wenn sie ein Paar waren. Da stimmt etwas nicht."
„Pedro, ich denke, du verkomplizierst die Sache. Bei Mord hört doch die Logik auf!"
Petra Mister aus Deutschland erkundigt sich bei den Kollegen nach dem aktuellen Stand der Ermittlungen. Juana ist betroffen und zugleich ziemlich sauer, dass Jochen Nieber entwischen konnte. Die Kollegin aus Deutschland ist sich sicher, man wird ihn früher oder später fassen.

Kapitel 30 * in Chiclana

Tatsächlich dauert es vier Tage bis der erlösende Anruf bei Juana eingeht. Die Kollegen der Policia National haben den zur Fahndung ausgeschriebenen Wagen in einer Seitenstraße in Algeciras entdeckt. Hier legen die Fähren ab, die Europa mit Afrika verbinden. Ob man nun nach Tanger oder zur spanischen Stadt Ceuta will, hier findet man die Fähre dazu.

Juana ist heilfroh, dass Jochen Nieber noch im Lande ist. Sie beauftragt die Kollegen ihn zu suchen. Die Anleger der Fähren müssen überwacht werde, Jochen darf auf keinen Fall das Land verlassen. Erst einmal in Tanger, wäre er wahrscheinlich für die deutschen Behörden verloren. Die Ermittler haben Glück, denn Jochen Nieber war sich zu sicher. Er wird gestellt und verhaftet, als er ein kleines und sehr unscheinbares Haus in der Innenstadt verlassen wollte. Dort hatte er sich ein möbliertes Zimmer angemietet. Er ist sichtlich überrascht, als er von drei Polizisten beim Überqueren eines kleinen Marktplatzes verhaftet wird. Nun dauert es nicht mehr lange und Jochen Nieber wird den Kollegen in Chiclana gegenübersitzen.

Nachdem Juana diese Nachricht erhalten hat, atmet sie erstmal tief durch. Danach informiert sie Petra Mister in Hamburg. Auf dem Kommissariat in Chiclana ist so etwas wie Festtagsstimmung aufgekommen. Obwohl die beiden Kommissare noch ein großes Stück Arbeit vor sich haben. Sie müssen Jochen Nieber die Taten nachweisen. Den Mord an seiner Schwester Jutta und den Mord an seiner vermeintlichen Freundin Gaby Jenkel.

Am späten Nachmittag wird Jochen Nieber in das Büro der Kommissare gebracht.

„Na Herr Nieber, nun ist Ihr Urlaub doch schneller beendet, als Sie es sich hätten träumen lassen. Glauben Sie uns, auf der anderen Seite in Afrika ist es auch nicht anders als bei uns! Und die Gefängnisse sind nicht wirklich erstrebenswert. Sie sollten uns also dankbar sein, dass wir Sie hier verhaftet haben, so bleibt Ihnen diese Erfahrung erspart."

Jochen Nieber sind die letzten Tage der Flucht anzusehen. Obwohl er saubere Kleidung trägt und auch sonst einen gepflegten Eindruck macht, ist er mit den Nerven am Ende. Er zittert und wirkt unruhig, wie ein Tier auf der Flucht.
„Ich weiß gar nicht was ich hier soll. Warum haben Sie mich verhaftet? Ich habe doch gar nichts gemacht", lamentiert er.
„Nun wir können ganz harmlos anfangen. Wie wäre es mit einem nicht bezahlten Apartment in La Barrosa?"
„Das ist ganz anders gewesen. Ich habe eine Rechnung verlangt, wollte das Geld überweisen. Das ist alles abgesprochen gewesen. Wenn es das ist, warum Sie mich verhaftet haben, kann ich Ihnen auch hier das Geld hinterlegen."
Juana antwortet nicht. Sie schaut Jochen Nieber an und schweigt. Dann entnimmt sie aus der Akte ein Foto der verkohlten Leiche aus dem verbrannten Renault und legt es Jochen Nieber vor.
„Schauen Sie sich doch mal das Foto an. Erkennen Sie die Tote? Nicht? Das ist Ihre Freundin Gaby Jenkel!"
Zuerst sieht Juana nur ein kurzes Zucken um Jochens Augen. Es vergehen Sekunden, dann spielt er eine Überraschung. Er spielt Trauer und Entsetzen.
„Was? Sie ist tot? Wie konnte das denn passieren? Gaby ist tot."
„Herr Nieber lassen sie das Theater. Sie brauchen uns wirklich nichts vorzuspielen. Wir wissen, dass sie Gaby Jenkel auf dem Gewissen haben. Ich verstehe nur noch nicht warum. Erklären Sie es uns."

Jochen Nieber schweigt. Er spielt seine Rolle gut, aber nicht so gut, dass Juana und Pedro als langjährige Ermittler ihn nicht durchschauen würden.

„Wenn Sie nicht mit uns reden wollen, gehen Sie in die Zelle. Dort haben Sie dann genügend Ruhe über alles nachzudenken. Morgen sprechen wir uns wieder."

Abwartend schaue Juana den Mann an, der vor ihr auf dem Stuhl sitzt und dessen Zukunft so aussichtslos durch die beiden Morde vertan wurde.

Die beiden Kommissare möchten auf alle Fälle den Verdächtigen dazu bewegen ein Geständnis abzulegen.

„Ich bin froh, dass wir ihn haben, Pedro. Aber du kennst mich, so richtig froh bin ich erst, wenn er gestanden hat."

„Klar Juana. Außerdem benötigen wir noch die Zusammenhänge des ersten Mordes an Jutta Nieber. Wir wissen immer noch nicht, jedenfalls nicht mit Sicherheit, ob Gaby Jenkel für den Mord die Verantwortung trägt oder nicht. Wir sollten in jedem Fall nochmals mit Hamburg sprechen. Vielleicht hat Petra noch eine zündende Idee."

Der nächste Morgen kommt schneller, als es den Ermittlern lieb ist. Beide haben die Nacht nicht gut geschlafen, zu viele Fragen kreisen in den Köpfen.

„Ich bin froh, dass die Nacht vorbei ist. Heute, das habe ich mir fest vorgenommen, werde ich Jochen Nieber knacken!"

„Du meinst wie eine Walnuss?", kontert Pedro.

„Mach dich nur lustig über mich. Ich habe dir schon oft gesagt, nur wer richtig fest an sich glaubt, hat auch Erfolg. Du wirst schon sehen! Gleich wird er vorgeführt. Mal sehen und hören, was er uns nach der ersten Nacht in einer Zelle so alles zu sagen hat."

Juana hat es kaum ausgesprochen, da wird Jochen Nieber auch schon gebracht. Anscheinend hat auch er keine gute Nacht verbracht in seinem Quartier. Dunkle Augenränder verunstalten sein Gesicht.

„Also Herr Nieber, was haben Sie uns heute morgen zu erzählen? Wir sind schon ganz gespannt."

„Ich kann Ihnen gar nichts erzählen. Ich weiß gar nicht was Sie von mir wollen."

„Wir fangen mal in Lübeck an. Sie haben studiert. Wohnten in Lübeck und haben Ihre Mutter und Ihre Schwester nur selten in Hamburg besucht. Richtig?"

Jochen Nieber antwortet ruhig und gefasst.

„Ja. Das wissen Sie. Das Verhältnis zu meiner Schwester war nicht besonders. Wir haben uns ewig gestritten. Das war auch der Grund, dass ich nach Lübeck zog, nachdem mein Vater verstorben war. Da hatte ich nur eine kleine Wohnung, aber ich war alleine. Keine Glucke um mich, die ständig meine Wäsche sortiert hat. Keine Sprüche mehr. Ewig hat meine Mutter mich mit meiner Schwester verglichen. Deine Schwester kann das aber besser. Deine Schwester macht das aber so. Und so weiter. Ich habe es lange geduldet und ertragen, aber irgendwann war das Fass voll. Dann bin ich weg."

„Ich habe in der Akte gelesen, dass Sie dann nur noch zu den Festtagen nach Hamburg gefahren sind. Stimmt das?", fragt Juana weiter.

„Was sollte ich denn in Hamburg? Sie können mir glauben, es war wirklich nicht erstrebenswert sich in diesen Weiberhaushalt zu begeben. Auch meiner Schwester konnte man nichts recht machen. Da reichten mir Weihnachten und Geburtstage wirklich."

„Wie haben sie Gaby Jenkel kennengelernt?", will Pedro wissen.

„Das war eine lustige Geschichte. Ich war in Lübeck auf der Arbeit. Ich habe Geld benötigt für mein Studium. Meine Mutter hat mich zwar unterstützt, es hat aber nicht gelangt. Also bin ich kellnern gegangen. Irgendwann fiel sie mir im Lokal auf. Sie bestellte immer einen Cappuccino mit viel Schaum. Sie saß stundenlang und schaute mir zu. Das ging eine ganze Weile so. Irgendwann sind wir ins Gespräch gekommen. Sie kannte Hamburg. Kannte auch die Gegend in er meine Eltern das Haus hatten. Es gibt schon seltsame Zufälle. Sie erzählte mir von Hannover. Ich ihr von Lübeck."

„Hat sie berichtet, warum sie in Lübeck war? Geschäftlich?"

„Nein. Sie machte Urlaub. Der ging dann auch schnell zu Ende. Wir aber blieben in Kontakt. Wenn es sich einrichten ließ, besuchten wir uns gegenseitig. Immer heimlich", schließt Jochen den Satz ganz traurig.

„Warum heimlich? Können Sie mir das erklären?"

„Nun, Gaby hatte etwas von einem ehemaligen Partner berichtet. Die Beziehung war wohl schon länger vorbei. Aber der Kerl hatte es noch nicht begriffen. Sie wollte auf alle Fälle verhindern, dass er uns zusammen sah. In Lübeck war es nicht so schwer, aber in Hannover."

„Aber auf Dauer hätte es doch so nicht weiter gehen können?", erwidert Juana.

„Sicherlich nicht. Gaby meinte, mit der Zeit würde der Kerl es kapieren, dann könnten wir auch mit dem Theater aufhören."

„Damit waren sie einverstanden? Sie glaubten ihr also?", fragt Pedro nach.

„Ich hatte keinen Grund ihr nicht zu glauben. Auch heute noch nicht. Was sollen die Fragen?"

„Wie ging es weiter? Vor allem mit Ihrer Schwester?"

„Schwer zu sagen. Eines Tages fragte sie mich nach meiner Schwester. Wie ich mit ihr auskommen würde. Klar, Gaby hat natürlich mitbekommen, dass ich immer zuwenig Geld hatte. Sie kannte das Haus meiner Eltern, da war es für sie schwer nachzuvollziehen, dass ich immer klamm war. Bei so reichen Eltern. Irgendwann fragte sie mich, warum ich mir nicht nehmen würde, was mir zusteht. Ich habe es nicht verstanden. Ich wußte nicht, was sie wollte. Ich vermute Gaby hat meine Schwester beobachtet. Sie zeigte mir Bilder."

„Bilder? Was für Bilder, Herr Nieber", fragt Juana nach.

„Sie hatte sie wohl ausspioniert. Auf dem Weg zur Arbeit, beim Bummel in der Stadt. Und beim Einkaufen. Man sah auf den Fotos wie meine Schwester mit zahlreichen Tüten vor dem Haus meiner Eltern stand. Hochglanztüten, sie kennen sie, von diesen Edelboutiquen aus Hamburg. Sie hat wohl ein Vermögen für Klamotten und Schuhe ausgegeben. Ich dagegen hatte manchmal am Zwanzigsten kein Geld mehr um satt zu werden. Immer wieder stachelte sie mich an, machte mich eifersüchtig. Eines Tages dann erzählte sie von einem Film, den sie im Kino gesehen hätte. Man hatte eine Frau mit Diazepam ermordet. So entstand der Plan. Ich habe gelacht, immer wieder. Ich habe zu Gaby gesagt, es ist unser Leben, kein Film. Aber Gaby war fest davon überzeugt, sie könne es schaffen."

Nun unterbricht Jochen. Er ist plötzlich ganz still geworden.

Juana geht ans Fenster, schaut auf die Straße und erwidert in die Stille hinein:

„Und sie hat es geschafft. Nicht wahr? Gaby hat Ihre Schwester ermordet? Damals im Hotel, im Schwimmbad, in der Nacht vor ihrer Abreise. Wussten Sie, dass Gaby nach Spanien geflogen war um Ihre Schwester zu töten?"

„Nein. Glauben Sie mir bitte. Ich wusste es nicht. Sie rief mich an, von ihrem Handy und erzählte sie hätte einige Tage Urlaub und würde verreisen. Wenn sie zurückkomme, gehe es uns besser. Dann würde sie sich bei mir melden. Ich hatte aber keine Ahnung, dass meine Schwester im Urlaub war. Ich kann es immer noch nicht glauben. Sie hat es wirklich getan."

„Herr Nieber, wir glauben Ihnen nicht, dass Sie es nicht gewusst haben. Warum hätte Gaby Jenkel ihre Schwester töten sollen? Sie hatte doch gar kein Motiv. Sie hatten ein Motiv. Ihre Geldsorgen. Sie haben sich vom Tod Ihrer Schwester einen warmen Regen erhofft. Vielleicht wollten sie auch wieder bei ihrer Mutter in Hamburg wohnen. Stimmt es nicht? Sie hatten den Plan und die Idee Ihre Schwester zu töten!"

„Wie sie das so sagen, es klingt ganz plausibel. Aber so war es nicht. Ich könnte so etwas nie planen oder ausführen."

„Was passierte als Gaby aus Spanien zurückkam?"

„Sie rief mich an."

„Wo rief sie an? Wir haben keinen diesbezüglichen Anruf feststellen können?", bemerkt Juana.

Jochen lacht.

„Nein, das war auch Gabys Idee. Es gibt eine Telefonzelle, in der man angerufen werden kann. Immer zur selben Zeit stand ich dort und habe auf ihren Anruf gewartet. Wie ein dummer Schuljunge, der eine Verabredung mit seiner Lehrerin hat. Ich kam mir so blöd vor. Sie wollte sich mit mir treffen. Ich hatte aber keine Zeit, weil ich arbeiten musste. Zwei Tage später telefonierten wir erneut. Da wußte ich dann aber schon vom Tod meiner Schwester. Ich sagte, sie solle bleiben wo sie sei. Ich hatte Angst, sie könnte damit etwas zu tun haben. Sie lachte mich aus. Sagte, ich sei nicht ganz richtig im Kopf. Ich blieb hart."
„Und die Medikamente ihrer Mutter? Der versuchte Anschlag auf das Leben ihrer Mutter?", erkundigt sich Juana bei Jochen.
„Das kann ich mir nicht erklären. Ich weiß nicht, wie es passiert ist. Ich habe es nicht getan. Ich bin nicht an die Medikamente meiner Mutter gegangen."
„Kann es sein, dass Gaby im Haus Ihrer Mutter war?"
„Ich habe mich das so oft gefragt. Ich weiß es nicht. Leider können wir meine Mutter auch nicht mehr fragen. Nie mehr kann ich sie etwas fragen."
„Warum sind sie denn nun mit Gaby in den Urlaub gefahren?"
„Nach dem Tod meiner Mutter hatte ich kleine Lust mehr auf das Haus. Ich habe es kurzerhand verkauft. Es ging ganz schnell und ganz einfach. Ein Anruf bei einem Makler und einige Interessenten standen auch schon bereit. Ich habe mich sehr gewundert. in der heutigen Zeit! Aber der Preis stimmte. Einen Tag bevor ich in Hamburg den Kaufvertrag unterzeichnen wollte, rief mich Gaby zu Hause an. Sie sei in Hamburg und wir könnten uns doch

mal wieder sehen. Es war wohl Zufall", erzählt Jochen Nieber.
Juana wirft dazwischen:
„Ein paar Zufälle zu viel, finden Sie nicht?"
„Jedenfalls haben wir uns in Hamburg getroffen. Sie war aufgeregt, hatte sich schick gemacht. Ihr Vorschlag war, einige Tage mit mir zu verreisen. Sie hätte sowieso gerade Urlaub. Ich hatte mein Studium geschmissen, eigentlich war die Idee großartig. Sie erklärte mir, dass um diese Zeit das Wetter in Andalusien besonders schön sei. So beschlossen wir, der alten Zeiten halber, zusammen nach Andalusien zu fahren. Gaby kümmerte sich um die Flüge. Hamburg – Madrid. Sie sagte das wäre so am besten. Ich weiß nicht warum, es war mir auch egal. Ich kenne mich mit Flügen nicht besonders aus. Ich wußte auch gar nicht, wie weit Madrid von La Barrosa entfernt ist. Jedenfalls nahmen wir uns dort einen Mietwagen und Gaby schlug vor, die Strecke langsam abzufahren. Man könne sich so doch die Gegend viel besser ansehen. Ich wußte nicht, warum sie es so geplant hatte."
„Wieso? Warum hatte Sie es denn so geplant? Gibt es einen Grund dafür?", fragt Pedro nach.
„Es ging mir gut. Die erste Zeit wenigstens. Dann wurde mir öfter schlecht. Sie meinte, ich hätte mir sicherlich den Magen verdorben. Das kommt schon mal im Ausland vor. Aber es wurde nicht besser, eher schlechter. Mein Kreislauf machte auch nicht mehr richtig mit. Immer öfter ging Gaby daher alleine los. Um einzukaufen und dann brachte sie mir auch Medikamente aus der Apotheke mit. Die halfen aber nicht. Es war komisch."

„Wo wohnten sie denn während dieser Zeit?", will Juana wissen.
„In La Barrosa. Dort wo Sie mich gefunden haben."
Plötzlich bricht Jochen Nieber auf seinem Stuhl zusammen. Er beginnt zu weinen, kann sich gar nicht mehr beruhigen. Juana ruft nach einem Kollegen, der Jochen Nieber auf seine Zelle bringen lässt. Auch ein Arzt wird bestellt.
„Was sagst du dazu? Glaubst du ihm, Pedro?"
„Es klingt irgendwie stimmig. Obwohl es schon ein wirre Geschichte ist. Warum sollte Gaby Jenkel Interesse daran haben, Jutta Nieber zu ermorden? Und was ist mit der Mutter? Wenn es aber stimmt, muss Gaby Jenkel ja im Haus der Mutter gewesen sein."
Juana überlegt einen Moment und greift daraufhin zum Telefon. Sie informiert ihre Hamburger Kollegin und bittet sie, mit der Haushälterin der Nieber Kontakt aufzunehmen. Vielleicht kann sich Anna Zurweide an die Frau erinnern.
„Auf die Antwort werden wir warten müssen. Petra muss die Frau suchen, im Haus der Niebers arbeitet sie ja nicht mehr. Das Haus wurde doch verkauft. Sie ruft uns an. Morgen! Laß uns Feierabend machen. Ohne Umwege, direkt nach Hause und ins Bett. Ich jedenfalls. Sei mir nicht böse, Pedro. Bis morgen."

Kapitel 31 * in Chiclana

Zufällig fahren Juana und Pedro gleichzeitig auf den Parkplatz des Kommissariats.
„Das ist ja wie in alten Zeiten!", ulkt Pedro.

„Du tust ja gerade so, als wäre es hundert Jahre her, seit ich bei dir gewohnt habe. Ich habe immer an Jochen Nieber denken müssen. Ob seine Geschichte stimmt."
„Da ging es dir genauso wie mir. Aber die Geschichte ist so, so kann man es doch nicht erfinden. Wobei wir natürlich ein Problem haben. Weder Jutta Nieber, noch Gerda Nieber noch Gaby Jenkel können wir fragen. Alle sind tot."
In ihrem gemeinsamen Büro angekommen besorgt Pedro zuerst einen starken Kaffee, damit der Tag so richtig in Schwung kommen kann.
Etwa zwei Stunden später, während Pedro das schmutzige Geschirr auf der kleinen Anrichte abstellt, klingelt das Telefon bei Juana. Pedro kann aus dem Telefonat entnehmen, das am anderen Ende der Leitung die Kollegin aus Hamburg ist. Anschließend berichtet Juana ihrem Kollegen.
„Jetzt bin ich platt. Petra hat gleich heute Morgen die Adresse der Haushälterin ausfindig gemacht und sie dann aufgesucht. Sie hat sich eine kleine Eigentumswohnung gekauft, Frau Nieber, also Gerda Nieber, soll ihr einen Betrag vererbt haben. Für die langjährige Treue."
„Das macht dich platt? Ich finde das sehr nett. Es gibt nicht viele Leute, die es so machen würden", erwidert Pedro.
„Nein. Das nicht. Was jetzt kommt. Petra ist also gleich danach zu Anna Zurweide gefahren und hat sie zum Glück auch sofort angetroffen. Die beiden, berichtet Petra, kannten sich durch die Ermittlungsarbeiten schon etwas besser. Es gab also keine Schwierigkeiten wegen der Befragungen. Petra hat ein Bild mitgenommen, von Gaby Jenkel. Was meinst du, was sie gesagt hat?", fragt Juana ganz aufgeregt.

„Vermutlich guten Tag!"
„Du nervst. Also, Anna Zurweide hat Gaby erkannt."
„Also war sie im Haus Nieber und hat versucht Gerda Nieber zu vergiften? Aber warum? Und wie ist sie ins Haus gekommen?"
„Das glaubst du mir sicherlich nicht. Lass Jochen Nieber holen. Ich will ihn dazu befragen."
Pedro brummt in seinen nicht vorhandenen Bart. Er mag diese Art von Spielen nicht besonders gerne. Aber Juana ist nun mal seine Chefin. Jochen Nieber wird ins Büro gebracht.
„Geht es Ihnen wieder besser? Können wir da weiter machen, wo wir gestern aufgehalten haben?", fragt sie den Verdächtigen.
Jochen Nieber nickt und setzt sich auf den freien Stuhl.
„Wir waren bei Ihrem Gesundheitszustand stehen geblieben. Sie sagten ihr Kreislauf machte schlapp. Und weiter?"
Jochen Nieber wirkt heute Morgen gefasster und gelöster. Juana kann es sich nicht erklären, aber Jochen Nieber zeigt sich weiter kooperativ. Was will man mehr?
„Ich hatte zu dem Zeitpunkt keine Idee, warum es mir so schlecht ging. Wie gesagt, auch die Medikamente halfen nicht. An einem Tag ging es mir ganz besonders schlecht. Ich bat Gaby mir doch Hilfe zu holen. Ich konnte nicht mehr aufstehen. Gaby setzt sich in mein Auto und fuhr los. Stunden später kam sie heim. Eine große Tüte mit neuen Medikamenten. Aber sie war verändert. Ich schluckte, was sie mir gab. Am nächsten morgen ging es mir besser. Dann gestand mir Gaby den Unfall."
Es ist plötzlich still geworden im Büro der Ermittler. Juana und Pedro schauen sich an.

„Gaby Jenkel hat den Wagen gefahren? Sie hat den Unfall in La Barrosa verursacht? Sie hat Fahrerflucht begangen?"
Jochen Nieber nickt.
„Ja. Jutta ist gefahren. Mit ihrem Auto. Der Wagen war auf ihren Namen gemietet. Darum hat sie sich versteckt und verkleidet. Sie hatte Angst, die Frauen hätten sie erkannt. So einfach ist es."
„Wo ist der Wagen? Wir haben den Wagen noch nicht gefunden?", fragt Pedro.
„Sie werden ihn wohl auch nicht finden. Wir haben ihn im Meer versenkt. Irgendwo auf der Strecke nach Gibraltar. Ich glaube, ich würde es auch nicht wieder finden", erklärt Jochen.
„Und dann? Wie ging es weiter?"
„Wir sind mit einem anderen Wagen auf der Straße, der uns aufgelesen hat, in die nächste Stadt gefahren. Von dort aus haben wir den Bus genommen. Sie wissen den Rest. Ich habe mir dann einen Wagen auf meinen Namen angemietet. Zur Sicherheit wählten wir den gleichen Wagen, die gleiche Farbe. Es sollte so nicht auffallen."
„Sie sind dann zurück nach La Barrosa ins Apartment. Wie ging es weiter?", erkundigt sich Juana bei Jochen Nieber.
„Ihre Leute standen ständig vor unserem Apartment. Gaby hatte keine Ruhe mehr. Als dann noch die Polizisten ins Apartment kamen, bekam sie Panik. Ich versuchte sie zu beruhigen. Ohne Erfolg. Sie wollte bei Nacht und Nebel verschwinden. Da es mir zeitweise besser ging, half ich beim Packen der Koffer."
Jochen macht eine Pause in seiner Erzählung. Er schaut Juana an und schüttelt den Kopf.

„Ich kann es immer noch nicht glauben. Ich fand in einer Tasche, die Gaby gehörte jede Menge Medikamente. Es waren Großpackungen aus dem Krankenhaus. Diazepam. Herzmittel. Blutdrucksenkende Präparate. Da wurde mir einiges klar. Genau diese Medikamente hatte ich genommen. Sie hatte die Medikamente in den Packungen ausgetauscht. Am Abend flüchteten wir durchs Fenster auf der Rückseite des Apartments. Das wissen sie ja. Wir fuhren durch die Nacht. Besser gesagt, Gaby fuhr durch die Nacht. Irgendwann hielt sie an. Eine Pause wäre gut, erklärte sie. Außerdem müsse ich ja meine Medikamente nehmen. Ich schlug vor, doch eine Nebenstraße zu nehmen, so hätten wir die Sicherheit auch alleine zu sein. Dass ich einige dieser Diazepam-Tabletten in einer Flasche Saft aufgelöst hatte, konnte Gaby nicht wissen. Sie liebte diesen Saft. Und sie trank die Flasche aus. Restlos! Es dauerte nicht lange und sie schlief ein. Genauso wird es vermutlich mit meiner Schwester gewesen sein. So wird auch meine Schwester gestorben sein. Das war mein einiger Gedanke dabei. Ich fuhr den Wagen weiter fort. Den Rest kennen sie. Ein Reservekanister half mir dabei. Zu Fuß ging ich zur Straße zurück, nachdem der Wagen ausgebrannt war. Ein Fremder nahm mich mit in die nächste Stadt. Dort suchte ich mir eine Unterkunft. Es war Algeciras."
Jochen Nieber unterbricht.
„Kann ich etwas zu trinken haben? Vielleicht einen Kaffee?", bittet er. „Sie kennen nun die ganze Geschichte. Ich bin froh, ich hätte nicht länger damit leben können. Jetzt geht es mir besser."
„Warum hat Gaby das gemacht? Herr Nieber? Kennen sie den Grund?"

Jochen Nieber schüttelt den Kopf. Den Kaffee trinkt er in einem Zug und steckt sich dabei eine Tablette in den Mund.
Juana springt dazu, sie kann es aber nicht mehr verhindern.

Kapitel 32 * in Chiclana

Juana und Pedro sitzen in ihrem Büro. Beide sind sehr betroffen. Immer wieder macht Juana sich dafür verantwortlich, dass es soweit kommen konnte.
„Wir hätten aufpassen müssen. Es darf nicht passieren, dass ein Inhaftierter Medikamente zu sich nehmen kann, während er hier bei uns einsitzt."
Erst der Anruf aus dem Krankenhaus löst die Spannung etwas. Jochen Nieber ist wieder bei Bewusstsein. Die sofort herbeigeholten Ärzte hatten dem Mann den Magen ausgepumpt und so sein Leben retten können. Juana ist heilfroh.
„Ich kann es schon verstehen, dass Jochen Nieber sich umbringen wollte. Erst stirbt die Schwester, dann die Mutter. Nun hat er auch noch seine Freundin ermordet. Der Mann hat jeglichen Halt verloren", merkt Pedro an.
Dann fällt ihm ein, dass seine Kollegin den Inhalt des gestrigen Telefonates noch gar nicht zum Besten gegeben hat. Auch sie hatte es in der Aufregung des gestrigen Nachmittags fast vergessen.
„Also, Petra Mister hat also Anna Zurweide in Hamburg ausfindig gemacht. Anna erkennt Gaby auf dem Foto. Der Grund ist aber ein ganz anderer. Kannst du sich noch erinnern, Jochen Nieber hat berichtet, er lernte Gaby im Lokal in Lübeck kennen. Sie kamen ins Gespräch, sagte er, weil sie sich auch in Hamburg so gut auskannte. Genau das

ist der Grund. Gaby Jenkel hat in Hamburg gewohnt. Nun rate mal wo?"

„Keine Ahnung. Ich kenne Hamburg nicht", antwortet Pedro.

„Schlauberger. Ich auch nicht. Gaby Jenkel hat in der Nebenstraße gewohnt, in der Familie Nieber wohnte. Gaby Jenkels Mutter hat früher bei Familie Nieber geputzt. Da waren die Kinder noch klein. Jochen konnte sie nicht kennen. Petra versucht heute mit der Schwester von Gaby, mit Susann Jenkel zu sprechen. Dann meldet sie sich wieder. Jochen Nieber muss eh noch im Krankenhaus bleiben."

„Also, das ist aber komisch. Gaby und ihre Schwester haben in der Nähe des Hauses der Familie Nieber gewohnt. Ihre Mutter hat bei Niebers geputzt. Aber Jochen und Jutta kannten Gaby nicht?"

„Wenn die Jenkels schon früh fortgezogen sind, können sich die Kinder nicht mehr daran erinnern. Das ist doch alles lange her", erklärt Juana ihrem Kollegen.

„Für mich sieht es aber so aus, als wäre die Begegnung der beiden kein Zufall. Jochen hat doch erwähnt, Gaby sei täglich in sein Lokal gekommen, also, immer wenn er gearbeitet hat. Das finde ich seltsam", bemerkt Pedro.

„Das sehe ich genauso. Gaby Jenkel hat Jochen Nieber gesucht. Als sie ihn endlich hat, an der Angel, tötet sie seine Schwester. Dann versucht sie die Mutter zu töten."
Pedro vollendet die Aufzählung mit den Worten:
„Und dann versucht sie auch noch Jochen Nieber zu töten. Nur der hat einfach Glück. Er bemerkt es und tötet sie. Aber warum? Warum hat Gaby Jenkel diesen Hass auf die Familie Nieber?"

Das Telefon klingelt. Die Klinik teilt mit, Jochen Nieber kann wieder entlassen werden. Ein Einsatzwagen ist bereits unterwegs um den des Mordes verdächtig gewordenen Jochen Nieber abzuholen.

Er wird auf seine Zelle gebracht. Das Medikament hat dem jungen Mann nicht geschadet. Das hat er aber nur dem Einsatz der Kommissare und den Ärzten zu verdanken, die mit der schnellen Reaktion sein Leben gerettet haben. Sonst wäre er jetzt auch tot.

Erst am nächsten Morgen kommt ein Anruf aus Hamburg. Petra Mister berichtet ihren Kollegen in Chiclana, was die Ermittlungen ergeben haben. Involviert bei der Recherche waren auch wieder die Beamten der Kripo in Hannover.

Susann Jenkel wusste, berichtet Petra Mister, dass die Schwestern zusammen mit ihrer Mutter früher in Hamburg gewohnt haben. Auch sind die beiden Schwestern in Hamburg zur Welt gekommen. Von einer Arbeit als Putzfrau, die die Mutter ausgeübt haben soll, weiß die Schwester nichts. Sicherlich, so berichtet Petra Mister, wird sich aber Susann Jenkel in Hannover zur Rechenschaft ziehen lassen müssen. Sie hat die Medikamente im Klinikum entwendet und an ihre Schwester weitergegeben. Jetzt, nachdem Gaby tot ist, konnte auch sie nicht mit einer Lüge weiterleben. Petra Mister berichtet weiter, sie wollen auf jeden Fall weitere Erkundigungen versuchen einzuholen, die mit dem damaligen Aufenthalt der Familie Jenkel in Hamburg zu tun haben. Petra Mister vertröstet Juana und Pedro. Die Mühlen des Behördenapparates mahlen langsam.

☼

Etwa eine Woche später

Jochen Nieber wurde dem Staatsanwalt übergeben. Die Anklage ist erhoben. Sicherlich wird Jochen Nieber für einige Jahre hinter Gittern sitzen.
Juana und Pedro sind froh, nach so langer Zeit den Mord an der jungen deutschen Touristin im Schwimmbad des Hotels Rio aufgeklärt zu haben.
Da endlich kommt der Anruf der Kollegin aus Hamburg. Juana nimmt zuerst den Dank der Kollegen aus Hamburg entgegen. Danach ist es still geworden. Pedro sitzt ihr gegenüber und schaut erwartungsvoll auf seine Kollegin. Dann endlich legt sie auf.
„Na und? Was sagt Petra? Das war doch Petra?" bohrt Pedro.
„Ja. Das war Petra. Zuerst hat sie uns erneut angeboten, nach Hamburg zu kommen. Wir sollen uns mal das Kommissariat und natürlich die Stadt anschauen! Dann hat sie von Familie Jenkel berichtet."
„Was hat sie von Familie Jenkel berichtet? Lass dir doch nicht jedes Wort aus der Nase ziehen?" schnaubt Pedro.
„Also. Die Mutter, also die Mutter von Gaby und Susann hat tatsächlich bei Familie Nieber geputzt. Sie bewohnten eine kleine Einliegerwohnung in einem Haus in der Nebenstraße. Die Jenkels hatten nicht viel Geld. Familie Nieber hatte sehr viel Geld. Als die beiden Kinder geboren waren, wurde der Frau Jenkel plötzlich gekündigt. Sie verließen Hamburg und zogen nach Hannover. Dort blieben sie, bis heute."
„Juana. Das ist doch nichts Besonderes. Wo ist der Haken?"

„Einen Haken gibt es nicht bei der Sache. Es gibt nur noch eine Information, die du nicht weißt. Susann Jenkel war die Ältere der beiden Schwestern. Kurz nach ihrer Geburt starb der Vater bei einem Unfall. Angeblich soll er auf dem Grundstück der Familie Nieber bei der Arbeit von einem Baum gefallen sein. Gut zehn Monate nach dem Tod des Vaters kam Gaby zur Welt. Jahrelang hat keiner darüber gesprochen oder sich Gedanken darüber gemacht. Dann aber, als die Mutter von Gaby Jenkel starb, kam es raus. Im Nachlass der Toten fand Gaby Briefe. Es waren Liebesbriefe. Horst Nieber und Klara Jenkel hatten ein Verhältnis. Gerda Nieber ist wohl dahinter gekommen. Dann wurde Klara Jenkel entlassen und musste Hamburg mit den Kindern verlassen. Gaby Jenkel und Jochen Nieber waren Halbgeschwister! Aus der Beziehung zwischen Klara Jenkel und Horst Nieber ist ein Kind entstanden: Gaby! Das hat Gaby in den Unterlagen ihrer verstorbenen Mutter entdeckt. Da war es aber schon zu spät. Horst Nieber war tot. Sie konnte sich nicht holen, was ihr ihrer Meinung nach zustand. Also versuchte sie, die ganze Familie auszurotten und sich dann zu holen, was ihr gehörte. Leider hat sie das nicht geschafft. Hätte sie auch Jochen Nieber ermordet, würde ihr heute das ganze Vermögen der Familie Nieber gehören! Ist das ein Motiv?"
Pedro ist fassungslos.
Aber, hier kann man es wieder ganz deutlich erkennen: wie klein die Welt doch ist....

E N D E

Alle weiteren Bücher, die bereits erscheinen sind, finden Sie auf meiner Homepage oder bei allen Händlern!

www.susanne-hottendorff.com
www.ich-will-gesundheit.de
www.hunde-und-katzen-lieben-es.de
www.beratungspraxis-kleeblatt.de